La fiancée de Gaetano Leonetti

*

Une surprise bouleversante

*

Un refuge en Toscane

LYNNE GRAHAM

La fiancée de Gaetano Leonetti

Traduction française de
BARNABÉ D'ALBES

AZUR

HARLEQUIN

Collection : Azur

Titre original :
LEONETTI'S HOUSEKEEPER BRIDE

Ce roman a déjà été publié en 2017

HARPERCOLLINS FRANCE
83-85, boulevard Vincent-Auriol, 75646 PARIS CEDEX 13
Service Lectrices — Tél. : 01 45 82 47 47 - www.harlequin.fr
ISBN 978-2-2804-8624-8 — ISSN 1950-2761

Composé et édité par HarperCollins France.
Imprimé en décembre 2022 par CPI Black Print (Barcelone)
en utilisant 100% d'électricité renouvelable.
Dépôt légal : janvier 2023.

FSC
www.fsc.org
MIXTE
Papier issu de sources responsables
FSC® C159065

Pour limiter l'empreinte environnementale de ses livres, HarperCollins France s'engage à n'utiliser que du papier fabriqué à partir de bois provenant de forêts gérées durablement et de manière responsable.

1.

C'était une sale journée pour Gaetano Leonetti. Une sale journée qui avait commencé dès l'aube, au moment où il avait allumé son téléphone pour jeter un coup d'œil aux actualités le concernant. Il avait alors vu défiler une série de photos qui l'avait rendu fou de rage. Or, il en était conscient, sa colère n'était rien à côté de celle qui allait s'emparer des membres, tous très conservateurs, du conseil d'administration de la prestigieuse banque Leonetti. Hélas, l'unique et misérable satisfaction qu'il retirait de ce fiasco avait été de rompre illico avec la perfide responsable de cette publication dans un tabloïd de bas étage.

— Ce n'est pas ta faute, assura Tom Sandyford, son avocat et ami, installé face à lui, sa tablette sur les genoux.

Son visage mûri par la quarantaine exprimait le calme, mais Gaetano réagit avec vivacité :

— Bien sûr que si, c'est ma faute ! Cette maudite soirée a eu lieu dans *ma* maison, et qui l'a organisée, sinon la femme qui partageait *mon* lit à l'époque ?

— Tu ignorais que Celia avait pris l'habitude de consommer de la cocaïne sur les tournages de ses feuilletons, rappela Tom. Et d'ailleurs, dès ce matin, elle s'est fait éjecter du casting.

Serrant la mâchoire, Gaetano acquiesça d'un hochement de tête.

— Tu vois, insista son ami. Tu n'as pas eu de chance, voilà tout. Personne n'attend de l'hôte d'une soirée qu'il demande à ses invités de lui présenter un certificat de bonnes mœurs !

Tu ne pouvais pas deviner que certains d'entre eux étaient infréquentables… Et encore moins que des entraîneuses feraient partie du lot.

— Non, je ne l'ai pas *deviné*, admit Gaetano d'un ton cynique. Mais la presse a fait mieux : elle l'a révélé au grand jour.

— Oui, bon… Dans une présentation faussement scandaleuse et usée jusqu'à la trame, style « Oh ! là ! là ! une orgie au manoir ». La belle affaire ! Ce sera oublié dans les cinq minutes. Quoique… Je dois reconnaître que la blonde qui danse nue dans la fontaine est plutôt mémorable, nuança Tom en souriant devant l'image qui s'affichait sur son écran.

— Je ne me rappelle même pas l'avoir croisée, soupira Gaetano. J'ai quitté la soirée très tôt pour me rendre à New York. Et à ce moment-là, tout le monde était debout, habillé, sobre. Bon sang… Je n'avais vraiment pas besoin d'un scandale de ce genre.

— Malheureusement, le scandale te poursuit malgré toi. Je suppose que le patriarche et le conseil d'administration poussent des cris horrifiés ?

Gaetano se contenta d'acquiescer d'un hochement de tête et resta silencieux. Au nom de la loyauté envers la famille et de la sacro-sainte dignité de la fonction, sa fierté et son ambition venaient de subir une cuisante humiliation. Tel un petit garçon qui venait de commettre une effroyable bêtise, il avait dû laisser son grand-père, un homme de soixante-quatorze ans, lui faire la morale durant une bonne heure… Lui, le milliardaire dont le gouvernement de Grande-Bretagne sollicitait les conseils en investissements ! Sans parler des grandes compagnies internationales… Lorsque Rodolfo avait brandi l'éternel argument du « style de vie » de son petit-fils et vilipendé son « comportement de séducteur », Gaetano avait dû serrer les poings et se retenir de ne pas lui rétorquer que les mœurs avaient évolué depuis les années 1940, aussi bien pour les hommes que pour les femmes.

A vingt et un ans, Rodolfo Leonetti avait épousé la fille d'un simple pêcheur, et au cours de leurs cinquante années d'union, jamais il n'avait posé les yeux sur une autre femme. Curieusement, son fils unique, Rocco, le père de Gaetano, n'avait guère suivi la voie paternelle. Au contraire, il avait profité de sa réputation de play-boy flamboyant et d'incorrigible joueur. Enfin, parvenu à la cinquantaine, il avait passé la bague au doigt d'une sirène assez jeune pour être sa fille, et lui avait fait un enfant avant de quitter la piste quinze ans après, victime d'un infarctus dans les bras d'une autre.

Gaetano avait le sentiment de payer pour les fautes de son père depuis sa naissance. Or aujourd'hui, à vingt-neuf ans, alors qu'il était l'un des banquiers d'affaires les plus en vue dans le monde, il était las de devoir encore prouver son talent au conseil. Il avait apporté des milliards à la banque Leonetti : il *méritait* de devenir P-DG.

En fin de matinée, l'ultimatum furieux de son grand-père était tombé : « Tu ne seras *jamais* le P-DG de cette banque si tu ne changes pas radicalement de style de vie, si tu ne deviens pas un père de famille respectable et rangé ! Je ne soutiendrai pas ta candidature auprès du conseil, et si brillant sois-tu, Gaetano, tu sais que les membres du conseil me suivent *toujours* ! Ils ne risquent pas d'oublier comment ton père a failli mener cette banque à la faillite, à cause de ses folles incartades ! »

Gaetano ne voyait pas bien quel rapport il pouvait y avoir entre ses compétences professionnelles et sa vie sexuelle. Depuis quand une gentille épouse et des enfants permettaient-ils de mesurer le jugement et l'expertise d'un homme ?

Il n'avait aucune envie de se marier ! En fait, la perspective d'être enchaîné à une seule femme pour le reste de ses jours le faisait frémir, sans parler du divorce qui le priverait de la moitié de ses actifs et de son portefeuille d'actions… Il travaillait dur. Il avait suivi des études ardues dans les plus prestigieuses écoles de la planète et obtenu ses diplômes avec les honneurs ; depuis, dans l'exercice de son métier, il avait sans cesse démontré ses compétences et volé de succès en succès. Pourquoi n'était-ce pas assez ? Et pourquoi le comparer à son père, dont le parcours universitaire avait été médiocre, qui s'était toujours comporté comme un gosse de riche et qui, semblable à Peter Pan, avait refusé de grandir ? Non, décidément, c'était injuste.

Devant sa mine fermée, Tom haussa un sourcil inquisiteur et demanda :

— Tu n'as quand même pas encore eu droit au discours « Trouve une fille ordinaire » ?

Gaetano poussa un profond soupir et précisa, en imitant le ton crispé de son grand-père :

— Une fille *ordinaire* ! Pas une fille qui aime faire la fête, non, une fille qui sait apprécier *les choses simples*.

Il lui était facile de citer le vieil homme à la perfection, car Gaetano avait entendu ce prêche des douzaines de fois. La leçon s'achevait immanquablement sur cette conclusion : « Il faut te marier, te ranger, et avoir des enfants avec une femme aimante qui apprécie la vie au foyer. » Ce prodige accompli, le monde deviendrait aussitôt un lit de roses sur un fond d'arc-en-ciel, et Gaetano connaîtrait un bonheur sans fin.

Ses muscles se tendirent. Il ne savait que trop bien comment cette vision enchanteresse tournait pour ses amis qui, désormais, découvraient les joies du divorce.

— Il est incroyable, reconnut Tom. Tu devrais peut-être te trouver une machine à remonter le temps et faire un tour à la Belle Epoque, pour trouver cette fameuse « fille ordinaire ».

A l'instar de Tom, Gaetano se demandait comment plusieurs décennies de libération des femmes avaient pu échapper à ce point à Rodolfo Leonetti, pour qu'il soit si sûr qu'existe encore en trois dimensions le modèle de gentille bergère qu'il gardait obstinément en tête.

— Le pire, reprit-il, c'est que si je lui dénichais cette fille ordinaire et que je lui annonçais que je vais l'épouser, il serait épouvanté. En dépit de ses beaux discours, c'est un homme raffiné et exigeant, un snob ! Mais il s'est braqué sur sa lubie et a décidé de bloquer mon ascension professionnelle.

La porte s'ouvrit et son assistante fit son entrée, pour déposer deux enveloppes sur le bureau, devant lui.

— La dénonciation du contrat de travail pour cause de violation de clause de confidentialité, et l'injonction à libérer le domicile de fonction, déclara-t-elle. L'hélicoptère est sur le toit et vous attend, monsieur.

— Qu'est-ce qui se passe ? interrogea Tom.

— Je vais faire un saut à Woodfield Hall pour renvoyer la gouvernante qui a transmis les clichés à la presse, expliqua-t-il.

— Quoi ? C'était ta gouvernante ?

Il hocha la tête en soupirant.

— Ses propos sont même cités dans l'article ! Ce n'est pas une femme très intelligente, observa-t-il, acide.

Poppy prit son vélo et l'enfourcha pour se précipiter à l'épicerie du village et y acheter du lait. Comme souvent, elle était en retard, mais elle était incapable de commencer convenablement la journée sans avoir absorbé deux tasses de café — et impossible de le boire sans lait. Elle sentait la masse de ses boucles rousses danser dans sa nuque tandis qu'elle filait comme le vent.

— Bonjour, Frances ! lança-t-elle gaiement à la vieille dame assise derrière le comptoir.

Alors qu'elle rangeait sa monnaie, l'épicière observa :

— Tu es bien pimpante, ce matin…

« Malgré ta situation » ? « En dépit de ce que tu vis dans ta famille » ? C'était ce qu'il fallait comprendre, mais Poppy ignora le sous-entendu, sourit et conclut :

— Bien sûr. Aucune raison de ne pas l'être !

Frances secoua tristement la tête et lui désigna le présentoir à journaux, qu'elle fit tourner. Fronçant les sourcils,

Poppy découvrit soudain, en une d'un tabloïd, la photo hélas familière d'une jeune femme blonde entièrement nue dans la fontaine du domaine. Oui, c'était bien son propre frère, Damien, qui avait pris ce cliché le soir de la fameuse soirée. Elle le savait parce qu'elle l'avait surpris en train de montrer son trophée à ses copains.

— On dirait bien que ta mère a joué une mauvaise carte, reprit la commerçante. Il y a peu de chances pour que M. Leonetti apprécie cette publicité…

Poppy releva la tête et soutint le regard brillant de curiosité de Frances. En toute hâte, elle ressortit son porte-monnaie, paya le journal et sortit de la boutique. Comment diable cette photo s'était-elle retrouvée là ? Et d'où sortaient les autres ? Mal à l'aise, elle contempla celle qui représentait des corps nus enlacés dans une chambre — impossibles à identifier, Dieu merci. Quand un invité ivre mort avait proposé à Damien de se joindre à eux, son frère avait-il osé prendre des photos encore plus compromettantes ? Et sa mère… Par quelle folie avait-elle mis son poste en péril, livrant son employeur à la presse à scandale ?

Poppy sentit un étrange poids s'abattre sur ses épaules au moment où elle reprit son vélo. Il était facile de deviner à quel démon sa mère s'était livrée : l'alcool. Car autant dire les choses avec clarté et admettre la situation : Jasmine Arnold, épouse aimante, mère modèle, une femme au cœur d'or, joyeuse et dévouée… oui, Jasmine Arnold était devenue une alcoolique.

Une fois, Poppy avait réussi à l'emmener à une réunion des Alcooliques Anonymes, et durant une courte semaine, l'effet avait été bénéfique, mais elle n'avait jamais eu l'opportunité de proposer une seconde séance. Jasmine s'abîmait chaque jour davantage dans la boisson, tandis que Poppy luttait pour accomplir les charges de sa mère en plus de son propre travail. Comment faire autrement, puisque leur survie à toutes les deux dépendait du contrat de Jasmine ? Et après tout, c'était un peu sa faute si sa mère en était là : quand Poppy avait réalisé à quel point celle-ci était malade, elle était revenue vivre dans sa famille… il était déjà trop tard.

Fort heureusement, Gaetano ne venait au domaine qu'une ou deux fois par an. Parce que c'était un homme de la ville, bien sûr, et parce que cette ancestrale demeure était située beaucoup trop loin de Londres pour qu'il puisse y faire un saut à sa guise. La maison de son enfance avait peut-être aussi perdu tout attrait à ses yeux ? En tout cas, elle remerciait le ciel de cette bonne fortune, car c'était ce qui lui permettait de dissimuler la situation depuis plusieurs mois.

Dans le bas de la côte, Poppy se mit à activer les pédales avec force afin de maintenir son allure jusqu'au sommet de la petite colline où se nichait Woodfield Hall. La somptueuse demeure appartenait aux Leonetti depuis leur arrivée en Angleterre, au XVIIIe siècle, époque où cette grande famille vénitienne avait établi son expertise dans la finance. Il fallait reconnaître que ces gens-là possédaient un don remarquable pour produire encore et encore de l'argent.

Sur un plan plus personnel, Poppy avait pour ainsi dire grandi avec Gaetano, même si celui-ci lui avait fait comprendre très tôt qu'il n'entretiendrait jamais d'autres liens que ceux qu'a un employeur avec sa domestique. De toute façon, dès l'âge de six ans, il passait les trois quarts de l'année dans des pensionnats réservés à l'élite.

Néanmoins, Poppy savait que la publication de ces photos rendrait Gaetano fou de rage. Il était intransigeant en matière de protection de la vie privée — ce qui n'était guère étonnant s'il était amateur de parties fines ! Seigneur, elle allait au-devant de quelques ennuis, se dit-elle en sentant soudain l'angoisse lui nouer la gorge. Décidément, elle avait beau travailler dur et se démener en tous sens, la vie refusait de devenir plus facile, et c'était comme si une nouvelle crise l'attendait à chaque carrefour. Mais comment aurait-elle pu imaginer que son frère et sa mère seraient assez idiots pour se passer eux-mêmes la corde au cou ?

L'appartement des Arnold, grand et confortable, était aménagé dans une ancienne étable du domaine. Poppy trouva Jasmine, une femme rousse, grande et maigre, approchant de la cinquantaine, installée à la table de la cuisine.

Elle se contenta de jeter le journal sur la table et d'interroger, encore incrédule :

— Maman ? Qu'est-ce que tu as fait ? Tu étais saine d'esprit, quand tu as répondu aux questions d'un journaliste au sujet d'une fête chez les Leonetti ?

Sa mère ne lui accorda pas même un regard et resta prostrée, le regard vide, tel un fantôme. Plutôt que d'attendre une réponse qui ne viendrait jamais, Poppy se pencha à la fenêtre. Apercevant Damien, qui travaillait devant le garage, elle sortit, se dirigea droit vers lui et l'appela d'un ton impérieux.

— Pourquoi cries-tu ainsi ? Il y a le feu ? demanda-t-il, visiblement irrité.

— Damien, tu as donné les photos que tu as prises de la soirée à un journaliste ? interrogea-t-elle d'une voix vibrante d'émotion.

2.

La réponse de son petit frère ne se fit pas attendre.

— Bien sûr que non ! assura-t-il avec fermeté.

Puis, il poussa un léger soupir et expliqua :

— Mais maman savait qu'elles étaient dans mon téléphone… elle les a vendues. Elle a récupéré un paiement en espèces pour les clichés et son interview.

A ces mots, Poppy sentit le sol se fissurer sous ses pieds. C'était pire que tout ce qu'elle avait imaginé ! Elle pouvait excuser la négligence, voire la sottise. Mais l'appât du gain ? Sa mère avait accepté de l'argent *pour trahir son employeur* ?

Son expression devait révéler son effroi, car Damien enchaîna :

— Poppy… Tu devrais le savoir, maintenant : maman ferait n'importe quoi pour pouvoir s'adonner à son vice. Je lui ai dit de ne pas toucher à ces photos, je l'ai conjurée de ne pas parler à ce type, mais elle a refusé de m'écouter et…

— Quoi ? Tu *savais* qu'elle avait fait ça et tu ne me l'as pas dit ?

Damien secoua tristement la tête.

— Pourquoi t'aurais-je infligé une angoisse inutile ? J'espérais que l'article ne paraîtrait jamais, que le journaliste trouverait un sujet plus croustillant… Et puis, après tout, Gaetano ne va pas lire toutes les histoires stupides qu'on raconte à son sujet. Son nom figure toujours quelque part dans les journaux !

De toute son âme, Poppy voulait se raccrocher à cet espoir.

— Peut-être, murmura-t-elle. Mais si tu as tort, maman se fera licencier et nous serons *expulsés.*

Son frère n'avait pas pour habitude de frémir sur de vagues hypothèses, et il haussa les épaules.

— Bon, eh bien espérons que j'ai raison, alors ! trancha-t-il en retournant à son travail.

Mais Poppy tenait davantage de son père. Sa sensibilité la portait à la prudence, à la réflexion. Et elle était inquiète.

Il était difficile de croire que, quelques années plus tôt, les Arnold formaient une famille solide, stable et heureuse. Son père était le jardinier de Woodfield Hall, sa mère la gouvernante. Au moment où tout s'était effondré, Poppy avait vingt ans. Elle suivait ses études d'infirmière depuis deux années, et Damien venait tout juste d'entamer son apprentissage en tant que mécanicien. Sans que personne ne s'y attende, leur père était mort foudroyé par une rupture d'anévrisme, et leurs vies avaient basculé dans le chaos.

Poppy s'était provisoirement absentée de la fac pour soutenir sa mère dans cette épreuve, avant de retourner à ses cours. Ainsi avait-elle tout ignoré de ce qui se passait à Woodfield Hall. Jasmine avait sombré dans la dépression et Damien, choqué, affaibli, n'avait pas su faire face. Il s'était laissé entraîner par une bande de voyous et avait fini en prison. C'est alors que Poppy, effarée, avait découvert l'état de sa mère. En espérant encore lui faire remonter la pente au bout de quelques semaines, elle avait pris un nouveau congé. Hélas, depuis, elle avait dû renoncer à terminer ses études. Jasmine buvait toujours, mais Poppy avait eu au moins une satisfaction : son petit frère était rapidement sorti de prison, il avait retenu la leçon et repris ses esprits. Seulement, son casier judiciaire l'empêchait de trouver du travail.

Poppy se sentait coupable d'avoir abandonné son jeune frère à une mère si gravement malade. Aveuglée par son égoïsme et son désir d'être la première Arnold depuis plusieurs générations à gagner sa vie autrement qu'en servant les Leonetti, elle avait manqué à son devoir d'aînée, et elle était déterminée à réparer cette faute.

Quand elle regagna l'appartement, sa mère s'était enfermée dans sa chambre. Poppy secoua la tête, impuissante, et se dirigea vers le manoir avant d'enfiler des gants en latex. La propriété était si vaste qu'elle en nettoyait la moitié en alternant les pièces d'une semaine sur l'autre. Et il lui en coûtait ; car il y avait quelque chose d'ironique, pour ne pas dire démoniaque, à se retrouver seule à faire les poussières, à passer l'aspirateur et à laver les sols des Leonetti alors que, adolescente, elle s'était fait le serment de ne jamais finir à leur service. Voilà qu'à vingt-trois ans, elle était leur bonne à tout faire… officieusement ! Et cela, en plus de son travail de serveuse au pub du village. Le seul avantage de la situation était qu'elle trouvait peu de temps pour se lamenter sur son sort — il y avait trop à faire.

Toutefois, elle parvenait mal à chasser Gaetano Leonetti de ses pensées. Sans doute parce qu'il était le seul garçon à qui elle ait jamais voué une haine tenace, ainsi qu'un grand amour. A seize ans, elle avait en effet été assez stupide pour croire possible qu'un jeune homme bien né et imbu de sa supériorité puisse entretenir une relation avec elle. Les mots cruels et glacés que Gaetano lui avait jetés résonnaient encore en elle : « Je ne fraie pas avec les domestiques », avait-il un jour lâché, lui signifiant qu'ils appartenaient à des classes sociales incompatibles et à jamais séparées. « Arrête de me faire du charme, Poppy. Tu n'as aucune chance. » Oh ! Seigneur, quels torrents de larmes elle avait versés après cette gifle, quand elle était seulement trop jeune et inexpérimentée pour savoir exprimer ses sentiments avec subtilité… « Tu es une petite rousse joufflue, pas du tout mon genre. » C'était il y a sept ans, mais jamais elle n'avait oublié cet échange humiliant. Depuis, elle s'était débrouillée pour ne plus voir Gaetano, fuyant le manoir dès qu'il s'y trouvait. Il ignorait donc qu'elle avait grandi et minci — ce qui, de toute façon, lui était indifférent. Gaetano recherchait exclusivement la compagnie de femmes sophistiquées, qui s'habillaient chez les grands créateurs. Cela dit, celle qui avait organisé cette soirée avec lui manquait singulièrement de classe…

Au bout de plusieurs heures, Poppy s'interrompit : le manoir était prêt à recevoir des hôtes même si ceux-ci s'annonçaient à la dernière minute, et sa tâche était donc accomplie. Elle rentra se changer et se préparer pour aller au pub. La porte de la chambre de sa mère était entrouverte, et elle la poussa en restant sur le seuil. Jasmine était allongée sur son lit, une bouteille vide à ses pieds. Elle dormait. Le cœur brisé, Poppy contempla les traits fatigués de sa mère, en se rappelant la femme énergique et gaie qu'elle avait été. C'était effroyable : l'alcool l'avait métamorphosée. Jasmine avait besoin d'être suivie par un spécialiste et de faire une cure, mais il n'y avait pas de médecin adapté dans la région, et Poppy ne gagnait pas assez d'argent pour payer un séjour en désintoxication.

Tristement, elle passa dans sa chambre et ouvrit son armoire remplie de vêtements gothiques. A l'adolescence, ces tenues lui avaient servi d'armure, de protection. Elle s'était bâtie une personnalité de rebelle parce qu'en classe on se moquait de ses rondeurs et de ses cheveux « carotte ». Ironie suprême, on l'appelait la « snobinarde » et l'« aristo » parce qu'elle habitait Woodfield Hall !

Depuis le lycée, elle avait renoncé au crayon khôl, au vernis à ongle noir et aux breloques, mais elle n'avait pas les moyens de se constituer une nouvelle garde-robe et, au fond, elle s'amusait d'associer ses vêtements gothiques à une apparence plus conventionnelle. C'était sa petite touche de fantaisie. Comme elle avait perdu beaucoup de poids, les jupes longues avaient l'avantage de souligner sa taille fine sans être aguicheuses, ce qui convenait parfaitement à son travail au pub. Elle enfila une jupe crayon d'un rouge sombre et un T-shirt noir aux armes d'un groupe de rock :

ses jambes paraissaient plus longues et sa poitrine modeste était mise en valeur, jugea-t-elle.

Quelques heures plus tard, après son service dans le pub qui jouxtait le restaurant le plus populaire du village, Poppy enfila son manteau et sortit attendre Damien, qui venait toujours la chercher à moto.

Ce soir, le visage de son frère était sombre, observa-t-elle.

— Gaetano Leonetti est arrivé au domaine ce soir par hélicoptère, déclara-t-il de but en blanc. Il a demandé à voir maman. Elle n'était pas là, j'ai prétendu qu'elle était malade. Il m'a tendu deux enveloppes pour elle, et je les ai ouvertes dès qu'il est parti. Maman est renvoyée et nous avons un mois pour quitter l'appartement.

Sous le choc, Poppy resta interdite quelques secondes. Son cœur avait cessé de battre.

— J'avais tort, reprit son frère. Il a vu le journal. Et il n'a pas perdu de temps…

— Nous n'allons tout de même pas le lui reprocher, rétorqua-t-elle en enfourchant la moto.

Durant le trajet du retour, elle eut l'impression d'être propulsée dans une dimension parallèle. Cet endroit où ils avaient passé leur vie, où Damien et elle avaient grandi… Ils en étaient *expulsés*. Chassés comme des malpropres.

Qu'allaient-ils faire ? Où allaient-ils vivre ? Ils n'avaient pas d'économies. Poppy ne voyait guère comment elle aurait pu épargner quoi que ce soit. Leur mère buvait ses revenus, et Damien travaillait comme bénévole.

Elle s'efforça de rassembler ses esprits. Il existait forcément des forces sur lesquelles miser. Elle était une combattante — elle l'avait toujours été. A cet égard, elle tenait bien davantage de son père que de sa mère. Dans les situations de crise, elle savait faire face, se relever, livrer bataille. C'était ce défaut de résilience qui avait tant coûté à Jasmine… Elle ne s'était jamais complètement remise d'avoir mis au monde un enfant mort-né, un an avant la disparition subite de leur père. Ces deux décès, trop rapprochés dans le temps, avaient eu raison de son énergie vitale. Poppy ferma les yeux et s'agrippa à la taille de son frère en se rappelant le bonheur fou de leur mère, quand le médecin lui avait confirmé cette grossesse aussi tardive qu'inattendue. Hélas, cela s'était mal terminé…

Ils approchaient du domaine, et elle se redressa, nerveuse, en voyant la fenêtre de la bibliothèque éclairée. Gaetano restait donc pour la nuit ? Quand la moto s'arrêta, elle s'en inquiéta auprès de Damien.

— En effet, observa-t-il, il a l'air de rester. Et alors, qu'est-ce que ça change ?

— Je vais aller lui parler.

— Oh ! Poppy… Pour quoi faire ? opposa son cadet d'un ton défait.

Mais elle n'allait pas se laisser décourager si facilement, décida-t-elle. Gaetano avait un cœur. Du moins, il en avait un à treize ans, quand son père, Rocco, avait écrasé son chien par accident. Poppy avait vu les larmes dans les yeux de Gaetano, et elle avait pleuré, elle aussi. Car Dino était autant son chien que le sien : c'était elle qui le promenait et lui donnait à manger quand Gaetano était en pension… même si ce dernier ne semblait pas s'en être aperçu. Aucun animal de compagnie n'avait succédé à Dino, et le jour où elle en avait parlé à Gaetano, avec toute son innocence enfantine, elle s'était entendu répondre : « Les chiens meurent. »

Evidemment, elle était trop jeune pour discerner ce que cachait son expression sévère, pour comprendre le mécanisme de défense d'un enfant qui voulait à tout prix éviter d'être blessé de nouveau. D'ailleurs, le jour des obsèques de Rocco Leonetti, Poppy n'avait lu aucune émotion sur le visage de Gaetano, alors que, quand sa grand-mère avait disparu, il semblait aussi dévasté que son grand-père. A la vérité, c'était ce couple âgé qui avait tenu pour lui le rôle de parents. Après moins d'un an de veuvage, sa mère s'était remariée avec un Américain avec qui elle s'était envolée pour la Floride… sans son fils.

Poppy prit une longue inspiration et offrit son visage à l'air frais en se dirigeant vers l'impressionnant manoir, tandis que Damien restait sur ses talons, à tenter de lui faire entendre raison.

— Voyons, Poppy ! Il est presque minuit. Tu ne peux pas te présenter chez lui maintenant !

— Je ne peux pas attendre demain, je suis trop angoissée…

Son frère finit par s'avouer vaincu et rebroussa chemin, alors qu'elle parvenait devant la porte pour sonner. Mal à l'aise, elle mit les mains dans les poches de sa petite veste en daim. Elle sursauta quand une voix s'éleva juste derrière elle, dans la nuit. Sous le clair de lune, un homme en costume la contemplait, un téléphone à l'oreille.

— Je suis agent de sécurité, mademoiselle Arnold, annonça-t-il. J'étais en train de dire à M. Leonetti que c'est vous qui êtes à la porte.

Poppy laissa échapper un soupir. Elle avait oublié que la famille Leonetti ne se déplaçait jamais sans protection rapprochée et il était certes compréhensible que Gaetano s'interroge sur la nature d'une visite impromptue à cette heure tardive.

— Je viens voir votre patron, déclara-t-elle d'un trait.

L'homme se remit à parler en italien dans l'appareil, et elle ne comprit pas un traître mot de ce qu'il racontait. Enfin, il lui lança un regard explicite et secoua négativement la tête.

— Il *faut* que je voie Gaetano ! insista-t-elle. C'est important.

Le garde du corps reprit sa conversation, et une décision positive dut être prise, car il raccrocha pour pousser la lourde porte en chêne massif et lui faire signe d'entrer.

Dès qu'elle parvint dans le vestibule, un autre agent l'invita à traverser le long corridor pavé de marbre qui lui était si familier, avec ses somptueuses boiseries et ses tableaux hors de prix. Un picotement pénible dans sa nuque lui rappela qu'elle allait devoir faire preuve de toute sa détermination pour se sortir de ce face-à-face. Ses arguments étaient faibles, songea-t-elle en tâchant de formuler son discours. Elle n'avait pas le choix : il faudrait opter pour l'honnêteté.

Poppy Arnold ? La mémoire de Gaetano avait presque refoulé de rares images floutées par le temps. D'abord, celle d'une toute petite fille qui s'entêtait à jouer au bord de l'étang malgré des avertissements répétés. Puis celle d'une enfant en larmes à la mort de Dino, exhibant son chagrin. Il y avait aussi une Poppy d'une quinzaine d'années, levant vers lui un regard éperdu d'admiration, comme s'il était capable de marcher sur l'eau — une adolescente rebelle au physique ingrat, qui avait perdu sa candeur. Enfin, il revit une très jeune femme aux joues roses et à la salopette salie par l'herbe fraîche, sortant vivement d'un bosquet, bientôt suivie par un travailleur saisonnier.

Assis à son bureau, il secoua la tête, songeur. En apprenant qu'elle demandait à le voir, il s'était dit que la famille Arnold avait servi la sienne depuis trop longtemps pour qu'il se permette de refuser d'écouter ce qu'elle avait à dire pour leur défense.

Il y avait des années qu'il n'avait pas pensé à cette drôle de fille… Elle habitait donc toujours ici, avec les siens ? C'était surprenant. Il avait toujours cru qu'elle fuirait la région pour mener sa propre existence, loin des contraintes de la domesticité, si décalée dans la société d'aujourd'hui. Et puis, elle avait toujours eu une attitude fière, bravache. A quel point avait-elle changé ? Figurait-elle sur la liste des employés ? Il devait reconnaître qu'il n'avait pas prêté attention à ce genre de détails. Maintenant, sa curiosité était éveillée.

Le claquement de hauts talons sur le sol résonna dans le couloir, et la porte de la bibliothèque s'ouvrit pour révéler une paire de jambes aussi longue que celle d'une danseuse de Las Vegas. Déconcerté par sa propre observation, Gaetano détourna son attention de ce fantastique attribut féminin pour se concentrer sur son visage et fut à nouveau sous le choc. Eh bien ! Le temps avait transformé la petite Poppy Arnold en une grande et superbe rousse élancée. Ses yeux avaient conservé leur intense couleur émeraude, mais ils semblaient plus grands, plus brillants, ourlés de leurs longs cils noirs. Le visage rond et poupin de l'adolescente s'était allongé en un ovale élégant et harmonieux, sculpté par de hautes pommettes. Elle avait conservé son ravissant petit nez, au-dessous duquel apparaissait une bouche pulpeuse, exquise, propre à faire fantasmer n'importe quel homme.

Elle avait gagné, pensa-t-il. Le vilain petit canard dont il s'était moqué avait fait sa mue pour se transformer en un cygne majestueux…

— Bonsoir, monsieur Leonetti, dit-elle avec la courtoisie d'une parfaite étrangère.

— Gaetano, s'il te plaît, corrigea-t-il sèchement, ne voyant aucune raison à ce qu'ils se montrent cérémonieux l'un envers l'autre. On se connaît depuis l'enfance, Poppy.

— Je n'ai pas l'impression de t'avoir réellement connu, contra-t-elle en le dévisageant avec une apparente concentration.

Elle s'était attendue à déceler des changements peu flatteurs dans la physionomie de Gaetano. Après tout, il avait presque trente ans, passait ses journées derrière un bureau, et avait des activités nocturnes, euh… harassantes. Il aurait dû physiquement s'en ressentir et pourtant, contre toute attente, sa silhouette et son visage n'exprimaient rien d'autre qu'une éclatante santé, un charme insolent. Grand, les épaules larges, le torse musclé, il avait une carrure d'athlète. Pas une ride ne marquait son visage au regard vif et à la mâchoire virile. Au contraire, il était plus séduisant que jamais. Quant à ses cheveux noirs, brillants et bouclés, qui lui avaient toujours donné un air de rébellion juvénile, ils n'avaient rien perdu de leur densité.

Une sorte de décharge électrique la parcourut et, furieuse, elle regretta l'image du vieux grigou dégarni et bedonnant à laquelle elle s'était bêtement raccrochée en venant ici. Mais elle n'était tout de même pas aussi idiote aujourd'hui qu'elle avait pu l'être à quinze ans ! Gaetano possédait sans conteste un charisme rare : c'était ainsi autrefois, et cela n'avait pas changé. Elle s'efforça d'ignorer la bouffée de chaleur qui s'insinuait en elle chaque fois qu'elle soutenait son regard sombre braqué sur elle. Ces yeux de velours noir, d'une douceur trompeuse, semblaient la transpercer.

— Tu vis toujours ici, avec ta mère et ton frère ? s'enquit-il en lui faisant signe de s'asseoir.

— Oui.

Elle s'installa dans un élégant fauteuil de cuir italien et s'éclaircit la gorge pour reprendre :

— Tu te demandes sans doute pourquoi je viens te voir à cette heure avancée… Je suis serveuse au Flying Horseman, en bas de la route. Et je viens seulement de finir mon service.

Non sans satisfaction, Gaetano constata qu'elle s'exprimait normalement, et non plus dans le langage fleuri et vulgaire dont elle usait sept années plus tôt. Mais bien sûr, pensa-t-il aussitôt, en ce moment, elle devait accorder le plus grand soin à son expression. Serveuse dans un pub ? Cela expliquait sa tenue, qui convenait mieux à une sortie en night-club qu'à une soirée tranquille à la maison.

— J'ai vu l'article, enchaîna-t-elle. Tu veux renvoyer ma mère parce qu'elle a vendu des photos au journal et même accordé un entretien… Je ne prétendrai pas que ce n'est pas un motif valable.

— D'où viennent ces photos ? interrogea-t-il avec froideur. Qui les a prises ?

Elle soupira.

— Un invité a vu mon frère dehors, en train d'assurer le

service de voiturier, et lui a proposé de se joindre à la fête. Damien a fait ce que tous les garçons de son âge auraient fait, je suppose, devant le spectacle d'une femme se baignant nue dans une fontaine… Il a pris des photos. Je ne cherche pas à l'excuser, mais jamais il n'a eu l'intention de les vendre. C'est ma mère qui s'est emparée de son téléphone et qui a cédé les clichés à…

— Je verrai ta mère en personne demain, avant mon départ, interrompit-il. Mais je tiens à te poser la question maintenant : pourquoi ? Il me semble que ma famille vous a toujours bien traités. Pourquoi a-t-elle fait une chose pareille ?

Poppy observa un bref silence, le temps de rassembler ses forces pour demeurer impassible en avouant ceci :

— Ma mère est alcoolique, Gaetano. On lui a proposé de l'argent, elle n'a pas réfléchi une seconde. Rien d'autre n'existe pour elle que son addiction, en ce moment.

3.

Stupéfait, Gaetano haussa les sourcils. Il ne s'attendait pas à une révélation pareille… Jasmine Arnold, alcoolique ? Jamais il n'aurait pensé qu'une femme aussi sérieuse pouvait sombrer ainsi. Mais cela ne changeait rien. Impossible de tolérer un manque de loyauté de la part de ses employés !

— Ah ? Elle doit appartenir à la catégorie des toxicomanes fonctionnels, alors, nota-t-il. Car son travail n'en souffre pas : la maison semble toujours aussi bien tenue.

— Non, elle ne peut pas travailler, répliqua sombrement Poppy en serrant la mâchoire. Il y a près d'un an que je la couvre en assumant ses charges à sa place. C'est moi qui m'occupe de la propriété.

Elle n'eut pas plutôt prononcé ces paroles que le visage de Gaetano se ferma pour exprimer une colère froide.

— En d'autres termes, reprit-il d'un ton glacial, tout a été organisé pour que j'ignore ce qui se passe réellement ici !

Il lui décocha un regard si noir qu'elle en frémit.

— Alors qu'à n'importe quel moment, poursuivit-il, tu aurais pu venir me voir et me demander d'être patient, voire de vous aider. Non, tu as préféré te taire… Eh bien Poppy, sache que je ne tolère pas qu'on me mente. Cet entretien est terminé !

Consternée devant sa réaction, elle chercha frénétiquement un argument et murmura :

— Mais…

— Il n'y a pas de circonstances atténuantes en un cas pareil, coupa-t-il. J'en sais assez, maintenant. Va-t'en.

N'en croyant pas ses oreilles, Poppy se leva lentement de son siège et fit un pas vers le bureau en dévisageant son interlocuteur avec fierté.

— Je ne te permets pas de me parler ainsi.

— Je te parle comme je veux : je suis chez moi, et d'après ce que je viens d'apprendre, tu es mon employée.

— Ah non ! opposa-t-elle avec fierté. J'ai offert gracieusement mes services dans l'intérêt de ma mère, c'est tout.

— Oh ! ne fais pas comme si tu descendais à la mine, lâcha-t-il d'un ton exaspéré, se levant à son tour de son siège pour la rejoindre au milieu de la pièce. Je viens si rarement qu'il y a peu de travail à fournir pour maintenir la maison en état convenable.

— Je crois que tu serais étonné d'apprendre quelle somme d'heures de ménage il faut consacrer chaque jour à une demeure de cette taille, répliqua-t-elle, choquée.

Gaetano nota que la colère faisait briller ses grands yeux émeraude.

— Ce n'est pas mon problème et cela m'est égal, dit-il d'un ton sec. Si tu as offert ton temps gratuitement, c'est stupide et non admirable.

Chacune de ses répliques enflammait davantage la colère de Poppy, qui se défendit avec énergie :

— Je ne suis pas stupide ! Comment oses-tu dire ça ? Tu sais parfaitement que je ne pouvais pas te réclamer un salaire que tu versais déjà à ma mère !

Gaetano haussa les épaules, de plus en plus mal à l'aise. Debout devant lui, ivre de fureur, la jeune femme était irrésistible et l'érection qui s'était déclarée quelques minutes plus tôt l'embarrassait douloureusement.

— Je suis certain que tu as assez de ressources pour avoir résolu ce problème d'une manière ou d'une autre, observa-t-il avec indifférence.

— Ma mère a été payée pour un travail qui a été effectué, plaida-t-elle. Je ne vois pas de quoi tu peux te plaindre.

— Ah non ? répondit-il, une note de défi dans la voix. Une alcoolique est en charge de mon domaine et de la comptabilité, mais tu ne vois pas de quoi je peux me plaindre ?

— Non, maman n'a plus accès ni aux livres de comptes, ni aux réserves d'argent, assura-t-elle. J'y ai veillé depuis mon retour ici.

— Dans ce cas, qui a payé les factures ?

— Moi, reconnut-elle, étonnée de constater qu'il ignorait tout de la façon dont son domaine était géré depuis des années. Je tiens le rôle de comptable depuis la mort de papa.

— Mais tu n'en as pas l'autorisation !

— Mon père non plus, rappela-t-elle, et pourtant il s'en chargeait depuis toujours.

Gaetano la dévisagea avec stupéfaction.

— Quoi ? ton père avait accès aux comptes, lui aussi ?

— Oh ! Seigneur ! Tu es toujours aussi psychorigide ?

Elle leva les yeux au ciel avant d'expliquer :

— Maman n'a jamais été forte en maths. Mon père se chargeait systématiquement de la comptabilité pour elle. Ta grand-mère le savait, et d'ailleurs, quand elle avait besoin d'un renseignement, elle se tournait vers mon père. Ce n'était pas un secret.

— Mais comment diable puis-je vous confier des sommes d'argent substantielles alors que ton frère a fait de la prison pour vol ? Je te préviens, je vais faire examiner les livres de comptes à la loupe, et si quoi que ce soit semble douteux, j'appelle la police !

Poppy avait pâli en découvrant que Gaetano avait eu vent de la condamnation de son cadet. Cependant, elle resta impassible.

— Damien s'est fait entraîner par une bande de trafiquants de voitures, mais il n'a jamais commis aucun vol. Il s'est retrouvé en prison parce qu'avant que les véhicules soient envoyés à l'étranger, c'était lui qui avait travaillé dessus, en tant que mécanicien.

— Quelle subtile nuance ! Tu me rassures, rétorqua-t-il, sarcastique.

La rage de Poppy coulait dans ses veines tel un feu liquide, et elle lui lança un regard assassin.

— Tu peux faire vérifier les livres par toutes tes sociétés comptables ! Elles ne trouveront pas une seule erreur. Mais ne te montre pas irrespectueux vis-à-vis de mon frère.

— Je ne me suis pas du tout montré…

— Si ! Tu le juges depuis ton piédestal de privilégié. Damien a enfreint la loi, mais il a payé sa dette et purgé sa peine. Tu n'as sans doute jamais commis la moindre erreur, toi ?

— Oh si ! J'ai autorisé la tenue d'une fête ici, répliqua-t-il, la mâchoire serrée. Mais je ne te permets pas pour autant de te saisir de l'argument de ma fortune.

— Dans ce cas, cesse de te comporter comme si tu nous étais infiniment supérieur, conseilla-t-elle en le toisant. Sauf si tu es incapable de quitter ton rôle de grand Lord.

A cet instant, Gaetano ne put s'empêcher d'admirer son cran. Elle lui parlait avec une franchise confondante, quitte à franchir la ligne de la correction. Il était rare que quiconque s'adresse à lui avec cette fougue. C'était rafraîchissant, mais… elle n'avait aucun sens tactique.

— Tu crois vraiment que c'est en m'insultant de la sorte que tu vas plaider ta cause ? interrogea-t-il en haussant un sourcil amusé.

— Tu ne m'as même pas accordé une chance de te la dire. Arrête de faire le raisonneur.

— Moi, je… je fais le raisonneur ?

— Je veux que tu donnes une seconde chance à ma mère, reprit-elle, déterminée. J'ai bien conscience que tu n'as pas envie de te montrer magnanime. Je peux même comprendre qu'il soit désagréable de voir ton goût particulier pour les soirées de débauche étalées dans la presse, et…

— Je n'ai aucun goût de ce genre ! protesta-t-il, outré.

Plantant les yeux dans les siens, elle riposta froidement :

— Cela ne me regarde pas. Je n'ai pas à te juger.

— Vraiment ? ironisa-t-il. Quelle générosité !

Elle leva les yeux au ciel.

— Tu vois ? Quand tu ne fais pas le raisonneur, tu réponds par le sarcasme ! Tu refuses d'essayer de m'écouter.

— Non, je suis tout prêt à le faire à condition que tu t'abstiennes de commenter les pratiques sexuelles que tu me prêtes.

— Puis-je enlever mes chaussures ? demanda-t-elle à brûle-pourpoint. Je suis restée debout toute la soirée, et mes pieds me torturent.

Sans se laisser décontenancer par cet interlude curieux, il accepta d'un geste impatient de la main.

— Dépêchons-nous, gronda-t-il. Dis ce que tu as à dire et disparais. Cette conversation m'ennuie.

— Merci de tes encouragements, railla-t-elle en se penchant pour ôter ses escarpins et lui révéler ses pieds menus.

Gaetano fronça les sourcils. Cette manœuvre était-elle délibérée ? Pour sa fureur, sa température venait de grimper encore de deux ou trois degrés, et il ne parvenait plus à détacher son regard de cette fabuleuse paire de jambes... A quoi diable songeait une femme dans ce genre de tenue quand elle venait trouver un homme au beau milieu de la nuit ?

— Je t'écoute, Poppy, insista-t-il, fournissant un effort surhumain pour détourner son regard.

— Eh bien... Maman a eu droit à une belle série de coups durs, commença-t-elle.

Il hocha lentement la tête.

— Oui, je sais qu'elle a perdu un enfant, et bien sûr j'ai appris la disparition de ton père. Crois-moi, je suis sincèrement désolé, et je réalise que cela a dû être effroyable pour ta mère. Mais son malheur n'excuse pas ce qui s'est passé ici.

— Maman a besoin d'aide, Gaetano, et non d'un châtiment.

— Poppy, je suis son employeur, et non un membre de sa famille ou un thérapeute. Je ne peux pas prendre en charge ses difficultés.

Non sans avoir marqué un temps d'hésitation, elle observa :

— Pourtant, ton grand-père a toujours dit qu'ici nous formions une seule et grande famille.

— Oh ! je t'en prie, ne me dis pas que tu as cru à ces mièvreries ! Mon grand-père est vieux jeu, il aime les jolies formules, mais quand il s'agit de sécurité et de discrétion chez lui, il est tout aussi inflexible que moi. Il faudrait être fou pour abandonner la gestion de ce domaine à une personne qui souffre d'alcoolisme !

— Oui mais… Tu pourrais me confier le poste de maman ? suggéra-t-elle dans une tentative désespérée. Après tout, je te donne toute satisfaction depuis des mois, et tu as déjà bénéficié de ma période d'essai. Ainsi, nous pourrions rester ici, et tu ne perdrais pas de temps à recruter quelqu'un de nouveau.

Gaetano la fixa avec un mélange de froideur et de décontraction qui n'annonçait rien de bon.

— Tu as toujours exprimé le désir de ne pas devenir domestique. Je ne l'ai pas oublié.

— Peut-être, admit-elle, mais nous devons tous faire des choses qui ne nous séduisent pas forcément, surtout pour la famille. Après la mort de papa, je suis retournée à mes études d'infirmière, laissant le soin à Damien de veiller sur maman. C'était beaucoup trop dur pour lui. Il n'a pas osé m'avouer que les choses allaient très mal, et c'est ainsi qu'il s'est retrouvé dans une sale situation. J'avais des responsabilités vis-à-vis de ma mère et de mon jeune frère. Je leur ai tourné le dos au moment où ils avaient désespérément besoin de moi.

Gaetano ne s'attendait pas à cela. L'expression d'une conscience morale aussi aiguë lui paraissait tellement infondée qu'elle en devenait absurde. Mais il préféra en rester à l'objet de leur discussion.

— Cela ne fonctionnerait pas, dit-il. Je regrette. Je te souhaite le meilleur, et je suis navré de ne pouvoir t'aider.

— Dis plutôt que tu ne *veux* pas !

— Tu ne corresponds pas à l'idée que je me fais d'une gouvernante. Il vaut bien mieux que tu repartes de zéro ailleurs, avec ta famille.

Pas question d'avoir Poppy et sa tentatrice paire de jambes dans cette maison, même s'il n'y venait que très rarement. C'était beaucoup trop dangereux, et il refusait de courir ce risque. Le premier de ses commandements était l'inflexible « On ne fraie pas avec les domestiques ». D'ailleurs, quelques années plus tôt, il en avait vérifié le bien-fondé. Quand une de ses assistantes, fraîchement recrutée, l'avait poursuivi avec ardeur, il avait fini par passer une nuit avec elle. C'était en voyage d'affaires, il était très tard, il n'avait pas réfléchi… Naturellement, elle en avait voulu davantage, et cette histoire avait mal fini. Au moins, il avait retenu la leçon : désormais, une frontière infranchissable se dressait entre ses employés et lui.

— Tu crois que c'est si facile de prendre un nouveau départ ? insista-t-elle. Je suis la seule de nous trois à avoir un travail, et si nous devons déménager, je risque également de le perdre.

— Poppy, soupira-t-il avec lassitude, je ne vais pas m'excuser parce que ta mère a rompu un engagement essentiel et qu'elle m'a collé un scandale sur le dos. Tu ne peux pas t'en tirer en déposant ses problèmes devant ma porte. J'ai de la sympathie pour toi et, eu égard aux longues années de service de ta famille, je verserai un dernier règlement substantiel, mais…

— Oh ! tu peux garder ton argent et la bonne conscience qu'il t'achète ! coupa-t-elle, perdant patience.

Il n'y avait rien à espérer d'un homme pareil. Rien ! Il les méprisait. A ses yeux, sa mère, son frère et elle n'étaient que de misérables *losers*, et en fait, il était tellement soulagé de tenir une occasion de se débarrasser d'eux qu'il était prêt à payer pour ça. Non, elle ne lui accorderait pas ce plaisir.

— Je ne veux rien de toi, ajouta-t-elle en se dirigeant vers la porte.

— Perdre tout sang-froid n'est pas le meilleur moyen de régler une situation comme la tienne, observa-t-il.

— Ce soir, il ne me restait rien d'autre à perdre, répliqua-t-elle, cinglante.

— Dans ce cas, pourquoi fais-tu cela ? Pense d'abord à toi et laisse les autres membres de ta famille régler leurs problèmes.

Scandalisée par tant d'indifférence, elle lui retourna un regard horrifié.

— C'est ce que font les grands banquiers dans ton genre ? Chacun pour soi, que les autres se débrouillent ? Ma mère et Damien sont *ma famille*. Nous sommes très différents, parce que je tiens plutôt de mon père et que je suis forte. Ils n'ont pas cette chance et sont plus ébranlés en période de crise. Selon toi, je devrais les en aimer moins ? Je crois qu'en fait je ne les aime que davantage. Je les aime pour ce qu'ils sont, avec leurs défauts, et je ferai tout pour veiller sur eux !

Sur ces mots, elle referma la porte derrière elle et disparut.

Ce discours, troublant, l'avait réduit au silence. Gaetano était incapable d'éprouver un tel amour pour quelqu'un. Ses parents s'étaient tous deux montrés faibles, mesquins. Son père avait couru après le frisson, sa mère après l'argent, et Gaetano n'éprouvait rien d'autre pour eux qu'un mépris absolu. Ils n'avaient pas eu la capacité d'aimer leur fils, et dès qu'il avait été en âge de le comprendre, il leur avait retiré son affection tout en reconnaissant que seuls ses grands-parents se consacraient à son bien-être. C'est pourquoi il ne comprenait pas comment on pouvait éprouver de l'amour pour une personne faible et faillible, se sentir un devoir et une responsabilité envers elle.

Il admirait la force de Poppy Arnold, force dont elle venait de lui montrer la flamboyance. Mais il était persuadé qu'elle était folle de s'infliger le boulet d'une mère alcoolique et d'un petit frère incapable.

Il monta prendre une douche et s'étonna de ne pas parvenir à chasser cet entretien de son esprit. Si Rodolfo avait été présent, il aurait sans doute été très impressionné par la tirade finale de Poppy. Après tout, son grand-père avait passé des années à tenter de corriger, mais à entretenir quand même un fils bon à rien et une belle-fille frivole. Oui, son grand-père avait accepté les défauts et les faiblesses de sa famille… Gaetano, en revanche, était moins patient, moins prompt à pardonner, plus exigeant, plus rigide… Pour la première fois de sa vie, il se demanda si c'était une faiblesse.

En se représentant l'admiration de Rodolfo pour la loyauté de Poppy vis-à-vis des siens, il essaya de deviner ce que son grand-père lui aurait reproché. Evidemment, elle était issue d'un milieu difficile, et sa famille était un cauchemar.

Oui, tout cela aurait épouvanté Rodolfo, et pourtant… N'était-ce pas le genre de *fille ordinaire* qu'il tenait à lui faire épouser ? Et qu'il désignait comme la femme idéale ?

Une fois séché, Gaetano se mit au lit et resta un long moment immobile, à fixer le plafond. Il s'esclaffa, hilare, en imaginant la tête de son grand-père s'il lui présentait soudain une fille comme Poppy, et s'il lui déclarait que c'était la femme de sa vie. Même si Rodolfo refusait de l'admettre, il était snob — ce que Gaetano ne lui reprochait pas, les Leonetti ayant représenté depuis plusieurs siècles une famille respectable de la haute finance. Cela dit, le vieil homme avait lui-même failli être déshérité quand il avait épousé, au grand dam des siens, et contre leur volonté, une fille de pêcheur. Gaetano ne pouvait concevoir un amour de cette nature, de cette force. Il n'avait ni besoin ni envie d'éprouver ce genre de sentiments extrêmes. En fait, la seule idée de ressentir une émotion si dévastatrice le terrifiait.

Il ne souhaitait pas non plus se marier. Plus tard, peut-être, lorsqu'il aurait atteint la quarantaine, il sentirait l'intérêt de baisser un peu le régime côté travail, et d'avoir une compagne auprès de lui. De toute façon, viendrait un temps où il devrait fournir un héritier à la famille. Cette perspective le glaçait, et il se rappela amèrement les crises de son père, les larmes de sa mère et l'image qu'il avait du mariage. Bon sang, pourquoi Rodolfo refusait-il d'admettre que c'était la réalité ? Le monde avait changé. Aujourd'hui, le mariage, c'était la garantie de souffrir, de gaspiller son énergie et de finir ruiné. En tout cas, pour l'heure, il était bien trop jeune pour songer à ces histoires… et en âge de prendre les rênes de la compagnie bancaire !

Une idée stupide germa dans son esprit. Trop stupide pour qu'il y accorde une seconde de réflexion, mais… Au bout de quelques minutes, il y revint.

En supposant qu'il présente à son grand-père une fiancée qui ne lui convenait pas du tout, que se passerait-il ? Dans un scénario pareil, personne ne s'étonnerait que les fiançailles soient finalement rompues… Rodolfo en serait même soulagé, et non déçu. Il verrait que Gaetano avait fait un effort pour s'engager auprès d'une femme et n'oserait plus revenir à la charge sur ce sujet avant un bon moment. Oui : une fausse fiancée, pourvu qu'elle soit mal assortie avec lui, le tirerait durablement d'affaire !

Gaetano sentit un sourire s'étirer sur son visage, tandis qu'un halo de lune passait par la fenêtre ouverte de sa chambre. Il fallait choisir une « fille ordinaire » très jolie. Sinon, son grand-père n'y croirait pas. Mais l'heureuse élue devait aussi être une source de gêne en public. Poppy était ravissante, s'habillait n'importe comment et avait un tempérament incontrôlable… Il n'aurait même pas besoin de l'aider à échouer dans son milieu : elle le ferait d'elle-même !

Il était rare que Gaetano écoute la voix de sa conscience, mais dans la circonstance, il se demanda s'il n'était pas cruel de soumettre la jeune femme à ce projet démoniaque uniquement dans le but de satisfaire, puis de s'affranchir des exigences de Rodolfo. Cependant, il parvint à balayer ce scrupule en se rappelant que les fiançailles seraient factices dès le départ : Poppy *saurait* à quel jeu elle participait, et bien sûr elle recevrait une généreuse rémunération en échange de ses services. Cela dit, il ne pourrait pas lui révéler son objectif. Pour que Rodolfo soit épouvanté à l'idée qu'elle intègre la famille, il fallait à tout prix qu'elle reste elle-même. Car, avec elle, on ne pouvait s'attendre qu'au pire.

4.

Poppy chercha le sommeil en vain et passa une nuit blanche. Certes, le comportement de Gaetano n'avait rien d'inattendu, et elle ne devait pas s'étonner qu'il soit ravi de se débarrasser des Arnold. Néanmoins, elle demeurait sidérée par son attitude désinvolte lorsqu'elle lui avait expliqué son attachement à sa famille. En tout cas, le résultat nul de ses efforts la plaçait devant un gouffre.

Des images noires défilaient dans son imagination. Seigneur, où iraient-ils ? De quoi vivraient-ils ? Jamais elle n'aurait cru un jour dépendre des services sociaux ! Allaient-ils se retrouver dans un foyer d'accueil ? Prendraient-ils leurs repas à la soupe populaire ?

Malgré son angoisse, elle se leva tôt, comme à son habitude, et profita du bref moment de la journée où ni sa mère ni son frère n'étaient levés. C'était une belle matinée ensoleillée, et elle alla prendre son café dans le modeste carré de jardin qui avait été son petit paradis. Elle avait aimé y faire pousser des fleurs, des arbustes, y planter un potager, l'entretenir avec amour… Ces gestes simples lui avaient procuré un grand bonheur.

Attendrie, elle contempla la pile de pots de plantes aromatiques qui reposait, dans un équilibre précaire, sur une étagère fabriquée par son père. Elle ne pourrait pas l'emporter. Mais son cœur se briserait si elle devait l'abandonner.

La gorge nouée, elle se rappela que, petite fille, tandis qu'elle s'occupait des fleurs avec son père, elle avait eu le désir de faire le même métier que lui. Mais cela signifiait qu'elle serait contrainte de travailler pour les Leonetti, alors elle avait vite changé d'avis, ignorant que le monde ne se réduisait pas à Woodfield Hall et pouvait proposer une ample gamme d'activités aux horticulteurs, paysagistes et jardiniers.

Amère, elle songea qu'en revanche l'un de ses vœux d'enfant se voyait exaucé : les Arnold n'étaient plus au service des Leonetti. Hélas, aujourd'hui, elle aurait tout donné pour qu'ils puissent y rester…

— Mademoiselle Arnold ?

Poppy sursauta et vit l'un des agents de sécurité de Gaetano posté devant la petite barrière du jardin, devant elle.

— M. Leonetti souhaiterait vous voir, reprit-il.

A ces mots, elle bondit sur ses pieds et sentit un fol espoir renaître. Avait-il eu des regrets après leur conversation ? D'un geste vif, elle rajusta sa veste sur sa longue robe gothique noire et emboîta le pas de l'homme.

— M. Leonetti vous attend devant l'hélicoptère, expliqua-t-il, faisant aussitôt fondre l'optimisme de Poppy.

Il était sur le point de partir, il la demandait au dernier moment… Non, ce n'était probablement pas un revirement.

En parvenant devant le petit groupe d'hommes installés près de l'appareil, parmi lesquels figuraient le pilote et d'autres agents de sécurité, elle repéra aussitôt Gaetano — le plus grand d'entre eux. Vêtu d'un superbe costume italien gris clair, ses cheveux noirs impeccablement coiffés, il avait l'air d'un roi…

Naturellement, en tant que tel, il resta sur place et attendit qu'elle vienne vers lui. Cette arrogance ranima l'agacement de Poppy, furieuse d'avoir un instant admiré celui qui faisait de sa famille des sans-abri.

— Bonjour Poppy, lança-t-il avec l'éternelle politesse propre à son rang.

En voyant arriver la jeune femme, Gaetano resta interdit et fasciné par l'excentricité de sa tenue. Sa veste rouge et noir aurait tout aussi bien pu être celle d'un directeur de cirque, et sa robe de princesse de la nuit semblait sortir du vestiaire d'un théâtre. Il ne put réprimer un sourire en imaginant l'effroi de son grand-père. Il ne faudrait surtout rien changer aux goûts vestimentaires de la demoiselle, qui s'accordaient parfaitement à son plan ! De plus, cet accoutrement faisait ressortir l'exquise fraîcheur de sa peau claire, ainsi que la flamboyance de sa chevelure, aujourd'hui lâchée en liberté sur ses épaules. Il y avait quelque chose de majestueux dans cette cascade de boucles soyeuses encadrant un visage aux traits d'une grâce et d'une finesse rares.

Elle ne l'attirait pas, se répéta-t-il, sûr de lui. Il était capable d'apprécier la beauté d'une femme sans pour autant avoir envie d'elle. Et si son corps semblait encore lui infliger un démenti par le biais d'une insolente érection, il se rassura en se disant que c'était une réaction banale, hormonale.

— Bonjour, répondit-elle d'un ton qui lui parut assez froid.

— Nous partons prendre le petit déjeuner ailleurs, puisqu'il n'y a rien à manger dans la maison !

Poppy battit des cils et observa un bref silence avant de répéter :

— Nous ?

— Oui, j'aimerais que tu viennes, j'ai une proposition à te faire. Nous pourrions en discuter.

— Une proposition ?

— Une proposition et un petit déjeuner, rappela-t-il en s'écartant pour l'inviter, d'un geste galant, à monter dans l'appareil.

— Et pour prendre le petit déjeuner, on doit voyager en hélicoptère ? demanda-t-elle, visiblement désarçonnée.

— Nous allons au restaurant d'un hôtel.

Une *proposition* ? Le cerveau de Poppy s'était mis à fonctionner à plein régime. Elle détestait les manières de

Gaetano. Il partait du principe que ses désirs étaient des ordres et toute personne de son entourage, un laquais. Mais bien que cet étrange kidnapping ne lui plaise guère, pouvait-elle se permettre de refuser, s'il était prêt à faire quelque chose pour sa famille ?

Vaincue, elle acquiesça d'un mouvement de tête et s'engouffra dans l'habitacle de l'engin. Le bruit des pales fut si intense qu'elle n'échangea pas un mot avec son compagnon au cours du vol. Du reste, le trajet ne dura qu'une dizaine de minutes, et ils atterrirent bientôt sur la piste héliportée d'un immense et luxueux complexe hôtelier. Poppy se sentait mal à l'aise : elle ne s'était pas maquillée, et si elle avait su qu'elle se rendait dans un palace, elle aurait enfilé des vêtements plus appropriés…

— Gaetano, soupira-t-elle dès qu'ils se posèrent, tu aurais dû me prévenir, je ne suis pas convenablement vêtue et je…

— Tu es radieuse, coupa-t-il, un sourire réjoui aux lèvres.

A sa surprise, elle sentit sa bouche devenir très sèche et une étrange chaleur la parcourir. C'était la première fois qu'il lui souriait… Et quel sourire extraordinaire ! Bienveillant, admirateur, et outrageusement sensuel.

C'était étrange. Gaetano était très avare de sourires. Pourquoi cette soudaine faveur ? Que voulait-il ? Et pour quelle raison lui déclarait-il qu'il la trouvait « radieuse » ? Elle avait peine à le croire. Son haussement de sourcils ne lui avait pas échappé, au moment où elle s'était approchée de l'hélicoptère. Non, elle n'était pas son genre, et elle connaissait ses goûts, ainsi que les codes vestimentaires en usage dans son milieu…

Comme ils franchissaient la porte du complexe hôtelier, ils furent accueillis par le directeur en personne, telles des stars de cinéma ou des membres de la famille royale, puis conduits à l'orangerie où Gaetano insista pour qu'on ne les dérange pas. De plus en plus intriguée, Poppy pénétra alors dans une salle de restaurant charmante, sous une coupole de verre avec vue sur les serres de l'établissement : un enchantement de plantes et d'arbres exotiques.

Mais sans se laisser distraire par le décorum, elle se décida à aborder d'emblée le sujet qu'il avait vaguement évoqué un moment plus tôt.

— Gaetano, à propos de ta remarque sur le fait qu'il n'y ait pas à manger dans la maison… Je tiens à m'expliquer. Tu n'avais pas annoncé ta venue.

Gaetano regardait les rayons du soleil filtrer par la verrière. Ils illuminaient les longs cheveux roux de la jeune femme et leur offraient une palette d'éclats fascinante. Ses superbes yeux verts semblaient plus clairs, ce matin, comme constellés de paillettes d'or et de bronze. Elle l'étonna encore quand, malgré la richesse et la diversité des menus proposés au petit déjeuner, elle commanda un bol de céréales accompagné d'un chocolat chaud.

— La propriété doit être pourvue de tous les aliments possibles en permanence, répondit-il d'un ton sans appel, après avoir lui-même passé commande.

— Mais c'est un terrible gâchis ! protesta-t-elle. Quand j'ai pris la relève de maman, j'ai été horrifiée de voir toutes les quantités de nourriture qu'il fallait jeter chaque semaine. Et hier, je ne pouvais pas deviner que tu allais venir : j'ai fait annuler la livraison du traiteur. Ah, et il y a les fleurs aussi : elles arrivaient par quantités phénoménales, et personne n'en profitait. J'avoue que je ne suis pas douée pour les arrangements. Je t'ai fait économiser beaucoup d'argent.

— Je n'ai pas besoin de faire des économies. Je veux que la maison soit toujours prête à recevoir du monde.

Elle lui retourna un regard navré :

— Tu te rends compte, toute cette nourriture gâchée, ces fleurs fraîches qui se fanent dans des pièces vides…

Il haussa les épaules, indifférent à cet argument qui ne lui avait jamais traversé l'esprit. Chaque année, il versait des millions à des œuvres caritatives. Il travaillait comme un damné. Pas question de renoncer au confort lors de ses pauses trop rares.

— Il est impératif que la maison soit toujours prête, insista-t-il. Je dois pouvoir décider de venir à n'importe quel moment et à la dernière minute.

Poppy ouvrit distraitement la petite boîte de céréales, la versa dans son bol et se mit à manger les flocons avec les doigts, comme elle en avait l'habitude, sans prêter attention au pot de lait posé à côté d'elle. Durant une fraction de seconde, Gaetano la contempla avec ébahissement, mais ne pipa mot. Soudain consciente de ce qu'elle était en train de faire, elle se sentit accablée de honte. *Personne*, dans la haute société, ne se comportait ainsi à table…

— J'ai un faible pour le chocolat, avoua-t-elle en guise d'excuse. Et je préfère mes céréales croquantes.

Puis elle s'éclaircit la gorge et reprit :

— Tu m'as parlé d'une proposition ?

— Oui. Mon grand-père tient absolument à ce que je me marie avant de me nommer P-DG de la banque. Comme je ne veux pas me marier, j'ai pensé que de fausses fiançailles pourraient le satisfaire dans un premier temps. Rodolfo verrait que je prends la direction qu'il souhaite.

— Ah ? répondit-elle, interloquée par ce discours. Très bien, mais pourquoi me racontes-tu cela ?

— J'aimerais que tu sois ma partenaire dans cette comédie, ma fausse fiancée, déclara-t-il en plongeant son regard dans le sien.

Il avait prononcé ces paroles avec un tel sérieux qu'elle le dévisagea avec des yeux arrondis.

— Tu es sérieux ? demanda-t-elle, incrédule.

L'idée était si ridicule qu'elle ne put que céder à l'hilarité.

— Personne, absolument personne ne pourrait croire à un couple aussi mal assorti !

— Tiens donc… Pourtant, tu n'étais pas de cet avis, à l'adolescence.

Ces mots la frappèrent avec une telle violence qu'elle bondit sur ses pieds.

— Goujat ! s'écria-t-elle.

Au fond, jamais elle ne s'était remise de sa cruelle déception, de son affreuse humiliation. C'était sans doute ridicule, mais elle avait été une adolescente naïve et innocente, qui rencontrait l'amour pour la première fois. Comment aurait-elle pu *seulement* songer au fait qu'elle était la fille d'une employée, et lui l'héritier d'une immense fortune ? De quel droit s'était-il montré aussi méprisant ? Pourquoi un tel manque de tact ?

Son calvaire n'avait pris fin que lorsqu'il lui avait lancé au visage des paroles assassines. Quelques semaines plus tard, Poppy avait eu droit au coup de grâce. Comme chaque été, les Leonetti organisaient une garden-party dans le parc de Woodfield Hall, et Gaetano y était apparu accompagné de sa petite amie, une jeune fille évidemment blonde et à la taille mannequin, vêtue avec élégance et d'un raffinement parfait. Ce jour-là, Poppy avait compris qu'elle n'aurait jamais une chance de retenir l'attention d'un garçon comme Gaetano. Elle s'était sentie minuscule, affreuse et indigne du regard de n'importe quel homme.

Il lui avait fallu des années pour se remettre de ce souvenir cuisant et retrouver un peu de confiance en elle,

— Poppy, voyons, murmura-t-il, comme s'il regrettait sincèrement d'avoir déterré ce passé enfoui.

— J'avais seize ans ! Seize ans, doux Jésus ! Tu étais le seul garçon séduisant de mon horizon. Comment aurais-je pu ne pas avoir le béguin pour toi ? C'était un phénomène hormonal, rien d'autre. Et je n'avais pas assez de maturité pour me rendre compte que tu n'étais pas *du tout* pour moi, et je…

— Pourquoi pas ? opposa-t-il en regrettant aussitôt d'avoir posé cette question et en se demandant quelle mouche l'avait piqué.

La jeune femme parut déstabilisée.

— Mais parce que… Oh ! il est indéniable que tu représentes un beau parti : tu es fabuleusement riche et séduisant. Mais tu es aussi dévoré d'ambition et tu es sans cœur, d'un sérieux accablant et beaucoup trop conventionnel. Nous sommes à l'opposé, toi et moi. Personne ne pourrait nous considérer comme un couple vraisemblable ailleurs que dans une comédie bouffonne.

Elle enchaîna aussitôt :

— Je suis désolée si je t'ai froissé par mes propos, ce n'était pas mon intention.

Alors qu'elle lui servait ce discours emporté, elle avait vu les joues de Gaetano se colorer d'un rose explicite. Pourtant, contre toute attente, il ne se mit pas en colère, mais la considéra longuement, l'air pensif.

Gaetano devait admettre que l'analyse de Poppy était très juste. Malgré le silence qui pesait, malgré cette atmosphère électrique, il leva les yeux vers celle qui, en cet instant, avait tout d'un ange enfiévré. Il n'aurait su dire si c'était à cause de son regard étincelant, de ses pulpeuses lèvres rougies par la colère, ou du contraste de sa peau blanche sur cette robe noire, mais… il comprit tout de suite qu'il désirait cette femme plus qu'il n'avait désiré aucune autre femme au cours de sa vie. Et cette certitude, claire, lumineuse, sans ambiguïté, s'accompagnait d'un désagréable pressentiment — celui d'une bonne idée qui tourne mal. Il prit une profonde inspiration, but une gorgée d'eau et s'astreignit au calme.

— Je veux tout de même que ce soit toi qui tiennes le rôle de ma fiancée, affirma-t-il en plantant son regard dans le sien, savourant la vue de ce visage angélique et fier. Rodolfo a toujours voulu que je me trouve ce qu'il appelle une fille ordinaire, et je n'en connais pas d'autre que toi.

La manière dont il la fixait produisait en elle un phénomène inattendu. C'était comme si son corps avait été en sommeil et qu'il se réveillait soudain, réduisant son esprit à l'impuissance. Des frissons couraient sur sa peau, ses seins se gonflaient, une onde traversait son bas-ventre, et une chaleur pénible l'envahissait. Allait-elle oublier qu'à seize ans, en tombant sous le charme d'un garçon trop séduisant, elle s'était malgré elle jeté un sort ? Car ensuite, malgré elle, elle avait comparé chaque homme qui croisait son chemin à ce premier amour. Naturellement, tous avaient échoué à le surpasser. Toutefois, c'était aussi pour cette raison qu'elle ne pouvait traiter Gaetano comme le premier venu.

A contrecœur, elle se rassit.

— Une *fille ordinaire* ? reprit-elle avant d'avaler quelques gorgées de son chocolat chaud.

Gaetano lui exposa alors le point de vue de Rodolfo, sa façon d'envisager l'avenir de son petit-fils.

Elle réprima le rire qui lui venait encore aux lèvres. Cette affaire était ridicule : Gaetano ne s'entendrait jamais avec une « fille ordinaire » qui, de son côté, ne supporterait pas son cœur de pierre.

— Mais pourquoi moi ? insista-t-elle.

— Tu es assez belle pour qu'il pense que je puisse être sincèrement attiré par toi…

— *Moi* ? coupa-t-elle en écarquillant les yeux.

— Bien sûr. Tu es ravissante, Poppy. Mais je ne suis pas tenté. Quand je parle d'engagement factice, je le situe ainsi à tous les niveaux : jamais je ne te toucherais.

— Et je ne te laisserais pas faire ! répliqua-t-elle. Je suis très difficile en matière d'hommes, Gaetano.

Non sans effort, il résista au désir de citer le nom du jeune travailleur saisonnier avec lequel il l'avait surprise… Bon sang, pourquoi diable avait-il conservé ce détail en mémoire ? Etrange. En tout cas, mieux valait ne pas évoquer cet épisode. Il avait toujours pensé que les femmes avaient exactement le même droit que les hommes à jouir de leur corps et d'une sexualité épanouie.

Sa mâchoire se serra. Il détestait que Poppy ait le pouvoir

de le déstabiliser, de faire vaciller sa parfaite maîtrise en toute situation.

— Tu te demandes probablement ce que tu aurais à y gagner, enchaîna-t-il. La réponse est simple : une cure de désintoxication pour ta mère, un nouveau départ et une nouvelle maison pour vous trois, car vous seriez propriétaires. Bien sûr, je couvrirai tous tes frais si tu acceptes de faire cela pour moi, *bella mia*.

Poppy sentit son cœur s'emballer dans la poitrine. Il lui jetait une bouée de secours quand ils étaient en train de se noyer, et la voix de la raison lui hurlait d'accepter sans une hésitation. Une cure pour Jasmine ! Cela n'avait pas de prix. C'était tout ce dont elle rêvait, et qu'elle n'aurait jamais les moyens de lui offrir !

— Allons, reprit-il, pense un peu à toi. Si ta mère s'en sort, ta vie t'appartiendra à nouveau, et tu pourras reprendre tes études pour devenir infirmière, si c'est ce que tu souhaites toujours.

— Mais… Je ne suis pas sûre d'être très convaincante dans le rôle de ta « fiancée ordinaire », plaida-t-elle.

— Laisse-moi m'inquiéter de cet aspect des choses, je m'en occupe. Je suis un excellent stratège.

Elle sentit son front brûler. Ses poumons ne parvenaient plus à absorber l'oxygène, mais elle balbutia d'une voix blanche :

— Bon… Où dois-je signer ?

Elle avait accepté ! Gaetano en était enchanté. Finalement, il avait toujours su que Poppy Arnold était une fille intelligente. Dans ce marché, elle avait tout à gagner et rien à perdre.

— Alors, euh… Il va falloir que je songe à m'habiller autrement ?

— Non, non ! Surtout pas. Il est essentiel que tu restes toi-même. Rodolfo se douterait tout de suite qu'il y a anguille sous roche. Je ne veux pas que tu te sentes déguisée… Ne change *rien*.

Comme la jeune femme semblait dubitative, il insista :

— Sois fidèle à ce que tu es. Mon grand-père aime que les gens affirment leur personnalité. Moi aussi.

Poppy se demanda pour quelle raison, dans ce cas, les femmes qu'ils fréquentaient avaient toutes l'air de sortir du même moule. C'était frappant, quand on le voyait apparaître dans les journaux : les créatures qu'il promenait à son bras étaient toutes blondes, minces, elles avaient toutes les yeux bleus, les mêmes robes de soirée en soie, les mêmes pochettes de cuir fin sous leurs longs ongles manucurés. Non, décidément, quand elle y réfléchissait, Gaetano ne lui apparaissait pas comme un homme qui appréciait les personnalités affirmées.

— Bon, soupira-t-elle. J'ai une autre requête. Mon frère est un mécanicien hors pair. Trouve-lui un travail.

Gaetano fronça les sourcils.

— Mais il a fait de…

— De la prison, oui. Justement, il a besoin de trouver un emploi solide et intéressant pour reprendre sa vie en main. Je te serai reconnaissante de tout ce que tu pourras faire pour aider Damien.

Gaetano hocha lentement la tête.

— Tu as le sens des affaires… C'est entendu. Je verrai ce que je peux faire.

5.

Près d'un mois s'était écoulé depuis le fameux petit déjeuner qui avait changé leur vie.

Ce matin, Poppy était installée dans la cuisine avec sa mère. Jasmine considérait sa fille d'une mine inquiète, une expression qui passait souvent sur son visage depuis qu'elle émergeait du brouillard alcoolisé dans lequel elle s'était retranchée. C'était comme si elle commençait à réaliser qu'il existait un monde au-dehors, et qu'elle comprenait ce qui s'y passait.

Un sérieux examen général, aussitôt suivi d'une psychothérapie accompagnée de traitements contre la dépression, avait déjà permis à Jasmine d'accomplir de grands progrès. Mais le plus difficile restait à faire et, dès cet après-midi, Poppy partait pour Londres avec elle, afin de la faire entrer dans une clinique spécialisée. Gaetano avait trouvé un établissement réputé pour son taux de succès et son confort. Après avoir dit au revoir à sa mère, Poppy resterait à Londres avec Gaetano, puisque leur accord devait officiellement prendre effet aujourd'hui.

— Je voudrais juste être certaine que tu ne risques pas d'être blessée dans cette histoire, répéta Jasmine en serrant la main de sa fille dans la sienne. Gaetano est un garçon compliqué. Je lui suis très reconnaissante de son aide, mais j'ai du mal à lui faire confiance. Il est rusé, et il n'a pas l'humanité de son grand-père. Je ne comprends pas ce qu'il retire de cette mascarade, et…

— C'est pourtant simple, maman, assura Poppy. Il gravit le dernier échelon, il devient le grand patron. Apparemment, Rodolfo ne supporte pas que son petit-fils reste célibataire.

— Oui, mais quand les fiançailles seront rompues, que se passera-t-il ? C'est ce que je ne comprends pas.

A la vérité, Poppy était dans le même cas. Bizarrement, cet aspect du scénario ne semblait pas inquiéter Gaetano. Comment deviner ce qu'il avait en tête ? Surtout que, depuis leur petit déjeuner, elle ne l'avait pas revu. Il s'était contenté de lui transmettre quelques instructions au téléphone, de lui envoyer toutes les informations sur la clinique pour sa mère, de lui faire savoir qu'il passerait les prendre, mais il n'était pas revenu au domaine.

Cependant, une nouvelle gouvernante, qui logeait à l'extérieur de Woodfield Hall, dans un village des environs, avait pris son service. Le réfrigérateur devait à nouveau déborder de victuailles, et chaque pièce de l'immense manoir contenir des vases de fleurs fraîches, satisfaisant les caprices du maître des lieux… Elle se rappela comment Gaetano avait rejeté ses arguments et signifié que ses attentes n'étaient pas sujettes à débat.

A 14 heures, l'hélicoptère se posa et, fin prêtes, Poppy et sa mère montèrent à bord. Terrifiée par l'épreuve qui l'attendait, Jasmine tenait mal sur ses jambes quand ils parvinrent à Londres, et elle s'appuya sur sa fille.

Tandis qu'ils gravissaient les marches du porche de la clinique, Gaetano ne pouvait détacher son regard de la jeune femme. Elle portait un long T-shirt noir sur un legging rouge, et ses cheveux tombaient en cascades de boucles fauves autour de son visage irrésistible. Nombreux étaient les hommes à se retourner sur elle, et il en concevait une intense exaspération.

Bon sang, il n'était pas un adolescent de quinze ans ! Pourquoi ne pouvait-il contrôler ce qui se passait au-dessous de sa ceinture en présence de Poppy ? Ces fausses fiançailles finiraient bien par lui permettre de reprendre le dessus. Il allait s'accoutumer à la voir plus souvent, et sa réaction s'éteindrait d'elle-même, puisqu'il n'y aurait jamais de contact physique entre eux.

Enfin, ils parvinrent dans le hall d'accueil, et les spécialistes chargés des soins de Jasmine vinrent à leur rencontre. Les deux femmes s'étreignirent et pleurèrent l'une et l'autre, car l'un des principes de la cure était d'éviter tout contact entre le malade et ses proches durant plusieurs semaines.

En sortant de l'établissement, Poppy avait encore la vue brouillée de larmes. Bien sûr, elle savait que confier sa mère aux mains expertes de ces médecins était la meilleure chose à faire, mais cela ne l'empêchait pas de culpabiliser et d'avoir le sentiment de l'abandonner.

— Poppy, souffla Gaetano avec douceur, en l'invitant à s'approcher de la voiture devant laquelle les attendaient ses gardes du corps et son chauffeur.

L'un d'eux prit aussitôt sa valise pour la charger dans le coffre, et elle prit une longue inspiration afin de recouvrer son calme. Seigneur, Gaetano était si beau ! Malgré son trouble, elle percevait la force de son charisme. Il portait un superbe jean de marque et un simple polo. Ce mélange de décontraction et d'élégance le rendait plus irrésistible que jamais. Chaque fois qu'elle levait les yeux vers son visage si masculin, elle sentait une décharge électrique la traverser.

Pendant un court instant, elle chercha un défaut dans la perfection physique de cet homme. Elle rencontra alors son regard brun, animé de mille éclats de miel, et sentit une indescriptible chaleur monter en elle. Il était tout près, et penchait son visage à quelques centimètres du sien. Son cœur se mit à battre à coups redoublés, la pointe de ses seins durcit et un éclair irradia si fortement son bas-ventre qu'elle manqua trébucher.

Elle ne rêvait pas. Il avait les yeux rivés sur sa bouche, et il émanait de lui une sensualité animale.

— Nous partons tout de suite chez moi, annonça-t-il brutalement. Tu vas devoir répéter ton rôle, ce soir.

— Comment cela ? balbutia-t-elle en cherchant à dominer son trouble.

De toute façon, il ne s'était rien passé. Et l'homme qui se tenait devant elle demeurait avant tout un homme d'affaires avec qui elle avait conclu un marché.

— La comédie commence demain pour de bon, expliqua-t-il. Rodolfo va fêter son soixante-quinzième anniversaire lors d'une petite réception d'après-midi. Nous y apparaîtrons en tant que jeune couple fiancé.

A ces mots, Poppy resta bouche bée. Demain ! Dans son enfance, elle avait souvent croisé Rodolfo Leonetti, mais il y avait de nombreuses années qu'elle ne l'avait plus vu. C'était sa femme, Serafina, qu'elle avait bien connue. Elle conservait de la grand-mère de Gaetano un souvenir attendri : celui d'une femme charmante, qui traitait chacun avec la même bienveillance, quelle que soit son appartenance sociale. Serafina lui avait appris la pâtisserie… Et Poppy songea soudain qu'elle savait ce qu'elle allait offrir au vieil homme pour son anniversaire.

Comme ils remontaient dans la limousine, elle resta livrée à ses pensées durant le trajet, soulagée que Gaetano enchaîne les coups de téléphone. A sage distance de lui, sur la luxueuse banquette du véhicule, elle ne lui accorda que quelques regards en coin. Oui, elle saurait aller au bout de cette étrange mission sans y perdre des plumes, se dit-elle, résolue. Après tout, elle était très généreusement rémunérée : il s'agissait de se concentrer pour être à la hauteur des attentes de Gaetano.

Ce ne serait pas facile. Perfectionniste et exigeant, Gaetano ne tolérerait pas le moindre faux pas, songea-t-elle. Or, que savait-elle de son rôle ? Rien !

Angoissée, elle regarda les rues de Londres défiler derrière sa vitre, tandis que son compagnon parlait en italien au téléphone.

— Quand on parle du loup, observa-t-il en raccrochant. C'était Rodolfo. Il veut te rencontrer maintenant.

— Maintenant… Tu veux dire là, aujourd'hui ?

— Oui, tout de suite. Et tu n'es pas prête, gronda-t-il.

— Ça alors ! A qui la faute ?

— Pardon ?

— Tu as attendu le tout dernier moment ! Même un jour à l'avance, ce n'était pas sérieux. Je ne sais strictement rien de toi !

— Ne t'avise pas de me critiquer ! se défendit-il. Il y a plus de vingt-quatre heures que je n'ai pas dormi, nous avons connu une crise terrible à la banque, et je n'ai pas pu penser à cette stupide histoire plus tôt.

— Cette stupide histoire est *ton* idée ! rétorqua-t-elle, choquée. Rien de plus simple que de tout annuler tout de suite. Je n'y vois aucun inconvénient, bien au contraire…

— Impossible ! J'ai dit à Rodolfo que j'étais fiancé. Que cela me plaise ou non, je suis coincé avec toi.

— Eh bien, quelle chance pour moi ! ironisa-t-elle. Tu n'es pas un cadeau, tu sais : malgré toute ta fortune et ta réussite, tu es un personnage odieux, dénué de toute forme de charme.

— Eh bien il va falloir t'en contenter, car, que cela te plaise ou non, tu es coincée aussi, ronchonna-t-il en lui prenant la main d'un mouvement brusque avant de glisser une bague de fiançailles à son doigt.

Stupéfaite par ce geste dénué de cérémonie, et par la taille impressionnante du diamant qui brillait à son annulaire, Poppy fronça les sourcils.

— Quelle horreur… C'est un faux, n'est-ce pas ?

— Bien sûr que non ! riposta-t-il, outré.

Le manque de patience, naturel chez lui, conjugué à une grande fatigue, le rendait plus insupportable encore que jamais.

— Ah ? répondit-elle en haussant les épaules. J'ai du mal à croire qu'on puisse dépenser autant d'argent pour un bijou qui a l'air de sortir d'un distributeur de foire. Quoi qu'il en soit, je ne peux pas aller voir ton grand-père, Gaetano.

Il manqua s'étrangler.

— Tu plaisantes ? éructa-t-il. Sors immédiatement de cette voiture, nous sommes arrivés. Contente-toi d'avoir l'air folle de joie et de contempler ta bague avec émotion.

Poppy grimaça.

— Ce machin vulgaire ?

— Enfin, tu es censée être amoureuse de moi ! plaida-t-il en levant les yeux au ciel.

— Mais tu es aussi aimable qu'un putois enragé, fit-elle valoir en s'emportant à son tour. Et si tu trouves que je ne suis pas douée en tant que comédienne, permets-moi de te dire que tu n'es pas très convaincant non plus !

— *Porca miseria* ! Cesse de me rendre fou ! lança-t-il en sortant de voiture et lui tenant la portière pour qu'elle l'imite. Bon, écoute. Je ne te le dirai qu'une fois : si tu ne peux pas faire ce que je te dis, tu peux partir tout de suite.

— Je me contente de résister à une furieuse envie d'employer des mots beaucoup moins polis, déclara-t-elle en le rejoignant sur le trottoir. Tout cela est ta faute ! Tu m'as conduite jusqu'ici directement depuis l'aéroport sans même me donner une idée de ce qui m'attendait.

Alors qu'elle lui décochait un regard assassin, Gaetano la prit au dépourvu en l'attirant brutalement à lui et en s'emparant de ses lèvres avec fougue.

Stupéfaite, elle le laissa la plaquer contre la limousine et approfondir son baiser. Dans un élan viril, il pressait sa bouche chaude et ferme contre la sienne, cherchait sa langue avec fièvre et la tenait à sa merci. Enivrée par son parfum, paralysée par la puissance de son étreinte, elle sentit son cœur battre la chamade et sa température grimper de plusieurs degrés. Sa chair semblait fondre à son contact, et des ondes délicieuses la traversaient. Bientôt, elle fut la proie d'un vertige irrésistible et, non contente de s'abandonner à lui, répondit avec passion à son baiser. Elle passa ses bras autour de son cou et plongea ses ongles dans la masse soyeuse de ses cheveux noirs.

C'était un baiser ensorcelant, une tempête de sensations exquises et dangereuses.

Mais alors qu'elle s'y abandonnait, il rompit leur étreinte et recula d'un pas. Poppy demeura là, à bout de souffle, sidérée et chancelante.

Rassemblant ses dernières forces, elle s'efforça de maîtriser le tumulte de ses sens.

— Eh bien, euh… c'était intéressant, parvint-elle à articuler, malgré le bourdonnement de ses tempes.

Gaetano était sous le choc. Non seulement il n'était pas impulsif, mais jamais, *jamais* il n'avait manifesté la moindre intimité avec une femme en public ! Comment avait-il pu se comporter ainsi ? Hélas, la force de son désir lui fournissait la réponse, et il commençait à comprendre qu'il lui faudrait l'assouvir d'une manière ou d'une autre.

— Entrons, proposa-t-il. Ne t'inquiète de rien. Tu n'auras qu'à m'emboîter le pas, *bella mia*.

— Je vous ai vus arriver, admit Rodolfo Leonetti pour le plus grand embarras de son petit-fils. On aurait dit que vous étiez en train de vous disputer.

Poppy demeura interdite. Rodolfo ne faisait pas son âge : il conservait une superbe masse de cheveux argentés, et même s'il était moins grand que Gaetano, il exhalait le même dynamisme, la même force de caractère.

— Un différend, plutôt, nuança-t-il. Poppy n'aime pas sa bague de fiançailles. J'aurais peut-être dû l'emmener avec moi pour la choisir.

Le vieil homme ouvrit des yeux ronds en se tournant vers elle.

— Mon petit-fils ne vous a pas donné le choix ?

Elle sentit ses joues s'enflammer et baissa les yeux pour avouer, mal à l'aise :

— J'en ai bien peur, oui.

Puis elle exhiba sa main pour que Rodolfo puisse apprécier le bijou.

— Quelle subtilité ! Ce diamant doit se voir depuis l'autre bout de la galaxie. Franchement, mon garçon…

— Mais il faut reconnaître qu'il est superbe, se hâta-t-elle d'observer, désireuse de ne pas envenimer la conversation.

— Oh ! sois honnête, lança Gaetano avec un sourire machiavélique. Admets qu'il ne te plaît pas.

Seigneur, pourquoi voulait-il la faire passer pour une enfant gâtée dès le premier face-à-face avec Rodolfo ? Que devait-elle dire ?

— Disons que… Il est trop clinquant pour moi, conclut-elle.

Soulagée que le vieil homme les invite à le suivre dans la maison, elle tâcha de se concentrer sur le décor. La villa londonienne du patriarche était fastueuse, et l'ameublement rappelait celui de Woodfield Hall. Dans un salon de réception, Rodolfo leur servit le thé.

— J'ai été désolé d'apprendre ce qui arrive à votre mère, dit-il en lui adressant un regard plein d'empathie. Je suis certain que son séjour à la clinique fera des merveilles.

— Je l'espère, répondit-elle, touchée par la sincérité de sa voix.

Comme on sonnait à la porte, Rodolfo s'excusa et Poppy en profita pour souffler à Gaetano d'un ton anxieux :

— Je n'y arrive pas. C'est…

— Mais si, tu feras des progrès, tu vas voir, coupa-t-il. Et tout se passe bien : comme il nous a vus nous embrasser, nous sommes crédibles en tant que jeune couple. Tu vois, parfois, il vaut mieux ne pas avoir de scénario et improviser.

— Je m'en sortirais mieux si j'avais pu répéter à partir d'un scénario, insista-t-elle, exaspérée par sa désinvolture.

Comme Rodolfo revenait, elle lui sourit avec chaleur, tandis que le vieil homme reprenait place près d'elle et lui tendait un écrin de velours.

— C'est la bague de ta grand-mère, Gaetano, dit-il. Et comme tous les bijoux de Serafina reviendront à Poppy, j'ai pensé qu'elle pourrait porter sa bague de fiançailles dès maintenant.

Reconnaissant l'anneau surmonté d'un petit diamant entouré de rubis que Serafina avait porté toute sa vie, elle sentit des larmes lui monter aux yeux.

— Je me souviens que votre femme l'ôtait chaque fois qu'elle faisait de la pâtisserie, souffla-t-elle. C'est un bijou ravissant.

— Il est à vous, désormais, répondit Rodolfo avec un mélange de courtoisie et de gentillesse qui la bouleversa.

— C'était une femme chaleureuse et aimante, murmura-t-elle.

Le vieil homme hocha la tête et lui prit la main.

6.

Abasourdi par la scène, Gaetano avait l'impression de regarder un mauvais feuilleton télévisé. Sa fausse fiancée et son grand-père se vouaient une affection immédiate, et échangeaient des sourires et des regards attendris en évoquant feu sa grand-mère… Totalement sous le charme, Rodolfo allait jusqu'à glisser lui-même à l'annulaire de Poppy un bijou ayant appartenu à son épouse chérie, tel le majordome du prince ayant reconnu Cendrillon et lui rendant sa chaussure !

— Je crois qu'elle aurait été infiniment heureuse que vous la portiez, Poppy, déclara encore le vieil homme, les yeux embués.

Déconfit, Gaetano contempla l'énorme solitaire qui gisait maintenant sur la table basse.

— Oh merci, balbutia Poppy d'une voix bouleversée. Elle est magnifique.

— Et il faut que je vous raconte l'histoire très singulière de cette bague ! enchaîna son grand-père d'un ton enjoué.

Incapable de retenir un soupir de frustration, Gaetano se sentit accablé de colère et d'impuissance. Rodolfo n'était pas censé accueillir cette étrangère à bras ouverts et s'empresser de lui offrir ce qu'il avait de plus précieux !

Allons, il n'y avait peut-être pas de quoi désespérer. Un soupçon d'enthousiasme de la part du vieil homme était prévisible, finalement… dans un premier temps. Il fallait bien qu'il se réjouisse de voir son petit-fils se décider à prendre une épouse. Et il n'allait pas se montrer critique sur le choix de l'élue lors des présentations.

Non sans accablement, il écouta donc Rodolfo raconter ses vieux souvenirs et ses anecdotes favorites sur le clan Leonetti, tandis que Poppy, de son côté, semblait sincèrement fascinée par ces récits aussi enjolivés qu'interminables. Comme les heures s'écoulaient, il finit par concevoir une grande admiration pour la patience de la jeune femme. S'il avait été en train de présenter une vraie fiancée, il aurait été très fier qu'elle accueille avec la même bienveillance les bavardages de Rodolfo. En revanche, une légère inquiétude ne le quittait pas, concernant son grand-père : loin de trahir la moindre réserve à l'égard de sa future héritière, il se comportait comme s'il avait attendu toute sa vie que son petit-fils lui déclare un jour qu'il allait épouser la fille de la gouvernante !

Non, il fallait l'admettre, ce n'était pas du tout ce à quoi il s'attendait… Ce fut seulement quand la jeune femme laissa échapper un bâillement qu'il put mettre un terme à cette séance de torture.

— Je crois qu'il est temps que nous prenions congé, dit Gaetano en se levant.

— J'espère que nous n'avons pas trop de route à faire ? demanda-t-elle, visiblement épuisée.

Rodolfo retourna un regard dubitatif à Gaetano.

— C'est la première fois qu'elle vient ici, expliqua-t-il en souriant. Je voulais lui faire la surprise.

— Mes enfants, bonne nuit. Je vous laisse, à demain, dit le vieil homme avant de s'éclipser, non sans avoir adressé un ultime regard attendri à Poppy.

— Quelle surprise ? interrogea cette dernière dès qu'ils furent seuls.

Gaetano l'invita alors à le suivre dans un long couloir.

— Il y a dix ans, Rodolfo a fait en sorte que toute une aile de la propriété soit convertie en logement indépendant pour moi. Dès que nous aurons franchi cette porte, juste devant toi, nous serons dans mes quartiers.

Intriguée, Poppy découvrit alors la partie du bâtiment qu'occupait Gaetano, meublée et décorée de façon très différente : les murs chargés de tentures, les imposants meubles de style, les tableaux aux cadres dorés firent place à la sobriété d'un intérieur moderne et épuré, aux teintes pâles, où trônaient quelques œuvres d'art contemporaines.

— C'est très élégant, nota-t-elle.

— Je suis heureux que cela te plaise, répondit-il en gravissant l'escalier qui menait à la chambre principale.

Puis il déclara :

— C'est ici que nous allons dormir.

A ces mots, elle se raidit.

— Nous ?

— Bien sûr ! Nous ne pouvons pas être si proches de Rodolfo et prétendre que nous sommes fiancés sans partager la même chambre ! Son personnel est aussi le mien. Et même si mon grand-père est vieux jeu, jamais il ne croirait que tu es une jeune vierge qui attend le soir de ses noces pour être déflorée.

— Mais… tu ne m'as jamais parlé de ça ! Je partais du principe que je disposerais d'une chambre personnelle.

— Eh bien considère que c'est la tienne, rétorqua-t-il en haussant les épaules.

— Au nom du ciel, Gaetano ! Il n'y a qu'un lit ici. Il n'est pas question que j'y dorme avec toi.

— Il n'y a pourtant pas d'autre solution. Voyons, même dans une bonne affaire, il faut parfois accepter certains inconvénients…

— Vraiment ? Puis-je savoir quel est le tien ?

— Le célibat, répondit-il sans hésiter. Tant que nos fiançailles sont officielles, je ne peux fréquenter aucune autre femme.

— En effet, ironisa-t-elle, si j'en crois la presse, ce doit être un défi effroyable pour toi…

— Les journaux racontent n'importe quoi sur ma vie privée, se défendit-il, exaspéré. Bon, je vais prendre une douche en bas. Si tu veux faire la même chose, tu peux utiliser la salle de bains attenante.

Sur ces paroles, sans la moindre gêne, il ôta son T-shirt et son jean devant elle.

Poppy sentit son cœur battre à coups redoublés. Que Rodolfo et Gaetano veuillent le croire ou non, elle *était* vierge… Et elle n'avait jamais passé une nuit dans le même lit qu'un homme.

Elle déglutit avec peine. Il lui exhibait la perfection de sa musculature — des pectoraux impeccablement dessinés, des épaules massives, un ventre à faire pâlir d'envie un athlète olympique, une peau ambrée…

Et elle se sentait stupide, devant lui, à admirer son corps viril, comme lorsqu'elle avait seize ans.

Dès qu'il sortit, elle poussa un long soupir de soulagement. Puis ses souvenirs remontèrent, cuisants. A l'époque, lorsqu'il l'avait rejetée, elle avait voulu faire l'amour avec le premier venu. Heureusement, elle s'était rendu compte à temps de sa folie et avait pu s'arrêter avant de commettre une bêtise. Il lui restait de cet épisode une impression amère, car elle n'était pas fière de la façon dont elle s'était comportée avec le malheureux, cible de son chagrin. En tout cas, elle avait pris une bonne leçon, et plus tard, au cours de ses études d'infirmière, elle s'était bien gardée de céder aux avances des garçons qu'elle croisait. Avec entêtement, elle s'était promis de réserver sa première fois à un homme qu'elle aimerait de tout son cœur.

Encore ébranlée, elle alla ouvrir sa valise pour ranger ses affaires dans la commode. Elle aimait dormir nue et, certaine de disposer de sa propre chambre, n'avait pas songé une minute à emporter un pyjama.

Furieuse contre lui, elle ouvrit son placard et y chercha de quoi se couvrir décemment. Une nuit auprès de cet homme ! Elle en frissonnait d'appréhension. Car le baiser passionné qu'ils avaient échangé semblait encore la faire vibrer au plus profond de sa chair, et malgré tous ses efforts elle ne parvenait pas à penser à autre chose.

Poppy émergea de la salle de bains vêtue de ce qui ressemblait fort à l'un de ses T-shirts de sport : sa gracile silhouette était dissimulée jusqu'aux genoux. Néanmoins, Gaetano ne parvint pas à détacher son regard de sa poitrine, car il discernait ses tétons dardés sous l'épaisseur du coton, devinait la féminité de ses courbes et la perfection de ses longues jambes.

— Je veux te proposer quelque chose, lança-t-il depuis le lit sur lequel il était tranquillement allongé, juste vêtu de son boxer.

— Est-ce que j'ai envie de l'entendre ? marmonna-t-elle d'un ton inquiet en faisant le tour de l'immense lit pour rester debout devant l'extrémité, méfiante, comme si elle allait passer la nuit auprès d'un serpent venimeux.

— Voilà, enchaîna-t-il sans se démonter. Nous devons faire semblant d'être amants.

— Et alors ? demanda-t-elle, sur la défensive.

— Pourquoi ne pas l'être réellement ?

— Quoi ? s'étrangla-t-elle en lui retournant un regard épouvanté.

— Oh ! ne fais pas l'innocente…

— Tu voudrais que nous couchions ensemble uniquement parce que ton célibat forcé te pèse ? reprit-elle en croisant les bras.

— Eh bien, nous sommes obligés de jouer ce jeu, et…

— Je peux très bien me passer de sexe.

— Moi aussi, mais cela ne me rend pas heureux. Nous sommes attirés l'un par l'autre, ne le nie pas. Autant en profiter.

— Merci pour cette charmante proposition, s'esclaffa-t-elle, mais je préfère la décliner.

Il leva vers elle un regard amusé.

— Tu ne le regretterais pas, *bella mia*. Je suis très doué, tu sais… Et tu enflammes tous mes sens, ajouta-t-il d'un ton enjôleur.

Poppy s'efforça de ne pas regarder ce corps d'homme presque nu sous ses yeux.

— Eh bien c'est noté, dit-elle. Si je n'y tiens plus, je te le ferai savoir !

— Enfin, qu'est-ce qui te retient ? insista-t-il. Je suis honnête, je ne mens pas, je ne triche pas.

— Et tu manques singulièrement de subtilité, lâcha-t-elle. Moi qui pensais que les Italiens étaient le nec plus ultra en matière de séduction… Je suis déçue.

— Tu sais très bien que je respecte trop ton intelligence pour te faire un numéro de séduction.

Sur ces mots, il lui décocha une nouvelle œillade audacieuse.

La jeune femme leva les yeux au ciel.

— Franchement, Gaetano, je ne te comprends pas. En ce moment, tu devrais plutôt être en train de t'inquiéter de ce que pense ton grand-père de cette union, et de ce qu'il ressentira quand elle sera rompue. Il s'est montré si bienveillant, si généreux, que je pense qu'il sera dévasté quand tu lui annonceras la fin de nos prétendues fiançailles.

Elle alla se coucher, remonta le drap jusque sur son menton et resta immobile, lui faisant ainsi comprendre qu'elle était déterminée à *dormir* dès la fin de leur discussion.

— Si tu permets, je crois connaître mon grand-père mieux que toi.

Poppy hocha la tête.

— Tu es tellement obnubilé par ton plan de carrière que

tu ne vois rien d'autre ! Mais il est évident que Rodolfo est fou de joie. Comment croire qu'il ne sera pas effondré à la fin de cette comédie ?

Gaetano s'enfonça dans ses oreillers. Elle ne pouvait pas comprendre… Mais dès le lendemain, quand Rodolfo verrait la fille de sa gouvernante se ridiculiser devant quelques membres de la haute société, quand il réaliserait qu'elle portait ses tenues gothiques en public, il se mettrait à prier pour qu'elle ne fasse jamais partie de sa famille. Aujourd'hui, elle s'était très bien comportée, mais…

— Dis-moi, Poppy, je me souviens que tu jurais beaucoup, autrefois, observa-t-il.

Elle haussa les sourcils.

— Oui, j'avais pris de mauvaises habitudes au collège, parce qu'on se moquait de moi.

— On se moquait de toi ? Pour quelle raison ?

Elle soupira.

— J'étais grosse, j'avais des cheveux roux, j'habitais dans une demeure d'aristocrates… Je me suis défendue en me montrant rebelle. Et puis, en devenant adulte, j'ai cessé de dire des gros mots, j'ai fait attention. Bonne nuit, Gaetano, conclut-elle d'un ton définitif.

Il éprouva un instant l'envie de lui dire qu'elle n'avait *jamais* été grosse. Elle avait juste vu ses formes féminines se développer avant de grandir. Et aujourd'hui, elle était… resplendissante.

Cette pensée le mit en colère. Il avait toujours eu de très belles femmes à sa portée, et considérait qu'elles étaient interchangeables. L'idée qu'un spécimen féminin possède quelque chose de plus que les autres et parvienne à exciter davantage son désir lui était pénible.

Las, il passa sous les draps et se tourna vers le mur. Ces fiançailles s'annonçaient comme une longue pénitence.

Le lendemain matin, dans la cuisine, au moment de partir, Gaetano se tourna vers Poppy et déclara :

— Je t'ai laissé le document que je souhaite que tu étudies sur la table du salon. Je m'en vais travailler, mais je serai de retour pour la fête d'anniversaire de Rodolfo, à 15 heures.

Elle lui retourna un regard paniqué.

— Mais qu'est-ce que je vais me mettre ?

— Tes vêtements habituels. Souviens-toi : reste toi-même.

— Très bien, murmura-t-elle, peu convaincue, en le regardant sortir.

Une fois seule, elle prit une douche et décida d'aller acheter les ingrédients du gâteau qu'elle comptait offrir à Rodolfo dès qu'elle aurait fini son café. Dans son porte-monnaie, il restait tout juste de quoi s'acquitter de cette tâche : ensuite, elle serait sans le sou.

Installée au comptoir de la cuisine, elle examina le fameux document supposé lui livrer de précieuses informations afin d'interpréter son rôle.

Bouche bée, elle contempla les quelques lignes qui ressemblaient plutôt à un curriculum vitæ : Gaetano y livrait la liste de ses diplômes et celle des postes qu'il avait occupés au cours de sa carrière, mais elle ne trouva rien de personnel — pas la moindre indication sur sa personnalité ou ses goûts.

Poussant un profond soupir, elle attrapa son téléphone et rédigea un texto :

A quel âge es-tu tombé amoureux pour la première fois ?

Elle reçut la réponse suivante :

Je n'ai jamais été amoureux et j'en suis fier.

Quelle est la qualité la plus importante à tes yeux chez une femme ?

L'indépendance.

Poppy était partie au supermarché. Elle haussa les sourcils en recevant ce texto. S'il aimait les femmes indépendantes, pourquoi ne fréquentait-il que des bimbos obnubilées par la recherche d'un mâle riche et puissant ?

D'humeur taquine, elle lui posa la question, et ils se mirent à se disputer par textos, jusqu'à ce qu'elle éclate de rire. C'était étrange : Gaetano avait de lui-même une image qui ne correspondait pas forcément à la réalité. Elle se retint de lui expliquer qu'il fréquentait des blondes écervelées parce qu'elles étaient prêtes à accepter tout ce qu'il leur imposait dans l'espoir de tout obtenir de lui par la suite.

Comme elle levait distraitement les yeux vers la vitrine d'un café, elle remarqua une affichette « Cherche serveuse ». Sans hésiter, elle composa le numéro indiqué, se rendit à un entretien d'embauche et, moins d'une heure après, sortit du café, rassérénée : ses problèmes d'argent étaient réglés, elle avait un travail. Dès ce soir, elle prendrait son premier service.

A son retour, elle entreprit de transformer la cuisine immaculée de Gaetano en atelier de pâtisserie.

Puis elle monta s'habiller d'un petit pull jaune, d'un kilt à dominante noire et de ses escarpins à talons.

Le grand-père de Gaetano annonça leurs fiançailles avec solennité. Après avoir rassemblé ses hôtes, il fit un long discours et les prit tous deux dans ses bras, l'œil humide.

Malgré sa gêne, Poppy se contraignit à afficher un visage rayonnant de joie, et découpa elle-même le fameux fraisier au mascarpone de Serafina, dessert favori de Rodolfo. Une nouvelle fois, les yeux du vieil homme exprimèrent une profonde émotion.

— Alors dites-moi, demanda-t-il à Poppy, quand le grand jour aura-t-il lieu ?

Naturellement, à ces mots, Gaetano se raidit.

— C'est que... Nous n'avons pas encore fixé la date, dit-il.

— Oh ! tu ne peux pas courir le risque de perdre un

trésor comme Poppy, assura son grand-père. Les longues fiançailles ne valent rien.

— C'est vrai, mais nous ne voulons pas nous précipiter non plus, intervint-elle, afin de voler au secours de Gaetano.

— Le mois prochain, ce serait parfait, reprit Rodolfo avec assurance. Cela vous permettrait de séjourner dans la maison, en Italie, avant que je n'aille y passer l'été.

Gaetano eut un sourire crispé.

— Euh… Nous en discuterons.

— Et ainsi, enchaîna son grand-père, à ton retour de lune de miel, tu serais nommé P-DG.

Déconcerté, Gaetano se contenta de hocher la tête avant d'aller faire quelques pas dans le jardin, à l'écart des invités.

C'était un désastre. Il s'était persuadé que sa promotion serait acquise dès lors qu'il annoncerait ses fiançailles. Or, il lui fallait gravir une dernière marche, une marche aussi haute que l'Everest : le mariage !

Discrètement, il jeta un regard en direction de Poppy et de son grand-père. Certes, parmi les dames en robe de cocktail, la jeune femme détonnait, avec son kilt. Mais elle n'était pas non plus extravagante — bien pire, elle était ravissante, avec sa poitrine moulée dans son petit pull, sa taille si fine soulignée par sa jupe et ses longues jambes gainées de bas noirs. Non seulement il la désirait un peu plus chaque jour, mais son grand-père l'adorait. Bien sûr, le fait qu'elle sache reproduire à la perfection le fraisier de sa grand-mère lui conférait plus que jamais, aux yeux de Rodolfo, le statut de femme idéale. Belle, douce, souriante, bonne pâtissière… La diablesse avait coché toutes les bonnes cases pour émerveiller Rodolfo, qui ne cesserait plus de le harceler au sujet de ce satané mariage.

Il ferma un instant les yeux. La nuit dernière avait été un enfer. Dormir à côté de Poppy, la savoir presque nue à quelques centimètres de son corps en feu l'avait rendu fou. Même s'il ne s'expliquait pas qu'elle refuse de coucher avec lui le temps de leurs fiançailles, il devrait subir son calvaire avec patience, jusqu'à la fin.

Un sourire amer lui monta aux lèvres. Son scénario génial s'était métamorphosé en piège. L'arroseur arrosé, c'était lui.

Et il ne lui restait qu'une solution : tout avouer à Poppy le plus vite possible.

7.

— Mais qu'est-ce que tu fais ? demanda Gaetano quand ils furent rentrés chez lui, alors qu'il venait de s'excuser auprès de son grand-père.

Il avait prétexté un besoin urgent de parler seul à seule avec sa délicieuse fiancée. Or la jeune femme s'était précipitée à l'étage et sortait des vêtements de la commode.

— Il faut que je me change, expliqua-t-elle. Je dois être partie dans dix minutes !

— Pour quoi faire ? demanda-t-il platement.

— Travailler. J'ai accepté le service du soir dans un café, juste en bas de la rue. Je serai de retour à minuit.

Cette déclaration le laissa un instant sans voix. Avait-elle perdu la tête ?

— Quoi ? Tu as pris un boulot de serveuse alors que tu es censée être ma fiancée ?

— Et alors ? demanda-t-elle depuis la salle de bains où elle était partie se changer.

Une minute plus tard, elle revint, portant un jean et une chemise de soie noire, sa superbe chevelure de feu remontée en queue-de-cheval.

Elle était si belle qu'il s'en étrangla davantage.

— Alors ça ne me convient absolument pas ! lâcha-t-il avec fureur.

— Je ne vois pas ce que tu as à y redire, se défendit-elle en lui décochant un regard noir en enfilant des boots. Tu travailles, toi aussi, non ?

— *Diavelos* ! Tu ne veux pas comprendre les choses les plus élémentaires ? Je suis un millionnaire ! Il est inconcevable que ma fiancée serve des cocktails !

— Et comment gagnerai-je de quoi vivre, alors ?

Il n'en croyait pas ses oreilles. Etait-elle en train de se moquer de lui ? En même temps, il était soulagé de voir que le problème serait facile à résoudre.

— Poppy, si tu as besoin d'argent, je t'en donnerai, articula-t-il lentement, comme s'il s'adressait à un enfant de quatre ans. Mais à quoi pensais-tu en allant prendre ce poste dans un café du quartier ? Combien de serveuses habitent dans des villas comme celle-ci ?

— Je ne veux pas de ton argent, Gaetano, déclara-t-elle en plantant son regard dans le sien. Quand j'ai besoin d'argent, je travaille. Je ne demande la charité de personne.

Eberlué par un discours si ferme et si digne, il balbutia :

— Mais… Ecoute, disons que je suis l'exception qui confirme la règle.

— Il n'a jamais été spécifié que j'avais l'interdiction de gagner ma vie ! Et c'est moi qui suis navrée pour toi si tu juges que travailler dans un café est une activité honteuse. A mes yeux, tout travail honnête est respectable, et…

— Bon sang, rappelle-toi : nous avons un accord !

— En effet, renchérit-elle, et tu ne peux pas en changer les règles à ta guise. Une fille ordinaire *travaille.* Je n'ai jamais eu l'intention de cesser de travailler.

— Notre contrat prévoit que je couvre toutes tes dépenses. C'est pourtant clair ! Je suis prêt à te verser toutes les sommes dont tu as besoin durant ton séjour à Londres, en quelle langue dois-je te le dire ?

— Et moi, combien de fois devrai-je te répéter que je ne *veux pas* de ton argent ? Je suis une femme autonome et indépendante, et j'ai ma fierté ! Tu aimerais que je t'entretienne, si la situation était inversée ?

— C'est grotesque ! gronda-t-il, en proie à une rage sourde.

Aucune femme ne lui avait jamais ainsi tenu tête ! C'était invraisemblable.

Comme elle descendait l'escalier, il la suivit.

— Au fait, reprit-elle sur le seuil de la porte, en le défiant du regard, puisque je t'embarrasse à ce point, peux-tu me dire pourquoi tu as tellement insisté pour que je ne sois pas habillée comme il convenait à cette fête d'anniversaire ? Toutes les femmes me regardaient, je me suis sentie ridicule.

Gêné par cette logique implacable, il haussa les épaules.

— Mais parce que… ça n'a aucune importance. Et je veux que tu te sentes toi-même.

— Eh bien, c'était important pour moi. Comme mon travail, que je pars faire immédiatement !

Tous ses muscles se tendirent, et il la toisa d'un regard froid.

— C'est ton dernier mot ?

— Oui. A plus tard, conclut-elle en claquant la porte derrière elle.

Encore sous le choc de cette scène, Gaetano parcourut le long couloir pour regarder la jeune femme descendre la rue à travers la baie vitrée.

— Si tu ne fais pas plus attention, tu vas la perdre, dit une voix derrière lui.

Surpris, il sursauta et, consterné, trouva son grand-père dans le couloir commun aux deux parties de la villa.

— Euh… Tu as tout entendu ? s'enquit-il non sans appréhension.

— Probablement pas, je viens d'arriver. Mais j'ai surpris la conclusion de votre dispute, Gaetano. Et je dois te l'avouer, même si cela me chagrine… Tu es beaucoup trop snob, mon garçon. Ta fiancée a tout à fait raison, et ta grand-mère me l'a elle-même souvent répété : tout travail honnête mérite le respect. Je te rappelle que, jusqu'au jour de notre mariage, elle a continué de vendre le poisson que pêchait son père.

— Mais Serafina avait grandi dans une petite île, et les temps ont changé depuis.

Un sourire moqueur se dessina sur les lèvres de Rodolfo.

— Pas les femmes. Poppy se moque éperdument de ta fortune. Est-ce que tu réalises la chance que tu as ?

Perplexe, Gaetano devait admettre que la jeune femme exprimait une totale indifférence pour son statut si jalousé de seigneur de la finance internationale. Elle était aussi la seule personne au monde à lui faire perdre toute maîtrise de son légendaire sang-froid.

— Dans la mesure où elle semble avoir un tempérament très similaire au tien, poursuivit son grand-père, je te conseille d'apprendre très vite à l'écouter avec plus de patience. Sinon, tu peux dire adieu à ton mariage et au bonheur.

Sur ces mots, il retourna chez lui, laissant Gaetano méditer toute l'ironie de cette conclusion.

En poussant la porte du café après son service, Poppy fut stupéfaite de trouver Gaetano sur le trottoir, à quelques mètres de l'enseigne.

Une douleur aiguë lui transperça la poitrine à la vue de cet homme dont le charisme lui coupait le souffle chaque fois qu'il apparaissait. Ses yeux noirs et perçants étaient réchauffés d'une teinte caramel et la barbe naissante qui lui voilait le menton le rendait si sexy qu'elle ne savait comment dissimuler son trouble.

Pourquoi était-il le seul homme à lui faire un tel effet ? Pourquoi ne parvenait-elle pas à s'immuniser contre son charme diabolique ? Tandis qu'un frisson lui parcourait le corps, elle s'efforça de demeurer impassible.

— Que fais-tu ici ? demanda-t-elle d'un ton aussi neutre que possible.

— Je n'allais pas te laisser rentrer seule à pied à cette heure de la nuit.

Comme il lui offrait son bras, elle ne put que l'accepter, mais le contact de son corps viril contre le sien devint vite une torture. Ils marchaient lentement, d'un même pas, dans le silence de la nuit londonienne, et elle entendait le lourd martèlement de son cœur affolé dans sa poitrine. Quelque chose la brûlait dans son bas-ventre, ses seins se durcissaient, et elle avait l'impression d'être en proie à un léger vertige. Comme ils parvenaient devant la villa, Gaetano lui prit la main, se tourna vers elle et l'embrassa.

Aussitôt, une myriade de sensations délicieuses fusa en elle, et elle accueillit son baiser avec ferveur. Un baiser torride, mais plus tendre, plus langoureux que leur étreinte de la veille.

— Pourquoi ? murmura-t-elle en plongeant son regard dans le sien.

— Je ne sais pas. Je n'ai pas su résister, dit-il en l'entraînant dans l'entrée.

L'évidence la frappa. Il avait pensé que Rodolfo pouvait les voir depuis sa fenêtre, songea-t-elle, refoulant sa déception.

Il suffisait de ne jamais oublier la réalité. Ce qui les unissait s'appelait un *accord*. Un *marché*. Une simple affaire — moins conventionnelle que celles qu'il traitait chaque jour, mais une affaire tout de même.

— Poppy, reprit-il d'une voix étonnamment douce, j'ai beaucoup réfléchi pendant que tu travaillais. Tu as mis dans le mille hier soir, quand tu m'as accusé de manquer de sens humain. C'est vrai, je suis meilleur avec les chiffres et la stratégie, et en voyant Rodolfo aujourd'hui, j'ai compris qu'il avait très peur de ne pas vivre assez longtemps pour voir la nouvelle génération de Leonetti. Je me suis trompé au sujet de ses attentes les plus profondes. Je pensais que mon sérieux dans mon métier lui suffisait, ainsi que le fait que je ne ressemble pas à mon père. La vérité est que ce n'est pas suffisant à ses yeux.

— Ah ? demanda-t-elle, étonnée par cette confession. En quoi est-ce insuffisant ?

— Je crois qu'il aurait été beaucoup plus heureux si je

m'étais marié tout de suite après mon parcours universitaire. Il voulait que je fasse de lui un arrière-grand-père.

— Mais pourquoi regretter ce que tu ne peux pas changer ? A l'évidence, tu n'as jamais rencontré une femme qui te donne envie de franchir ce cap important.

— Non, ce n'est pas cela. Je ne souhaitais pas me marier, admit-il. J'ai trop souvent vu mes amis fonder un foyer et vivre un cauchemar conjugal.

Il poussa un profond soupir et ajouta :

— Viens avec moi dans la salle à manger. J'ai pensé que tu aurais faim, après ton service, et je t'ai commandé de quoi dîner.

Le fait que Gaetano ait eu cette attention pour elle la toucha. Elle n'avait pas l'habitude qu'on se préoccupe de son bien-être. Ni son frère, ni sa mère ne s'étaient inquiétés de savoir comment elle parvenait à accomplir une journée complète suivie d'une soirée de travail, et elle n'y songeait plus elle-même : il y avait longtemps qu'elle n'avalait guère plus d'un repas par jour.

Suivant son compagnon, elle prit place dans la charmante salle à manger décorée avec goût — sans doute par un architecte d'intérieur. Avec appétit, elle savoura le club-sandwich accompagné de pommes de terre sautées, et avala un grand verre d'eau gazeuse.

Il était étrange de se retrouver dans une situation si intime avec Gaetano, et son cœur battait encore du baiser qu'ils avaient échangé.

— Je suppose que tu avais une idée précise en tête, à propos de Rodolfo ? s'enquit-elle timidement en levant les yeux vers lui.

Assis en face d'elle, il la contemplait avec une expression indéchiffrable.

— Tu ne le devines pas ? répliqua-t-il.

— Eh bien, je… j'imagine que tu réfléchis à un moyen de le rassurer ?

— Non. Le temps de la réflexion est passé, je veux passer à l'action. Et la suite dépend entièrement de toi.

— *De moi* ? répéta-t-elle, perplexe.

— Bien sûr, dit-il d'un ton brusque. Seule une fausse fiancée peut devenir une fausse mariée !

Poppy repoussa son assiette et le dévisagea avec incrédulité.

— Mais... Tu n'es pas sérieux ! Tu ne penses pas pousser cette mascarade jusqu'au *mariage* ?

— Tu plais beaucoup à Rodolfo, soupira-t-il. Et il se réjouit de notre relation. Je dois même avouer qu'il y a des années que je ne l'ai pas vu aussi heureux. J'aimerais lui offrir ce qu'il espère, même si ce n'est pas réel et que cela ne peut pas durer.

Poppy reprit une gorgée d'eau et observa un court silence avant de répondre :

— Bon, tu aimes ton grand-père, je le comprends et c'est normal. Je peux également concevoir que tu n'aies pas envie de le voir déçu, mais de là à...

— Nous pourrions rester mariés un ou deux ans, et pendant ce temps, je continuerais à payer les soins pour ta mère, interrompit-il d'un ton grave.

Elle secoua lentement la tête.

— Si maman se débrouille bien, elle quittera probablement la clinique le mois prochain.

— Poppy... je t'assure que j'aimerais te tenir un autre discours, mais une désintoxication est un processus à long terme, et pour ne pas risquer une rechute, ta mère va avoir besoin du soutien constant de professionnels.

Si terrible fût-elle, cette vérité était hélas indéniable, songea Poppy, non sans un pincement au cœur.

— Je te promets que si tu acceptes de m'épouser, poursuivit-il, ta mère bénéficiera des meilleurs soins aussi longtemps qu'elle en aura besoin, et quel qu'en soit le prix. Je ferai également en sorte que tu puisses reprendre tes études.

Ce qui signifie qu'au moment de notre divorce, tu seras en position de choisir la carrière qui te plaira.

Elle fronça les sourcils.

— Pour ma mère, oui. Mais en ce qui me concerne, je ne veux pas de ton argent. C'est immoral.

— Je te demande ton temps, ton talent, ton énergie : c'est un travail, expliqua-t-il. Pourquoi ne serais-tu pas payée ? D'accord, prétendre être ma femme n'est pas un job classique, mais ç'en est un, et à plein temps.

— Faire semblant, jouer la comédie, rouler ton grand-père dans la farine… Non, ce ne serait pas bien.

— Pourquoi pas, si Rodolfo est heureux ? Je ne peux pas lui offrir plus qu'une façade, mais je sais qu'en épousant une femme qu'il apprécie et qu'il a déjà acceptée, je peux lui donner exactement ce dont il rêve.

Poppy le dévisagea avec attention.

— Tu as eu de nombreuses liaisons… Pourquoi ne pas te tourner vers une femme que tu as *vraiment* fréquentée ? Quelqu'un que tu connais bien ?

Il leva les yeux au ciel.

— La presse raconte n'importe quoi. Je n'ai rien d'un séducteur compulsif. J'aime le sexe, j'ai eu des maîtresses, et mes liaisons ont rarement duré plus d'un ou deux mois. Je te l'ai dit, je suis fier de n'être jamais tombé amoureux. Enfin, sauf peut-être une fois, il y a très longtemps. Mais c'est un de mes amis qui l'a épousée, et j'ai été heureux d'officier en tant que témoin. Je n'ai jamais éprouvé ni chagrin ni regret à propos d'une femme. Toi, je te connais depuis toujours, et le fait est que Rodolfo t'a adoptée.

— Tu argumentes avec un certain brio, ironisa-t-elle, mais je ne suis pas une comédienne professionnelle.

— Tu vois bien que Rodolfo t'adore telle que tu es, insista-t-il. Il te suffit d'être naturelle !

— Arrête ! s'écria-t-elle en se levant pour faire les cent pas dans la pièce.

Ce projet était une pure folie. Et elle devait avoir perdu l'esprit pour en discuter avec lui ! En même temps, le souvenir des deux dernières années ne quittait pas sa mémoire. Deux années au cours desquelles sa mère était devenue l'ombre d'elle-même. Deux années d'efforts insensés, de travail acharné, pour tenir cette famille à bout de bras. Il fallait que Damien prenne son envol, que Jasmine tienne bon et que, de son côté, elle se donne les moyens de vivre sa propre existence, d'exercer un métier qui lui plairait.

— Combien de temps ce faux mariage devrait-il durer ? interrogea-t-elle soudain.

— Idéalement, deux ans. Au pire, trois, mais en aucun cas davantage.

— Et tu crois qu'un divorce après deux ans de mariage brisera moins le cœur de Rodolfo que des fiançailles rompues après quelques mois ? opposa-t-elle.

— Au moins, il saura que j'ai essayé.

— Et tu auras obtenu ton poste de P-DG, enchaîna-t-elle, un sourire sarcastique aux lèvres. Ton ambition te conduit à la folie…

— Cette banque est toute ma vie, reconnut-il avec franchise. Je n'y peux rien. Mes plus grandes joies sont dans mon travail.

Elle hocha lentement la tête et alla reprendre son siège face à lui.

— Bon. En supposant que j'accepte… Et je ne dis pas que j'accepte, précisa-t-elle en le regardant droit dans les yeux. Quand la cérémonie aurait-elle lieu ?

— Dans un mois environ. Je ne pourrai pas me libérer avant quelques semaines, si nous devons faire la longue lune de miel à laquelle Rodolfo s'attend.

Cette perspective réveilla si brutalement sa tension qu'elle sentit une migraine la gagner.

— Je suis fatiguée, dit-elle en se passant une main sur

le front. Je vais y réfléchir, et je te donnerai ma réponse demain matin.

Avec la langueur d'un félin, Gaetano fit le tour de la table et plongea son regard brillant dans le sien pour susurrer :

— Très bien. Mais je crois que tu connais déjà la réponse.

— N'essaie pas de m'influencer, répliqua-t-elle sèchement.

— Tu aimes ce que je te fais, souffla-t-il avec une insolente assurance, passant son doigt sur son front.

Elle frissonna.

Puis il se pencha vers son visage et effleura ses lèvres d'un baiser si léger qu'elle manqua défaillir. Une onde électrique la transperça au contact de sa bouche ferme et virile.

Jamais elle n'avait ressenti une émotion aussi forte. Et même si la confiance qu'affichait Gaetano était intolérable, même si elle luttait de toutes ses forces pour lui résister, son corps était en train de fondre, et elle était prête à déposer les armes.

— Tu veux bien que je te prenne dès cette nuit ?

Ces mots directs, qui étaient ceux d'un véritable macho, la choquèrent tellement qu'elle lui retourna un regard enflammé.

— Quoi ? Je ne peux pas croire que tu me demandes ça !

Sans se départir de son sourire taquin, Gaetano poussa un soupir et recula d'un pas.

— Très bien, dit-il. Dans ce cas, tu peux dormir dans la chambre d'amis cette nuit. Je ne suis pas masochiste. Mais il faut que tu le saches : si tu deviens ma femme, nous partagerons le même lit.

— Mais…

— Je ne vais pas me passer de sexe, or je ne peux pas me permettre d'entretenir des liaisons durant deux ans. Du reste, il faut que nous ayons l'air de jeunes mariés heureux, et je ne le serai jamais si je suis condamné à l'abstinence. Tiens compte de cet aspect des choses. Tu crois que cela peut faire vaciller ton choix ?

— Je… je vais y réfléchir, balbutia-t-elle en détournant vivement les yeux.

Elle voulait découvrir le sexe avec Gaetano. Mais elle n'était pas prête à le lui avouer. Cet aspect de son existence était privé.

Pourtant, l'idée de faire l'amour avec Gaetano lui tournait la tête. Non, pas « faire l'amour » : il s'agirait seulement de coucher ensemble. Et cette idée la dérangeait.

8.

Dans l'immense lit de la chambre d'amis, Poppy avait passé de longues heures à peser le pour et le contre de la folle proposition de Gaetano.

Il avait gagné.

Impossible de refuser ce nouveau départ dans les meilleures conditions pour sa mère, son frère et elle. Impossible de ne pas avoir envie de faire plaisir à un homme aussi bon et charmant que Rodolfo. Et… impossible de ne pas aller jusqu'au bout de cette étrange histoire avec l'homme qu'elle avait passionnément aimé à seize ans. Le seul véritable point noir au tableau était l'irrésistible attirance que Gaetano exerçait sur elle. Il faudrait qu'elle apprenne, comme lui, à aimer le sexe, sans jamais risquer de tomber amoureuse.

Car en côtoyant l'héritier Leonetti durant quelques jours, Poppy avait acquis une conviction ferme : cet homme-là n'aimerait jamais une femme — en tout cas, pas elle. De son propre aveu, il n'avait jamais été amoureux. « Sauf, peut-être une fois. » Mais puisqu'il avait été témoin aux noces de cette femme avec un autre, elle pouvait le croire, quand il affirmait n'avoir jamais connu un chagrin d'amour. Quant à l'institution du mariage, elle lui inspirait un mélange d'effroi et de méfiance. Lorsqu'il lui arrivait d'éprouver un sentiment ou une émotion, il les cadenassait solidement quelque part, dans une zone inaccessible de son âme…

A 6 heures du matin, malgré sa fatigue, Poppy se glissa dans la salle de bains, prit sa douche et enfila une robe noire imprimée de fleurs roses avant de pénétrer dans la cuisine où, assis au comptoir, Gaetano buvait une tasse de café en lisant le *Financial Times*.

En allant se remplir un bol de céréales, elle s'efforça d'ignorer le regard insistant qu'il faisait peser sur elle. Enfin, elle s'installa en face de lui et fixa ses yeux d'un brun intense.

— D'accord, je vais t'épouser, déclara-t-elle de but en blanc.

— Ce qui veut dire que tu coucheras avec moi ce soir ?

— Mais c'est incroyable ! protesta-t-elle. Tu es toujours à côté du sujet !

Elle observa une courte pause et ajouta :

— Tu attendras que nous soyons mariés.

— Plus personne ne respecte ces coutumes d'un autre âge !

— Je n'ai jamais couché avec un homme, expliqua-t-elle. Je veux que ce soit… spécial.

Il fronça les sourcils, incrédule.

— Je refuse de te croire.

— Pourquoi ?

— Je t'ai surprise avec Toby Styles.

Elle resta bouche bée un instant, mais haussa bien vite les épaules.

— C'est vrai, j'avais prévu d'avoir une aventure avec lui, mais si tu veux tout savoir, j'ai changé d'avis. Je me suis rendu compte que ce n'était pas vraiment ce que je voulais.

Ses joues s'enflammèrent au souvenir de ce jour où elle avait réalisé que Gaetano occupait toujours une place particulière dans son cœur, et qu'elle était incapable de s'offrir à un autre.

— Pauvre Toby…

— Pas du tout, répondit-elle, agacée. Il s'est montré très compréhensif et courtois. Plus tard, il a épousé l'une de mes meilleures amies.

— Oui, mais enfin… Depuis, tu as bien été avec quelqu'un ?

— Non.

Il la considérait toujours avec perplexité, comme s'il n'arrivait pas à concevoir ce qu'elle lui racontait.

— Toi ? Tu es si passionnée…

Elle déglutit avec peine et détourna les yeux. *Seulement avec toi*, songea-t-elle douloureusement.

— Vraiment ? reprit-il. Je serai le premier ?

— Si ça te coupe tout élan, on peut laisser tomber, maugréa-t-elle.

— Pas du tout ! C'est juste… inattendu. D'accord, nous attendrons le mariage puisque c'est si important pour toi. D'ici là, je vais te prendre rendez-vous chez un gynécologue.

Sidérée par ses réactions brutales et prosaïques, elle resta sans voix une seconde.

— Pour quoi faire ? s'enquit-elle en écarquillant les yeux.

— Une contraception efficace est de la plus haute importance. Nous ne pouvons pas courir le moindre risque alors que nous serons séparés dans deux ans.

— Non, évidemment, renchérit-elle d'un air absent, alors qu'elle imaginait pour la première fois de sa vie avoir un bébé.

Bien sûr, elle adorait les enfants, et elle était partie du principe qu'elle en aurait un jour ; mais ce jour était abstrait, projeté dans un futur lointain.

— Et quoi qu'il arrive, enchaîna-t-il d'un ton sec, ne tombe jamais amoureuse de moi.

— Je ne vois pas pourquoi ça arriverait ! rétorqua-t-elle très vite en sentant ses joues s'enflammer. Ce n'est pas parce que nous allons coucher ensemble que j'aurai des sentiments pour toi. Tu m'as bien fait comprendre que tu te considérais comme un dieu du sexe, mais je te rappelle que tu n'es bon à rien en dehors d'un lit.

La pique eut l'effet escompté : l'arrogance de son compagnon fut douchée, et il afficha une expression courroucée.

Aussi enfonça-t-elle le clou en ajoutant :

— En ce qui me concerne, c'est un marché sans risque. Ton seul privilège sera d'être le premier jalon posé dans ma vie sexuelle. Et dans deux ans, j'espère l'enrichir de nombreuses découvertes !

— Que tu es belle ! s'écria sa mère en voyant Poppy émerger de sa chambre dans sa robe de mariée.

Jasmine assistait aux noces de sa fille avec le soutien d'un membre de la clinique. Car même si elle avait accompli des progrès remarquables en quelques semaines, le retour à Woodfield Hall lors d'un événement où le champagne et le vin allaient couler à flots représentait une épreuve.

Poppy elle-même était intimidée par le fait que la cérémonie se tienne ici, dans le domaine familial, mais il s'agissait d'une tradition sacrée pour la dynastie Leonetti. La chapelle de Woodfield Hall était donc remplie de centaines de membres de l'aristocratie locale et d'acteurs de la haute finance internationale.

— J'espère toujours que tu sais ce que tu fais, murmura Damien en se penchant à son oreille, comme il sortait de sa chambre, vêtu d'un superbe costume gris clair.

Il parut soulagé de voir leur mère sortir déjeuner avec son accompagnateur, et lança un regard inquiet à sa sœur.

— Je sais que tu as toujours eu un faible pour Gaetano, Poppy…

— Non, je te l'ai expliqué : il s'agit d'un marché que nous avons conclu pour une durée précise, rien d'autre.

— Oui, pour lui peut-être, soupira Damien. Mais si c'est juste du business, pourquoi êtes-vous sans cesse en train de discuter au téléphone et de vous envoyer des messages ?

— Parce que la préparation d'un mariage Leonetti exigeait qu'on soigne les moindres détails. Il voulait que je le tienne au courant de tous les aspects de la réception.

— Mmh… Il n'a pas assez de personnel pour s'en charger à sa place ?

Damien n'avait pas tort, songea-t-elle. Gaetano aurait

facilement pu prier un subalterne de se débrouiller avec elle. Or, il avait tenu à s'acquitter lui-même de cette tâche. Elle devait d'ailleurs admettre qu'elle avait été étonnée de le voir s'y investir autant. Il avait des idées très précises au sujet de cette cérémonie, alors qu'elle s'était convaincue qu'il s'en moquait. Elle avait même dû insister pour faire seule le choix de sa robe.

Au cours des dernières semaines, tandis qu'il parcourait toute l'Europe, ils étaient restés en contact constant. Même s'il exprimait chaque jour sa désapprobation, Poppy n'avait pas quitté son travail au café de Londres.

Elle se retourna pour sourire à son jeune frère : elle était prête.

Un instant plus tard, ils s'engouffrèrent dans la luxueuse limousine qui les conduisait à la chapelle de Woodfield Hall. La distance à parcourir représentait moins de sept cents mètres, et elle aurait préféré s'y rendre à pied, mais Gaetano avait été formel : cela manquait de dignité, et il tenait à ce qu'elle entre à l'église sans avoir accompli le moindre effort.

Dans le même ordre d'idée, il avait catégoriquement refusé qu'elle pique des fleurs dans ses cheveux, et lui avait fait livrer la tiare en diamants qui appartenait depuis des siècles à sa famille. C'était encore lui qui avait sélectionné la couleur thématique de la réception, un vert émeraude rappelant, disait-il, celui de ses yeux.

Enfin, il s'était comporté en vrai prince charmant en lui achetant ses chaussures de mariée dès qu'il avait repéré le modèle dans une vitrine de Milan. Il s'agissait d'escarpins sublimes, quoique très originaux, faits d'un cuir blanc très fin rebrodé d'opales et de perles. Dans l'obscurité, ils scintillaient de manière magique.

Il était étrange qu'il ait porté son choix sur ce genre de souliers d'autant que, de son côté, elle n'avait pas fait preuve de beaucoup d'audace en sélectionnant sa robe. La coupe était simple, dans l'esprit des années 1960 : le haut, au décolleté sage et aux petites manches courtes, marquait bien la taille, à partir de laquelle la jupe s'ouvrait en corolle pour tomber aux genoux.

— Tu es anxieuse ? demanda Damien.

— Je devrais l'être ? Les Leonetti n'ont convié que quelques centaines de personnes…

— Dont tous les notables de la région, mais aussi leur personnel de maison : sur ce point, on peut rendre hommage à Gaetano, qui fait en sorte que tout le monde se côtoie.

Poppy sourit à son petit frère, qui semblait heureux, malgré son inquiétude. Gaetano avait tenu sa promesse : dans moins d'une semaine, Damien travaillerait dans un grand garage de Londres, ce qui emplissait son cœur de joie et de fierté. De son côté, elle avait eu le temps de bien réfléchir, durant ces dernières semaines, et elle avait pris la décision de suivre un cursus d'horticulture pour devenir paysagiste.

Elle retint son souffle, quand Damien lui prit le bras pour lui faire descendre la travée centrale de la chapelle. Tous les invités s'étaient retournés à son entrée, de même que Gaetano, qui l'attendait en souriant devant l'autel.

Un léger trac la saisit. Quelle pompe et quelle grandiloquence, pour un couple factice !

Cependant, elle était charmée par Gaetano, qui avait tout de l'époux idéal, dans son superbe costume trois-pièces. Rasé de près, il était la séduction incarnée, avec son teint méditerranéen, ses cheveux noirs et brillants bouclant dans sa nuque, et son sourire dévastateur.

Le prêtre observa un protocole solennel qui rendit la cérémonie assez longue. Poppy se sentit trembler quand Gaetano passa à son doigt une fine alliance en or massif, tout en la dévorant du regard.

Elle était heureuse qu'il devienne son premier amant. Après tout, qui pouvait occuper cette place mieux que celui qui avait fait follement battre son cœur d'adolescente ?

Enfin, ils sortirent de la chapelle sous les cris de félicitations de l'assemblée, et Rodolfo la prit chaleureusement dans ses bras.

— Bienvenue dans la famille, mon petit, déclara-t-il, un sourire de pur bonheur aux lèvres.

Lors de la séance de photo qui suivit, Poppy remarqua une superbe blonde qui les contemplait d'un œil dubitatif. Elle serra jalousement le bras de son époux pour le flash, avant de voir l'inconnue s'avancer vers eux.

— Toutes mes félicitations, Gaetano, lança-t-elle d'un ton que Poppy jugea ambigu.

— Poppy, dit Gaetano en se tournant vers elle, je te présente Serena Bellingham. Serena, nous aurons le temps de bavarder plus tard, si tu veux bien m'excuser.

Dès qu'ils furent seuls, Poppy se pencha à son oreille et interrogea :

— C'est celle que tu as failli épouser ?

— Oh ! je t'en prie, ne me fais pas le genre de numéro dont les femmes ont le secret… Je n'ai jamais *failli* épouser Serena ! Et de toute façon, si ça avait été le cas, en quoi est-ce que cela te concerne ? Nous ne nous marions pas réellement non plus.

La brutalité de ces paroles fit pâlir Poppy, qui déglutit avec peine et se hâta d'acquiescer d'un hochement de tête.

— Excuse-moi, reprit-il. Je n'aurais pas dû dire cela.

— Non, tu as bien fait. Je suis trop curieuse, c'est un de mes défauts.

— Ecoute, soupira-t-il, Serena est leveuse de fonds, elle a beaucoup de talent. Il se peut qu'elle travaille à plein temps pour notre banque, maintenant qu'elle a divorcé. Apparemment, son ex était jaloux de sa réussite professionnelle, et c'est ce qui a détruit leur mariage.

Poppy n'eut guère le temps de méditer cette affaire, car les invités se bousculaient pour la saluer et lui présenter leurs félicitations. Elle accorda un long moment à sa mère, sur le point de se retirer afin de ne pas être tentée lors du cocktail.

Puis, alors qu'elle échangeait quelques mots avec les uns et les autres, elle remarqua que Rodolfo discutait avec la fameuse Serena Bellingham. La blonde lui prodiguait des sourires mielleux, et Poppy sentit son sang bouillir dans ses veines.

Pourquoi ? Uniquement parce que cette femme avait partagé le lit de Gaetano ? Ou bien parce qu'elle était la seule créature au monde à avoir su éveiller en lui des sentiments plus profonds ?

Mal à l'aise, Poppy regarda la blonde approcher.

— Vous ne me quittez pas des yeux, observa-t-elle avec une satisfaction non déguisée. Mais je me mets à votre place : je suis la seule ex sérieuse de Gaetano…

— Si vous le dites, répondit Poppy en s'efforçant de conserver une expression aimable.

— Seulement, enchaîna l'autre, nous étions trop jeunes, quand nous nous sommes rencontrés. Gaetano n'avait pas la maturité pour s'engager, et j'ai rompu. J'en ai épousé un autre.

— Chacun développe sa maturité à son rythme, répondit Poppy d'un ton détaché.

— Mais ce n'est pas ce qui compte le plus, conclut Serena. Vous et Gaetano, ça ne tiendra pas bien longtemps. Vous n'avez rien à lui offrir.

Désarçonnée par cette attaque frontale, Poppy rassembla son sang-froid.

— C'est votre opinion.

— Non, c'est un fait. Préparez-vous à vivre le mariage le plus bref de l'histoire. Gaetano est le dernier homme sur Terre à pouvoir supporter une gothique issue de votre milieu. Vous ne lui correspondez pas, et vous ne lui correspondrez jamais.

Cette fois, Poppy allait répondre vertement, mais elle sentit la main de Gaetano lui serrer le bras.

Le cœur battant, elle se tourna vers lui. Hélas, il était loin de se douter que son ancienne maîtresse était une authentique vipère. Pire, elle lut la défiance dans son regard sévère, comme s'il redoutait avant tout qu'*elle* se comporte mal !

Aussi préféra-t-elle ronger son frein et laisser la blonde s'éloigner tranquillement.

Par chance, à compter de ce moment, les festivités s'enchaînèrent à un rythme étourdissant : le cocktail, les discours et les danses se succédèrent jusqu'en fin d'après-midi, moment où les mariés se retirèrent pour partir, par jet privé, en lune de miel.

— Stop ! Arrête la voiture ! cria Poppy alors que la Range Rover sinuait le long d'un chemin toscan escarpé.

Inquiet, Gaetano enfonça la pédale de frein. Il fronça les sourcils en voyant la jeune femme jaillir hors du véhicule et pensa qu'elle était malade. Mais à sa stupéfaction — ainsi qu'à celle de ses gardes du corps, qui le suivaient en berline — Poppy courut vers le bas-côté de la route et s'agenouilla.

Son jean blanc était taché de sang et de poussière quand elle revint s'installer sur son siège avec précaution, portant dans ses bras une boule de poils, avec la tendresse d'une jeune mère pour son nourrisson.

— C'est un chien, expliqua-t-elle devant son air probablement ahuri. Il a dû se faire renverser.

— Donne-le à mes hommes, ils vont s'en occuper.

— Non, nous allons nous en charger nous-mêmes, répondit-elle d'un ton sans réplique. Où se trouve la clinique vétérinaire la plus proche ?

L'animal, un petit terrier au pelage poivre et sel, lui léchait la main et gémissait de douleur.

Quinze minutes plus tard, ils étaient dans la salle d'attente d'un dispensaire animalier, et Gaetano s'entretenait en italien avec le chirurgien.

— Bon, dit-il en revenant vers elle. Cet animal n'a pas de puce électronique, il ne portait pas de collier, et son signalement ne correspond à aucun avis de recherche actuel. Arno peut l'opérer, je couvrirais les frais, mais il serait plus simple de le piquer.

— Plus simple ? tonna Poppy, effarée.

— Oui, plus simple que d'infliger au chien le traumatisme d'une opération et d'une longue convalescence, alors que les refuges sont remplis d'animaux. De plus, puisqu'il n'a pas de maître, le…

— Je le garde !

Gaetano soupira avec agacement.

— Ne fais pas de sensiblerie mal placée alors que…

— Non, je le veux. Je prends Muffin.

— Muffin ?

— Il a un petit côté raggamuffin… Muffin, oui.

— Poppy, je peux t'offrir un jeune chiot à pedigree, si tu en veux un. Ton Muffin n'est pas très beau à voir, et il est vieux.

— Et alors ? Il a bien davantage besoin de moi qu'un jeune chien, opposa-t-elle d'un ton de défi. Ce serait mon cadeau de mariage.

Ils restèrent encore un moment à la clinique afin de remplir des papiers. Puis, après avoir confié Muffin aux soins du chirurgien, ils reprirent la route.

— Ton cœur est devenu de pierre, observa-t-elle tristement, tout en examinant son profil parfait. Qu'est-ce qui t'est arrivé ?

— Rien. J'ai grandi. Ne fais pas de mélodrame. Quand on s'attache, on souffre. Je l'ai appris dès le plus jeune âge.

— Mais tu fermes la porte à tant de choses merveilleuses en ce monde…

— Tu crois ça ? Rodolfo a connu de longues et heureuses années de mariage, mais la mort de ma grand-mère l'a fait tellement souffrir qu'il ne voulait plus vivre.

— Oui, c'est le chagrin. Tu devrais penser au bonheur

qu'il a vécu auprès de sa femme. Rien n'est gratuit dans la vie, Gaetano. L'amour est une récompense en soi.

Il serra la mâchoire et rétorqua, cinglant :

— Je n'ai pas eu l'impression que ma mère se sentait récompensée quand son mari, qu'elle aimait plus que tout, partait prendre de la cocaïne avec des entraîneuses. Moi-même, je n'ai pas été récompensé lorsque son second mari, milliardaire, l'a persuadée d'oublier son fils en Angleterre et de le suivre sur un autre continent. Mais tu seras sans doute ravie d'apprendre que quelqu'un a eu sa récompense, car ma mère a été aimée par cet homme.

Il s'esclaffa d'un ton sarcastique et conclut :

— Comme elle me l'a expliqué des années plus tard, en cherchant à faire amende honorable, Connor l'aimait tellement qu'il ne supportait pas le rappel de son précédent mariage en la personne du petit garçon qui en était né.

9.

Poppy avait blêmi à ce discours.

— C'est une forme d'amour très perverse, reconnut-elle.

— Il y en a beaucoup sur cette Terre. C'est pourquoi je n'ai jamais voulu frayer avec ce sentiment-là.

Elle hocha la tête en silence. Elle avait eu la chance d'avoir des parents qui s'aimaient, qui étaient heureux ensemble ; ce n'était pas le cas de Gaetano. Le choix terrible qu'avait fait sa mère, en lui infligeant un impardonnable abandon, n'avait rien arrangé.

Elle s'était étonnée que Gaetano ne l'invite pas à leurs noces et en avait touché un mot à Rodolfo, mais celui-ci s'était contenté de hausser les épaules et de lâcher que son ex-belle-fille venait rarement en Angleterre.

La Range Rover prit un long virage avant d'obliquer sur une petite route bordée d'oliviers, entre lesquels on apercevait des collines verdoyantes, des vignobles et le mur d'enceinte d'un village juché au sommet d'un mont.

Emerveillée, elle contempla le magnifique domaine qui appartenait aux Leonetti depuis des siècles.

Gaetano lui désigna soudain un chemin sur la gauche.

— Par ici, on parvient jusqu'à la maison où Rodolfo prend ses quartiers d'été. La résidence principale, *La Fattoria*, en est distante d'environ deux kilomètres. Je l'ai reçue en héritage il y a cinq ans, et je l'ai entièrement rénovée.

Dès qu'ils sortirent de voiture, Poppy ferma les yeux pour emplir ses poumons d'un air aux délicats parfums.

La douceur de la température, le calme, la majesté de la Toscane lui faisaient battre le cœur.

Puis elle admira la ravissante bâtisse aux murs sienne qui s'élevait devant elle. Une immense terrasse, bordée de grands lauriers débordants de fleurs, donnait sur les vignes, et une petite femme ronde apparut sur le seuil, s'essuyant les mains sur son tablier, suivie d'un homme grand et mince.

— Voici Dolores, déclara Gaetano. Elle et Sean, son mari, se chargent de *La Fattoria*.

Le couple, d'origine irlandaise, avait une cinquantaine d'années. Les présentations furent brèves, et Poppy alla s'installer sur la terrasse où on leur servit bientôt un verre de vin rouge. La vue était à couper le souffle, mais elle était épuisée et déclina avec tact la proposition de Dolores : elle ferait plutôt le tour complet de la maison le lendemain. C'était bien sa chance ! Alors qu'elle était en lune de miel dans l'un des plus beaux endroits de la planète, auprès d'un homme plus fascinant encore, elle était en train d'attraper froid, songea-t-elle, un picotement familier dans la gorge.

La chambre principale était une pièce immense, au sol en tommettes et meublée d'un lit aussi vaste qu'un terrain de football. La salle de bains avec sauna aurait enchanté la princesse la plus capricieuse.

Naturellement, Gaetano avait rénové ce lieu avec un goût très sûr, mais la douche était si moderne que Poppy passa plusieurs minutes à comprendre comment l'actionner. Une fois rafraîchie, elle passa une robe d'été et retrouva son compagnon dehors, sur la terrasse.

Il lui tendit un verre de vin et déclara, non sans une pointe de fierté dans la voix :

— Le meilleur cru de notre vigneron, primé trois fois ! Rodolfo accorde le plus grand intérêt à nos vignobles.

Elle sourit et songea que c'était comme un rêve… Elle

était là, en Italie, une alliance au doigt, et Gaetano était à côté d'elle, souriant. Une insidieuse petite voix, dans un coin de sa conscience, lui rappela alors que tout était faux. Il ne s'agissait pas d'un mariage, mais d'une comédie. Un fantasme. De fausse fiancée, elle était devenue fausse épouse. La seule chose qui ne serait pas fausse serait la nuit à venir.

Sa nuit de noces…

A cette idée, elle sentit son sang courir dans ses veines et une délicieuse chaleur l'inonder. Repoussant son verre, elle prit le petit menu posé à table et lut la liste de tous les plats qu'ils étaient censés avaler.

— Tu sais, je n'ai pas très faim, avoua-t-elle. C'est beaucoup trop, mais je ne voudrais pas vexer Dolores…

Gaetano lui retourna un regard si intense qu'elle en frémit. Ses yeux noirs luisaient d'un éclat fauve.

— Nous n'avons aucune obligation, assura-t-il en se levant pour faire le tour de la table et la prendre dans ses bras. Dean et Dolores sont chez eux. Jusqu'à demain matin, il n'y aura personne d'autre que nous, ici.

Comme il la soulevait, elle protesta :

— Qu'est-ce que tu fais ? Tu ne vas pas me porter jusque là-haut, c'est beaucoup trop loin.

— En ce moment, je me sens capable de te porter jusqu'au sommet de la tour de Pise. Félicitations, Poppy ! Tu es la seule femme assez intelligente pour m'avoir fait attendre.

— Attendre quoi ? Oh…

Elle ferma les yeux, écoutant son souffle tandis qu'il la conduisait jusque dans la chambre. Puis elle le laissa la déposer sur le lit et lui ôter ses chaussures. Seigneur, si seulement elle avait eu la présence d'esprit d'emporter un sirop, pour apaiser sa gorge… Et elle avait un peu mal à la tête aussi, maintenant. Mais impossible de lui avouer ce petit désagrément. De toute façon, sa trousse de toilette ne contenait rien d'autre que sa pilule.

Debout devant elle, il se débarrassa de sa chemise.

Lentement, il enleva ensuite son pantalon, et se tint nu devant elle. Il ne portait plus que son boxer.

Il ne dit rien, mais quand il arrima son regard d'une langueur extrême au sien, Poppy savoura le délicieux frisson qui la parcourait.

Prenant tout son temps, il la rejoignit sur le matelas et s'agenouilla devant elle. Elle le sentit se pencher sur sa nuque pour y poser ses lèvres brûlantes, avant de faire glisser le zip de sa robe. Une myriade de frissons naquit sur sa peau. C'était comme si son corps s'éveillait. Sa caresse était si lente et légère qu'elle lui faisait tourner la tête. Et elle aimait se sentir, peu à peu, offerte à lui.

— Le paradis, enfin, articula-t-il d'une voix rauque en faisant tomber sa robe sur le sol, pour la contempler dans son petit corset de satin bleu et sa culotte assortie.

Lentement, Gaetano défit chaque crochet du corset, un par un. Du bout de l'index, il caressa la peau de son dos, bientôt exposée dans sa nudité. Puis sa bouche y déposa une pluie de baisers d'une infinie délicatesse.

— Tu es si belle, *gioia mia*.

Poppy ferma les yeux, laissant échapper un soupir de plaisir, pendant qu'il lui ôtait son corset. Quand il posa ses mains sur ses seins, ce fut comme si un volcan s'éveillait en elle. Un plaisir inconnu déferla sur son corps. D'instinct, elle se cambra, l'invitant à prendre ses tétons dardés entre ses doigts. Elle avait envie de ses caresses, envie de s'enfoncer dans le vertige qui s'emparait d'elle, envie de s'abandonner aux délicieux frissons qui faisaient onduler son corps. Ce corps qu'elle découvrait, et qui ne lui appartenait plus vraiment, tant elle voulait être à lui.

Il la tourna contre lui, plongea son regard embrasé dans le sien et dit :

— Je veux être le premier pour toi. Ce sera un honneur.

— C'est si gentil. Je…

— Ne te méprends pas. Je suis bien des choses, mais pas « gentil ».

Elle eut à peine le temps de lui décocher un regard ahuri : il émit un grondement rauque, l'attira contre lui et l'embrassa avec une telle fougue qu'elle en eut le souffle coupé. Un plaisir décuplé monta en elle quand il approfondit son étreinte, mêlant sa langue à la sienne. Des éclairs exquis la transpercèrent, tel un courant électrique, quand il se pencha sur ses tétons pour les agacer de sa bouche vorace.

Emportée par l'ivresse de ses sens, Poppy gémit. Sans cesser de caresser ses seins de ses doigts experts, il souffla :

— Ce rose si pâle, comme des perles… Je me suis demandé quelle serait leur couleur.

Elle écarquilla les yeux.

— C'est vrai ?

— Oui. Et ils sont parfaits, puisque tu es parfaite dans les moindres détails. Je ne regrette pas d'avoir attendu de t'emmener à l'église.

Poppy se redressa pour contempler les fabuleux reflets de miel qui illuminaient ses yeux noirs. Admirer ses épaules puissantes, son torse musclé, sa peau dorée… Ce corps mâle la fascinait et, avançant une main tremblante vers la fine toison noire qui courait entre ses pectoraux, elle caressa son ventre dur.

— Ne t'arrête pas, supplia-t-il.

Ses doigts approchaient si près de l'élastique de son boxer qu'elle prit le temps de savourer le contact de cette fine toison noire qui se faisait plus dense.

Tout en découvrant cette virilité, elle contemplait le dessin de son sexe en érection sous le coton de son sous-vêtement. Brûlante de désir et de curiosité, elle l'effleura, mais il agrippa aussitôt son poignet pour l'empêcher de poursuivre.

— Si tu me touchais maintenant, expliqua-t-il, tout irait trop vite. C'est pourquoi je préfère que tu t'allonges et que tu me laisses te caresser.

Sans lui laisser le temps de répondre, il la renversa sur le matelas et, d'un geste vif, lui arracha sa culotte, qu'il jeta à terre. Elle leva vers lui un regard vibrant qui le fit chavirer. Le vert de ses yeux semblait l'aspirer tout entier. Un vert venu du plus profond de l'océan, un vert sauvage, pur. Et dans ce regard suppliant, il reconnaissait la flamme du désir. Un désir peut-être aussi impérieux que celui qui le torturait depuis des semaines.

D'un geste langoureux, il traça encore le contour de ses petits seins d'une rondeur parfaite. Il aimait les sentir pleins et durcis au creux de sa paume. Mais en découvrant la splendeur de ses jambes entièrement nues, il avait eu une folle envie de les caresser.

Partant du bas de ses fines chevilles, il remonta le long de ses mollets doux et galbés, admira la délicatesse de ses genoux, et le fuselage mince de ses cuisses. Quand elle laissa échapper un gémissement, il ne put s'empêcher de s'aventurer vers l'écrin chaud et humide de son sexe. Délicatement, il caressa la fine toison couleur de feu, avant d'agacer son bouton de rose.

Les sensations que Poppy sentait fuser en elle étaient si violentes que son cœur battait à un rythme frénétique. Depuis qu'il avait commencé à caresser son sexe, elle était la proie d'une fièvre étrange, à la fois délicieuse et terrifiante : elle était aspirée dans un tourbillon, et elle pouvait à tout moment exploser…

— Oh non, je t'en prie ! Ne t'arrête pas ! soupira-t-elle, pantelante.

— *Stai zitto…* Je sais ce que je fais, dit-il d'un ton impérieux, en basculant sur elle de tout son corps.

Il s'empara de ses lèvres pour un baiser passionné, et alors qu'elle plongeait fiévreusement ses doigts dans ses cheveux, répondant à son étreinte, elle sentit son sexe la pénétrer.

Son cœur s'arrêta un bref instant, tant la brûlure la surprit, mais elle fut aussitôt emportée par un va-et-vient tribal, inexorable, qui embrasait chaque atome de sa chair. Une marée de sensations la chavirait par vagues successives. Ivre de plaisir, elle enroula ses cuisses sur ses reins, l'invitant à venir encore et toujours plus profondément en elle.

— Tu es si étroite, murmura-t-il en s'enfonçant encore d'un puissant coup de reins.

Enfin, abandonnée au tumulte de ses sens, elle cria son nom et renversa la tête en arrière quand le plaisir ultime l'emporta et qu'elle comprit qu'elle venait de connaître son premier orgasme.

Durant un long moment, son cœur continua de battre sur un rythme affolé, et elle resta immobile, en sueur, agrippée à Gaetano.

— C'était extraordinaire, dit-il, à bout de souffle, en tombant à côté d'elle pour la contempler d'un regard indéchiffrable.

Elle sourit, et il ajouta :

— Tu es extraordinaire, *bella mia*.

A la fois épuisée et étourdie, Poppy ne s'était jamais sentie aussi heureuse de sa vie, lovée contre lui, sa tête reposant sur son épaule. Pourtant, elle ne parvenait pas à oublier la douleur qui lui enflammait la gorge, et elle espérait ne pas transmettre à Gaetano le coup de froid qu'elle avait pris.

Elle était sur le point de lui avouer son malaise quand il se redressa pour observer tranquillement :

— Peut-être que si c'était aussi incroyable, c'est parce que c'est la première fois que je fais l'amour à une femme sans protection.

— Comment cela ?

— D'habitude, expliqua-t-il, je mets toujours un préservatif. J'ai fait un check-up complet il y a quinze jours, pour m'assurer que ce serait possible, grâce au fait que tu prends la pilule.

Ce discours ne lui plaisait guère, mais elle savait que risquer une grossesse serait pure folie.

— J'ai très faim, maintenant, avoua-t-il. Pas toi ?

— Non, pas vraiment, répondit-elle, la gorge sèche. Mais je meurs d'envie de boire une tasse de thé.

Il fronça les sourcils et la dévisagea avec attention.

— Ta voix est bizarre…

— Je crois que j'ai attrapé froid. Pourvu que ce ne soit pas contagieux…

— Je n'attrape jamais de rhume. Je vais prendre une douche en bas. Retrouve-moi dans la cuisine quand tu voudras : je te ferai un thé, dit-il en se levant.

Poppy resta longtemps sous le jet chaud de la douche, mais elle se sentait de moins en moins bien. Comment était-ce possible, alors qu'elle venait de vivre l'un des moments les plus merveilleux de sa vie ?

Jamais elle n'aurait cru connaître des sensations d'une telle intensité. Son corps et celui de Gaetano semblaient faits l'un pour l'autre…

Après avoir enfilé un pantalon en coton et un T-shirt, elle se mit en quête de la cuisine, et traversa un dédale de salles de réception et de salons avant de trouver la grande pièce où Gaetano était installé.

Son visage avait changé d'expression : il était au téléphone, parlant en italien d'un ton contrarié, et quand il raccrocha, le brun chaleureux de son regard avait viré au noir d'orage.

— Qu'est-ce qui ne va pas ? s'enquit-elle en allant retirer la bouilloire du feu, et en versant l'eau dans la théière qu'il avait préparée pour elle.

Gaetano rangea son mobile dans la poche de son jean et releva vers elle des yeux furibonds.

— C'était Rodolfo, annonça-t-il. Il vient de me prévenir à propos de ce qu'un tabloïd va publier demain. L'un de ses vieux amis a eu l'information…

— Ah ?

Elle se versa une tasse de thé et la but avec avidité, prête à tout pour apaiser sa gorge.

— Quand comptais-tu m'avouer que tu as posé nue ? tonna-t-il en la fusillant du regard.

Poppy se retourna vivement vers lui, sidérée.

— De quoi parles-tu ?

— Je te parle du fait que, demain, un journal infect imprime des photos de toi nue ! Ma femme, offerte aux yeux du monde entier dans son intimité ! Comment as-tu pu faire une chose aussi lamentable ?

— Je n'ai jamais posé nue, assura-t-elle. Il est donc impossible que…

Horrifiée, elle porta ses deux mains à ses joues et s'exclama :

— Oh !

— Ah, ça y est, ça te revient ? jeta-t-il, sarcastique. Eh bien bravo, et merci de m'avoir averti. Car si je l'avais su, j'aurais pu racheter ces photos afin qu'elles ne circulent plus sur le marché.

— Mais ce n'est pas du tout ce que tu crois ! se défendit-elle.

Le doute s'insinuait en elle. Le photographe avait-il pris d'autres clichés, à son insu ? Elle parvenait difficilement à y croire : il s'agissait d'un studio sérieux, et elle conservait le souvenir d'un moment amusant. Mais comment expliquer autrement ce que lui racontait Gaetano ?

Cette soudaine anxiété ranima son mal de tête, et elle sentit une grande faiblesse l'envahir.

— Je ne me sens pas bien, murmura-t-elle en essayant de s'approcher d'une chaise.

— Si tu crois que faire semblant d'être malade va te sauver de cette discussion, tu fais fausse route, lança-t-il d'une voix ferme.

Il devenait fou à la perspective que ce qu'il avait découvert cette nuit, ce corps délicat et parfait, soit livré à tout le monde. Encore sous le choc de l'intensité de leur étreinte, il avait eu le sentiment de vivre quelque chose de *spécial*, hors du commun… Bon sang, comment avait-elle pu faire ça ?

— Je… Je ne fais pas semblant, balbutia-t-elle en s'appuyant sur la table.

Un brouillard étouffait la voix de Gaetano. Dans ce brouillard, deux certitudes se dessinaient : la première était qu'elle n'avait pas attrapé un rhume, mais plutôt une mauvaise grippe. Elle avait froid, chaud, sa migraine devenait lancinante, et sa gorge la torturait.

La seconde était de devoir se défendre plus vigoureusement contre les attaques de Gaetano. Lui, le play-boy professionnel dont les frasques apparaissaient dans les journaux, et qui permettait que ses maîtresses organisent des orgies chez lui, de quel droit osait-il lui reprocher quoi que ce soit ?

Hélas, sa colère naissante était impuissante à l'emporter sur son malaise.

Et Gaetano, consterné, vit Poppy s'effondrer sur une chaise, puis en glisser, et n'eut que le temps de la saisir dans ses bras pour empêcher sa tête de cogner contre le carrelage.

10.

— Non, je ne pense pas que ma femme souffre d'un trouble du comportement alimentaire, répondit Gaetano, les dents serrées, effondré sur un siège de la salle d'attente.

— *Signora* Leonetti est très au-dessous de son poids normal, déshydratée, et dans un état de faiblesse générale dû à de nombreuses carences, indiqua le médecin en le toisant d'un œil réprobateur. C'est la raison pour laquelle nous avons le plus grand mal à venir à bout de cette infection bactérienne. Nous ne parvenons toujours pas à maîtriser sa température. Qu'elle ait été capable d'en passer par un mariage, une réception et un voyage depuis l'Angleterre relève quasiment du miracle.

— Un miracle, répéta-t-il distraitement au souvenir du visage souriant de son épouse, quand elle était blottie dans ses bras, après leur corps-à-corps.

Il en avait mal au ventre. Pour la première fois de sa si brillante existence, toujours auréolée de succès, il avait honte de lui et ne percevait rien d'autre que son échec.

Poppy était tombée dans le coma. En ce moment, sa femme était toujours en unité de réanimation, un masque à oxygène sur le visage, à dépendre des drogues qui lui coulaient au goutte-à-goutte dans les veines.

Certes, elle ne lui avait pas dit qu'elle se sentait mal avant cet instant dans la cuisine, mais… Quel salaud égocentrique et aveugle fallait-il être pour n'avoir jamais remarqué que quelque chose n'allait pas ?

A la vérité, il n’avait jamais prétendu être un homme normal et ne parviendrait probablement jamais à en devenir un. Ainsi, il avait été beaucoup trop occupé à admirer la finesse de la taille de sa fiancée pour remarquer qu’elle était anormalement maigre. Trop occupé à la mettre dans son lit pour voir qu’elle ne se sentait pas bien. Et quand elle le lui avait avoué, qu’avait-il fait ? *Porca miseria* ! Il lui avait crié dessus en l’accusant de jouer la comédie.

Le pire était que son cerveau si brillant et son sens de l’observation sans faille ne lui avaient pas permis de voir ce qui aurait crevé les yeux de n’importe qui : durant des mois, Poppy avait travaillé de l’aube au milieu de la nuit, entretenant l’immensité de Woodfield Hall le jour, allant ensuite servir des bières dans un pub bondé. Dans son dévouement à sa mère et à son frère, elle s’était complètement oubliée. A l’évidence, elle avait fait l’impasse sur de vrais repas pour gagner du temps. Peu à peu, son organisme s’était affaibli, et elle l’avait ignoré. Gaetano suspectait aussi qu’elle dormait mal, tant elle s’inquiétait pour Jasmine et Damien.

Mortifié, il songea qu’il n’avait rien arrangé en renvoyant sa gouvernante à un moment pareil. Comme si la maladie de sa mère n’était pas un poids assez lourd sur les épaules de la jeune femme, il avait fallu qu’il l’accable davantage en lui arrachant le seul toit qu’elle et sa famille avaient au-dessus de la tête. Et qu’avait-elle fait, dès qu’il l’avait emmenée chez lui, à Londres, non sans l’avoir contrainte à accepter un marché qu’elle n’était pas en mesure de refuser ? Elle s’était remise au travail !

Poppy Arnold avait un sens de la dignité remarquable, mais elle était entêtée comme une mule… Sa force de caractère forçait son admiration. Mais pour l’heure, il était effondré en réalisant tout le mal qu’il lui avait fait.

— Comment va-t-elle ? interrogea une voix derrière lui.

Il sursauta : Rodolfo venait d’entrer dans la pièce.

— Tu n'avais pas besoin de venir jusqu'ici, je t'ai appelé précisément pour te rassurer et…

— Je ne le suis pas. Que se passe-t-il ?

Gaetano se mordit la lèvre avant d'avouer :

— Il se passe que, jusqu'à présent, je fais un bien mauvais mari.

Son grand-père secoua la tête d'un air désespéré.

— Fais attention : tu es dans une phase critique. Mais c'est une fille merveilleuse, et elle mérite tes efforts. N'oublie pas, Gaetano, l'important n'est pas d'où l'on part, mais où l'on arrive.

Il hocha poliment la tête et se renfonça dans son siège, le moral en berne. Rodolfo se trompait du tout au tout. D'où lui venait son égoïsme ? Son père avait été un homme totalement centré sur lui-même, et sa mère n'avait jamais fait passer les besoins de quelqu'un d'autre avant les siens. Etait-ce à cause de ses parents qu'il était devenu un prédateur sans foi ni loi ? Ou bien la richesse et les succès lui avaient-ils fait perdre tout sens des réalités ?

En émergeant de son sommeil, Poppy fut soulagée de constater que son mal de tête avait disparu. Elle pouvait déglutir sans souffrance, et elle respirait convenablement. Elle ouvrit les yeux et contempla la pièce inconnue où elle se trouvait. Aussitôt, elle comprit qu'elle était dans un lit d'hôpital, et elle aperçut Gaetano, assis à son chevet.

Il était l'ombre de lui-même. L'éternel vainqueur au nœud de cravate impeccable avait fait place à un homme voûté, à l'œil morose, au teint gris. Un bouton de sa chemise manquait, et il avait roulé ses manches sur ses avant-bras. Tandis qu'elle le fixait, il tourna légèrement la tête, et leurs regards se rencontrèrent.

Son cœur battit aussitôt plus vite, et les souvenirs affluèrent. Leur passion, en faisant l'amour… Le plaisir intense qu'elle avait découvert dans ses bras. Et la fureur de Gaetano, refusant de croire qu'elle était malade, l'accusant d'avoir posé nue…

Il se leva, pressa le bouton d'appel de l'infirmière et s'approcha pour s'enquérir d'une voix inquiète :

— Comment te sens-tu ?

— Mieux. Mieux qu'au moment où j'ai perdu connaissance… C'est bien ce qui s'est passé ? Qu'est-ce que j'ai ?

— Oui, tu t'es évanouie. Tu as attrapé une mauvaise infection qui est devenue incontrôlable : ton système immunitaire était à plat.

Il lui sourit et ajouta :

— A partir de maintenant, il va falloir que tu prennes bien mieux soin de toi. Pardonne-moi de te poser cette question, mais je dois en être sûr. Tu peux me répondre franchement : souffres-tu d'un trouble du comportement alimentaire ?

Poppy haussa les sourcils.

— Bien sûr que non… J'ai une constitution menue. C'est vrai que j'ai perdu quelques kilos, ces derniers mois, mais…

— Il faut que tu te remettes à manger correctement, enjoignit-il. Tu ne peux plus sauter des repas.

— Quand je n'ai pas voulu dîner, à notre arrivée, c'est parce que je me sentais mal, expliqua-t-elle.

— Je ne t'intimide pas au point que tu ne puisses pas l'avouer, quand même ?

Elle hocha la tête.

— C'était notre mariage… Je ne voulais pas faire toute une histoire d'un petit malaise.

Il ne paraissait guère convaincu, mais ils furent interrompus par l'arrivée du médecin. Puis un petit déjeuner lui fut apporté sur un chariot, et le médecin lui ordonna de ne pas en laisser une miette. Il lui indiqua que tout irait bien, à condition qu'elle reprenne un peu de poids.

— Dors, dit Gaetano dès qu'elle eut terminé. Je vais rentrer à la maison prendre une douche, me changer, et te rapporter quelques vêtements. Si tu me promets de bien te reposer et de manger tout ce qu'on te donne, je devrais pouvoir t'emmener dès ce soir.

— Entendu, maugréa-t-elle. Mais ne montons pas cette affaire en épingle, je ne suis pas encore invalide…

Elle baissa les yeux sur son alliance et sa bague de fiançailles.

— Au fait, reprit-elle, qu'en est-il de ces fameuses photos qui t'ont mis en rage ?

A ces mots, Gaetano baissa la tête. Il alla prendre un journal dans la poche de sa veste et le lui tendit.

— Si j'avais su ce qu'ils entendaient par « photos dénudées »…

Le journal reproduisait une illustration de calendrier intitulée « Miss Juillet ». On y voyait Poppy allongée sur une chaise longue, et hormis ses chevilles et ses épaules, tout le reste de son corps était dissimulé par un savant arrangement de fleurs.

— Ah, c'est bien ce que je pensais, déclara-t-elle en souriant. Il n'y a eu aucun autre cliché. De toute façon, je me souviens que je n'ai jamais enlevé ma culotte. En revanche, il fallait que je renonce au soutien-gorge pour qu'on voie mes épaules. Les étudiantes infirmières de l'université imprimaient chaque année un calendrier vendu en faveur des enfants hospitalisés. C'était mignon, drôle, innocent.

Gaetano acquiesça, les joues en feu.

— Je sais. Pardonne-moi de t'avoir crié dessus. Quand Rodolfo m'a montré cette photo dans le journal, je me suis senti comme le dernier des imbéciles.

Poppy le considéra longuement, amusée.

— C'est étrange, il y a chez toi un côté vieux jeu que je n'aurais jamais soupçonné.

— Ce qui est à moi est à moi, opposa-t-il, et tu es ma femme.

A peine eut-il prononcé ces paroles qu'il se demanda ce qui lui arrivait. Mais durant un instant, il avait *réellement* eu l'impression que Poppy était son épouse, que c'était un vrai mariage.

Pourquoi ? Le sexe et les sentiments étaient bien distincts, chez lui. Il devait cependant reconnaître qu'il n'avait jamais désiré une femme autant qu'elle.

Ecarlate, Poppy murmura :

— Pas vraiment.

— Eh bien, disons que tant que tu porteras mon alliance, tu es à moi. Mais il est temps de te reposer, maintenant. Tu es épuisée. Je reviendrai te chercher tout à l'heure.

La porte se referma, et elle écouta son cœur battre à coups redoublés. « Tu es à moi »…

— Vous ne devriez pas être ici, en bas, à préparer des gâteaux à un vieil homme, maugréa Rodolfo, tandis que Poppy lui versait une tasse de café.

— Cinzia est en train de disposer la tarte sur un plat pour vous l'apporter, répondit-elle avec tendresse. Vous êtes gâté.

Les yeux de Rodolfo brillèrent de plaisir.

— Il n'y a rien de mal à être gâté. C'est ce que vous faites pour moi avec vos pâtisseries, mais Gaetano devrait être en train de vous gâter, lui aussi.

— Oh ! il s'occupe bien de moi. Je l'ai juste laissé prendre quelques heures sur notre lune de miel pour travailler. Il en avait besoin.

— Vous avez l'air en forme, observa-t-il. Le jour de vos noces, vous étiez une petite brindille toute pâle, prête à disparaître dans le premier courant d'air. Maintenant, vous êtes…

— Remplumée ? demanda-t-elle en souriant. Oh ! vous pouvez le dire. J'étais trop maigre, je me préfère avec quelques kilos de plus. Dolores me nourrit comme si je devais finir en dinde de Noël.

Poppy baissa les yeux sur la vallée ensoleillée et sur ses vignes. Rodolfo occupait depuis quelque temps la maison d'amis, située à l'arrière du domaine. Cette ravissante bâtisse disposait d'un panorama aussi spectaculaire que *La Fattoria*. Les arbres étaient plus denses sur sa petite terrasse, la température légèrement plus fraîche.

Cinzia, qui se chargeait de l'entretien du lieu, apporta la tarte au citron que Poppy avait préparée.

Il y avait maintenant près d'un mois que Gaetano et elle étaient arrivés en Toscane, mais les journées filaient à une telle vitesse qu'elle avait du mal à y croire. Dès qu'elle avait retrouvé ses forces, Gaetano l'avait emmenée faire du tourisme, et de merveilleux souvenirs emplissaient désormais sa mémoire.

Les ravissantes boucles d'oreilles en or qu'elle portait en ce moment étaient un cadeau qu'il lui avait fait lors de leur visite chez un joaillier de Ponte Vecchio, à Florence. Main dans la main, ils avaient arpenté les ruelles de Pise, et lors du dîner romantique qui avait suivi, il lui avait dit que ses cheveux roux lui avaient toujours rappelé la flamboyance des couchers de soleil en Italie. Sûre d'elle, à Sienne, elle avait prouvé à Gaetano qu'elle était capable de gravir les centaines de marches de la Torre del Mangia, et quand elle avait gagné son pari, elle l'avait vu rire pour la première fois : son cœur en avait battu la chamade. Il y avait eu aussi cet instant magique, dans la Grotte du Vent, où il avait ôté sa veste pour la lui poser sur les épaules, parce qu'elle frissonnait.

N'importe quelle jeune mariée aurait chéri de tels souvenirs, mais… ils n'avaient plus jamais fait l'amour. Depuis le jour où elle était tombée malade, il ne l'avait plus touchée, allant jusqu'à ignorer les signes qu'elle lui donnait, à faire semblant de ne pas voir ses appels. La nuit, ils faisaient chambre à part.

Hélas, ce n'était pas sa seule source d'inquiétude. Une petite angoisse la poursuivait, qu'elle ne parvenait pas à chasser. Au début, elle s'était dit que c'était ridicule. Après tout, ils n'avaient couché ensemble qu'une fois, et elle prenait consciencieusement sa pilule depuis le jour où le gynécologue la lui avait prescrite. Quand elle avait eu du retard, elle s'était rassurée en songeant que les traitements médicamenteux avaient pu dérégler son cycle. Mais les jours passaient, rien ne venait, et elle avait décidé de demander un test de grossesse au médecin qu'elle allait revoir à l'hôpital le lendemain, pour une visite de contrôle. Elle s'emballait sans doute sans raison, mais mieux valait en avoir le cœur net.

Comme il était temps pour elle de rentrer à La Fattoria, elle se leva et claqua des doigts. Muffin accourut aussitôt et l'accompagna en trottinant joyeusement.

Lui aussi avait terminé sa convalescence, et il ne quittait plus Poppy depuis que Gaetano l'avait ramené de chez le vétérinaire.

Sa vie quotidienne était devenue un enchantement, et elle admira encore les jeux du soleil toscan sur les arbres et les fleurs, en poursuivant son chemin.

Les nouvelles d'Angleterre étaient excellentes. Damien se réjouissait de son nouveau travail, et sa mère, qui remontait la pente avec un courage admirable, envisageait ensuite de s'installer chez sa sœur à Manchester.

Tout cela, elle le devait à Gaetano.

Elle frémit. Dès qu'il prenait sa main dans la sienne, son cœur bondissait dans sa poitrine et une douce chaleur l'inondait. S'il posait ses doigts à côté de la bretelle de sa robe, sur son épaule dénudée, des ondes fulgurantes la parcouraient. Il suffisait qu'elle le voie sourire pour fondre. Son béguin d'adolescente avait pris une forme très dangereuse…

Ce n'était pas un béguin. Elle le savait. Elle était éperdument, follement amoureuse de lui. Alors qu'elle s'était fait la promesse de ne pas tomber dans ce piège, et qu'il s'était lui-même montré très clair à ce sujet. Oh ! bien sûr, elle n'était plus aussi romantique qu'à seize ans et elle ne se faisait aucune illusion : il n'y aurait pas de fin heureuse à leur histoire. Leur faux mariage ne mènerait à rien d'autre qu'à un vrai divorce. De toute façon, jamais elle ne lui permettrait de suspecter l'existence de cet amour qui lui rongeait l'âme. Puisqu'il était incapable d'aimer, elle ne supporterait pas qu'il la prenne en pitié, et garderait jalousement son secret.

En arrivant à La Fattoria, elle remarqua une rutilante voiture de sport qui n'appartenait pas à Gaetano.

Intriguée, elle lissa sa ravissante robe rouge et noir, un cadeau que Gaetano lui avait fait quelques semaines plus tôt.

Depuis une fenêtre du grand salon, Gaetano vit sa femme approcher. Sa silhouette de liane était fabuleusement mise en valeur par sa robe, et il ne put détacher son regard de ses longues jambes dorées par le soleil italien, ni de sa chevelure de feu, aussi fière et sauvage que celle d'une lionne.

Une violente érection s'empara de lui, et il serra les poings. Plus vite ce mariage serait terminé, mieux il se sentirait.

Rien ne s'était passé comme prévu depuis leurs noces. Chaque fois que Poppy se tenait en sa présence, il ne songeait qu'à l'avoir dans ses bras, l'embrasser, la couvrir de caresses — ce désir insatiable le rendait fou. Le fait qu'elle occupe ses pensées même quand il était au travail lui faisait peur.

Et puis… Ses remords ne le lâchaient plus. Il avait honte de l'avoir traitée comme il l'avait fait. Elle méritait infiniment mieux que ce qu'il avait à lui offrir. C'était une femme facile à vivre, sans caprices, qui ne demandait jamais rien et se moquait de sa fortune. D'une façon étrange, elle lui rappelait sa grand-mère, qui avait toujours été aussi à l'aise avec les domestiques qu'avec des lords ou des hommes politiques. Il y avait chez elle une joie et un charme naturels, si communicatifs que Rodolfo lui vouait désormais une vénération éternelle. Ici, les domestiques l'adoraient et semblaient prêts à se mettre en quatre pour lui faire plaisir. Même le vieux terrier sauvé in extremis était son esclave énamouré.

— Excuse-moi, j'ai eu besoin de me rafraîchir, expliqua

Serena en revenant dans la pièce. Je n'ai pas pu passer chez le coiffeur avant de venir, j'ai l'impression de ne plus être moi-même.

Gaetano se retourna et jeta un coup d'œil aux cheveux blonds de Serena, impeccablement coiffés en chignon. Ce qu'elle disait n'avait aucun sens : comme à son habitude, elle était tirée à quatre épingles, comme si elle était prête à poser pour un magazine. Poppy avait toujours les cheveux en désordre, et elle s'en fichait.

Il revit son visage renversé, sa peau rosie par le plaisir, ses longues mèches soyeuses qui lui tombaient sur les yeux, la nuit où il lui avait fait l'amour. La nuit où il avait été son premier amant…

— Oh ! excusez-moi, dit la jeune femme en apparaissant sur le seuil et en voyant Serena. Je ne savais pas que tu avais de la compagnie.

— Voyons, je ne suis pas une visiteuse… Je suis l'une des plus anciennes amies de Gaetano, rectifia Serena. Comment allez-vous, Poppy ? J'aurais dû vous appeler, mais je ne voulais pas vous déranger pendant votre lune de miel.

— Vous séjournez dans les environs ? s'étonna Poppy.

— Gaetano ne vous a pas dit ? Il y a des années que mes parents ont une maison tout près d'ici. D'ailleurs, c'est ainsi que nous nous sommes rencontrés, à une fête que donnaient ses grands-parents, quand nous étions adolescents.

Pour appuyer ce discours, elle adressa un clin d'œil complice à Gaetano.

11.

Poppy resta de marbre. Mais elle avait bien compris que, sous son déguisement de princesse, Serena était une authentique sorcière. Une sorcière qui savait enfoncer un couteau dans la plaie d'une rivale. Et naturellement, elle ne manquerait jamais une opportunité de souligner combien elle était proche de Gaetano.

— Quelle chance ! répondit Poppy d'un ton neutre.

— En fait, je suis ici pour demander une faveur, enchaîna vivement Serena en se retournant vers Gaetano. La semaine dernière, j'ai croisé Rodolfo au village, et il m'a appris que tu devais te rendre à une conférence à Paris demain. Puis-je t'accompagner ? Comme tu le sais, je cherche activement un nouveau travail, et ce serait une occasion pour moi de nouer de nouveaux contacts.

— Bien sûr, répondit-il. Je passerai te prendre en me rendant à l'aéroport.

Oh non ! songea Poppy en regardant la diablesse prodiguer un sourire mielleux à Gaetano, et battre habilement des cils.

Serena se tourna vers elle pour demander d'un ton mielleux :

— Vous venez aussi ?

— J'ai bien peur que non, admit Poppy. J'ai un rendez-vous ici.

— J'aimerais que tu le décales, plaida Gaetano. Je tiens à t'accompagner.

— Inutile, ce n'est qu'une visite de routine.

Surtout qu'il lui serait impossible de demander un test de

grossesse en sa présence, songea-t-elle. Jamais elle n'oserait évoquer ce sujet devant lui.

— Je pourrais annuler et venir à Paris avec toi, s'entendit-elle suggérer soudain.

L'idée qu'il voyage seul avec Serena lui était intolérable.

— Mais tu viens de me dire que tu tenais à ce rendez-vous ! Et de toute façon je ferai l'aller-retour dans la journée, je serai rentré dès demain soir.

— Ne vous en faites pas, je prendrai soin de lui, susurra perfidement Serena.

Dépitée, Poppy se demanda si cette créature diabolique avait deviné que quelque chose n'allait pas dans leur mariage. En tout cas, elle exultait : elle était la première femme à s'approcher de Gaetano pendant une journée depuis le début de leur lune de miel. Mais elle manquait tellement de subtilité, dans ses manœuvres, que Poppy se consola en se disant que Gaetano ne pourrait être dupe très longtemps. Quoi qu'il en soit, elle ne pouvait pas lui en parler : de quel droit prétendrait-elle pour refuser qu'il emmène une autre femme dans son jet privé ? Leur couple était une mascarade.

L'idée lui vint soudain qu'il existait d'autres moyens de retenir l'attention d'un homme… à commencer par le sexe. Oui, le sexe était une arme d'une efficacité redoutable. Jamais elle n'avait songé à se montrer manipulatrice, avant de tomber amoureuse de lui. Tout à coup, confrontée aux méthodes agressives d'une Serena qui regardait cet homme comme la huitième merveille du monde, Poppy avait l'impression que la dignité et la morale ne pesaient pas grand-chose. Sa fierté ne l'aiderait pas à trouver le sommeil, la nuit, si Gaetano succombait aux avances de Serena et entamait une liaison avec elle. Du reste, si le scénario devait se dérouler ainsi, l'étape suivante serait le divorce suivi d'un remariage pour lui ! Car à en juger par le caractère de sa rivale, celle-ci n'accepterait pas de rester longtemps dans l'ombre. Quant à Gaetano, il pouvait très vite se rendre compte qu'il avait trouvé une femme beaucoup plus conforme à son statut et à son mode de vie.

Gaetano resta sans voix quand Poppy le rejoignit pour dîner sur la terrasse, vêtue d'une spectaculaire robe noire à dos nu qui moulait admirablement son corps de déesse. Son regard s'arrêta sur ses petits seins ronds et fiers, parfaitement galbés par le tissu, et il reprit vite une gorgée de vin. *Regarder, oui, toucher, non*, s'enjoignit-il.

Dès qu'elle prit place près de lui, il aborda un sujet qui l'intriguait depuis longtemps — et lui permettait de se concentrer sur autre chose que la plastique de son épouse.

— Dis-moi, je me suis souvent demandé ce qui t'attirait dans la carrière d'infirmière.

Etonnée qu'il lui pose cette question, elle haussa ses graciles épaules.

— J'aime prendre soin des gens, expliqua-t-elle. Je me sens utile, quand on a besoin de moi.

— Ta famille a incontestablement besoin de toi, observa-t-il.

Quand Dolores leur eut servi les plats, la jeune femme avala quelques bouchées de bon appétit avant de reprendre :

— Je songe sérieusement à me lancer dans un tout autre domaine.

— Ah ? Lequel ?

— L'horticulture.

— C'est vrai ? s'enquit-il, stupéfait.

— Oui, je crois que j'ai cherché à ignorer mon amour des jardins parce que je ne voulais pas être la nouvelle génération de jardiniers Arnold au service des Leonetti. Mais c'est dans mon sang.

— Je n'ai jamais compris ton refus opiniâtre de travailler pour nous. Il me semble que nous sommes de bons employeurs, non ?

— Oui, mais travailler à plein temps dans un domaine,

au point de vivre sur place, est une forme de service accaparant et dépassé.

— Tu es moins au service des gens quand tu leur sers à boire dans un pub ou un café ?

— La relation employeur-employé est très différente de ce qui se passe dans un domaine. C'est difficile à expliquer, mais je n'ai jamais admis l'idée que tu me serais supérieur uniquement parce que tu es né dans la richesse et les privilèges.

— C'est ce que je t'ai fait ressentir ? s'enquit-il, intérieurement horrifié.

La jeune femme lui décocha un regard explicite et soupira.

— Tu n'y peux rien. Tes parents t'ont élevé comme ça.

Sur ces mots, elle repoussa son assiette et se leva.

— Où vas-tu ?

— Me promener. C'est une très belle soirée.

Comme Sean venait prendre leurs assiettes, elle lui dit :

— J'aurai encore de la place pour le dessert, tout à l'heure.

— Je viens avec toi, déclara Gaetano en se levant.

Poppy se sentait maladroite, nerveuse. Elle aurait voulu séduire Gaetano pour le convaincre de renoncer à son voyage à Paris, mais elle n'était décidément pas douée. Leur conversation sur sa future carrière et les problèmes des employés de maison ne l'avait guère aidée ni à se sentir plus proche de lui, ni à entamer un flirt langoureux. Si cette promenade nocturne n'aboutissait à rien, elle se déciderait à aller se glisser dans son lit et à prier pour que la libido de Gaetano finisse par céder.

— C'est une robe charmante, observa-t-il. La fente me révèle tes cuisses à chaque pas que tu fais, j'ai le plaisir d'admirer ton dos, et je devine parfaitement tes formes. Ne la porte jamais en public.

Ces paroles ranimèrent l'espoir en elle. D'un ton espiègle, elle se retourna pour répliquer :

— En plus, il suffit de défaire le nœud de la ceinture pour qu'elle tombe toute seule…

Il s'approcha d'elle et haussa les sourcils en plongeant ses yeux dans les siens.

— Essaierais-tu de me tenter, par hasard ?

Elle haussa les épaules et s'assit sur un banc de pierre.

— Oh non, je ne pense pas pouvoir te tenter une nouvelle fois…

— Qu'est-ce que tu racontes ? Tu es la tentation incarnée.

Elle écarquilla les yeux.

— Tu le penses sincèrement ? Dans ce cas, pourquoi gardes-tu tes distances ?

Il secoua tristement la tête.

— Parce que je n'aurais jamais dû me comporter comme je l'ai fait, *belleza mia*. J'ai été un monstre d'égoïsme, en insistant pour faire l'amour avec toi le plus tôt possible.

— C'est passé, maintenant. A part ça ?

Après avoir observé un long silence, Gaetano planta son regard dans celui de la jeune femme, émerveillé par cette réponse. Il éclata de rire.

— Eh bien ! Quelle franchise !

— Si tu voulais entendre des mensonges, tu n'as pas épousé la bonne personne.

— Ça tombe sous le sens, s'esclaffa-t-il en regardant la table de pierre, près du banc, qui trônait depuis des siècles devant le panorama sur la vallée.

C'était l'un des plus charmants endroits du domaine.

Poppy tourna la tête vers les collines couvertes de vignes, parées de la lumière orangée du crépuscule. Une lumière qui rendait sa fière chevelure incandescente, et sa peau dorée.

— Je ne suis pas juste avec toi, reprit-elle. J'en avais terriblement envie aussi.

— Quand nous l'avons fait, je te crois. Mais pas avant.

— Tu te trompes. Si j'ai choisi de garder ma virginité, c'est parce que je savais très bien ce que je voulais. Même avant le jour de notre mariage, je rêvais de tes caresses. Cesse de me prendre pour une fillette naïve.

— Mais le fait est que j'ai abusé de toi, insista-t-il en lui prenant la main pour la serrer dans la sienne, au cas où elle aurait envie de partir. Tu étais vierge, et je me suis comporté comme un requin. J'avais follement envie de toi.

Poppy approcha d'un pas pour mieux sentir la chaleur de son corps viril. Il dégageait un tel charisme qu'elle en avait la gorge serrée.

— C'est combien, « follement » ?

Il posa sa main sur le renflement de son érection, et à sa stupeur, elle en caressa délicatement les contours. A la fois tendre et osé, ce geste inattendu l'électrisa. Incapable de résister plus longtemps, il la prit dans ses bras et se pencha sur son visage pour happer ses lèvres d'un baiser fou, passionné — l'un de ces baisers dont il était privé depuis des semaines.

Poppy se sentit fondre. Enfin, enfin il l'embrassait ! Enfin elle voyait briller la flamme du désir dans ses yeux noirs, enfin elle sentait sa bouche chercher la sienne avec avidité, enfin ses seins s'écrasaient contre le torse musclé de celui qu'elle aimait.

Une boule de chaleur s'était formée dans son bas-ventre, et des sensations exquises montaient en elle.

S'accrochant à son cou, elle savoura le contact brûlant de ses mains qui erraient audacieusement sur sa taille, ses hanches, ses fesses… Quand il caressa ses seins gonflés de désir, elle poussa un cri, et il la souleva alors pour l'asseoir face à lui sur la table de pierre.

Le regard qu'ils échangèrent fit battre son cœur à coups redoublés.

— Tu… Tu ne veux pas le faire ici ? chuchota-t-elle, incrédule.

— Oh si. Je serais incapable d'attendre que nous soyons rentrés. Et je te promets une nuit très active…

Il approfondit son baiser.

— J'ai envie de toi, dit-elle en défaisant quelques boutons de sa chemise pour caresser ses épaules d'athlète et planter ses ongles dans ses omoplates.

Ce fut comme un signal pour Gaetano, qui défit la ceinture de la jeune femme. La robe magique s'étala sur la table. Poppy ne portait aucun sous-vêtement, et Gaetano en fut, une seconde, paralysé de désir. Mais il se hâta de déboucler sa ceinture.

— Approche-toi de moi, ordonna-t-il en attirant la jeune femme sur le bord de la table.

Elle renversa la tête en arrière et murmura :

— Oh ! viens, je t'en prie…

Il avait si follement envie d'elle qu'il la pénétra d'un puissant coup de reins. La jeune femme cria son nom, puis referma étroitement ses cuisses sur lui, toujours cambrée. Il se pencha sur ses seins et, du bout de la langue, agaça ses tétons roses et dardés. Il adorait l'entendre gémir de plus en plus fort, la sentir onduler à son rythme et s'ouvrir davantage à chacun de ses va-et-vient, comme si son plaisir se confondait avec le sien.

Poppy ne pouvait plus penser, seul son corps existait, et il avait pris le pouvoir. Elle chevauchait un torrent sauvage qui l'emportait à une vitesse fulgurante. La manière dont Gaetano caressait ses seins l'ensorcelait. Elle ne pouvait se rassasier de sa bouche, de ses baisers, et elle s'abandonnait totalement à lui, à la force primitive de leur étreinte. Quand le volcan entra en éruption et qu'une lave explosive courut dans ses veines, elle poussa un cri de jouissance et dut s'accrocher de toutes ses forces à ses épaules, tant les convulsions étaient violentes.

Comme elle attendait que son cœur s'apaise et que son corps retrouve une température normale, Gaetano lui remit délicatement sa robe et la noua, afin qu'elle ne prenne pas froid. Ensuite seulement, il se rhabilla, non sans la couver d'un regard inquiet.

— Je t'ai fait mal ?

— Pas du tout ! Tu m'as éblouie.

— J'ai l'impression que tu fais surgir la bête qui sommeille en moi, *delezia mia*, souffla-t-il en effleurant son front d'un baiser très doux, comme pour s'excuser.

— J'aime ça, répondit-elle en toute sincérité. Beaucoup.

— Dans ce cas, à quoi avons-nous joué ces dernières semaines ?

Poppy lui lança un regard accusateur.

— A toi de me le dire : tu nous as privés de sexe ! Et pour quelle raison, je l'ignore.

Gaetano la souleva pour la remettre sur le sol, puis passa un bras autour de sa taille, l'invitant à rentrer.

Il n'était pas en humeur de parler et se contentait de savourer la proximité de son corps, le parfum d'agrumes de sa chevelure en désordre.

Il n'était que trop conscient d'agir de façon irrationnelle depuis qu'il avait prié Poppy de devenir sa fiancée. De nombreuses questions surgissaient dans son esprit, et il était incapable d'y répondre. Incapable aussi de comprendre ses propres agissements, ou de défendre ses décisions… Il savait seulement qu'en toute honnêteté, alors qu'elle était alitée à l'hôpital, il avait jugé impensable de coucher encore avec une femme qu'il avait négligée au point qu'elle en tombe malade.

En fait, il se trouvait dans une situation inédite : les événements avaient pris un tour indéchiffrable. Lui qui, en toute circonstance, savait décrypter et analyser une situation, avait perdu tous les outils nécessaires afin d'y parvenir. S'il prenait un peu de recul sur son propre comportement, depuis qu'il avait imaginé ce scénario, il ne s'expliquait pas ce qu'il faisait. En épousant la jeune femme, il avait cru assouvir le désir qu'elle lui inspirait et se lasser d'elle. Non seulement son désir n'avait fait que croître, mais il avait choisi seul de leur imposer l'abstinence. De plus, il avait agi en véritable tyran, ne lui offrant jamais la possibilité d'exprimer ses propres désirs…

Elle agissait sur lui comme une drogue.

Ce qui venait de se passer lui révélait qu'elle aussi avait furieusement envie de lui. Or, une inexplicable mélancolie lui étreignait le cœur. Il aurait dû danser de joie : des nuits merveilleuses les attendaient, tant que durerait leur mariage. Et il redoutait qu'elle n'éprouve pour lui qu'un désir charnel…

Pourquoi compliquait-il sans cesse ce qui devait être simple ? Elle avait raison. Ils devaient profiter des aspects positifs de leur arrangement, et jouir de la fantastique alchimie sexuelle qui les poussait l'un vers l'autre.

Pourtant, aux tréfonds de son âme, un sentiment qu'il avait combattu toute sa vie se rebellait, exigeant d'être reconnu.

Maledizione ! Quel sort lui avait-elle jeté ? Pourquoi un insupportable malaise grandissait-il en lui ?

12.

— Je crois que les traitements que nous vous avons administrés ici ont affaibli l'effet de votre pilule contraceptive. D'ailleurs, il n'existe aucun mode de contraception à risque zéro, remarqua le Dr Abramo, comme s'il était en train de donner une conférence. L'important, c'est que vous êtes en bien meilleure santé ! Vos tests sont remarquables, vous avez impeccablement remonté la pente.

Le sourire de Poppy manquait sans doute de conviction : elle restait sous le choc du diagnostic. Elle était enceinte, le médecin se montrait formel, et Gaetano risquait de subir un choc encore plus violent que le sien, quand il l'apprendrait. Une nuit. Une seule nuit de folle passion, la première de sa vie, avait suffi. Seigneur, que penserait Gaetano ? Quelle malchance inouïe… Comment allait-il réagir, que voudrait-il faire ? De toute son âme, elle priait pour qu'il ne lui demande pas d'interrompre sa grossesse.

Car même si elle n'avait absolument pas programmé cet accident, si elle n'avait jamais souhaité qu'ils aient un bébé ainsi, elle se sentait follement heureuse. Son bébé était une part de Gaetano, un aspect de lui qu'il ne pourrait jamais lui arracher, même après le divorce. Un petit garçon ou une petite fille… Poppy n'avait pas de préférence. Elle était impatiente de devenir mère, même si elle sentait peser sur elle le poids de la culpabilité : comment oserait-elle donner libre cours à son bonheur, une fois confrontée à la fureur d'un homme qui exigeait de tout prévoir et n'admettait jamais ce qui échappait à sa volonté ? Ce bébé incarnait, par excellence, le hasard de la vie.

Non sans un frisson, elle se rappelait aussi le discours sans ambiguïté de Gaetano, lorsqu'il lui avait proposé ce mariage. Il s'était montré si clair qu'il l'avait envoyée chez un gynécologue pour éviter toute prise de risque. Ce qui signifiait aussi que la surprise n'en serait que plus grande. Il était à mille lieues de se douter de la possibilité d'une grossesse.

Quand elle revint à La Fattoria pour déjeuner, Gaetano était encore à Paris et ne serait pas de retour avant la nuit tombée. Aussi passa-t-elle une bonne partie de l'après-midi à rêver de son futur enfant, avant de s'octroyer une longue sieste.

Allongée sur son lit, elle mit du temps à trouver le sommeil. Sa peur grandissait. Elle cherchait le moyen idéal d'annoncer les choses à Gaetano, et n'en trouvait aucun. Plus elle y réfléchissait, et plus elle voyait apparaître dans son imagination un visage ulcéré. Elle entendait ses cris, ses accusations, sa colère noire. Des larmes lui montèrent aux yeux.

Mieux valait regarder la réalité en face : au lieu de les réunir, ce bébé allait les séparer. Elle était déterminée à le garder, et elle savait ce que cela signifiait : le glas de leur mariage avait sonné.

Gaetano se sentit bizarrement déçu quand, à son retour, il ne trouva pas Poppy au rez-de-chaussée pour l'accueillir. Ce fut Muffin qui vint vers lui, agitant la queue, se frottant contre ses jambes.

Ce chien qu'il avait songé à envoyer à la mort ne lui manifestait qu'amour et reconnaissance. Honteux, Gaetano se baissa pour le caresser avant de monter à l'étage.

Pourquoi Poppy n'était-elle pas descendue ? Toute la journée, il s'était demandé si le rendez-vous à l'hôpital s'était bien passé. N'était-elle pas encore rétablie ? Le médecin lui avait-il annoncé une mauvaise nouvelle ?

En poussant la porte de la chambre, il trouva sa femme couchée, dans la pénombre. Il s'approcha lentement du lit. Mais Muffin, qui s'était engouffré dans la pièce à sa suite, se mit à aboyer joyeusement, et la jeune femme se redressa en souriant.

— Je t'ai épuisée, la nuit dernière, constata-t-il. Sérieusement, cela m'inquiète de te voir au lit… Toute la journée, j'ai essayé d'imaginer ce que t'avait dit le Dr Abramo. Le voyage jusqu'à l'hôpital t'a fatiguée ?

— Non, c'est la chaleur, répondit-elle en levant vers lui un regard inquiet.

Le trac lui donnait l'impression de recevoir de petits chocs électriques à la surface de sa peau. Dans son superbe costume taillé à sa mesure, Gaetano était un parangon d'élégance masculine et de sex-appeal. Elle contempla sa mâchoire carrée, son nez aristocratique, et ces extraordinaires yeux noirs qui lui faisaient chavirer le cœur.

— C'est bizarre, enchaîna-t-il. Je ne suis parti que quelques heures, mais… Tu m'as manqué. Alors ? Qu'est-ce que t'a dit le Dr Abramo ?

Poppy se tendit et s'assit sur le bord du lit, pour ne pas avoir à le regarder.

— Eh bien… Il avait du nouveau, après m'avoir donné les résultats de mes examens.

— Du nouveau ? C'est-à-dire ? demanda-t-il vivement, avant d'ôter sa veste et de venir s'asseoir près d'elle.

— Une nouvelle inattendue, reprit-elle en déglutissant avec peine.

— Je t'écoute. Quelle est cette surprise ?

Il était si près d'elle qu'elle sentait la chaleur de son corps viril. Son eau de Cologne lui donnait le vertige, et elle s'éloigna encore de quelques centimètres avant d'articuler :

— Je suis enceinte.

Elle avait prononcé ces mots avec simplicité, sans fioriture, refusant d'avoir à s'excuser ou à se sentir nerveuse. Elle n'avait pas pris cette décision, c'était le fait de la nature.

Gaetano resta un moment interdit. Enfin, il fronça les sourcils et protesta :

— Comment est-ce possible ? Cela n'a aucun sens ! Si cela vient juste d'arriver, le médecin ne peut pas encore le savoir, et s'il s'agit de notre première nuit, tu prenais la pilule… Non, c'est impossible.

— Et pourtant si. Je suis tombée malade aussitôt, et je n'ai pas pris ma pilule ce soir-là. Ensuite, le Dr Abramo pense que mes traitements médicamenteux ont altéré ou annihilé l'action de la pilule, expliqua-t-elle.

— Tu es tombée enceinte le soir de notre nuit de noces ? insista-t-il, sidéré. Après *une seule fois* ? Mon Dieu, qui es-tu, la déesse de la fertilité ?

— Tu n'as pas jugé utile d'utiliser un préservatif, rappela-t-elle, sur la défensive.

— Parce qu'il n'y avait aucun risque !

— Il n'existe pas de rapport sexuel sans risque de grossesse, répliqua-t-elle sèchement. Dans d'autres circonstances, il ne serait sans doute rien arrivé, mais comme j'ai terminé cette nuit à l'hôpital, bourrée de drogues, il y avait…

— Enceinte, dit-il. Tu es enceinte.

Il se leva et se mit à faire les cent pas dans la chambre. Il était impossible d'interpréter son expression, mais Poppy voyait bien qu'il était sous le choc.

Un bébé ! Il en avait la tête qui tournait. Il allait donc devenir père… *Dio mio.* Il n'était pas prêt ! Etre parent représentait une immense responsabilité pour n'importe qui ; et pour lui, un défi extrême. Ses parents avaient lamentablement échoué à assumer leur tâche, et même Rodolfo ne pouvait prétendre avoir été un père modèle, quand on se rappelait ce qu'avait été la vie de Rocco. Si tous ceux de sa famille avaient échoué, comment diable pouvait-il espérer réussir ? Qu'avait-il à offrir à un enfant ?

— Gaetano ? s'enquit la jeune femme, visiblement inquiète de son silence.

Il fit volte-face et se passa la main dans les cheveux, en proie à une profonde frustration.

— Un bébé… J'ai du mal à y croire. C'est un sacré tournant.

— Oui, admit-elle. Pour toi comme pour moi.

— En fait, c'est un cauchemar.

Poppy serra les dents.

— Si c'est ainsi que tu vois les choses, je ne parviendrai pas à te faire changer d'avis, lâcha-t-elle.

— Je n'aime pas ce qui est spontané, inattendu, admit-il. Un bébé va forcément mettre notre existence sens dessus dessous.

— Mais essaie au moins de considérer les aspects positifs…

— Tu crois sincèrement qu'il y a un aspect positif ? Nous avions prévu de divorcer… Et il est impensable que j'élève mon enfant seul. Nous sommes condamnés à rester ensemble, *bella mia*.

Poppy releva vers lui un regard déconcerté. Considérait-il que c'était une chance, ou une partie du « cauchemar » ?

— Tu penses donc que nous devons renoncer au divorce ?

— Que faire d'autre ? Tu portes la nouvelle génération Leonetti. Personne ne s'attendrait à ce que tu assumes seule son éducation, moi le dernier, et ce en dépit du fait que mes deux parents se sont comportés comme des irresponsables. Il est impératif que notre enfant grandisse dans un foyer stable.

— Oui. Mais… Ce n'est pas ce qui était prévu.

Il haussa les épaules.

— Il est impossible de faire pire que mes parents. Nous ferons de notre mieux.

— Si c'est l'objectif que tu vises, permets-moi de le trouver déprimant, objecta-t-elle.

— Pourquoi ? Nous continuerons à vivre comme nous le faisons maintenant. La seule différence, c'est que Rodolfo ne connaîtra pas la déception de nous voir divorcer.

— Certes, tu n'aurais plus besoin de mentir, *toi*, accusa-t-elle avant de se précipiter vers le dressing.

— Qu'est-ce que tu fais ?

— Ma valise. Ton cauchemar te quitte !

Sans comprendre, il la regarda ouvrir brutalement un sac de voyage et commencer d'y ranger ses chemisiers.

— Ce n'est pas à toi que je destinais ce mot, se défendit-il avec véhémence.

— Non, tu as appelé le bébé un cauchemar, et c'est encore pire ! Sache que même s'il est inattendu, je l'aime déjà !

— Allons, je t'en prie, tu ne veux pas te calmer ? plaida-t-il.

— Me calmer ? Alors que je suis enceinte et que mon mari appelle notre enfant un cauchemar ?

— Je ne l'ai pas dit dans ce sens, je…

— J'ai très bien entendu. Par ailleurs, tu sembles convaincu que je suis obligée de rester mariée avec toi. Sache que le monde a changé : je peux avoir un bébé et me débrouiller sans toi !

Hors d'elle, le cœur battant, Poppy était prête à lâcher tout ce qui lui pesait depuis des semaines.

— Je n'ai pas besoin de toi ! reprit-elle avec force. Je mérite mieux que ça. Je n'ai pas l'intention de rester la femme d'un type qui me garde auprès de lui uniquement par devoir.

— Jamais je n'ai dit ça !

Elle explosa.

— C'est exactement ce que tu as dit ! Et tu peux être rassuré : je disparais de ta vie.

— Je t'en prie, dit-il d'un ton calme, en la regardant droit dans les yeux. Reste. Je veux que notre mariage continue. Et je sais que je peux apprendre à être un bon père. J'ai été sous le choc : quand je parlais de cauchemar, je faisais référence à la situation, au fait de ne pas être préparé. J'ai eu le sentiment de recevoir un coup dans l'estomac. Et crois-moi, quand je te regarde faire tes valises, ç'en est un autre.

Sa voix, ferme et douce, la surprit et fit vaciller sa résolution. Elle sentit sa colère retomber légèrement.

— C'est vrai ? demanda-t-elle. Tu es capable de changer ? D'accepter d'être marié sans avoir le sentiment que tu me fais une faveur et que tu subis la situation ? Sans que ce soit… Un deuxième choix ? Tu peux accepter notre enfant comme un cadeau de la nature ?

Il poussa un profond soupir.

— J'ai conscience de n'avoir pas été très facile quand nous nous sommes mariés, avoua-t-il. Je le suis rarement. En revanche, je sais m'adapter, et tirer une leçon de mes erreurs. Tu ne te rends pas compte, *bella mia*… Ce que tu représentes pour moi a changé du tout au tout !

Poppy s'efforça d'ignorer les battements de son cœur. Elle ne pouvait se contenter d'un espoir. Cette fois, elle n'était pas seule en jeu : Gaetano ne pourrait pas décider seul de leur sort, alors qu'il en allait du bonheur d'un enfant. Il fallait qu'elle sache, une bonne fois pour toutes, ce qu'il avait dans la tête et dans le cœur.

— Puis-je savoir en quoi ? demanda-t-elle froidement.

Il parut gêné.

— Je ne tiens pas à en parler…

— Pourquoi pas ?

— Parce que, parfois, le silence est d'or, et que je connais ma maladresse. Je ne veux pas dire quelque chose qui te déplairait.

— C'est insensé ! Tu devrais pouvoir tout me dire ! Il n'est pas normal qu'il y ait le moindre secret entre nous ! En quoi ce que je représente pour toi a changé ?

— Eh bien… Je t'ai demandé d'être ma fausse fiancée parce que je pensais que tu me ferais honte.

Le choc la frappa avec une telle violence qu'elle resta abasourdie un instant. Puis elle le dévisagea.

— Comment cela ?

— Je me suis comporté comme un vrai crétin, reprit-il, la

voix étranglée par le regret. Je me suis fait de fausses idées, j'ai cru que tu allais t'énerver sans cesse en public, faire des scènes, jurer. Je pensais que tu ne pourrais pas t'adapter à mon univers. J'espérais que tes goûts gothiques en matière vestimentaire allaient horrifier Rodolfo, et qu'il renoncerait immédiatement à l'idée de me voir marié. J'ai cru que nos fausses fiançailles ne dureraient pas plus de quelques jours…

Il était conscient de la douleur, de l'humiliation qu'il lui infligeait. Mais il n'avait que trop retardé le moment de se montrer honnête. Elle avait droit à la vérité. Et la vérité était qu'il était un salaud.

— Voilà le genre de type que je suis, enchaîna-t-il. Le genre de type avec lequel tu devrais rester mariée, et avec qui tu élèverais un enfant. Je ne suis pas fier de ce que j'ai fait. Je n'ai pas eu plus d'égards pour toi que pour mon grand-père, j'ai agi sans me soucier des conséquences pour autrui.

Poppy baissa la tête. Elle s'était souvent demandé pour quel motif il comptait rompre leurs fiançailles. Ou pourquoi il tenait tant à ce qu'elle porte ses vêtements habituels dans des circonstances exigeant plus de protocole. Elle obtenait enfin la réponse. Il l'avait considérée comme une gêne, un embarras… un objet de honte.

Jamais elle ne s'était sentie plus misérable, plus humiliée qu'en cet instant.

Rester sa femme durant d'innombrables années ? Non, elle ne le pourrait pas. Lentement, elle se retourna vers le placard et prit ses robes pour les plier.

— Je n'ai pas terminé, intervint-il d'une voix angoissée. Très vite, je me suis rendu compte que j'avais tout faux. Et c'est toi qui m'as ouvert les yeux. J'ai vu que tu étais une femme merveilleuse, et je suis allé très au-delà de mon stupide scénario.

— Pas au point de m'avouer tout ce que tu viens de me dire avant notre mariage, observa-t-elle.

— Je le fais maintenant. Je te respecte trop pour ne pas te l'avouer.

— Il y a deux mois, tu n'avais aucun respect pour moi ! protesta-t-elle.

— Il faut me croire, Poppy, j'ai changé d'avis très vite. J'ai appris à te connaître, à admirer ta dignité, ton courage. Et beaucoup d'autres choses…

— Non, lâcha-t-elle froidement en relevant les yeux vers lui. Tu n'as rien appris. Tu n'apprendras jamais rien. Tu as des œillères, et de la même façon que tu refusais de donner une seconde chance à Muffin, tu n'es pas prêt à accueillir un enfant dont tu n'as pas programmé la naissance.

Sans lui laisser une chance de répondre, elle prit son sac, passa devant lui et quitta la chambre en claquant la porte. Puis elle s'enfuit dans le jardin et se dirigea vers le belvédère. Parvenue devant la table de pierre, elle s'assit. Il était difficile à croire qu'ici même, la veille, elle avait été follement heureuse entre ses bras.

Parce qu'elle l'aimait.

Laissant ses larmes inonder son visage, elle regarda les glorieuses collines, dorées par le couchant. Oh ! combien elle maudissait Gaetano !

Rageusement, elle s'essuya les joues. Depuis toujours, elle l'aimait. Il était son rêve, son idéal. Elle se voyait aujourd'hui, pour la première fois, par son regard. Son regard d'un infini mépris. Et cela faisait très mal.

Ainsi, il avait pensé qu'à cause de ses vêtements, de sa famille en déroute, de son éducation moins sophistiquée que la sienne, elle ne saurait pas se comporter convenablement dans son cercle. Eh bien rien n'avait changé ! S'inquiéter des vêtements des autres, c'était bien superficiel. Jamais elle ne pourrait devenir une potiche idéale. D'ailleurs, elle n'en avait aucune envie. Si Gaetano souhaitait rester marié avec une épouse aussi mal adaptée à lui, c'était uniquement parce qu'elle était enceinte.

La table était tiède sur sa peau, le soleil l'ayant chauffée toute la journée et pourtant elle avait froid. Ce courant d'air glacé avait un nom : Gaetano Leonetti. Il agissait sur elle comme un poison et, elle en était consciente, l'expulser de son cœur ne serait pas facile.

— Poppy…

Elle resta pétrifiée.

Puis elle entendit son pas fouler l'herbe et s'approcher de la table.

— Aurais-je dû garder cela pour moi ? interrogea-t-il.

Il voyait bien qu'elle était bouleversée. Il y avait de quoi. Ses grands yeux avaient pris une teinte très sombre. Ses paupières avaient gonflé, des traces de larmes maculaient ses jolies joues.

— Non, lâcha-t-elle d'un ton sec.

— Je n'ai pas fini d'être franc avec toi, reprit-il. L'idée de te perdre me terrorise. Je ne peux pas imaginer ma vie sans toi.

— Je ne peux pas rester ta femme !

— Ecoute, je n'ai jamais été doué avec les sentiments. J'ai aimé mes parents, et j'ai compris qu'ils étaient incapables de me rendre cet amour. J'en ai déduit que mes sentiments étaient trop forts, et je me suis interdit d'aimer. Il n'y a pas pire blessure que d'être rejeté. J'ai cherché à me protéger.

La jeune femme se redressa et le considéra avec moins de méfiance.

— C'est logique, admit-elle.

— Puis, la seule femme que j'ai aimée, après ma mère, a été ma grand-mère.

— Mais toi et Serena, à un moment donné, vous…

— Non, interrompit-il. J'ai pris mes distances parce que je ne ressentais rien pour elle. En tout cas, tu peux me croire : je refusais toute vie affective avant de te connaître, et notre mariage a été un chamboulement extraordinaire.

— Un chamboulement ? répéta-t-elle en plongeant son regard dans le sien.

— Oui. Tu as remarqué que je me suis beaucoup investi dans la cérémonie et les préparatifs ?

— C'est vrai. J'en ai été surprise.

— J'étais déjà devenu très possessif vis-à-vis de toi, expliqua-t-il. Je tenais beaucoup à ce que cette journée soit spéciale, qu'elle te séduise. Ensuite, il y a eu notre arrivée ici. Nos voyages tous les deux… Tu sais bien que je ne suis pas un masochiste, Poppy : c'était la première fois de ma carrière que je m'éloignais de mon travail, et si je l'ai fait, ce n'est pas par devoir, c'est parce que j'étais heureux auprès de toi. Je n'ai plus osé te toucher parce que j'étais mortifié, après ta maladie. J'avais honte de ne pas avoir décelé ton état de faiblesse, ta maigreur. J'ai appris beaucoup de choses, quand tu t'es retrouvée à l'hôpital. La façon dont je t'avais pressé de faire l'amour… Mon égoïsme m'a frappé. Je n'étais plus en droit de te demander quoi que ce soit.

Elle secoua tristement la tête.

— Tu t'es trompé…

— Poppy, c'est une évidence : je me suis trompé sur toute la ligne, avec toi.

Il mit une main dans sa poche et en sortit un écrin de velours qu'il lui tendit en disant :

— Je t'ai acheté quelque chose à Paris, aujourd'hui. Et c'est seulement au moment où je suis sorti de la boutique que j'ai compris ce que je ressentais.

D'une main tremblante, elle prit l'écrin et reconnut le nom d'un joaillier célèbre dans le monde entier. En l'ouvrant, elle découvrit un anneau entièrement serti de diamants qui scintillaient d'un éclat de feu dans la lumière du soleil couchant.

— C'est une bague d'éternité, reprit-il d'une voix altérée par l'émotion. Quand tu parles de me quitter, j'ai l'impression d'être à jamais en miettes. Parce que je ne sais ni comment, ni quand c'est arrivé, Poppy, mais je suis tombé amoureux de toi. Et je sais que c'est de l'amour, parce que je n'ai jamais éprouvé cela, et que l'idée de te perdre me rend fou.

— De… de l'amour ? balbutia-t-elle.

— Je ne pensais pas que cela pouvait m'arriver, concéda-t-il. Et je ne le voulais pas. Mais j'ai rencontré la perfection. Tu es la femme parfaite, Poppy. Je ne peux pas lutter.

— Moi ? Parfaite ?

Il s'agenouilla devant elle et prit sa main. Puis il glissa l'anneau d'éternité à son doigt.

— Pour moi, tu es parfaite, oui. Tu m'acceptes tel que je suis, malgré mes défauts. Mon argent, mon pouvoir ne t'impressionnent pas. Tu me remets les pieds sur terre. Tu me rends très heureux. Tu m'obliges à réfléchir à ce que je fais, et à me remettre en question. Avec toi, je suis un homme meilleur, et j'ai besoin de ça. Tu es le plus beau cadeau que la vie m'ait offert. Et même si tu ne devais jamais ressentir la même chose, je sais que nous pouvons rendre notre enfant heureux, si nous…

— Oh ! Gaetano, je t'aime aussi, murmura-t-elle dans un sanglot, avant de se jeter dans ses bras.

— C'est vrai ? demanda-t-il, incrédule, en la scrutant d'un regard plein d'espoir. Tu ne dis pas cela uniquement pour me faire plaisir ?

Elle rit à travers ses larmes.

— Non ! Je t'aime vraiment.

— Même s'il n'y a rien d'aimable chez moi ?

— Je m'y suis habituée, reprit-elle en riant de plus belle.

Il la serra contre lui et déposa mille baisers sur son visage.

— Alors sache que je ne te laisserai jamais partir ! J'ai bien l'intention de te garder jusqu'à la fin des temps, car l'éternité ne suffira pas, *amata mia*. Notre amour est un miracle…

— Comme le bébé ?

— Exactement. Un merveilleux petit miracle. Le nôtre. Et si j'en juge à la façon dont il arrive dans notre vie, je crois qu'il faudra compter sur une nouvelle personnalité bien affirmée dans la famille.

Le cœur empli de joie, elle rit avec lui et l'embrassa à son tour avec une tendresse qui céda bientôt la place à une brûlante volupté.

— Viens, suggéra-t-elle. Allons nous coucher.

Épilogue

Poppy jeta un coup d'œil par la fenêtre et vit ses enfants avec Rodolfo. Sarah lui tenait la main en bavardant gaiement, ses boucles rousses au vent. Benito pédalait sur son tricycle, le visage concentré, sans se soucier du fait que le sol de graviers n'était guère adapté aux roues de son véhicule.

Sarah avait quatre ans. Physiquement, elle était le portrait craché de sa mère, mais elle avait hérité du caractère de son père. Elle savait déjà compter, réfléchissait beaucoup, et avait une façon très autoritaire de veiller sur son cadet. Benito avait deux ans, des yeux et des cheveux d'un noir de jais, et il se montrait si remuant de l'aube au crépuscule qu'il s'endormait souvent au moment où son papa lui racontait une histoire.

Quand il lui arrivait de se retourner sur son passé, Poppy avait peine à croire qu'elle était mariée depuis déjà cinq ans. Si Gaetano avait d'abord freiné des quatre fers à l'idée de fonder un foyer, il était désormais devenu un père de famille modèle. Il adorait ses enfants et se précipitait chez lui dès la fin de la journée pour avoir le temps de longuement jouer avec eux. A force de prières, il avait convaincu sa femme d'en avoir un troisième, mais elle avait été ferme : ce serait le dernier.

Jamais elle n'avait regretté que Sarah arrive par surprise. Elle était une maman comblée, et ravie qu'il n'y ait pas trop de différence d'âge entre son aînée et Benito.

Elle n'en était pas moins impatiente de donner corps à ses propres projets : après avoir suivi un cursus d'horticulture, elle avait l'intention de monter sa propre société. Afin de s'entraîner, elle avait entièrement repensé le parc floral de *La Fattoria* — désormais un paradis pour les enfants. Plusieurs amis lui avaient confié la mission de repenser leurs jardins, et elle avait déjà été primée pour son travail. Dans leur maison de Londres, elle avait également œuvré à l'édification d'une serre où elle était fière de cultiver plusieurs espèces rares d'orchidées.

P-DG de la banque Leonetti, Gaetano devait régulièrement voyager, et avec les enfants, elle l'accompagnait très souvent. Pour son mari, la famille restait sa priorité, et il prenait aussi plusieurs semaines de congé tous les ans afin de leur offrir des vacances de rêve.

Jasmine s'était pleinement remise. Elle s'était installée chez sa sœur, à Manchester, mais venait souvent à Londres pour voir sa fille et ses petits-enfants, tout comme Damien. Grâce à l'aide de Gaetano, son frère avait récemment monté une entreprise de réparation de motos.

Il n'y avait pas une ombre au tableau, et Poppy nageait dans le bonheur. Muffin avait hélas disparu, à un âge avancé, et elle l'avait remplacé par un labrador sauvé d'un refuge, qui adorait jouer avec les enfants.

— Devine qui c'est…

Une paire de mains lui couvrit les yeux, mais elle reconnut aussitôt le parfum de son mari.

Elle sourit.

— Viens prendre une douche avec moi, demanda-t-il en se penchant à son oreille.

Elle rit et l'embrassa.

— Seulement si tu me promets de ne pas mouiller mes cheveux, plaida-t-elle.

— Voyons, quand ça arrive, c'est parce que tu te laisses emporter… Est-ce ma faute ?

— Bien sûr que c'est ta faute !

Il lui décocha un regard appréciateur.

— T'ai-je déjà dit que tu es incroyablement sexy, quand tu es enceinte ?

— Il me semble l'avoir déjà entendu une ou deux fois…

— Parfois, je peux à peine croire que tu es à moi. Je t'aime tellement, *amata mia*.

Il l'attira contre lui et pressa ses lèvres chaudes sur les siennes. Aussitôt, Poppy sentit une myriade de frissons courir sur sa peau.

— Moi aussi, je t'aime, souffla-t-elle entre ses baisers, grisée par le bonheur, et certaine qu'elle allait sortir de leur douche les cheveux mouillés.

ROBYN GRADY

Une surprise bouleversante

Traduction française de
ANNE DAUTUN

AZUR

HARLEQUIN

Titre original :
A WILD NIGHT & A MARRIAGE ULTIMATUM

Ce roman a déjà été publié en 2017.

1.

— Les demoiselles en couple, veuillez vous approcher du centre de la salle, s'il vous plaît ! La mariée va lancer son bouquet !

Sophie Gruebella, qui effleurait distraitement le bord de sa coupe de champagne, releva les yeux vers le DJ, puis vers les jeunes femmes qui se mettaient en place dans la salle de bal de Sydney. Elle se redressa sur son siège et ramena ses mains au creux de ses genoux, plissant légèrement sa robe vert émeraude. Pas question de prendre part à cette mise en scène !

Elle était contente que son amie ait trouvé l'homme idéal. Wendy offrait, dans les bras de Noah, le tableau d'un couple parfait, surtout lorsqu'il effleurait les lèvres de sa bien-aimée comme il le faisait à cet instant. Ramenant à elle sa traîne d'un blanc immaculé, la mariée s'apprêtait à envoyer son bouquet de roses vers le groupe de jeunes femmes excitées.

Sophie, elle, avait eu du mal à assister à ce mariage. Presque toutes ses connaissances, dans l'assistance, savaient qu'elle s'était fait plaquer trois mois plus tôt. Elle tentait de se consoler — en vain — le soir en croquant du chocolat et en regardant quelques comédies romantiques dont la fin optimiste la rendait encore plus morose qu'auparavant. Et pour couronner le tout, elle avait pris quelques kilos ces derniers temps…

L'humiliation d'avoir été quittée pour une femme plus jeune, plus mince et plus séduisante s'était estompée. Dieu merci, elle n'était plus du tout éprise de Ted, aujourd'hui ! Mais comme elle était d'un naturel réservé et dépourvue d'assurance, cette rupture lui avait mis un sacré coup au moral. La seule idée de retomber amoureuse, et plus encore de *rivaliser* avec ces filles pour un bouquet de mariée, lui donnait la nausée.

Le DJ reprit la parole et sa voix résonna dans la vaste salle au décor raffiné, éclairée par des candélabres :

— Saisissez votre chance, mesdemoiselles ! Qui attrapera le bouquet ? Qui sera la prochaine mariée ?

Sophie lâcha un soupir. Aurait-elle droit un jour au bonheur que connaissaient aujourd'hui Wendy et Noah ? Serait-elle capable de se relancer, à l'avenir, dans la grande course à l'amour ?

Cela lui faisait mal de l'admettre, mais plus le temps passait et moins elle y croyait. D'ailleurs, ni un mariage en grande pompe ni un contrat parfaitement ficelé n'étaient une garantie de bonheur éternel.

Tandis que Sophie divaguait, une silhouette aussi imposante que fascinante la sortit de ses sombres pensées. Elle fut complètement sonnée et, pendant l'espace de quelques secondes, son mal-être se dissipa. L'homme, très élégant et très mystérieux tel un James Bond en mission secrète, s'arrêta non loin d'elle. Son veston de smoking, qui couvrait à peine la puissance de ses larges épaules, s'entrouvrit légèrement alors qu'il tirait son téléphone mobile de sa poche intérieure. Avec un air légèrement dédaigneux, il consulta sa montre, secoua la tête, puis, après quelques mots peu audibles, mit fin à la conversation.

Un appel professionnel ? Bizarre, un samedi soir. Sophie parcourut la salle du regard. La petite amie de cet inconnu devait être là, quelque part… Car un homme aussi sexy et si sûr de lui avait *forcément* une compagne… Qui d'ailleurs n'était sûrement ni « enrobée » ni déprimée !

Sophie repoussa loin d'elle sa coupe de champagne. Il

était grand temps qu'elle parte. Alors qu'elle glissait dans son sac à main un chocolat en forme de cœur offert à tous les invités, des hourras éclatèrent et une masse informe tomba sur ses genoux. Elle la considéra avec un grand étonnement. Mais comment diable le bouquet de Wendy était-il arrivé jusqu'à elle ? ! Et que n'aurait-elle pas donné pour pouvoir se réfugier dans un trou de souris ! Elle se tortilla sur sa chaise, mal à l'aise sous les regards. Le DJ, lui, poussa un sifflement admiratif et commenta :

— Joli tir, Wendy ! Allons, applaudissons la demoiselle timide là-bas au fond !

Des bravos enthousiastes éclatèrent, et Sophie arbora un sourire hésitant. Elle osa même agiter la main en direction de la foule. Lorsque ce petit numéro fut enfin terminé et que les couples commencèrent à se reformer, Penny Newly et Kate Tigress, deux amies de Sophie, se précipitèrent vers elle.

S'inclinant en direction de Sophie dans sa robe pailletée à décolleté plongeant, Penny commenta avec une moue :

— Je ne comprends pas. Pourquoi as-tu attrapé ce bouquet ?

Kate donna une petite claque sur le bras de Penny.

— Ne sois pas garce.

Penny prit un air gêné.

— Je voulais juste dire qu'elle n'est pas en couple pour le moment. C'est dommage d'avoir gâché la cérémonie du bouquet…

A l'époque du lycée, déjà, Penny était connue pour sa superbe crinière blonde, son ample derrière et son manque de tact. Cependant…

— Tu as raison, soupira Sophie. Je n'ai pas la moindre chance de me marier bientôt.

Kate s'assit près d'elle et lui prit la main.

— Tu reviendras dans la course, Sophie. Tu la trouveras, ton âme sœur ! Un homme qui te correspondra si bien qu'on le croira fait sur mesure rien que pour toi !

Sophie eut un sourire d'autodérision.

— J'espère que tu peux me garantir un « homme sur mesure » qui ne remarquera pas tous mes défauts !

Un homme mince au corps d'athlète, de préférence.

Par-dessus l'épaule de Kate, Sophie vit que 007 fronçait les sourcils, considérant la foule, les bras croisés sur son torse impressionnant. Sophie fronça les sourcils à son tour. Où était donc la compagne de ce bel étalon ?

Kate, qui était une excellente coiffeuse, remit en place une mèche qui s'était échappée du chignon de Sophie.

— Tes boucles châtain clair sont magnifiques, et si tu en coupes ne fût-ce qu'un centimètre, tu auras affaire à moi ! Tu devrais mettre tes atouts en avant au lieu de vouloir les cacher, comme à ton habitude.

Penny approuva d'un signe de tête en enchaînant :

— Et quand tu rentreras de nouveau dans tes vêtements… car malgré tout… tu as toujours été très jolie, je *t'assure.*

Kate la foudroya du regard à l'instant où la musique reprenait et où leurs petits amis respectifs — deux frères rencontrés un mois plus tôt — venaient les entraîner dans une danse romantique et sensuelle, joue contre joue.

Sophie refoula les larmes qui lui montaient aux yeux. Kate pensait bien faire, mais elle ne voulait pas de sa pitié et, franchement, elle en avait marre de se complaire dans son malheur !

OK, sa seule relation sentimentale durable venait de se terminer. Et non, elle n'était pas Miss Monde. Il était bel et bien possible qu'elle ne trouve *jamais* le véritable amour, l'homme qui la transporterait au septième ciel. Et alors ? Cela arrivait à des tas de gens. Peut-être était-elle destinée à avoir un parcours atypique, au lieu de se marier et de faire des enfants comme tout le monde.

Après tout, ce n'était pas forcément la pire des catastrophes. Quand elle regardait en arrière, à présent, elle voyait avec clarté que la Sophie qui était sortie avec Ted n'était qu'une pâle imitation de la femme qu'elle désirait être. Elle n'avait été qu'une ombre dans le sillage de Ted, une « extension » qui se contentait de hocher la tête et évitait de faire des vagues. Cela résumait l'histoire de toute sa vie, en fait.

Tout ça, c'était fini ! Désormais, elle saurait s'affirmer ! Pas question d'avoir un mari qui lui fixerait des limites et lui imposerait ses règles.

Dans un élan de courage qui la surprit elle-même, elle se leva pour quitter la salle. Il était temps de ne plus se soucier de l'avis des autres, et encore moins de celui de Penny Newly !

Elle n'avait pas fait deux pas vers la sortie qu'une main l'attrapa par le coude. Surprise, elle pivota sur elle-même et tourna la tête vers la haute silhouette qui venait de l'arrêter. Son cœur fit un bond. Deux yeux bleu saphir la fixaient avec une telle profondeur qu'elle en fut troublée.

L'homme aux larges épaules, 007, lui logea au creux de la main le bouquet de mariée.

— Vous avez laissé tomber ceci.

Les doigts fermes de l'homme se replièrent sur les siens, lui insufflant leur chaleur. Elle frémit en entendant sa voix grave, chaude et mélodieuse. Quand le regard de l'inconnu se porta sur sa bouche, elle eut l'impression que le sol se dérobait sous elle.

Elle était à deux doigts de se ridiculiser ! Par chance, elle se ressaisit à temps. L'inconnu se comportait en homme bien élevé, rien de plus. Il réagissait comme n'importe qui aurait pu le faire, pas de quoi se monter la tête !

— Je suis seul, dit-il en lui reprenant le bouquet pour le poser sur la table, et je me demandais si vous aimeriez m'accompagner pour cette danse.

Sophie le fixa puis jeta un regard circonspect autour d'elle. S'agissait-il d'une mauvaise plaisanterie ? Cet homme ne faisait pas partie du même monde qu'elle ! Pourtant, quand elle croisa de nouveau son regard, l'émoi sensuel qui l'avait gagnée au contact de sa main chaude la remua de plus belle.

Fascinée par son regard intense, elle dit en haussant une épaule :

— J'allais partir.

— Alors j'ai la chance d'avoir pu vous retenir à temps, enchaîna-t-il en l'entraînant.

Ce fut seulement au milieu de la piste qu'il l'attira entre ses bras puis, sans un mot, plaçant sa grande main au creux de son dos, il se mit à danser.

Comme s'ils obéissaient à un programme préétabli, les pieds de Sophie suivirent le mouvement. Elle se surprit à s'abandonner contre le torse musclé de son cavalier, humant son odeur à la fois virile et sensuelle. Une sensation troublante et totalement inattendue la gagna à l'instant où il effleura la peau de son dos d'un léger mouvement du pouce. Elle ferma les yeux.

Ne t'emballe pas. Ce n'est qu'une danse.

— Vous avez une très jolie robe, murmura-t-il de sa voix grave, au creux de son oreille.

La joue lovée contre son épaule, elle se sentit fondre de plus belle.

— Il y avait longtemps que je ne l'avais pas portée, dit-elle.

Donc, il aimait sa robe… Sa chance était-elle en train de tourner ? Elle était sûre de n'avoir jamais rencontré cet homme auparavant. Noah lui en avait-il parlé sans qu'elle y prenne garde ? C'était peut-être un de ses collègues à la banque…

Pourquoi diable se posait-elle de telles questions ? Elle était censée ne plus s'intéresser aux hommes, non ?

Son partenaire reprit la conversation :

— Le nœud papillon n'est pas de rigueur pour tout le monde, on dirait.

Peut-être pas, mais…

— En tout cas, observa-t-elle, ce smoking vous va plutôt bien.

— Il est rodé aux sorties mondaines, plaisanta l'inconnu. Même s'il y a longtemps qu'il n'avait pas participé à un mariage. C'était une journée délicieuse, n'est-ce pas ? Avec la cérémonie à l'église, les discours, la valse de la mariée…, continua-t-il en la faisant tournoyer avec une élégance et une virtuosité sans faille.

Oui, à l'image de la Rolls-Royce de location, tout était magnifique et parfait, pensa Sophie qui promena son regard sur la superbe salle avec ses tentures en soie, ses lumières scintillantes et son ambiance musicale raffinée.

— Cela a dû coûter une fortune, commenta-t-elle.

— Et je suis sûr que Noah ne regrette pas la dépense.

— Wendy non plus.

Les mariés, ayant tous deux perdu leurs parents, avaient assumé intégralement les frais de la cérémonie. La robe de mariée de Wendy, dessinée par un styliste de renom, avait à elle seule coûté plusieurs milliers de dollars.

— Vous semblez peu convaincue, lui dit son cavalier. Vous trouvez qu'une cérémonie traditionnelle en grande pompe n'en vaut pas la peine ?

— Ce n'est pas à moi d'en juger. Ce n'est pas mon grand jour.

— Et si ça l'était ?

Sophie réprima un soupir, regrettant de ne pas éprouver plus d'enthousiasme pour ses amis, qui méritaient bien leur bonheur. Un instant plus tôt, elle s'était juré de sortir de son humeur morose. Mais, malgré l'attention imprévue de ce mystérieux inconnu et cette danse merveilleuse, elle avait encore du chemin à faire.

— Ce n'est pas le cas.

— Vous réagissez un peu violemment… C'est à cause de ce qu'a dit tout à l'heure votre amie si pleine de tact ? ironisa son partenaire.

— Vous avez entendu ? fit Sophie, encaissant le coup tant bien que mal.

— Assez pour être édifié.

« Quand tu rentreras de nouveau dans tes vêtements… très jolie, je t'assure… malgré tout… »

Humiliée, Sophie rougit.

— C'est à cause de ça que vous m'avez invitée à danser ? Par *pitié* ?

— Sur le moment, oui. Et puis je vous ai regardée un peu mieux.

Elle avait du mal à croire ce qu'elle entendait. Encore un compliment ? La chance était-elle en train de tourner ? Ou bien était-elle victime de son imagination ?

— Et maintenant ? l'interrogea-t-elle.

D'un mouvement souple, il l'attira plus près.

— J'ai déjà répondu à cette question. A vous de répondre à la mienne. Quelle serait, à vos yeux, la cérémonie de mariage parfaite ?

Il la regarda, la mettant au défi de répondre… Ce qu'elle fit sans plus tarder. Même si elle avait l'impression de vivre un rêve dans les bras de cet homme, elle n'oubliait pas qu'elle le devait à la pitié. Elle, Sophie, la pauvre fille mal fagotée qui passait inaperçue partout où elle allait. Elle ne supportait plus cette image d'elle-même, elle n'en pouvait plus de se soucier sans cesse de son apparence et de ce que pensaient les autres d'elle — y compris les beaux gosses bien intentionnés.

Avait-elle envie d'un mariage traditionnel ?

Trouvant soudain la force d'être elle-même, elle releva le menton et déclara :

— Jusqu'à ce soir, j'aurais répondu que je voulais un mariage somptueux, avec pièce montée et réception grandiose.

— Et vous avez changé d'avis ? s'étonna l'inconnu, dont le regard s'éclaira.

Sophie s'autorisa à sourire.

— Au fond de moi, j'ai toujours rêvé de me marier sobrement, sur une plage. Une réception avec petits-fours, les doigts de pied dans le sable. *Si jamais* je me marie un jour.

— Ce n'est pas une évidence pour vous, de vouloir un mari et peut-être même de fonder une famille ?

Perturbée par cet homme aussi séducteur que beau parleur, elle tenta de reprendre le contrôle de la situation :

— Est-il si bizarre qu'une femme ne se projette pas dans une union indéfectible et l'assume totalement ?

— Franchement oui, déclara-t-il tout en la faisant virevolter. En général, ce sont les hommes et non les femmes qui fuient la bague au doigt.

— Une constatation tirée de vos expériences personnelles ?

Etait-il du genre play-boy ? A vrai dire, il avait tous les atouts qu'il fallait pour se le permettre !

— En fait, j'envisage un mariage dans le futur proche — pièce montée et réception somptueuse comprises.

Ce fut au tour de Sophie, cette fois, d'être déroutée.

— Vous êtes seul ce soir, mais vous allez bientôt vous marier ?

— J'ai une liste de critères. Il faut seulement que je trouve la femme qui correspond.

— Une liste ? ne put-elle s'empêcher de répéter en riant. Et vous cochez les cases ? C'est une blague, n'est-ce pas ?

Le regard grave de l'inconnu suffit à répondre à la question.

— Chaque jour, j'ai affaire à des couples qui se sont unis sans réfléchir réellement à leur compatibilité sur le long terme. J'ai établi cette liste il y a quelques années pour un client totalement perdu, afin de l'aider à ne pas renouveler ses erreurs.

Pour ce qui était de fixer des limites, c'était le bouquet ! Sophie eut presque pitié de sa future épouse. Quel homme fallait-il être pour juger nécessaire d'exercer un contrôle dépassionné sur le sentiment amoureux ?

— Vous faites quoi dans la vie ? Vous êtes psy ?

— Avocat spécialisé en divorces.

— Un avocat avec une liste de critères ? fit-elle, songeant

qu'elle aurait trouvé très condescendant son partenaire s'il n'avait pas eu autant de charme.

Elle continua avec franchise :

— Je n'ai jamais rien entendu d'aussi peu romantique !

— On en reparlera lorsque vous aurez eu affaire à des gens furieux se disputant sur le partage des biens et manipulant leurs enfants comme des pions ! Les coups de foudre, les mariages irréfléchis… La plupart du temps, ça vire à la frustration, aux regrets, et parfois même à la haine.

Sophie réfléchit un instant. Elle se sentait plutôt désabusée après l'épisode avec Ted, et elle avait du mal à croire aux lendemains radieux. Mais tout de même… Son parti était pris !

— Désolée, mais s'il faut choisir, je préfère l'amour fou aux listes de critères ! Sans aucune hésitation !

L'inconnu serra les mâchoires et son regard se dirigea vers l'autre bout de la salle.

— Dans ce cas, commenta-t-il, vous faites bien, en effet, de ne pas contracter de liens.

Pas avec vous, en tout cas ! pensa Sophie.

Se raidissant contre la sensation de chaleur qui la gagnait au contact de son corps viril, elle observa :

— Pour qu'une personne réponde à toutes les exigences de votre liste, il faudrait qu'elle soit vraiment unique.

— Ah, mais c'est bien le but : trouver une femme à part, laissa-t-il tomber en posant son regard sur ses lèvres.

Tentant de ne plus penser à cet échange un peu vif qu'ils venaient d'avoir, elle sentit le corps de cet inconnu se presser davantage contre le sien et ne put taire un petit gémissement de plaisir. Elle inclina la tête, les yeux clos, tentant de reprendre le contrôle de ses émotions.

Devait-elle éviter de contester un point de vue aussi radical et dénué de toute émotion ? En principe, la bonne éducation et le souci des convenances auraient dû l'emporter. Mais ce soir, lorsque le bouquet de la mariée avait échoué sur ses genoux, quelque chose en elle avait changé. Une mutation s'était produite soudainement, elle s'était libérée, et plus jamais elle ne redeviendrait une femme effacée. Elle ne pouvait tout simplement plus s'en tenir aux convenances.

Quand elle leva vers lui un regard sans concession, il ne parut pas surpris.

— Alors, dit-elle, si vous tombez follement amoureux d'une femme, mais qu'elle ne correspond qu'à… trois points de votre liste, mettons, elle serait éliminée ?

— Le mieux serait que chacun poursuive sa route de son côté. Une telle relation ne pourrait jamais aboutir à quelque chose de concret.

Sophie avait partagé avec Ted de nombreux centres d'intérêt, et pourtant… Ses propres parents avaient au départ les mêmes goûts ; aujourd'hui, ils s'adressaient à peine la parole. Par ailleurs, ses grands-parents, qui n'avaient presque rien en commun, échangeaient toujours des regards énamourés et marchaient dans la rue en se tenant par la main.

Goûts partagés, goûts non partagés… La logique de cet homme avait quelque chose de faussé, et elle n'allait pas se gêner pour le lui faire savoir !

— Selon moi, trouver l'homme ou la femme de sa vie relève de la chance et non d'un arrangement bien calculé.

Elle sentit se froisser sous sa main le tissu noir de son costume tandis qu'il haussait une épaule.

— Libre à vous de le croire.

Sophie serra les dents, tentant de refouler la question qui lui montait aux lèvres. En vain…

— Quel est le premier critère de votre liste ?

Il fit mine de lui décocher un regard sévère.

— Quelqu'un qui ne fait pas d'histoires.

Eh bien, au moins, il était on ne peut plus explicite. Elle avait bien compris le message qu'il venait de lui faire passer. Sexy ou pas sexy, 007 n'était pas décidé à l'épargner. Pourquoi aurait-elle prolongé cette situation exaspérante ?

Elle se dégagea puis recula d'un pas, disant d'une voix pleine d'assurance :

— Vous n'avez pas invité à danser la bonne personne.

— Pourquoi ? fit-il, inclinant la tête de côté. Parce que nous avons des idées diamétralement opposées sur ce que doivent être la rencontre d'un homme et d'une femme, leur cour réciproque, leurs échanges et à peu près tout ce qui peut et doit leur garantir une union à vie ?

Elle connaissait cet homme depuis dix minutes à peine et, pourtant, ce fut le cœur serré qu'elle hocha la tête. Décidément, elle était ridicule !

Un sourire illumina le visage de James Bond.

— Le souci, fit-il, c'est que j'aimais beaucoup danser avec vous.

D'un pas, il se rapprocha d'elle. Sophie sentit déferler dans tout son corps une nouvelle onde de chaleur.

— Ce n'était qu'une danse, continua-t-il. Pas le début d'un roman d'amour.

Bon sang, pensa Sophie avec un soupir libérateur, il avait raison ! En fait, elle était à cran depuis le début de la soirée. Si cette idée de liste l'ulcérait, elle n'avait pas à en faire toute une histoire ! Après tout, ce n'étaient pas ses affaires ! La nouvelle Sophie, sûre d'elle, devait rectifier le tir.

Il lui tendit la main.

— Fin des hostilités ?

— Bien sûr, dit-elle, succombant à son sourire ravageur.

Sa main resta au creux de la sienne un peu plus longtemps que nécessaire puis, soupirant à son tour, il désigna la porte-fenêtre qui se trouvait derrière elle.

— J'ai besoin de prendre l'air. Acceptez-vous de vous joindre à moi sur la terrasse ? En tout bien tout honneur, bien sûr.

Sophie hésita, puis vit son regard plein de malice et d'humour.

Devait-elle accepter ? Elle ne serait jamais concernée par

sa liste de critères, il n'attendait donc rien d'elle. En dépit de ses bizarreries, cet homme avait au moins la qualité d'être extrêmement sexy. Après ces premiers échanges houleux, un peu d'air frais serait le bienvenu.

Ils grimpèrent trois marches puis, ayant franchi la porte-fenêtre, ils laissèrent derrière eux le brouhaha et les tablées de la fête. Traversant le patio orné de treillis d'hibiscus parfumés, aux fleurs jaunes et roses, ils avancèrent vers le panorama qui s'offrait à eux, englobant les lumières colorées qui servaient d'écrin au Harbour Bridge, le pont en arc de Sydney. Son cavalier s'appuya à la rambarde de la terrasse en pierre et, croisant les bras, posa les yeux sur elle. Sa mâchoire était légèrement crispée et une mèche de ses cheveux dansait dans la brise automnale chargée d'embruns. Sophie avait du mal à se contenir. Cet homme était hautain et condescendant, mais il n'avait rien à envier à 007 !

— Quand avez-vous pris la décision de vous marier ? lui demanda-t-elle.

— Ce soir.

Elle haussa les sourcils.:

— Vous qui prétendiez ne jamais agir sur une impulsion !

Il eut un sourire sexy qui masquait à peine son embarras.

— Je connais Noah depuis le collège, dit-il. Nous nous étions perdus de vue et nous sommes retrouvés il y a peu. En le voyant s'installer en couple, j'ai réalisé que je ne rajeunissais pas. Je veux une épouse et un fils. Il est grand temps.

Il se tourna vers le port, s'accoudant à la rambarde avant d'ajouter :

— Et vous ? Je suis sûr que vous voudrez des enfants à un moment ou un autre.

Mains derrière le dos, Sophie s'adossa à la terrasse. En temps normal, elle n'aurait jamais abordé un sujet aussi intime avec un étranger. Même après un an de relation avec Ted, elle n'avait pas eu avec lui la moindre discussion personnelle.

Pourtant ce soir, elle avait décidé de sortir de sa coquille.

Pourquoi ne pas échanger un peu ? Quel mal cela pouvait-il faire ? Elle s'était tellement renfermée sur elle-même pendant ces trois derniers mois, se coupant de ses collègues et de ses amis, qu'elle ressentait un besoin vital de communiquer et d'échanger ! Il était grand temps de lâcher un peu de lest !

— J'adore les enfants, reconnut-elle — une des raisons qui l'avait dirigée vers l'enseignement. J'ai toujours pensé que le moment venu, quand je rencontrerais l'homme de ma vie...

Elle laissa sa phrase en suspens. « Quand » ? N'avait-elle pas plutôt voulu dire « si » ? Une chose était certaine : elle ne dirait jamais « oui » à l'autel sans être entièrement sûre d'un amour inaltérable. Elle n'accepterait pas de compromis. Et pour le moment, si pathétique que ce fût, elle n'entrevoyait rien de tel dans un avenir proche.

Repliant ses bras autour d'elle pour trouver un peu de chaleur, elle tenta de prendre la chose à la légère :

— Je crois bien avoir repoussé mes projets de famille aussi loin que possible.

— Alors que moi, je hâte le calendrier, observa-t-il en baissant la voix. Voici encore un point de divergence, on dirait.

Sophie s'écarta du balcon. Elle avait assez pris l'air comme cela.

— Si je pense à quelqu'un qui pourrait vous convenir, je vous l'enverrai. Merci pour la danse.

Il fit volte-face.

— Où allez-vous ?

— Il est temps que je rentre.

Elle avait encore quelques carrés de chocolat en réserve. Elle commencerait la gym lundi. Peut-être qu'un remodelage de son corps renforcerait son nouvel état d'esprit.

Elle avait déjà effectué quelques pas lorsque la voix désapprobatrice de l'inconnu la retint sur place :

— Vous allez accepter qu'on vous voie partir seule ?

Perplexe, elle haussa les épaules.

— C'était prévu, de toute façon.

— Il y a une autre solution.

Devinant ce qu'il tramait, elle frémit. Pas de pitié, par… pitié ! pensa-t-elle.

— Vous n'êtes pas obligé de m'accompagner dehors.

Il avança vers elle, dynamique et superbe sous le clair de lune.

— J'envisageais quelque chose de plus spectaculaire.

— J'ai eu mon compte de regards braqués sur moi pour ce soir, objecta-t-elle.

Sa haute silhouette athlétique continua d'avancer, la poussant à battre en retraite vers la porte-fenêtre. Elle déglutit, intriguée par son expression espiègle.

— Qu'avez-vous encore tête ? demanda-t-elle.

Il eut un large sourire.

— Une belle revanche.

Dès qu'ils pénétrèrent à l'intérieur, il la souleva dans ses bras, lui arrachant un léger cri. Sophie se sentit soudain aussi légère qu'une plume, comme si elle flottait haut, très haut, loin de son monde habituel. Elle était sûrement en train de rêver ! Il ne lui arrivait jamais de choses de ce genre ! Le réveil n'allait pas tarder à la ramener à la réalité…

Elle lâcha un rire nerveux.

— Mais qu'est-ce que vous faites ?

— J'offre à votre amie le spectacle d'une sortie mémorable. Qu'elle colle donc *ça* dans son album photo !

— Vous allez me porter ? Devant tout le monde ? lâcha Sophie, comprenant soudain.

— Oh ! voyons ! fit-il en prenant une mine déçue. Je ne vais pas m'en tenir à ça !

Leur numéro produisait son effet, en tout cas. Une ola jaillissait à travers la salle alors que, un à un, les invités se tournaient vers eux, bouche bée à la vue de Sophie dans les bras de son preux chevalier, telle une « demoiselle en détresse ». A côté de leurs petits amis respectifs, Penny et

Kate les fixaient, les yeux écarquillés, figées comme des statues. Soudain, Kate se mit à sourire.

Quand ils eurent définitivement monopolisé l'attention de tous et que même la musique se fut arrêtée, le paladin des temps modernes descendit les marches fièrement, sans sourire. A mesure qu'il avançait, les invités s'écartaient, tels des épis de blé couchés par le vent.

Sophie, qui ne savait trop comment réagir mais ne pouvait pas s'empêcher de savourer chaque seconde de leur petit numéro, jeta les bras autour du cou de son inconnu et murmura :

— Mais que vais-je pouvoir leur dire, après ?

Sans prévenir, il s'immobilisa et écrasa sa bouche sur la sienne. Il l'embrassa avec tant d'ardeur et de passion qu'elle crut presque voir jaillir des étincelles de son corps. Lorsque leurs lèvres se séparèrent en douceur, elle reprit confusément conscience de la présence du public, dans un tonnerre d'applaudissements. Sens dessus dessous, elle s'abandonna à ce sentiment de légèreté qui s'était emparé d'elle alors qu'il se remettait en marche.

— Dites-leur que vous vous êtes envoyée en l'air, lui souffla-t-il tandis qu'ils sortaient de la salle. Et qu'à ce jour, je suis votre meilleur coup.

2.

Cooper Smith s'arrêta dans le couloir désert de l'hôtel, devant les portes d'un ascenseur, et redressa les épaules. Il dévisagea la jeune femme stupéfaite blottie dans ses bras et sourit.

— Je crois que notre numéro leur a plu.

Lui-même y avait pris un sacré plaisir, en tout cas ! Cette sortie était la chose la plus extravagante qu'il ait osée depuis des lustres. Il avait lu quelque part qu'il était sain de se lâcher un peu de temps à autre et il y avait presque pris goût ! Ce qui, étant donné son savoir professionnel sur les comportements impulsifs, n'était sans doute pas une bonne chose…

Elle le dévisagea avec ses grands yeux verts. Soudain, elle sourit avant de partir dans un fou rire incontrôlable. Face à une pareille réaction, il ne put s'empêcher d'éclater de rire à son tour. Certains comportements sont parfois très contagieux…

Elle finit par reprendre son souffle, et lâcha :

— Je parie que Penny en est encore bouche bée ! Je n'en reviens pas qu'on ait osé une chose pareille.

Puis elle retrouva un peu de son sérieux.

— Vous auriez dû me prévenir, observa-t-elle.

— Vous auriez fait des histoires.

— Qu'est-ce que vous en savez ? Peut-être que non, fit-elle avec cet air légèrement hautain qu'il commençait à connaître.

Elle faisait preuve d'obstination, en tout cas. Elle savait se montrer désagréable quand elle voulait prendre le dessus.

Normalement, il ne s'en serait pas mêlé. Mais en voyant cette femme séduisante, seule, considérant ce bouquet coloré sur ses genoux comme si c'était un arrêt de mort, il avait craqué.

Son cœur lui avait dicté de l'inviter à danser. S'il avait pris plaisir à être avec elle, c'était un bonus inattendu, même si son caractère entêté démontrait clairement qu'elle ne pouvait pas être « l'élue ».

Elle n'était pas pour la tradition, ni le mariage, ni même, semblait-il, pour fonder une famille. Plus inquiétant encore… elle croyait qu'une union réussie dépendait de la *chance*. Cette femme était une vraie bombe à retardement ! Il avait besoin d'une compagne qui envisageait la vie et l'amour de façon raisonnable et réfléchie, d'une personne qui était l'artisan de sa propre chance.

Pourtant, malgré leurs différences et le fait qu'il ne pouvait rien y avoir entre eux, il ne regrettait pas leur baiser… Qui ne risquait pas de se reproduire !

Il fixa la porte close de l'ascenseur et demanda :

— On monte ou on descend ?

— Le hall puis un taxi… donc, on descend.

Une poussée d'adrénaline le boosta, dynamisant son corps et ses muscles. Il ne se sentait pas du tout fatigué. Ils ne pouvaient cependant pas retourner dépenser ce trop-plein d'énergie dans la salle de réception.

— Il est trop tôt pour rentrer, lança-t-il.

— Il est presque 23 heures.

Il est seulement *23 heures !*

— Etes-vous fatiguée ?

— Je croyais l'être, répondit-elle en laissant poindre un demi-sourire.

— Joignez-vous à moi pour un café, alors.

— Je ne bois jamais de café.

Il haussa un sourcil. Comment avait-il pu oublier ? S'il disait blanc, elle disait noir !

— Une boisson fraîche, alors ? insista-t-il.

— Ecoutez, reposez-moi par terre, et j'y réfléchirai.

Cooper marqua un temps d'arrêt, puis s'éclaircit la gorge. Comment avait-il pu perdre de vue ce « léger détail » ?

Il la reposa sur le sol. L'odeur de Sophie était encore présente sur les vêtements de Cooper, un mélange de cannelle et de… vanille, semblait-il. Cette fragrance mi-douce mi-épicée convenait parfaitement à cette femme.

Une boucle de cheveux glissa sur son visage alors qu'elle le dévisageait en inclinant la tête.

— Pour être tout à fait franche, je ne sais que penser de cette invitation.

A première vue, cela pouvait passer pour un deuxième accès de pitié, ou une tentative de séduction facile. Mais peut-être que ce n'était pour lui qu'une façon de tuer le temps. A moins que ce ne soit le moyen de prolonger un peu plus cette belle journée. Après tout, il venait d'assister au mariage de son meilleur ami…

En réalité, il voulait fuir la solitude qui le guettait.

— Nous ne sommes pas du tout accordés sur le plan sentimental et nous en avons conscience, observa-t-il. Il n'y a donc pas de risque qu'on se retrouve dans le même lit.

Elle parut vexée, et il s'en voulut. *Bon sang, j'ai un don pour raconter des énormités !*

Il continua néanmoins :

— Ce serait juste un moment convivial entre deux adultes responsables, ayant des amis communs et faisant un brin de conversation après un mariage.

Elle fronça les sourcils et l'examina en se mordillant la lèvre inférieure.

— Je pourrais aussi vous raccompagner au rez-de-chaussée et vous mettre dans un taxi, dit-il, ôtant les mains de ses poches.

Son air dubitatif s'effaça. Elle avait une bouche délicieuse, joliment dessinée, avec des lèvres douces et gracieuses, plus enclines à embrasser qu'à lancer des insanités. Mais là, il s'égarait…

Elle précisa en renversant la tête :

— Il y a un bar à côté de la réception. Je veux bien prendre un chocolat vite fait, juste avant de sortir.

Agréablement surpris, il appuya sur le bouton de l'ascenseur.

— Va pour un chocolat « vite fait ».

Une dame d'âge mûr surgit et se glissa entre eux pour attendre l'ascenseur.

— Le café ferme à 22 heures, leur dit-elle en réajustant sur ses robustes épaules un châle couleur cerise. Si vous aimez le chocolat chaud, je vous recommande celui du service de l'hôtel. Il est excellent.

L'ascenseur arriva, la dame s'y engouffra et disparut derrière les doubles portes. Au même instant, l'ascenseur d'à côté signala son arrivée avec un *ding*… Il allait dans le sens de la descente.

— Eh bien, lâcha Cooper en se frottant le menton, je suppose qu'on n'a plus le choix.

— Vous avez quelque chose contre le service de l'hôtel ?

Il la dévisagea longuement. Il avait forcément mal entendu !

— Vous voulez dire que vous accepteriez de monter dans ma chambre ?

— Ça dépend. Vous en avez une ?

— Eh bien, oui.

Il jouait les blasés, mais sa surprise était sans doute visible sur son visage, pensa-t-il.

Elle souligna avec calme :

— Nous sommes tous les deux majeurs et vaccinés. Et vous venez de dire que vous n'êtes absolument pas d'humeur à jouer au séducteur. Si cela peut vous rassurer, je suis dans la même disposition d'esprit.

Il ne put s'empêcher de sourire à la vue de son regard effronté. Ou aurait-il fallu dire « coquin » ? Si elle n'était pas si agaçante…

Mais elle avait raison. Il avait un projet. Une liste. Maintenant que sa décision était prise, il ne se laisserait ni dissuader ni distraire. Il ne séduirait pas cette femme, même si d'autres ne se seraient pas gênés. Il mettait souvent sa jeune sœur en garde, lui recommandant la prudence. Les hommes aimaient le sexe. La plupart d'entre eux étaient prêts à tout pour coucher, et un grand nombre prenait la poudre d'escampette si les précautions s'avéraient insuffisantes et qu'un bébé pointait le bout de son nez.

Un instant plus tard, ils arrivèrent à la porte du penthouse et il la fit entrer dans l'appartement. Elle traversa la pièce carrelée de marbre italien pour contempler la vue sur le port et les « coquillages » du majestueux Opéra de Sydney.

— Vous avez réservé tout un appartement pour une nuit ? demanda-t-elle, s'approchant du mur le plus éloigné pour admirer la toile qu'il préférait — une peinture abstraite aux couleurs chaudes et vives qu'il avait acquise à Hanoi. Cela a dû vous coûter une fortune.

Se débarrassant de son veston, il le suspendit à un portemanteau.

— Je suis ici chez moi.

— Non, sérieusement ? fit-elle. Vous habitez dans cet hôtel ?

Il acquiesça tout en se dirigeant vers le bar luxueux en granit noir.

— C'est le genre d'endroit où j'imagine que vivent les stars, murmura-t-elle, embrassant les lieux du regard. Vous vivez vraiment ici ?

Il décrocha le téléphone du bar.

— J'ai une maison dans la banlieue nord.

Prenant ses aises, elle se lova sur le canapé. Le vert émeraude de sa robe tranchait de façon saisissante avec le daim beige des coussins.

Il regarda ses cheveux réunis en chignon. De quoi aurait-elle l'air, si ses boucles châtaines répandues autour de son visage dansaient sur ses épaules ? Elle serait superbe, supposa-t-il, imaginant une chevelure longue et souple.

— Je suppose qu'elle est grande ?

Il tressaillit, revenant au réel, et perçut la tonalité de la ligne qui le reliait au service de l'hôtel.

— Pardon ? fit-il.

— Votre maison. Je suppose qu'elle est grande.

L'agent immobilier l'avait qualifiée de manoir, mais pour lui, c'était surtout un investissement, à l'instar de ce loft en duplex.

— Elle est confortable, dit-il.

Il commanda leurs chocolats, puis servit deux verres d'eau fraîche.

Elle l'observa en souriant.

— Vous avez l'air d'être né avec une cuiller d'argent dans la bouche.

Il n'avait jamais envisagé les choses sous cet angle.

— Mes parents étaient financièrement à l'aise, mais ils étaient loin d'être riches, assura-t-il. Quand ils sont morts il y a cinq ans, j'ai dû subvenir aux besoins de ma jeune sœur. J'ai alors redoublé d'efforts dans mon cabinet d'avocats et en même temps, j'ai fait des placements judicieux. Des actions, des obligations, des propriétés immobilières. Le portefeuille classique.

— Vous avez sûrement eu de sacrés coups de chance dans vos investissements.

La chance n'y était pour rien. Sa réussite se fondait sur une bonne planification et une stratégie savamment étudiée. Il s'approcha de son invitée en fronçant à demi les sourcils.

— Etes-vous superstitieuse ?

— Seulement pour certaines choses.

— Par exemple ?

— Le sel renversé. Il faut le jeter par-dessus son épaule gauche pour conjurer le mauvais sort.

— Et les chats noirs ?

— Ils portent chance ! Surtout si on leur caresse trois fois la tête.

Il s'immobilisa devant elle en éclatant de rire.

— Vous croyez réellement à ça ?

— Le roi Charles 1er d'Angleterre adorait son chat noir et le protégeait constamment. Le lendemain même de la mort de l'animal, il a été mis aux arrêts, et par la suite, décapité pour haute trahison… Merci.

Elle s'interrompit, acceptant le verre d'eau qu'il lui offrait, et releva la tête.

— Je ne sais même pas comment vous vous appelez.

Il s'assit près d'elle avec aisance et dénoua son nœud papillon noir.

— Cooper Smith. Et vous ?

Elle avala une gorgée avant de répondre :

— Sophie suffira. Je déteste mon nom.

— Il ne peut pas être pire que Smith.

— Comparé à mon patronyme, Smith est un don du ciel, affirma-t-elle en se délivrant de ses escarpins argentés et en remuant ses orteils délicats aux ongles peints en rouge — ce qui était ravissant, surtout par contraste avec sa peau blanche. Ma mère m'a dit de ne pas m'en soucier, car je pourrai en changer lorsque je me marierai.

Une prouesse qu'elle n'était pas près d'accomplir…

Cooper chassa de son esprit la vision de ses jolis pieds et les histoires de mariage, et commenta en s'appuyant contre les coussins :

— Vous pourriez changer de nom par demande officielle.

— Plutôt radical, vous ne trouvez pas ?

Il souffla, passablement énervé. Elle n'avait pas été une seule fois d'accord avec lui, ce soir ! Il plaignait le malheureux qui tomberait amoureux d'elle. Elle le rendrait complètement fou !

— Les statistiques confirment que les hommes comme les femmes se marient plus tard qu'avant, dit-il en dissimulant derrière son verre son expression ironique. Alors la chance peut encore vous sourire.

— Tout comme à vous, lui répliqua-t-elle.

Revenant en lui comme un flash, le souvenir du baiser qu'ils avaient échangé ravagea soudain ses sens et son esprit. Il se frotta le visage pour tenter de recouvrer la raison. Il était encore plus fatigué qu'il ne l'avait cru. Il s'était couché à 2 heures passées, la nuit dernière, afin de revoir le dossier d'une affaire importante qui devait passer au tribunal la semaine d'après.

Les professions. C'était là un sujet inoffensif. Il étendit ses longues jambes, croisant les chevilles, et lâcha :

— Bon, vous savez que je suis avocat. Et vous, quel est votre métier, Sophie Au-patronyme-tabou ?

— Je suis enseignante et j'adore ça, dit-elle en souriant comme si elle savourait quelque secret. Enfin, la plupart du temps. Les adolescentes sont parfois si obstinées…

Cooper haussa les sourcils. *A qui le dis-tu !* pensa-t-il. Il en avait une à la maison qui tentait constamment d'outrepasser les règles. Pas question de ça chez lui !

— La moitié d'entre elles sont sérieuses et se concentrent sur leurs études, continua Sophie. L'autre moitié ne pense qu'à se mettre en couple et à faire des enfants. C'est une triste réalité.

Tandis qu'elle parlait, il la parcourut du regard : grands yeux verts, petit nez mutin, teint parfait… Il en eut la chair de poule, presque sonné par toutes ces sensations qui le parcouraient.

Il changea de position et se redressa, déterminé à ne pas perdre le contrôle de sa propre personne. C'était encore un contrecoup du baiser, et il pouvait gérer ça sans problème. Elle était séduisante — et même sexy —, mais elle n'était pas de celles avec qui il pouvait envisager une relation sentimentale. Absolument pas. Il avait une liste, un projet, et une femme aussi caractérielle que Sophie n'était pas une candidate possible.

Il s'éclaircit la gorge et demanda :

— Arrive-t-il que vos élèves… vous demandent conseil ?

Il avait eu pour sa part un professeur préféré auquel il s'était confié. Sa sœur Paige en avait un, elle lui en avait fait l'aveu, une fois.

Sophie acquiesça.

— Il y en a une en particulier, précisa-t-elle. Une fille de seize ans qui est vraiment adorable, et je crois que son petit ami lui met un peu trop la pression.

Paige avait seize ans aussi, mais heureusement, aucun petit ami ne venait gâcher le paysage. Cooper savait à quoi s'en tenir sur les ados ! Irréfléchis, incapables de voir plus loin que le bout de leur nez et travaillés par leurs hormones. Mais s'il devait être honnête…

— Je suppose qu'on ne peut pas reprocher aux garçons d'être obsédés par…

Par…

Le sexe. Ils pensaient à coucher, pardi ! Et lui aussi y pensait, en ce moment même. Le délicat cou de Sophie, ses seins qui se soulevaient au rythme de sa respiration, ce bracelet en argent à son poignet dont les breloques scintillaient à la lumière comme pour lui faire un clin d'œil, l'encourager…

Tendu, Cooper se concentra sur le verre qu'il tenait, ou plutôt qu'il serrait maintenant entre ses doigts au risque de le briser.

C'est pas vrai ! Reprends-toi ! s'intima-t-il. *Arrête de penser à ça !*

Sophie, qui avait relevé un bras contre le dossier du canapé, le ramena sur ses genoux.

— Je comprends que c'est dans la nature humaine, dit-elle. Les hormones, le désir sexuel, la volonté d'explorer un domaine si vaste…

Elle s'interrompit en levant les yeux sur lui, et fronça un peu les sourcils.

— Est-ce que ça va ? Vous semblez mal à l'aise. Vous avez trop chaud ? fit-elle en se penchant et en pointant le doigt vers le col de sa chemise. Vous devriez défaire le premier bouton.

— Je crois qu'il restera comme il est, fit-il d'une voix étranglée qui trahissait son excitation grandissante.

Le regard inquiet de Sophie se reporta sur son front.

— Vous couvez peut-être quelque chose. Il y a eu toute une série de grippes dans mon collège, la semaine dernière. Alors qu'on va parfaitement bien, hop ! tout d'un coup, on se retrouve cloué au lit.

Comme elle se penchait encore plus près, Cooper sentit décupler son excitation. Il n'avait aucun besoin d'entendre parler de « lit » à cet instant, c'était une véritable torture pour lui !

— Une compresse froide vous ferait peut-être du bien, continua-t-elle.

Après un léger temps de réflexion, elle appuya le verre d'eau fraîche qu'elle tenait contre le front de Cooper.

— C'est mieux comme ça ?

Oh que oui ! pensa-t-il, fermant les yeux, tiraillé par le contraste entre cette sensation de fraîcheur et les courants torrides qui parcouraient sa chair à la pensée du doux corps féminin si proche du sien. Il se demanda si elle allait deviner à quoi il pensait, et comment elle réagirait si jamais… Et cette robe, si elle savait à quel point il avait envie de la lui arracher…

Oh ! bon sang, c'en était assez ! Il rouvrit les yeux et se redressa d'un geste brusque. Il heurta le bras de Sophie et une giclée d'eau froide atteignit l'entrejambe de son pantalon. Ils se mirent debout d'un seul bond.

Machinalement, elle essuya d'un revers de main son pantalon mouillé, puis prit conscience de son attitude. Cooper ne songeait certes pas à s'offusquer d'une telle attention ! Elle recula tandis qu'ils comprenaient tous les deux l'ambiguïté de la situation. Il la contempla alors qu'elle humectait ses lèvres avant de lâcher :

— Il faut que je m'en aille.

Tout ceci était dû à la cérémonie de mariage, à cette conversation sur la sexualité, au souvenir de ce baiser sensationnel. C'était *à cause de ça* qu'il éprouvait cette attirance imprévue, foudroyante, totalement déraisonnable. Cela lui était tombé dessus comme un chat bondit sur une souris. Un chat noir porteur de chance avec de grands yeux verts…

Sophie se retourna et fit un pas vers la porte, mais il la retint par le poignet. Elle pivota sur elle-même avec lenteur, le souffle court, et il lut dans son regard que son désir était bel et bien réciproque. Il ne pouvait pas rester là sans rien faire, il devait réagir.

— Je ne veux pas que vous partiez, dit-il, plus résolu que jamais à la retenir.

— Pourquoi ?

— Vous le savez très bien.

Elle ne pouvait plus feindre de ne pas comprendre ce qui était en train de se passer. Ce fut d'une voix à peine audible qu'elle murmura :

— Ce n'était pas censé avoir lieu.

— J'ai changé d'avis, dit-il, n'ayant pas d'autre explication à offrir. Et je crois que vous aussi.

Pour mettre son hypothèse à l'épreuve, il effleura le bras de Sophie et comme elle ne s'écartait pas, il glissa la main sur sa taille. Elle suivit son geste du regard, puis leva sur lui des yeux interrogateurs qui brillaient sous la lumière.

— Nous sommes totalement incompatibles, lâcha-t-elle.

Comme attiré par un aimant, il inclina la tête pour effleurer — oh, à peine ! — ses lèvres avec les siennes. Le désir brûlait en lui comme un brasier ardent.

— Après le baiser que nous avons échangé au mariage,

tu penses vraiment que nous sommes totalement incompatibles ? Ne sens-tu pas qu'il y a tout de même quelques atomes crochus entre nous ?

Quand il l'embrassa de nouveau, elle répondit à son baiser. Comme il s'écartait, elle rouvrit les paupières avec un soupir proche de la reddition. Il l'attira plus près de lui et elle se laissa aller contre son corps, souple, pulpeuse, pleine de désir. Les pointes de leurs nez se touchèrent, et il murmura contre ses lèvres :

— Je veux que tu saches que ce n'était pas dans mes intentions.

Elle parut à la fois nerveuse et résolue.

— C'est purement physique, n'est-ce pas ?

— Purement physique, approuva-t-il.

Irrésistible et dévastateur. Rien à voir avec l'amour éternel et les niaiseries romantiques.

— Nous sommes sur la même longueur d'onde : ceci n'aura pas de suite. Je ne suis pas ce dont tu rêves. Tu n'es pas ce dont j'ai besoin. Nous n'avons aucun avenir ensemble. C'est parfait !

— Mais nous allons partager cette nuit ensemble.

Le baiser suivant le laissa à bout de souffle et Sophie resta cramponnée à lui comme si sa vie en dépendait. Il renouvela la caresse, sentant son pouls s'accélérer de plus belle. Ils avaient atteint le point de non-retour.

Quand il libéra Sophie, il la vit regarder par-dessus son épaule.

— Il y a une peinture avec des papillons, sur ton mur.

— Ah ? fit-il, incapable de s'en souvenir, en s'attaquant à la fermeture Eclair de la robe.

— Il y a un groupe de trois papillons blancs. C'est un signe de grande chance.

— Connais-tu le proverbe : « Faites l'amour trois fois avant l'aube, et vous aurez une vie longue et heureuse » ?

Elle sourit.

— Tu crois que c'est vrai ?

— Il n'y a qu'un moyen de le savoir.

Pour la deuxième fois cette nuit-là, il la souleva dans ses bras. Ils ne se lâchèrent pas du regard alors qu'ils montaient à l'étage, dans sa chambre.

— Quand je t'ai vu pour la première fois, souffla-t-elle, j'ai trouvé que tu avais l'air dangereux.

— Et maintenant ?

Elle lui effleura la joue.

— Maintenant, je veux en avoir le cœur net.

3.

Quand ils atteignirent la chambre, Cooper enclencha avec le coude l'interrupteur de la lampe et une lumière tamisée et douce plongea la pièce dans une ambiance feutrée. Il regarda Sophie abandonnée dans ses bras, paupières mi-closes et terriblement sexy.

Ils n'avaient projeté cela ni l'un ni l'autre. Quand elle avait accepté de l'accompagner chez lui, elle était persuadée de la sincérité de leurs propos. Cooper avait bien précisé, sans prendre de pincettes, qu'elle ne correspondait pas du tout à ce qu'il attendait d'une femme. Elle lui avait répondu tout aussi nettement que sa recherche d'une épouse correspondant à des critères bien précis lui paraissait totalement absurde. Elle en avait fini avec les hommes dominateurs, et s'il y avait bien une chose qu'elle avait apprise au cours de cette brève rencontre, c'est que Cooper voulait être le maître.

Pourtant, leurs corps n'avaient aucunement tenu compte de leurs réserves et inquiétudes, imposant leur instinct primaire et animal. Elle n'avait pas pu résister au sex-appeal de Cooper, mais n'avait aucune idée de ce que lui pouvait lui trouver. Il ne lui était jamais rien arrivé de tel — même dans ses rêves les plus fous. Etait-ce une conséquence imprévue de l'aplomb qu'elle avait affiché pendant la danse ? De sa décision de s'affirmer au lieu de s'effacer ? Quelle avait été la formule de Kate, déjà ? « Tu devrais mettre tes atouts en avant au lieu de vouloir les cacher. »

En tout cas, c'était flatteur d'être désirée par un homme sexy et sûr de lui. Au point où elle en était, elle n'allait sûrement pas revenir en arrière. Au contraire, elle jouirait de chaque minute et profiterait de cette opportunité jusqu'au bout. Ce soir, pour la première fois, elle allait se laisser totalement porter par cette expérience.

Demain, elle n'aurait pas de regrets. Cette aventure aurait pour seule conséquence de lui redonner confiance en elle. Et il était grand temps !

Cooper la porta jusqu'au vaste lit puis la déposa à terre. Lui enveloppant la joue d'une main, il posa au coin de sa bouche le plus tendre des baisers. Il parcourut son épaule droite de ses lèvres tandis que ses doigts venaient rabattre une bretelle de la robe.

— Je devrais annuler la commande de chocolat, murmura-t-il.

Il goûta plus pleinement à ses lèvres appétissantes, l'autre bretelle rejoignit la première, et Sophie sentit dans tout son corps une délicieuse sensation de chaleur. Elle n'avait aucune envie qu'il freine l'intensité de leur échange en décrochant le téléphone.

La fermeture Eclair parvenue en bout de course, sa robe s'effondra sur le sol, étalée autour de ses pieds comme une flaque. Elle frissonna légèrement en sentant sur ses seins la caresse de l'air. Le parfum de Cooper flottait tout autour d'elle, l'enveloppant totalement comme une tornade envoûtante. Elle se sentit mise à nu, vulnérable. Et en même temps, elle brûlait d'impatience.

Le serveur frappa à la porte, portant sur un plateau en argent deux tasses de chocolat chaud.

Ce fut d'une voix suave, presque méconnaissable, qu'elle demanda :

— Que se passera-t-il, si on ne va pas ouvrir la porte ?

De toute évidence, Cooper n'était pas disposé non plus à interrompre leur échange. Sans la lâcher, il attrapa d'une main un coin d'édredon et, d'un geste décidé, le rabattit en arrière.

— Ils comprendront le message.

Dans un état second, elle l'aida à déboutonner sa chemise de soirée, puis à s'en défaire. Le vêtement atterrit sur le sol, et Cooper enlaça de nouveau Sophie, la fit asseoir en douceur sur le lit sans cesser de la caresser et l'embrassa sur la bouche. Frémissante, elle ferma les yeux, avide de faire connaissance avec chaque particule de son corps si bien taillé. Un souhait qui n'allait pas tarder à être accompli…

Il interrompit en douceur leur baiser pour s'asseoir au bord du lit, achevant de se dévêtir. Allongée sur le côté, Sophie se demanda furtivement s'il la trouvait « trop enrobée » ou « pulpeuse », mais elle chassa vite cette pensée et, appuyée sur un coude, savoura le spectacle qui, peu à peu, s'offrait à elle.

Ses abdominaux hâlés se tendirent alors qu'il enlevait son pantalon puis son boxer. Balançant un genou sur le lit, il se plaça face à elle. Impressionnée par son sexe érigé, elle osa effleurer la face interne de sa cuisse puissante qui évoquait au toucher un roc chauffé par le soleil. Cooper Smith avait le corps d'un top-modèle — ferme, tendu et lisse — avec tout ce qu'il fallait là où il le fallait.

Alors qu'elle le contemplait, Cooper la renversa soudain sur le dos et, se glissant près d'elle, à demi redressé, il sourit comme s'il était satisfait de l'attention qu'elle lui portait. Lui prenant la main, il la posa sur son torse. L'avait-elle « touché » droit au cœur ? *Pourquoi pas ?* lui souffla son côté romantique.

Sophie sentit sous sa paume la vibration de l'excitation de Cooper, comme s'il ne pouvait pas totalement contrôler la jouissance qu'il ressentait à ce moment-là.

— A ton tour, l'encouragea-t-il.

Alors qu'elle allait lui rendre son sourire, elle se surprit à retenir son souffle. Soudain, il avait un air plus intense, un regard plus ardent. Trop…

Ah, non, elle n'allait pas changer d'avis ! Ne se l'était-elle pas promis ? Voici pourtant que l'ancienne Sophie, tellement plus stressée que la nouvelle, lui soufflait : *Ne sois pas grotesque. Tu n'as aucune chance d'être à la hauteur. Ne te prends pas pour ce que tu n'es pas.*

Comme s'il avait lu dans ses pensées, Cooper cessa de sourire. Se redressant sur un coude, une mèche rabattue sur le coin de l'œil, il l'examina.

— Tu trembles, dit-il.

Sophie huma son odeur fraîche et musquée, capta son expression inquiète et, soudain, se jugea puérile. Elle voulait vivre cette expérience. Elle ne l'oublierait jamais. Il suffisait qu'elle effectue un dernier pas.

— C'est juste que ça paraît un peu… irréel.

— Et c'est génial, non ? fit-il en rapprochant son visage du sien.

C'était une réponse si honnête, si proche de ce qu'elle ressentait elle aussi, qu'elle se mit à rire. Partageant cette bonne humeur qui venait de refaire surface, il roula sur lui-même en l'entraînant dans le mouvement, si bien qu'elle se retrouva sur lui. Nue à l'exception de son slip, elle se redressa et le chevaucha.

Quelque chose passa entre eux, proche de la ferveur. Puis il allongea les bras pour lui englober les fesses avec ses mains puissantes et, la caressant du regard, commença à remuer les hanches et le bas du corps. Comme elle s'abandonnait à ce mouvement de balancier, les yeux clos, elle sentit croître leur plaisir mutuel et accompagna ses gestes, se frottant à lui dans une montée d'adrénaline.

Perdue dans un océan de plaisir, elle allait se débarrasser de son slip lorsqu'un doigt provocant et chaud vint se promener le long de sa colonne vertébrale, décrivant des cercles légers autour de chaque vertèbre en une caresse subtile mais si enjôleuse qu'elle en eut des frissons sur tout le corps.

Lorsqu'il parvint à la base de sa nuque, Sophie se cambra en arrière, les doigts crispés sur ses cuisses viriles et le visage envahi de plaisir.

Il se redressa, lui prenant le visage à deux mains, et

l'embrassa avec tant d'intensité qu'elle crut défaillir. Quand il tenta vainement d'enfoncer ses doigts dans sa chevelure, elle l'entendit murmurer contre ses lèvres.

— Défais ce chignon, je les préfère lâchés.

Elle sourit, enleva quelques épingles et secoua ses cheveux qui descendaient jusqu'à ses reins. Oui, elle voulait encore plus de liberté ! Taquine, elle releva une épaule et esquissa une moue mutine.

— Prêt pour dompter une vraie tigresse ?

Il enroula à son doigt une des épaisses boucles et commenta :

— C'est vrai que tu fais un peu « sauvage » comme ça !

L'euphorie de Sophie chuta d'un cran. Elle détestait ses cheveux. Elle les portait longs parce qu'il était impossible de les discipliner lorsqu'ils étaient courts. Ecartant de son visage une cascade de boucles, elle demanda :

— Trop sauvage, c'est ça ?

— Totalement débridé, dit-il en montrant les dents et en poussant un grognement. J'adore.

Tandis qu'elle s'abandonnait à sa jubilation, la bouche de Cooper rencontra la pointe d'un sein et s'en empara, décuplant le plaisir qui l'avait déjà envahie. Avec aisance, il la renversa doucement sur le lit et ses lèvres, se détachant d'elle, reprirent leur promenade vers le bas de son corps, descendant le long de son ventre… Sa langue tiède éveilla des sensations affolantes…

— Tu me chatouilles ! s'exclama-t-elle d'une voix rieuse.

A la lumière de la lampe, elle regarda les ombres mouvantes qui se dessinaient sur son visage viril si bien sculpté. L'intensité et l'espièglerie de son regard l'excitèrent davantage.

— Sois bien sûre que je suis tout à fait sérieux, lui dit-il.

Oh ! elle le croyait. Elle fut de nouveau happée par ses sensations alors que la bouche de Cooper se rapprochait du cœur de sa féminité. Elle se contint de son mieux alors que l'excitation montait *crescendo* jusqu'à atteindre un délicieux supplice. Le paroxysme de son excitation était tel qu'elle n'avait pas conscience de se contorsionner de plaisir, ni d'avoir agrippé les cheveux de son partenaire. Elle se sentait au bord de l'extase.

La paume légèrement calleuse de Cooper glissa sur sa taille, parvint à la lisière du slip qu'elle avait conservé puis se glissa dessous. A l'instant où elle se convulsa de plaisir à ce contact, il tira sur le tissu et l'en délivra d'un geste preste.

Elle frémit de tout son être lorsqu'elle sentit les lèvres de Cooper contre la partie la plus intime de son corps. Elle savourait les caresses qu'il lui dispensait avec tant de tendresse et d'habileté, s'abandonnant entièrement à cet homme qui la possédait corps et âme. Elle se laissa mener au bord de l'abîme sensuel où il la conduisait, prête à s'y laisser tomber…

Dans l'intensité de sa jouissance, elle laissa échapper un cri, et ce fut comme si son âme atteignait un paradis céleste qu'elle n'avait encore jamais visité.

Puis, peu à peu, les vagues refluèrent, et elle émit un soupir comblé, sourire aux lèvres.

Soudain, elle posa un regard inquiet sur Cooper. Il contemplait son corps allongé sur le lit avec satisfaction, sans paraître contrarié le moins du monde. Il se rapprocha d'elle et, tout en se redressant, l'attira vers lui.

— Alors, regrettes-tu quoi que ce soit, jusqu'ici ?

Elle en eut le cœur serré. Oui, elle avait quelques regrets, mais elle ne le dirait pas. Elle préférait d'ailleurs ne pas y penser. Jamais elle n'avait ressenti quelque chose d'aussi merveilleux. Malheureusement, cette nuit était vouée à avoir une fin… C'était cela qu'elle regrettait. Au matin, ils se diraient adieu. Ils étaient trop différents l'un de l'autre, ils avaient des façons de voir et des modes de fonctionnement diamétralement opposés. Cooper trouverait une femme belle et agréable, qui correspondrait aux critères de sa liste, tandis que Sophie continuerait son propre chemin.

Y avait-il du bon pour elle dans cette aventure ? Oui, ce

serait un nouveau départ dans la vie, comme une sorte de métamorphose. Cette nuit était là pour le prouver. Désormais, c'était elle qui établirait les règles. Elle laisserait loin derrière elle, et pour toujours, la Sophie qui s'était laissé marcher sur les pieds. Elle avait hâte de voir la réaction de Penny et Kate quand elle les reverrait.

— Professeur Sophie ? Je vous ai posé une question.

La voix grave de Cooper la tira de ses réflexions intimes, et ce fut avec un sourire qu'elle enroula ses bras autour de son cou viril et passa les doigts dans sa chevelure brune.

— Je n'ai aucun regret. Aucune envie de revenir en arrière. J'anticipe déjà la suite.

En dépit de la satisfaction intense qu'elle venait d'éprouver, elle imaginait déjà avec excitation ce qui l'attendait encore. Le meilleur restait à venir. Trois fois si possible, pour la chance…

Alors que Cooper sondait son regard, il changea soudain de visage.

— Tu es belle.

Il avait dit cela avec simplicité, sans artifice, et pendant un bref instant, elle en eut le cœur serré. *Allons donc, voyons…* Elle savait ce qui avait amené cette déclaration. Cooper était un mâle dominant, bien bâti, sexy et riche. Mais il avait aussi une conscience. Et en cet instant, sa conscience lui dictait d'être gentil avec celle qu'il allait connaître de la façon la plus intime qui soit…

— Ce que je sais…, murmura-t-elle en lui effleurant le visage.

— Oui ? fit-il, presque étonné.

— C'est que je me souviendrai longtemps de cette nuit, acheva-t-elle avec un sourire.

Il le lui rendit, pressant son corps contre celui de Sophie.

— Tu n'auras pas besoin d'un aide-mémoire ?

Elle prit un air ingénu.

— Tu te moques de moi ?

— J'ai quelque chose dont tu aimeras te souvenir. Malheureusement, tu ne pourras pas l'emporter en t'en allant, dit-il en lui prenant la main…

Durant cette nuit-là, et pendant la première moitié de la journée du lendemain, Sophie jouit de l'hospitalité délectable de Cooper Smith. Ils n'échangèrent ni adresses ni informations personnelles. C'était exactement ce qu'elle voulait, et ce qu'il voulait aussi. Ils étaient d'accord : ils n'avaient pas d'avenir ensemble. La nuit écoulée était vouée à rester unique. A quoi bon vouloir faire croire à l'autre qu'il s'agissait de quelque chose de plus sérieux ?

Au cours des semaines suivantes, Sophie pensa souvent à Cooper, mais elle ne s'attarda pas sur sa réflexion désinvolte au sujet des souvenirs et des aide-mémoire. Jusqu'au jour où, un samedi matin, alors qu'elle était seule dans sa salle de bains, elle vit apparaître sur le test de grossesse une coloration. Rose. Deux lignes. *Enceinte.*

Sophie se laissa retomber sur le siège des toilettes.

Dans huit mois, elle aurait un enfant.

Et que cela lui plaise ou non, M. Smith le millionnaire en aurait un lui aussi.

4.

Cooper fusilla du regard l'horloge placée au-dessus de son bureau, et son estomac se crispa. 11 h 30. Sa visiteuse surprise n'allait pas tarder à arriver, en cette matinée de fin d'automne. Que pouvait bien lui vouloir Sophie, tant de semaines après leurs ébats ? Telle était la question…

Enervé, il se leva de son confortable fauteuil en cuir, contourna son bureau et remit distraitement de l'ordre dans une pile de dépositions qu'il aurait déjà dû finir de passer en revue. Au lieu de cela, il avait passé les trois quarts de la matinée à les fixer d'un air plus ou moins contrarié et inquiet.

L'hôtel lui avait transmis le message de Sophie, le priant de la joindre par téléphone. Depuis leur brève conversation de la veille, où elle lui avait demandé une entrevue, il n'avait pour ainsi dire pensé qu'au rendez-vous fixé. Ce matin, il s'était levé à 6 heures et avait achevé sa séance de musculation une heure plus tard. Après quoi, il avait avalé toute une série de tasses de café noir bien corsé sans faire grand-chose de plus…

11 h 21 minutes. Encore neuf minutes d'attente.

— Cooper, tu peux me filer un peu d'argent ?

Il tressaillit en entendant derrière lui cette question lancée d'une voix claire et fit tomber les dossiers qui reposaient au bord de son bureau. Se retournant vivement, il se trouva face à sa sœur, vêtue d'un jean taille basse et d'un petit haut rose au ras du nombril. Ses cheveux blonds et courts étaient impeccablement coiffés. Appuyée contre le chambranle, elle mangeait une salade dans un bol.

Il croisa les bras.

— C'est tout ce que tu vas avaler pour la journée ? Quelques feuilles de laitue ?

Paige était naturellement petite et mince, mais elle avait besoin d'une nourriture consistante — d'autant qu'elle allait partir dans une quinzaine de jours à l'étranger, dans le cadre d'un programme d'échange scolaire. La ville provinciale d'Aurillac, en France, était connue pour ses températures matinales plutôt fraîches. Se remplumer ne lui aurait pas fait de mal.

— Et toi, répliqua Paige en haussant les sourcils, tu en es à ta combientième tasse de café, ce matin ?

Cooper eut un sourire amusé. *Ne fais pas ta maligne, va !*

— C'est de toi qu'il est question, souligna-t-il.

Elle marmonna quelque chose qui ressemblait à « fichu despote », puis se redressa en poussant un soupir appuyé.

— Je déjeune avec Marlo entre deux séances de shopping, OK ?

— *Encore* du shopping ? lâcha-t-il, dépassé.

— Pourquoi te demanderais-je de l'argent, sinon ? objecta-t-elle d'un air intrigué.

— La logique des femmes me fait parfois peur, marmonna-t-il.

— Je dois remplacer mon BlackBerry, expliqua-t-elle en posant son bol. Treena Allen dit qu'ils ont sorti au moins deux autres modèles, après le mien.

Il sortit son portefeuille et avança vers elle.

— Combien te faut-il ?

— Une carte de crédit, ce serait mieux.

— Ça m'aurait étonné, fit-il en lui en tendant une.

— Ah, non, pas celle-là !

Il eut un large sourire. Rien n'échappait à Paige !

— Elle se bloque à un certain montant, mais te laissera

largement de quoi te faire plaisir ! Je suis sûr que tu n'auras aucun souci.

Ne sachant que répondre, Paige lui octroya un sourire reconnaissant. Il déposa un baiser sur sa joue.

— Merci, Cooper.

Oh ! il n'y avait pas de quoi. Bon sang, il aurait tant voulu que ses parents soient encore de ce monde ! Il n'aurait pas eu besoin d'ajouter sa recommandation habituelle :

— Et ne te laisse pas aborder par des types louches.

— Il faut vraiment que tu rabâches encore ça ? râla Paige, levant les yeux au ciel.

— Et si quelqu'un veut t'entraîner dans sa voiture, tu cries, tu donnes des coups de pied…

— Et je pars en courant en sens inverse, je sais. Franchement, Cooper, je ne suis plus un bébé !

Posant les mains sur les frêles épaules de sa sœur, il déclara :

— Je suis responsable de toi, et je prends cette responsabilité très au sérieux. Que tu sois d'accord ou pas avec ce que je dis, c'est moi qui commande dans cette maison. Tant que tu vivras sous ce toit, c'est moi qui édicterai les règles, et j'attends qu'elles soient suivies.

Il ajouta, d'une voix radoucie :

— Bon. Et n'oublie pas : retour à la maison avant la tombée de la nuit.

La sonnette tinta, et Paige alla ouvrir.

— C'est pour moi, dit-il, son cœur s'accélérant soudain.

Mais elle passa outre et s'élança. Impossible de tolérer cette « rébellion », bien sûr, alors il mit le turbo. Elle échoua contre le mur alors qu'ils achevaient leur course en glissant sur le parquet du hall et s'immobilisaient.

Rieur, Cooper ouvrit la porte.

Sophie se tenait sur le seuil, les yeux écarquillés.

Il s'était attendu à voir une femme resplendissante, celle de leur dernière entrevue. Mais, dans son pantalon noir, son chemisier blanc boutonné jusqu'au cou et son cardigan noir, elle paraissait guindée et plutôt pâle. Même ses longs cheveux semblaient changés, emprisonnés dans une haute queue-de-cheval. Cependant, avec ces boucles folles qui lui effleuraient le visage, sa coiffure restait terriblement sexy.

Oh ! il n'allait pas récidiver ! Sexy ou pas sexy, il ne pouvait consentir à une réédition de leurs ébats. Ils étaient aussi incompatibles que l'eau et le feu — excepté au lit.

Paige se posta devant lui et lança à la visiteuse :

— Mais qu'est-ce que vous faites ici ?

Cooper la prit par les épaules. Même si elle prenait Sophie pour une représentante de commerce qui avait ignoré délibérément la pancarte d'avertissement à la grille d'entrée, ça ne l'autorisait pas à oublier les bonnes manières.

— Ne sois pas impolie. Cette dame vient me rendre visite.

— Vous connaissez mon frère ? s'écria Paige à l'adresse de Sophie.

Celle-ci s'exclama d'un air encore plus étonné :

— Cooper est ton *frère* ?

— Oh ! je comprends tout ! continua Paige en se frappant le front. C'est pour Cooper que vous avez complètement changé de style !

Sophie parut se recroqueviller sur elle-même.

— Qui prétend que j'ai changé de style pour quelqu'un ?

— C'est tellement évident ! fit Page en riant. Toutes les filles l'ont remarqué. Ces dernières semaines, vous avez changé de look. Nouveaux vêtements, cheveux lâchés… enfin, pas aujourd'hui. Même votre démarche n'est plus la même. C'est génial !

Cooper, totalement dépassé, lâcha en levant les mains :

— Minute ! J'aimerais bien comprendre. Quelque chose m'échappe.

Paige répondit sans se tourner vers lui :

— Mlle Gruebella enseigne à Unity.

Sophie ne savait plus où se mettre, mais Cooper resta impassible. Cette information méritait quelques explications !

— *Tu es* « Mlle Gruebella », du collège ?

Paige lui avait déjà parlé de cette professeur et il s'était plutôt imaginé une quinquagénaire aux cheveux raides avec la morale d'une sous-maîtresse de l'époque victorienne, pas une déesse follement désirable au corps voluptueux ! Et qui plus est, qui finirait un jour dans son lit. Quand il se couchait, le soir, il croyait presque humer son parfum aux senteurs de vanille. Il la revoyait, abandonnée et offerte, et cette vision ne disparaissait pas. Au lieu de s'effacer, leur nuit d'amour persistait dans sa mémoire avec une intensité croissante, au point qu'il n'avait plus que Sophie en tête lorsqu'il sombrait dans le sommeil.

Mais il lui suffisait de se rappeler les raisons de leur incompatibilité pour revenir à des idées plus sensées. Elle n'arrêtait pas de râler, était ambivalente au sujet du mariage et des enfants. En plus, elle avait un tempérament impulsif. Il voulait bien reconnaître, certes, que c'était lui qui avait effectué le premier pas… et le deuxième et le troisième aussi. Il n'empêche. Elle était tombée dans son lit en un temps record, et sans se faire prier. Etait-elle une maîtresse de rêve ? Oh ! oui, absolument. Mais il voulait une épouse, bon sang ! Et non s'autoriser une liaison parallèle…

Il regrettait presque de ne pas avoir su quels inconvénients l'attendaient lorsqu'il l'avait invitée à danser. Il se serait épargné un certain nombre de nuits blanches. Sans compter cette rencontre d'aujourd'hui qui promettait d'être épineuse si elle voulait chercher à rompre leur accord et le revoir… Même si son corps menaçait de réagir au quart de tour, il écouterait, cette fois, son bon sens et son expérience, issus de longues années de pratique professionnelle. Il avait savouré leur rencontre, mais sa réponse à toute liaison potentielle serait un « non » implacable.

Une Mercedes noire flambant neuve pénétra dans l'allée d'accès circulaire bordée de cyprès. L'amie de Paige, Marlo

Daniels, passa une tête par la portière et son nez parsemé de taches de rousseur se plissa.

— C'est bien vous, mademoiselle Gruebella ?

Paige, balançant son sac sur son épaule, demanda à Sophie :

— Vous n'êtes quand même pas venue au sujet de ce dont nous avons parlé ?

Cooper, soudain mal à l'aise, leur décocha un regard furibond.

— Parlé ? On peut savoir de quoi ?

L'expression de Sophie se radoucit. Elle dit en touchant le bras de Paige :

— Ma visite a un tout autre motif.

Paige parut songeuse, puis elle sourit.

— OK. Mais soyez sage !

Elle monta à l'arrière de la Mercedes, la portière claqua, et Mme Daniels, qui était au volant, repartit vers la grille tandis que Cooper, d'un geste ample du bras, invitait sa visiteuse à entrer. Bon sang ! Elle était terriblement sexy…

Mais pas au point d'être irrésistible, voulut-il se persuader, serrant les mâchoires.

Sophie dit en franchissant le seuil :

— Le monde est petit. Il y a plusieurs Smith au collège, mais je n'ai pas fait le rapprochement.

— Cela n'a rien d'étonnant.

Et ce n'était pas au sujet de Paige qu'elle était là aujourd'hui — même s'il se réjouissait de n'avoir entendu que des éloges au sujet de la mystérieuse Mlle Gruebella. Cela lui donnait le sentiment qu'il ne s'était pas totalement fourvoyé lors de la fameuse nuit.

En passant par le petit salon, Cooper prit instinctivement Sophie par le coude pour l'inciter à avancer. Cela suffit pour qu'une sensation aiguë lui électrise le corps. Il fut terriblement tenté de la faire durer en prolongeant le contact. Pourtant, prenant une profonde inspiration, il fourra sa main dans sa poche.

Se portant à la hauteur de Sophie, il demanda :

— Alors, comment vas-tu ?

Elle renvoya sur son épaule son épaisse queue-de-cheval, levant les yeux sur lui. Oh ! il n'avait pas oublié ces yeux-là !

— Bien, répondit-elle. Et toi ?

— J'essaie d'éviter les ennuis, fit-il avec un haussement d'épaules.

Soudain, se prenant un pied dans le tapis, Sophie trébucha. Il la rattrapa d'un geste preste et, s'étant redressée avec son aide, elle observa :

— Ce tapis est dangereux !

Il examina le sol et ne put s'empêcher d'en profiter pour regarder Sophie avec attention. Ils se remirent à marcher.

— J'en toucherai un mot à la gouvernante, dit-il, ouvrant une porte sur un patio dérobé.

Ce jardin enclos de seringas, avec une mare à poissons rouges sur un côté, était son endroit préféré dans la propriété. Il y venait souvent pour prendre l'air, savourer le ciel bleu et remettre un peu d'ordre dans ses idées. Il en avait grand besoin en ce moment !

Sophie effleura du bout des doigts la bordure de plantes vertes avant de s'asseoir dans le fauteuil en fer forgé qu'il avait tiré pour elle.

S'étant lui-même installé dans un autre fauteuil, il entra dans le vif du sujet :

— Quand l'hôtel m'a transmis ton message me demandant de te téléphoner, j'ai été surpris.

— Je n'avais pas prévu d'appeler, dit-elle en détournant les yeux.

Il patienta un instant, puis reprit en inclinant la tête :

— Alors, pourquoi l'as-tu fait ?

Mal à l'aise, elle lâcha :

— C'est assez difficile à expliquer.

Attendait-elle qu'il fasse le premier pas ? Qu'il suggère de reprendre leur relation là où ils l'avaient laissée ? Non, cela n'arriverait pas. Il ne se laisserait pas embarquer. Même s'il était follement troublé par ces boucles châtaines, par ces lèvres pleines qu'il avait embrassées, encore et encore.

Et il allait le signifier sans tarder afin qu'elle parte au plus vite. Ils pourraient alors reprendre le cours de leurs vies. Par nécessité, il prit une intonation grave :

— Il me semblait que nous avions été clairs, cette nuit-là, sur le fait que nous avions des trajectoires divergentes.

— Oui. Oui, c'était le cas, approuva-t-elle, le regard toujours baissé.

Cooper l'examina de plus près. Cette femme évasive et timide était-elle vraiment celle qui, tout feu tout flammes, lui avait fait vivre une nuit torride ? Elle l'électrisait par sa seule présence tandis que, assise auprès de lui, elle nouait et dénouait nerveusement des mains fines qui avaient exploré chaque partie de son corps viril et l'avaient mis en feu. Elle ne le touchait pas, à présent, mais c'était tout comme tant l'excitation qu'il ressentait était forte.

Il promena autour de lui un regard contrarié. Ce lieu était trop intime, trop personnel. Un environnement public aurait mieux convenu. Sophie était sans doute venue en taxi, et il était préférable qu'ils aient leur entretien dans un endroit neutre où ils « croiseraient le fer » et régleraient les choses avant qu'il la dépose chez elle. Après ça, ce serait une affaire classée.

— Nous ne sommes pas très bien installés, ici, observa-t-il. On devrait aller…

Il s'interrompit avant de lâcher « prendre un café ». Il ne se rappelait que trop où l'avait mené une telle suggestion, la dernière fois !

Sophie leva enfin les yeux, achevant à sa place :

— … déjeuner quelque part ? J'ai un peu faim, c'est vrai, je n'ai pas pris de petit déjeuner ce matin.

Lui-même n'avait pas avalé grand-chose, et d'ailleurs, son estomac se mit à gargouiller.

Elle commenta avec un sourire :

— On dirait que toi aussi.

Il se rappela leur « matin du lendemain », et le plaisir avec lequel elle avait dévoré en sa compagnie des pancakes au sirop de chocolat, nue comme lui sur les draps froissés. S'il avait laissé tomber quelques gouttes de chocolat sur la cuisse de Sophie, il ne l'avait pas fait exprès. Mais c'était avec un grand plaisir et une sacrée gourmandise qu'il les avait fait disparaître à coups de langue…

Se penchant vers lui, elle agrippa la table à deux mains.

— Mais il faut d'abord que je te parle, Cooper. Cela ne peut vraiment plus attendre.

Il se força à effacer de son esprit l'image du corps dénudé et voluptueux de Sophie. Pas facile. Mais réalisable tout de même. Il maîtrisait la situation.

Elle lâcha un soupir étranglé, à moins que ce ne fût une sorte de rire nerveux.

— Je n'ai jamais rien eu de plus difficile à dire.

Elle avait une intonation si inquiète, un air si tourmenté… Lentement, Cooper fronça les sourcils. Avait-elle une autre motivation que leur aventure sensuelle ? Ou bien s'agissait-il de Paige et hésitait-elle à lui en parler ? Sa sœur avait-elle des difficultés sérieuses dans une matière ? Elle avait eu des problèmes en maths, mais il l'avait aidée, et elle avait obtenu un B, le trimestre dernier…

Que disait Paige de Mlle Gruebella ? Qu'elle était sa confidente. Oh ! bon sang !

— Est-ce que Paige a des ennuis ?

Se mordillant la lèvre et osant à peine le regarder, Sophie répondit :

— Paige n'a pas d'ennuis, Cooper. C'est nous qui en avons.

Cooper avait à peine lâché un soupir de soulagement qu'il se figea, prenant conscience de la deuxième partie de la réponse. Ce fut comme si un rouage s'enclenchait dans l'engrenage de son esprit.

— Pardon ? fit-il.

— Tu te souviens que nous n'avons pratiquement pas quitté la chambre cette nuit-là… ni le lendemain ?

Ils avaient partagé leur temps entre le lit et le bain bouillonnant, et il y avait eu aussi ce moment dans le cellier… Il ne savait plus très bien comment s'étaient enchaînées les choses. Bon sang, ils n'avaient pensé qu'à ça…

— Il paraît, continua-t-elle, que les préservatifs ne sont sûrs qu'à quatre-vingt-dix, quatre-vingt-quinze pour cent…

Des mots mal accordés surgirent de la bouche de Cooper, exprimant l'idée étrange qui s'était formée dans son esprit :

— On attend un enfant ?

— Dans sept mois.

Il tenta d'assimiler la nouvelle. Son cœur battait à tout rompre et ses tempes bourdonnaient à le rendre fou. Non, il ne pouvait pas y croire ! Cela n'entrait pas du tout dans ses projets !

Sophie émit un gémissement.

— Je sais ce que tu penses. Tu ne veux pas de cette complication.

Une complication ? *Oui, certes, c'en était une !*

Elle se redressa, le regardant en face pour la première fois depuis le début de l'entretien.

— J'ai bien fait le tour de la question. Il n'était pas envisageable que je te cache la nouvelle, mais je ne te dérangerai pas inutilement. Tu pourras voir le bébé quand tu voudras.

Cooper considéra soudain l'autre versant de la situation et, maîtrisant tant bien que mal son incrédulité et son vertige, il demanda :

— Es-tu contente d'être mère ?

— Au début, ça a été un choc. Mais oui, je suis très contente d'avoir ce bébé, affirma-t-elle avec un sourire.

Ma foi, c'est sans doute un point positif, pensa-t-il. Etant donné les hésitations qu'elle avait manifestées à ce sujet lors de leur rencontre…

— Je sais, continua-t-elle, que ça ne te posera pas de problème pour trouver quelqu'un qui t'aimera. Aujourd'hui, c'est assez courant de se marier alors qu'on a déjà des enfants issus d'une précédente union. Je continuerai ma vie de mon côté et je veillerai à ce que ni le bébé ni moi-même n'interférions dans tes projets.

Continuer sa vie ? Trouver quelqu'un ?... Une épouse, voulait-elle dire ? Cooper passa une main dans ses cheveux, complètement abasourdi par ce qu'il venait d'entendre. Il avait grand besoin de s'éclaircir les idées !

Cette femme allait avoir un enfant de lui. Dans sept mois, il serait père. Ce bébé aurait besoin de son père. Constamment, et non à temps partiel. Il aurait besoin que ses *deux* parents se consacrent à lui. S'il y avait une chose qu'il avait apprise en élevant seul Paige, c'était bien celle-là.

Il regarda Sophie — la belle, la sexy Sophie toujours prête à défendre son point de vue, à affirmer que la vie était une question de chance. Il était complètement perdu. Que diable allait-il faire ? Il ne pouvait pas épouser cette femme. Il ne pouvait pas *ne pas l'épouser* non plus.

La voix de Sophie le tira hors de ses réflexions.

— C'est une nouvelle difficile à appréhender, je sais. Mais j'ai étudié la question. Je vais prendre un congé maternité. Et quand je reprendrai le travail, ce sera juste une affaire d'organisation. Il y a plusieurs crèches qui ont très bonne réputation pas loin de chez moi.

Cooper émit un soupir. Il commençait à assimiler la situation. Recouvrant quelque peu son équilibre, il déclara :

— Tu n'auras pas besoin de travailler.

Elle resterait à la maison avec le bébé. Son bébé à lui. Leur bébé.

— Merci, dit-elle doucement. Je savais que tu tiendrais à m'aider financièrement. Mais je veux reprendre le travail. Je n'abandonnerai pas l'enseignement. Il va falloir que je trouve mes marques, c'est sûr. Mais tout ira bien pour nous, acheva-t-elle avec un sourire, en posant la main sur son ventre.

Il éprouva une drôle de sensation au creux de l'estomac. Une part de lui-même avait envie d'exploser, d'exprimer son excitation. Il avait donné vie à un petit être — un fils ou une fille ! Après la fin récente d'une liaison qui avait duré deux ans, il craignait d'en être incapable. Mais selon toute apparence, son ex, Evangeline Xiau, s'était trompée. Ce n'était pas lui qui était en cause. C'était elle qui était incapable de procréer — et c'était presque justice : elle lui avait caché qu'elle essayait d'avoir un enfant jusqu'au jour où elle avait rompu avec lui.

Cependant, même s'il était ravi d'apprendre qu'il allait être père, il ne pouvait s'empêcher de constater cette situation avec ironie : avoir échappé pendant deux ans à une grossesse imminente pour se retrouver finalement géniteur après le premier rapport avec Sophie…

Il secoua la tête. Il était le seul à blâmer. Il avait pris son plaisir, joui de chaque seconde. Inutile de se lamenter. Le fait est qu'il devait épouser une femme qui allait sûrement le rendre fou. Il fallait trouver un moyen pour que ce mariage réussisse. C'était plus important que tout. Car son fils ou sa fille ne grandirait pas avec un seul parent !

— Tu as raison, tout ira bien pour nous, dit-il, un pâle sourire aux lèvres, en allongeant le bras pour prendre la main de Sophie.

Visiblement soulagée, elle soupira :

— Je pensais que tu allais t'énerver. Tu semblais avoir des idées si tranchées et un tel besoin de contrôle… Bon, continua-t-elle avec un sourire, puisque c'est réglé, allons manger. J'ai envie de spaghettis à la carbonara, avec du pain bien croustillant, et ensuite, une énorme glace chocolat-caramel.

Il avait entendu des tas de choses sur les femmes enceintes. Sur leur versatilité d'humeur, leurs envies soudaines. En plus d'être têtue et perpétuellement dans la contradiction, Sophie allait devenir la proie de ses hormones. Génial.

Mais certaines choses étaient inévitables. L'essentiel était de se concentrer sur les points positifs.

Il désirait fonder une famille. *Critère validé.*

Son instinct lui soufflait que Sophie serait une bonne mère. *Critère validé.*

Paige aimait Sophie. *Critère validé.*

Une idée surgit dans son esprit encore sonné par la nouvelle. S'il veillait à ce qu'ils aient une sexualité très active — leur meilleur terrain d'entente —, Sophie serait peut-être moins difficile à vivre ? Femme comblée, vie tranquille et heureuse.

Mais chaque chose en son temps. Il fallait d'abord prendre quelques dispositions.

— Après le déjeuner, on ira dans une ou deux bijouteries.

— Je ne te suis plus, là, fit-elle en fronçant les sourcils.

— Quand un homme et une femme sont fiancés, ils choisissent une bague.

Ecarquillant les yeux, elle se leva d'un bond. Il l'imita.

— Fiancés ? s'écria-t-elle.

Etait-elle donc si choquée que ça ? Elle devait bien se douter qu'il soulèverait la question ! Un homme honorable ne pouvait pas agir autrement !

— Cooper, j'ai comme l'impression que tu oublies quelque chose…

Il se creusa la cervelle, n'y comprenant rien. Soudain, la lumière se fit dans son esprit. Il lui prit les mains et se lança :

— Sophie, veux-tu m'épouser ?

Elle éclata de rire.

— Absolument pas.

Figé, il scruta son expression ironique. Il serra plus fort les mains qu'il avait saisies. Il n'était pas d'humeur à plaisanter ! C'était une affaire sérieuse. *Très* sérieuse. Il avait pesé ses mots, et un refus n'était pas envisageable.

— Si, tu vas m'épouser. Tu portes mon enfant.

Il devait affirmer sa paternité, coûte que coûte ! Ils prononceraient leurs vœux, deviendraient parents, et tout le monde serait heureux !

Elle le regarda comme s'il lui avait poussé des cornes.

— Si tu as oublié ta liste, moi pas. Nous ne pourrons jamais nous entendre. Nous étions d'accord là-dessus.

— Mais la situation a changé.

— En quoi ?

— Nous devons tenir compte du bébé, maintenant.

— Mais j'en tiens compte, Cooper.

Complètement désarçonné par la réaction de Sophie, il déclara :

— Il n'y a pas de quoi rire.

— Ai-je l'air de plaisanter ?

— Je t'accorde que ce n'est pas l'idéal, concéda-t-il d'un ton apaisant. Mais tu désires sûrement que ton enfant ait un père.

— Il en aura un. Mais je ne veux pas de mari, un point c'est tout.

Il crispa la mâchoire et réfléchit. Il était diplomate, il devait déterminer une stratégie. D'abord, il devait abattre un atout : un point sur lequel ils étaient d'accord.

— Réfléchis un peu aux bénéfices, dit-il en venant plus près d'elle et en prenant une voix sexy et langoureuse. Aurais-tu oublié qu'on s'entend merveilleusement bien au lit ?

Elle eut un petit rire moqueur.

— Ah, parce que le sexe est censé arranger les choses, maintenant ?

Ça ne risquait pas de les aggraver, en tout cas !

— Je peux largement subvenir à tes besoins et à ceux du bébé.

— Tu peux très bien le faire sans pour autant passer par l'autel.

Cela n'avait que trop duré, pensa-t-il, excessivement agacé par la perpétuelle volonté de Sophie d'avoir le dernier mot.

— Je ne discuterai pas avec toi. Ceci n'est pas négociable.

— Ça y est, ça commence déjà, fit-elle en secouant la tête d'un air dépassé.

— Qu'est-ce qui commence ?

— Tu veux m'imposer tes règles, tes opinions et tes décisions. J'ai mes propres idées, figure-toi. J'ai mes propres rêves. Et l'acceptation d'un mariage sans amour n'en a jamais fait partie.

Cette dernière phrase reflétait la conviction profonde de Cooper. Mais ils ne pouvaient plus s'offrir le luxe de rêver.

— Nous devons faire en sorte que ça marche entre nous, pour le bébé.

— Toute tentative en ce sens serait une erreur.

— Je m'arrangerai pour que ça marche, insista-t-il.

— Comme mes parents, qui pensaient que ça marcherait pour eux ?

Il était à bout. Le cœur battant à tout rompre, il tenta de conserver une voix calme et posée.

— Quoi, tes parents ? Que viennent-ils faire là-dedans ?

— Mon père et ma mère se sont mariés parce qu'elle était enceinte de moi. Mon père voulait agir en homme bien. Ma mère n'avait pas désiré sa grossesse, mais vu la situation, elle a accepté de l'épouser. Malheureusement, il n'y avait pas d'amour entre eux, et il n'y en a pas eu davantage par la suite.

Sophie se tourna vers les buissons de seringas, et continua :

— D'aussi loin que je m'en souvienne, j'ai toujours été coincée entre eux, devant supporter les tensions quotidiennes. J'avais l'impression d'être de trop et je me disais que si je trouvais l'homme de ma vie et que j'étais heureuse, ça rattraperait un peu leur erreur.

Il en eut la gorge serrée. Ses parents avaient manifesté beaucoup d'amour envers lui et sa sœur.

— Je suis sûr, dit-il, qu'ils ne te considèrent pas comme une erreur.

Elle le regarda, dubitative.

— Je voulais parler de leur décision d'être ensemble à cause de moi.

— Et s'ils avaient été heureux en ménage ?

Elle sourit, peu convaincue.

— Et si on tombait d'accord sur notre désaccord ?

Ça, il n'en était pas question ! Il avait juste besoin d'un peu de temps pour la convaincre. Il lui fallait trouver un argument en béton, quelque chose qui puisse la raisonner… Une idée jaillit dans son esprit.

— Nous allons faire un essai.

Jusqu'au moment, bien sûr, où il l'aurait convaincue de se montrer raisonnable.

— Si tu supposes que je vais t'épouser pour savoir si le divorce nous guette, alors, tu es fou.

Mais non, elle n'y était pas du tout. Voyant enfin le bout du tunnel, il spécifia en lui effleurant les bras :

— Je parle de vivre ensemble.

Il comprit à son regard qu'elle réfléchissait… en vain.

— Ça ne m'intéresse pas.

Cooper était prêt à exploser tant la rage le consumait.

— Pourrais-tu arrêter de tout compliquer, ne fût-ce qu'une minute ? plaida-t-il. Tu veux sûrement donner à notre bébé une chance d'avoir une vie de famille normale, tout de même.

— Les gens choisissent parfois leur chemin avec les meilleures intentions du monde, dit-elle, le regard brillant. Cela ne signifie pas qu'il y a un arc-en-ciel à l'autre bout. Tu le sais très bien.

Certes. Il était prêt à en rajouter une couche.

— Considère ça comme une expérience. Une tentative de trois mois, par exemple, qui pourrait tout changer pour la personne que tu aimes le plus au monde… ton enfant.

Elle le dévisagea longuement, l'air tourmenté.

— Trois mois ?

Elle commençait à fléchir. Parfait. Et si par quelque

miracle elle avait oublié leur incroyable entente sexuelle, il saurait la lui rappeler.

Il l'attira près de lui, et l'extase qu'ils avaient partagée lui revint en mémoire. Il se rappela leurs étreintes, la façon dont elle avait murmuré son prénom, encore et encore, lorsqu'il l'avait menée à la jouissance ultime. Il fallait qu'elle s'en souvienne aussi, il devait la convaincre d'opter pour la bonne solution : celle qu'il avait choisie.

La prenant par les épaules, il ne l'embrassa pourtant pas. Il fixa longuement les lignes de son visage, sa peau lisse, sa bouche si désirable, ses yeux dans lesquels il avait envie de se perdre.

Peu à peu, elle se détendit. Elle ne l'enlaça pas mais n'était plus crispée comme au début de la conversation.

— Cooper, l'amour est en quelle position, dans ta liste ? lui demanda-t-elle.

Se figeant, il tenta de la rassurer :

— Ma liste n'a plus cours. J'en ai une nouvelle.

Elle esquissa un demi-sourire, et commenta :

— Si c'est censé me convaincre, c'est raté.

— Alors, essayons ça.

Délibérément, il inclina la tête et l'embrassa avec autant de tendresse que de conviction. Des frissons électriques le parcoururent, le désir lui envoya une dose d'adrénaline et, pendant un instant, il se retrouva propulsé dans le passé, lorsqu'ils faisaient l'amour langoureusement.

S'il devait en juger par les frémissements de sa partenaire, par la façon dont elle se collait maintenant à lui, il n'avait aucun souci à se faire. La victoire était en vue.

Il était hors de question qu'il échoue. Il n'était pas habitué à perdre, et Sophie devait s'y résigner.

5.

Sophie était encore tout étourdie en arrivant au restaurant avec Cooper, une demi-heure plus tard.

Une part d'elle-même était concentrée sur l'ambiance du lieu — façade de briques, drapeau vert, blanc et rouge flottant à une hampe, odeur alléchante de *focaccia* sortie du four et d'herbes aromatiques italiennes. Mais l'autre était encore happée par le baiser étourdissant de Cooper, déterminé à la plier à sa volonté de la manière la plus délicieuse.

Elle était enceinte de lui. Donc, il voulait l'épouser. Pour elle, il n'y avait rien de plus grisant. Ni de plus destructeur.

A l'entrée du restaurant, un jeune maître d'hôtel vêtu de noir se porta à leur rencontre et les accueillit avec un large sourire.

— Préférez-vous une table à l'intérieur ou en terrasse ?

« Dehors », dit Cooper au moment même où elle répondait : « A l'intérieur. » Elle lui décocha un regard incrédule.

— Le vent est glacial, fit-elle valoir.

— C'est revigorant, dit-il en examinant le ciel et les feuilles des arbres.

Sophie fixa les nuages gris qui s'amassaient au-dessus de leurs têtes, puis rentra les épaules et ramena plus étroitement autour d'elle les pans de son cardigan.

Cooper lui décocha un des regards persuasifs dont il avait le secret.

— Ils ont allumé les braseros, fit-il observer en promenant

un doigt le long de son bras, et si ça ne suffit pas, je peux te tenir chaud.

Son corps lui criait de céder, de dire oui. Elle avait tellement rêvé en secret qu'il l'emporte dans la violence de sa passion si singulière, comme il l'avait fait dans le patio au moment de leur baiser.

Mais Cooper était dangereux. Si, au lieu d'être trop accommodante, elle voulait rester forte et sûre d'elle comme elle se l'était promis, elle devait à tout prix éviter un homme tel que lui : un mâle dominant et fier. Il était un peu tard pour cela, certes, mais elle pouvait quand même limiter la casse. Elle ne céderait pas à ses belles paroles et ne tomberait pas dans la trappe du mariage.

A notre époque, les femmes pouvaient bien se passer de mari. Rien ne les obligeait à contracter un mariage sans amour pour avoir la sécurité ou quoi que ce soit d'autre. Son bébé serait mieux avec une mère célibataire que s'il grandissait avec deux parents qui n'étaient pas fichus de s'accorder sur le moindre sujet. Elle n'était pas près d'oublier les disputes qu'elle avait entendues le soir, dans l'escalier, lorsque ses parents la croyaient endormie.

Alors… pourquoi envisageait-elle de réfléchir aux trois mois d'essai proposés par Cooper ?

Tandis qu'un vent froid lui fouettait le visage, elle dit au maître d'hôtel :

— Une table à l'intérieur, merci.

Le jeune homme hésita puis, voyant que Cooper hochait la tête en signe d'assentiment, il prit deux menus et les conduisit dans une salle au charme ancien avec ses poutres au plafond, ses tables recouvertes de nappes à carreaux verts et rouges et décorées de bouquets de fleurs fraîches. Mais ce fut surtout le mur du fond, couleur ocre, qui attira le regard de Sophie. Il était orné de photos de famille en noir et blanc remontant sans doute au siècle dernier et d'autres clichés en couleurs plus récents.

Etre fille unique avait ses avantages : avoir une chambre à soi, choisir à sa guise une émission de télévision sans devoir se battre avec un frère ou une sœur. Mais cela n'avait pas que des avantages. La solitude pouvait parfois peser lourd... Quel effet cela faisait-il de grandir dans une famille nombreuse ? Ces gens qui fêtaient l'anniversaire d'un tout petit enfant avaient l'air si heureux, sur la photographie qui trônait au-dessus de la cheminée en pierres.

Ayant remercié le maître d'hôtel qui lui tirait une chaise en bois sculpté, Sophie s'installa et, distraitement, joua avec une des breloques porte-bonheur, en forme de trèfle à quatre feuilles, de son bracelet. Cooper ôta son veston et s'assit à son tour. La lumière scintillante qui se reflétait sur l'une des breloques attira son regard.

— Qui t'a donné ce bracelet porte-bonheur ? demanda-t-il. Une gentille tante un peu fêlée ?

Elle se braqua à l'adjectif « fêlée », et lui répondit :

— Je l'ai acheté juste avant le mariage de Wendy et Noah.

Il lui servit un verre d'eau en souriant jusqu'aux oreilles.

— Et tu ne l'as jamais retiré depuis ?

— En fait, le fermoir est bloqué.

— Je vois, lâcha-t-il en reposant la carafe après s'être servi.

Il éloigna d'un geste le maître d'hôtel qui, après avoir disposé une serviette sur les genoux de Sophie, s'apprêtait à en faire autant pour lui, puis il prit le menu et s'éventa avec. Quand il se pencha enfin sur la carte, Sophie, renvoyant en arrière les boucles que le vent avait rabattues vers son visage, se mit également à regarder la liste des plats proposés.

Malgré sa faim, elle n'arriva pas à se concentrer sur le choix des mets. Cette grossesse, qui allait changer à jamais sa vie et celle de Cooper, affecterait aussi celle de Paige, une des meilleures élèves de Sophie.

Reposant le menu, elle demanda :

— Comment réagira Paige, à ton avis, quand elle apprendra la nouvelle ?

Mais elle connaissait déjà la réponse à cette question : elle serait très heureuse.

Lorsque Paige avait abordé avec elle le sujet de la sexualité et de son petit ami, un jour, après le cours d'anglais, Sophie lui avait conseillé d'en parler avec sa mère. Puis, en apprenant qu'il n'y avait, dans la maisonnée, qu'un grand frère trop protecteur, elle l'avait orientée vers le médecin scolaire. Mais Paige n'avait pas voulu en démordre : elle n'était prête à se confier qu'à sa professeur préférée.

Cooper en était déjà à choisir un dessert et un café, lorsqu'il leva sur elle un regard empli de tendresse.

— Elle m'a toujours dit grand bien de « Mlle Gruebella ». Apparemment, tu es très appréciée.

Il la fixait d'un regard pour le moins explicite, et Sophie n'était pas indifférente à cette forme de séduction. « Mlle Gruebella »… Elle détestait cette appellation !

— Si on continuait à faire comme si je n'avais pas de nom de famille ?

Le hochement de tête approbateur de Cooper parut chargé de sens et, pour la première fois, Sophie réunit dans son esprit son prénom et le nom de son compagnon. *Sophie Smith ?*

Elle fut tentée de dénicher un stylo et de s'essayer à cette signature sur la serviette pliée dans la corbeille à pain. Soudain, une autre question vint la tarauder : quel serait le patronyme de leur bébé ? Quel nom porterait-il ?

Cooper posa sa carte et observa :

— Je ne serais pas surpris que Paige organise une fête en apprenant qu'elle sera bientôt tata. Elle a toujours adoré les enfants.

Cela, Sophie le savait. La jeune fille disait souvent qu'elle rêvait d'en avoir. Heureusement, elle comblerait sans doute ce vœu en faisant du baby-sitting pendant quelques années. Elle avait le temps d'être mère !

Sophie s'était souvent demandé, au fil des années, si elle

mettrait un jour un enfant au monde. Elle avait encore du mal à croire qu'elle en attendait un maintenant…

Accoudé à la table, le menton calé sur les mains, Cooper lui demanda :

— Alors, de quoi Paige avait-elle peur que tu me parles ?

— C'est confidentiel, désolée.

— Entre un prof et son élève ? Comme entre le prêtre et le pécheur ?

— C'est même encore plus sacré, soutint-elle.

Se tournant vers le serveur, Cooper le héla tout en disant :

— Paige ne serait pas la jeune fille dont tu m'as parlé, par hasard ? Celle qui subit la pression d'un garçon ?

Sophie espéra qu'il ne la verrait pas rougir.

— Non, mentit-elle, appuyant d'un rire sa dénégation.

Elle avait confiance en Paige et était certaine que la jeune fille réfléchirait avant de « sauter le pas ». Après tout, elle allait sur ses dix-sept ans, elle n'était plus un bébé, et sa curiosité dans ce domaine était naturelle. Tout de même, Sophie était soulagée de savoir que Paige serait à l'étranger pendant un mois ou deux. La découverte du monde lui permettrait de mettre en perspective les élans amoureux de l'adolescence.

Cette pensée la ramena à elle-même et à Cooper. Ils n'avaient pas discuté de leur vie intime pour le cas où elle accepterait l'essai proposé. Coucheraient-ils ensemble ou non ?

Sacrée question. Est-ce que la vie commune impliquait le partage du même lit ?

Elle se remémora les heures envoûtantes qu'ils avaient passées ensemble, et une délicieuse chaleur se diffusa au cœur de sa féminité. En toute franchise, elle avait envie de revivre ces sensations délectables. Quelle femme ne l'aurait pas désiré ? Mais si elle permettait à Cooper de lui faire l'amour, il n'hésiterait pas à user de ce pouvoir sur elle pour la manipuler. Leur baiser, tout à l'heure, l'avait complètement étourdie. Quelles défenses lui resterait-il, si ce baiser était suivi d'une nuit, d'une semaine, de *mois* d'échanges sensuels et merveilleux ?

Si l'idée de se retrouver nue dans les bras de Cooper était plus que tentante, elle aurait tort d'y céder. Elle serait tout le temps en état de transe sensuelle et accepterait tout ce qu'il voulait sans en avoir conscience.

Une période d'essai ne changerait strictement rien à ce qu'ils pensaient l'un de l'autre. Il ne cesserait pas d'être un intolérable « tyran », elle continuerait à le lui dire, et il n'en deviendrait que plus insupportable. Mais si elle décidait de passer trois mois sous son toit — ne fût-ce que pour lui prouver que son idée de mariage était une pure folie —, il faudrait qu'elle garde son sang-froid… et ses vêtements !

Autant le lui signifier tout de suite.

— Cooper, je…

La sonnerie étouffée du portable de Cooper retentit et, ayant consulté l'écran, il s'excusa :

— Il faut que je prenne cet appel, désolé.

— Bien sûr, fit-elle, résignée.

Le maître d'hôtel revint et demanda :

— Vous êtes nos seuls clients, pour le moment. Avez-vous assez chaud ? Désirez-vous qu'on allume un feu de cheminée ?

— Ce serait très agréable, merci.

Cooper, qui venait de raccrocher, posa le portable devant lui, puis demanda en voyant s'éloigner le maître d'hôtel :

— J'ai manqué quelque chose ?

— Non, rien d'important, assura-t-elle en enlevant son cardigan.

— Eh bien, je t'écoute.

— Par pure hypothèse, mettons que j'accepte un essai de vie commune, dit-elle, ignorant la lueur qui flambait soudain dans son regard. Il faut qu'on s'entende sur l'occupation des chamb…

Le vibreur du téléphone se fit à nouveau entendre et, s'excusant une nouvelle fois, Cooper répondit à l'appel. Etait-ce un avant-goût de ce que serait leur quotidien ? pensa-t-elle. Les hommes très actifs condamnaient souvent leurs épouses à une forme d'esseulement. Wendy, qui avait épousé un homme d'affaires influent, en faisait déjà l'expérience : Noah avait écourté leur lune de miel à Singapour à cause d'une urgence professionnelle. Wendy se montrait compréhensive, mais elle n'avait pas tellement le choix.

— Tu disais ? reprit Cooper, qui avait raccroché.

Sophie allait répondre, mais le regard de son compagnon erra par-dessus son épaule puis s'illumina de surprise. Soudain, il sourit.

— Regarde donc qui arrive.

Intriguée, Sophie se retourna et eut un choc. Paniquée, elle s'agaça :

— Qu'est-ce qu'elle fabrique ici ? C'est toi qui as manigancé ça ?

— Non, dit Cooper, le regard toujours braqué sur la nouvelle arrivante. Mais je regrette de ne pas y avoir pensé. Ça promet d'être amusant.

Repoussant sa chaise, il se leva pour adresser la parole à la jolie Penny Newly, qui les avait repérés dès qu'elle avait franchi le seuil. Portant une main à sa tempe, Cooper fit mine de rassembler ses souvenirs.

— On s'est déjà rencontrés ? Oh ! mais oui, bien sûr ! Le mariage de Noah ! Vous vous connaissez toutes les deux, je crois. N'est-ce pas, Sophie chérie ?

Sophie se recroquevilla sur elle-même. Elle était en train de vivre un moment unique avec Cooper, Penny Newly et ses réflexions dépourvues de tact ne pouvaient pas s'insérer dans ce tableau ! Elle aurait volontiers étranglé Cooper, qui rééditait un numéro comparable à leur théâtrale sortie lors du mariage ! Toujours en train de se donner en spectacle, pensa Sophie.

Mais en toute franchise, elle ne pouvait guère snober Penny en public dans cette salle presque déserte. Elle ferait peut-être bien, au contraire, d'affronter ses craintes et de pousser son avantage… Faisant ressortir la nouvelle Sophie, nettement plus affirmée que l'ancienne, elle se tourna vers Penny et s'exclama :

— Tiens donc ! Je ne savais pas que tu fréquentais ce quartier.

Penny les rejoignit, le visage dévoré de curiosité. Elle sentait bon et elle était superbe. Sa robe haute couture blanche convenait parfaitement à ce corps bronzé et à cette chevelure blond platine impeccable.

Penny adressa un signe distrait à Sophie, puis tendit la main à Cooper en disant avec un sourire admiratif :

— Je me souviens très bien de votre départ du mariage, mais je ne crois pas que nous ayons été présentés.

— Il est grand temps de réparer cette omission, affirma-t-il en lui serrant la main.

Gare à tes propos, mon bonhomme, pensa Sophie, le souffle suspendu.

— Cooper Smith, dit-il. Nous nous apprêtions à déjeuner, Sophie et moi. Nous n'avons pas pris de breakfast, vous savez comment c'est…, ajouta-t-il avec son sourire de charmeur invétéré.

Penny haussa un sourcil, considéra Sophie, puis eut un petit rire à retardement.

— Vous vous êtes rencontrés au mariage ? fit-elle.

— Croyez-vous au destin ? lui demanda Cooper, se penchant vers elle.

Comme il lui décochait son regard le plus enjôleur, Penny répondit d'une voix quelque peu haletante :

— Je crois… oui.

— Moi aussi.

Il couva Sophie du regard, d'un air d'adoration, tandis qu'elle levait les yeux au ciel. Quel comédien ! Il lui décocha un clin d'œil complice, puis lança à Penny, qui ne laissait rien passer :

— Vous vous joignez à nous ?

Penny se mordilla la lèvre comme si elle réfléchissait, puis finit par déclarer :

— J'ai rendez-vous. Mais on peut se revoir à ma réception d'anniversaire le mois prochain. Je suis sûre, acheva-t-elle en glissant un regard songeur du côté de Sophie, de t'avoir envoyé une invitation par mail…

— C'est possible, répondit la « nouvelle Sophie ». Je ne m'en souviens pas.

Penny s'était déjà tournée vers Cooper.

— Pas de problème, j'en enverrai une autre.

— J'ai hâte de vous revoir, assura-t-il.

Comme Penny s'éloignait en ondoyant des hanches, Cooper sourit jusqu'aux oreilles.

— Voici qui va faire jaser…, dit-il à Sophie.

— Je m'étonne que tu ne m'aies pas soulevée en l'air pour me faire tournoyer autour de ta tête, fit-elle avec ironie.

Il se rassit en lâchant d'un ton blagueur :

— Quel dommage que je n'y aie pas pensé !

Sophie tenta en vain de prendre une mine sévère. En son for intérieur, ce petit numéro ne lui avait pas déplu. Cooper était certes beaucoup trop pragmatique, mais il lui arrivait aussi d'être vraiment très drôle.

Il recouvrit de sa main chaude les doigts de Sophie, et elle fut parcourue d'un léger picotement sur les bras.

— Maintenant, fit-il, je t'écoute.

Sa voix grave accentua le trouble qu'elle éprouvait jusqu'au fond de son être. Elle s'efforça de conserver une expression ambiguë. Elle aurait mieux fait de retirer sa main, et elle le ferait… Dans une petite minute…

— Je disais donc, reprit-elle, que si j'accepte l'essai de vie commune de trois mois…

Il approuva d'un signe de tête et se rapprocha d'elle. Elle frémit de le sentir si proche et, exhalant un soupir entrecoupé, elle acheva :

— … on ne couchera pas ensemble.

— Pourquoi ? Il y a un problème ? Une complication dans ta grossesse ? demanda-t-il en la scrutant.

— Pas du tout. Et le bébé n'en souffrirait en rien. Je veux que tu saches ceci : je ne crois pas qu'en vivant avec toi je changerai d'avis sur notre mariage. Si tu n'étais pas directement impliqué, tu serais le premier à reconnaître que ce n'est pas une option viable en ce qui nous concerne.

— Inutile d'entrer dans de telles considérations, affirma Cooper avec un geste désinvolte. L'important, c'est que tu accordes une chance à notre couple : le bébé le mérite. Et pour avoir la meilleure chance possible, nous devons coucher ensemble, c'est évident.

Il n'avait cessé d'effleurer du bout du pouce le dos de sa main, en disant cela, et elle en était toute chose, dévorée de désir nostalgique. Subitement, elle retira ses doigts.

— Je ne céderai pas sur ce point. Des relations sexuelles compliqueraient la situation.

— Il s'agit de savoir si nous pouvons offrir à notre enfant un foyer digne de ce nom et lui apporter le bonheur.

Elle resta bouche bée face à sa réaction. Evidemment, quand il parlait ainsi… Bon sang ! se reprit-elle, ses mains se crispant au creux de ses genoux, Cooper était avocat, il était passé maître dans l'art de la manipulation !

Mais elle était prête à relever le défi ! Se ressaisissant, elle étaya sa ligne de défense :

— Tu cherches seulement à m'embrouiller.

Otant un de ses boutons de manchette, il releva sa manche, révélant un bras hâlé, puis lança d'une voix chaude et sereine :

— Réfléchis. Nous sommes presque des étrangers l'un pour l'autre, et pourtant il y a entre nous un lien irréversible. Il est évident que nous devons faire plus ample connaissance. Et quel meilleur moyen d'y parvenir que de reprendre les choses là où nous les avions laissées, sur le terrain où nous nous entendons le mieux ?

Elle réalisa qu'elle n'avait pas cessé de regarder son bras viril en se rappelant ce qu'elle avait ressenti quand il l'avait étroitement enlacée lors de cette fameuse nuit. Alors qu'une bouffée de désir lui raidissait les pointes des seins, elle revint soudain à la réalité. Discutailler serait plus nuisible qu'utile. Elle ne devait pas l'oublier, et éviter tout dérapage. Après tout, on pouvait toujours s'enfermer à clé dans une chambre !

Sa décision étant pratiquement prise, elle spécifia ses autres conditions :

— Paige part en France dans deux semaines. Hier après les cours, elle m'a demandé d'aller lui dire au revoir à l'aéroport. Ce sera une bonne occasion de commencer la « vie commune » dont tu parles. Mais d'ici là, nous n'aurons aucun contact. J'ai beaucoup de choses à organiser, et besoin de me faire à l'idée de ce changement.

— Accordé, fit Cooper avec un sourire triomphant.

Il se pencha pour sceller leur entente avec un baiser.

Elle glissa une main entre leurs bouches.

— Aurais-tu déjà oublié ce que nous venons de dire ?

Il déplaça la main de Sophie.

— Embrasse-moi. Cela pourrait me rafraîchir la mémoire.

Avant qu'elle puisse réagir, il la prit doucement par la nuque et la rapprocha de lui. Ses lèvres l'effleurèrent, s'attardant juste assez pour qu'elle sente son cœur s'emballer et cède aux avances de Cooper. Quand sa langue caressa les lèvres de Sophie, elle trouva tant bien que mal la force de s'écarter en tentant, vainement, de maîtriser le flot d'excitation qui montait en elle.

— Rappelle-toi, lui dit-elle, que j'ai accepté *malgré* ma conviction.

— Dieu merci, ta conviction est erronée, répliqua Cooper.

6.

Deux semaines plus tard, souriant à Paige et tenant au creux de sa paume les mains fines de la jeune fille aux yeux bleus, Sophie affirma :

— Ne sois pas si inquiète. Nous resterons en contact par téléphone.

Paige n'avait pas l'air très sereine. Elle éleva la voix pour se faire entendre malgré le vacarme de l'aéroport :

— Je n'ai jamais été aussi excitée et aussi effrayée en même temps.

Plus viril et séduisant que jamais, son grand frère avança vers elles.

— Ces deux mois de séjour en France seront une expérience inoubliable, tu verras.

Paige était vêtue d'un jean et d'un pull jaune confortable pour son long voyage en avion jusqu'à Paris. Elle paraissait plus jeune et vulnérable que Sophie ne l'avait jamais vue. Elle sentait même le talc… Bizarre, car elle ne portait que des parfums à la mode, comme la plupart des jeunes filles de terminale à Unity College.

Décidément, mes hormones me jouent des tours, pensa Sophie. Depuis qu'elle était tombée enceinte, partout où elle allait, elle voyait des femmes qui poussaient des landaus.

— Si tu as des problèmes avec ta famille d'accueil, continua Cooper, prenant sa sœur par les épaules, tu sais que ta professeur saura régler ça en un rien de temps.

— Tu dois être contente, ajouta Sophie, que Mme Laurent vous accompagne.

De temps en temps, Sophie déjeunait avec Mme Laurent, l'enseignante de français, et, pour éviter toute situation embarrassante, elle l'avait avertie, non sans nervosité, qu'elle sortirait sans doute avec Cooper Smith — ce qui avait réjoui sa collègue. Quant à révéler qu'elle attendait un enfant, c'était une autre paire de manches. Les gens commençaient déjà à jaser, semblait-il…

— Ce ne sera pas bien long, hein ? fit Paige.

Avec un regard affectueux, Cooper effleura la joue de sa sœur.

— Nous avons déjà voyagé à l'étranger, tous les deux, non ? Tu verras, ça se passera très bien…

Sophie considéra la main de Paige nichée dans la sienne, puis se laissa aller contre celle de Cooper, venue se placer au creux de son dos. Elle se sentait si troublée à son contact qu'elle ne savait pas tellement comment réagir.

Comme convenu, ils ne s'étaient pas vus pendant les quinze jours précédents. Ce matin, quand il était venu la chercher à son appartement, elle avait ressenti une sorte d'attirance particulièrement troublante. Cependant, même si c'était surtout leur puissante attraction sexuelle qui la bouleversait en cet instant, elle éprouvait aussi un plaisir d'une autre nature : celui d'être incluse dans leur famille…

Mme Laurent, qui s'occupait de rassurer les familles des jeunes qui partaient en voyage, lança à Cooper :

— Monsieur Smith, puis-je vous voir une minute ?

Cooper acquiesça, puis s'éloigna. Paige regarda la porte d'embarquement qu'elle n'allait pas tarder à franchir, et poussa un gros soupir.

— Je me sentirais moins mal si je ne devais pas me séparer de Hallam.

Hallam Gregson, étudiant en première année, était le petit

ami de Paige et, selon les mots de la jeune fille, « l'amour de sa vie ».

— Il sera là à ton retour, la réconforta Sophie.

— Vous pensez que ça ne durera pas, je le sais, reprit avec passion Paige, mais on s'aime vraiment, Hallam et moi. Comme Roméo et Juliette.

Sophie eut un léger frisson. La classe avait étudié la pièce de Shakespeare, le trimestre précédent. Quelle fin tragique !

— Peut-être pourrais-tu l'inviter à un barbecue, un dimanche après ton retour ? suggéra-t-elle.

Il y avait des mois que Paige parlait de son petit ami secret avec ardeur. Maintenant qu'elle voyait son élève en dehors du cadre scolaire, Sophie commençait à appréhender la situation autrement — et à réaliser que son implication personnelle irait croissant. Cette séparation de deux mois tempérerait peut-être l'inclination des deux jeunes gens. Mais si Paige éprouvait toujours les mêmes sentiments à son retour, il serait temps d'introduire Hallam dans la famille.

— Je pourrais en parler à Cooper avant, si tu veux, continua Sophie. Histoire de préparer le terrain.

— Non, surtout pas ! fit Paige en pâlissant. Quand il a su que j'avais embrassé un garçon il y a deux ans, il a complètement pété les plombs.

— Tout de même… Il comprendra sûrement que tu as grandi, maintenant.

Comme Cooper s'occupait de couples dont la situation familiale était désastreuse, et qu'il était très protecteur envers sa sœur, il était certain qu'il réagirait vivement lorsque Paige passerait à cette étape de sa vie : sortir avec un garçon. Mais ce n'était pas en mettant des œillères qu'on ferait disparaître les sentiments de la jeune fille. Il n'allait tout de même pas l'empêcher de grandir !

Guère convaincue, Paige soutint :

— Pour lui, j'ai toujours le même âge. Comme grand

frère, il est génial. Mais il ne comprend rien aux filles. Sa devise c'est : « J'édicte les règles, tu les suis. »

Cooper revint, passant une main dans sa chevelure brune. Chaque fois qu'elle posait les yeux sur lui, Sophie sentait son cœur s'emballer. Elle s'était engagée à trois mois de cette exquise torture, tout en se jurant de ne jamais succomber à l'entreprise de séduction de son compagnon — dont les intentions étaient à peine masquées !

C'est en refusant toute relation sexuelle qu'elle pourrait parvenir à une décision responsable au sujet de leur mariage. Elle ne se voyait guère épouser un homme aussi dominateur. Hélas, elle savait qu'elle pouvait craquer très rapidement. A vrai dire, elle ne pensait qu'à ça. Et à leur bébé.

— L'embarquement est imminent, dit Cooper.

Paige embrassa Sophie sur la joue et lui murmura à l'oreille :

— Merci d'être venue et de m'avoir écoutée.

Sophie eut une petite larme à l'œil tandis que Paige prenait son frère dans ses bras. Le tableau était très touchant et Sophie ne put réprimer un sourire affectueux.

— N'oublie pas de faire de vrais breakfasts, dit-il en l'embrassant. Et méfie-toi des garçons français, ce sont les pires !

Paige s'écarta de lui, les yeux brillants de larmes. Elle rejoignit le groupe d'élèves qui se pressaient pour entrer dans la salle d'embarquement, et lança :

— Je t'enverrai une carte postale du Louvre !

— Bon voyage ! lui cria Cooper en français, en agitant la main. Et téléphone dès ton arrivée !

Paige plaça une main sur sa bouche et ajouta avant de disparaître :

— Vous allez super bien ensemble, tous les deux !

Dès qu'elle eut disparu, Sophie et Cooper poussèrent un soupir, puis échangèrent un regard. Celui de Cooper erra vers la bouche de la jeune femme, et il dit avec un large sourire :

— Nous voilà seuls.

Tandis qu'ils longeaient l'allée centrale de l'aéroport, Sophie ne put réprimer un frisson intérieur. Ce soir, elle passerait sa première nuit seule avec Cooper. Chez lui. Comme Paige, elle était autant excitée qu'elle avait peur.

Elle s'engagea rapidement sur un tapis roulant. Cooper mit quelques secondes à réaliser qu'il était distancé par sa compagne. Sophie lui adressa un signe de la main en guise d'au revoir, tout en rigolant. Relevant le défi, Cooper s'élança au pas de course et sauta par-dessus la rambarde, atterrissant juste à côté de la jeune femme.

Surprise, elle éclata de rire tandis qu'il remettait en place sa coiffure.

— On ne se débarrasse pas de moi comme ça, fit-il en l'enlaçant. J'ai été champion régional de saut en hauteur.

Il souriait à quelques centimètres d'elle. Sophie était enveloppée par son parfum terriblement viril, et, pendant un instant d'égarement, elle faillit se pendre à son cou et l'embrasser sauvagement. Ce n'était pas comme ça qu'elle respecterait sa promesse de lui résister !

Refoulant sa pulsion, elle demanda d'une voix calme qui l'étonna elle-même :

— Tu voyages souvent ?

— Plutôt, répondit-il en ne s'écartant d'elle qu'à demi. Et toi ?

— Je ne suis jamais allée à l'étranger. Mais j'ai envie de voir la tour Eiffel, la statue de la Liberté, Big Ben… tout.

— Tu ne pourras pas prendre l'avion avant un bon moment, commenta Cooper en posant une main légère sur son ventre. Sinon, tu risquerais d'avoir un prématuré.

— Seulement à partir de la trente-sixième semaine, non ? fit Sophie, se rappelant les recherches d'une collègue, Molly Saunders, qui avait mis au monde un bébé, l'an passé.

— On n'est jamais assez prudente dans ton état, déclara Cooper.

Quand ils sortirent du tapis roulant, il glissa un bras sous le sien. Elle se laissa porter par le sentiment de sécurité qu'il lui insufflait ainsi.

Dix minutes plus tard, ils sortirent du parking dans la décapotable noire de Cooper.

— Quand me présentes-tu ta famille ? lança-t-il. Ils voudront faire connaissance avec le père de leur petit-fils.

Soudain saisie par l'appréhension, Sophie se raidit et laissa errer son regard au-delà de la vitre.

— Il n'y a pas lieu de se précipiter. Ils habitent à deux heures de route.

Cooper lui décocha un regard intrigué, puis comprit de quoi il retournait.

— Il faudra bien les mettre au courant à un moment ou un autre. Je serais heureux d'être avec toi quand tu leur apprendras que tu attends un enfant.

Sophie imaginait la scène : sa mère, ne sachant trop si elle devait se réjouir ou être catastrophée ; son père, partagé entre la fierté et l'inquiétude.

— Ils s'empresseront de sauter sur le remède miracle à leurs yeux, soupira-t-elle avec résignation, et ils voudront qu'on fixe une date pour le mariage.

— Nous pourrons bientôt leur en donner une, dit Cooper, posant sa main libre sur la sienne.

Elle fut brièvement tentée de repousser cette main virile et de la replacer sur le volant. Elle n'aimait pas se sentir bousculée par les certitudes de Cooper, cela l'angoissait, comme s'il lui mettait une sorte de pression supplémentaire. La situation qu'elle était en train de vivre était déjà assez délicate sans qu'il en rajoute. Malheureusement, elle ne savourait que trop les sensations qu'il éveillait en elle… Et elle ne s'en contentait pas !

Elle frissonna alors qu'il lui caressait les doigts du bout du pouce, puis s'enfonça dans son siège comme s'ils avaient depuis toujours l'habitude de rouler ensemble ainsi. Comme s'il avait gagné la partie.

Elle sourit, admirant malgré elle son incroyable assurance.

— Ne te monte pas la tête, lui dit-elle pourtant. Je suis encore loin d'avoir accepté de t'épouser. Ce n'est pas parce que tu le veux que ça arrivera.

Comme s'il lui lançait un défi, il déclara en jetant un coup d'œil dans le rétroviseur :

— Pas d'accord.

— Tous les avocats sont-ils aussi arrogants que toi ?

— Toutes les enseignantes ont-elles la tête aussi dure que cette chère Mlle Gruebella ?

Sophie fut déçue de la tournure que prenait la situation. Ils étaient seuls depuis à peine dix minutes et déjà, ils avaient du mal à se supporter !

— Ah, tu sais t'y prendre avec les femmes ! ironisa-t-elle en retirant sa main.

Il l'embrassa du regard et, aussitôt, elle se sentit toute chose. Comment diable parvenait-il à faire ça ?

— Je pensais ce que j'ai dit à Penny l'autre jour, déclara-t-il. Je crois réellement au destin. Nous deviendrons mari et femme parce que nous sommes voués à l'être. Il ne sert à rien de se disputer.

Elle relâcha un peu sa ceinture de sécurité pour se tourner vers lui.

— C'est une réplique de théâtre. Tu n'es pas superstitieux, tu l'as affirmé toi-même.

— Le destin n'a rien à voir avec la superstition, ni avec la chance. C'est un fait scientifique. Ce qui se produit dans nos existences était destiné à avoir lieu.

Sophie avait très envie de le contredire, mais n'était pas sûre de le pouvoir. Il développa sa pensée :

— La relativité générale combinée à une suite ordonnée d'événements, c'est ça le destin. Il résulte d'une collision entre dessein et possibilité. Ce n'est pas de cette manière que j'avais envisagé de trouver une épouse et de fonder une famille, mais la réalité est là, et je ne m'y déroberai pas. Tu ne devrais pas la refuser.

Sophie réfléchit quelques secondes à ce qu'il venait de dire. Le soir où ils étaient restés ensemble, Cooper avait décidé qu'il ne voulait plus perdre de temps, qu'il était prêt à s'engager… Une interrogation délicate, qui méritait une réponse honnête, lui traversa l'esprit. Elle posa sa question sans s'accorder le temps de tergiverser :

— Tu n'avais quand même pas… trafiqué un des préservatifs, n'est-ce pas ?

Il lui décocha un regard belliqueux.

— Tu connais très bien la réponse ! Non, bien sûr que non. En fait, je ne m'attendais pas du tout à concevoir un enfant. C'était le destin, répéta-t-il en allumant la radio et en augmentant le volume.

— Ce sont des choses qui arrivent après une agréable partie de jambes en l'air, observa-t-elle, même quand on prend des précautions. La preuve !

— Et parfois, ça n'a pas lieu, même quand un couple essaie pendant des années d'avoir un enfant.

Soudain, Sophie retint son souffle, attendant la suite. Il s'apprêtait à lui dire quelque chose d'important, elle le sentait.

Cooper fronça les sourcils, comme s'il réfléchissait à l'affaire. Puis il s'engagea sur la bande d'arrêt d'urgence de l'autoroute, gara la voiture et coupa le moteur. Se tournant vers elle, un bras négligemment posé sur le haut du siège de Sophie, il passa aux aveux :

— J'ai eu une liaison avec une femme pendant deux ans. Je n'étais pas prêt à me caser. Elle, si. Elle a cru qu'elle hâterait le processus si elle tombait enceinte. Elle a rompu voici quelques mois parce qu'elle voulait une famille et me croyait incapable d'engendrer.

Bouleversé par ce souvenir douloureux, il avait du mal à trouver ses mots.

— Tout en me laissant croire le contraire, elle avait cessé depuis un an de prendre la pilule.

— Elle a essayé d'avoir un enfant sans t'en parler ? ! s'exclama Sophie.

— Il faut croire qu'elle se sentait pressée par son horloge biologique.

Il changea de position, et le col entrouvert de sa chemise bâilla, révélant un carré de chair ombré de poils. Elle songea aussitôt à leur nuit d'amour passionnée. Qu'elle ait alors commis une erreur ou non, elle n'aimait pas imaginer Cooper dans les bras d'une autre. Mais il avait choisi de se confier et cela ne changerait rien à leur situation. Elle faisait l'effort de l'écouter par politesse, rien de plus.

— Sa cousine essayait d'avoir un enfant par fécondation *in vitro*, et Evangeline savait que cela avait profondément affecté sa vie de couple. Elle a décidé de mettre fin à notre « relation stérile » quand il en était encore temps.

Sophie imaginait très bien ce qu'il avait pu éprouver. Il avait dû être blessé, furieux et inquiet.

— Tu pensais que tu aurais les mêmes problèmes avec une autre ? l'interrogea-t-elle.

Il haussa les épaules.

— J'ignorais lequel de nous deux était responsable du problème, mais je désirais fonder une famille. Et soudain, à cette réception de mariage, il m'a semblé que le moment était venu de me mettre en quête de la future Mme Smith.

— Mais l'œuf est arrivé avant la poule, pour ainsi dire, lâcha Sophie avec un sourire mi-honteux mi-contrit.

— Ce n'est pas du tout la vision que j'ai de toi et de la situation, lui dit-il en ramenant en arrière les boucles qui avaient glissé sur son visage.

Ce geste doux la troubla et la bouleversa. Peut-être aurait-elle dû accepter ce compliment détourné. Mais la vérité était évidente, elle l'avait compris dès l'instant où elle lui avait révélé sa grossesse et où il lui avait proposé le mariage. Il était prêt à s'engager non à cause de ce qu'elle était mais à cause de ce qu'elle lui apportait : un cadeau qu'une part de lui-même doutait de recevoir un jour… Un bébé.

Il voulait pouvoir retrouver chaque soir une épouse et un enfant. Etait-elle réellement le destin de Cooper ? Ou un élément d'un packaging en forme de « cadeau surprise » ?

Il remit le moteur en marche et ils roulèrent en silence jusqu'au moment où, à mi-chemin de la maison, il s'arrêta de nouveau, devant une épicerie à l'ancienne.

— L'heure de la pause-douceur a sonné, fit-il.

Tout en réfléchissant à leur conversation, Sophie le suivit et prit place à l'une des tables rondes en formica installées devant la boutique. Quand il ressortit, brandissant deux énormes cornets de glace, elle leva les bras en signe de victoire.

— Glace au chocolat trois boules ! Génial, juste ce qu'il me fallait ! s'exclama-t-elle avec gourmandise.

Depuis qu'elle était enceinte, elle avait tout le temps envie d'une glace. C'était le moment idéal pour une « pause-douceur », comme avait dit Cooper.

Elle s'attaquait déjà à l'extrémité du cône alors que ce dernier s'était à peine assis dans son siège.

— Si tu croques le bout, observa-t-il en plissant le front, ça va couler partout.

Sans se soucier de sa réaction éventuelle, elle le saisit par le poignet et mordit le bout du cornet qu'il tenait, savourant la gaufrette croquante fourrée de glace. Puis elle porta à sa bouche l'extrémité percée de son propre cornet et aspira la glace au chocolat.

Cooper se renversa dans son fauteuil et pouffa. Puis, élevant à son tour son cornet, il l'imita.

— Mmm…, fit-il ensuite. Dire que j'aurais léché cette glace bien sagement au lieu de la gober. On devrait explorer davantage les possibilités…, continua-t-il en effleurant d'un geste suggestif le bras nu de Sophie.

— Au fait, dit-elle en toute hâte pour changer de sujet, j'ai reçu l'invitation de Penny, aujourd'hui.

Elle attrapa dans sa poche arrière une feuille rose. Un autre feuillet de correspondance reçu le même jour vint avec. Elle mit de côté la note du directeur du collège et commença à lire d'un ton snob :

— « Invitation pour "une évocation de l'âge d'or d'Hollywood", le cocktail glamour de Penny Newly. » C'est demain. On y va déguisés en quoi ?

— Ça dépend de ce que tu es prête à oser.

Il ne lui vint à l'esprit rien de très audacieux.

— On pourrait y aller en Jean Harlow et Clark Gable. Mais il faudrait qu'on te décolle les oreilles, plaisanta-t-elle. Ou alors, tu pourrais faire James Bond ! Et moi, je serais la fille qui tient ton pistolet d'or !

Elle s'interrompit et rougit. Avait-elle réellement dit ça ?

Avec un sourire suggestif, Cooper commenta :

— On examinera la question.

Son regard tomba sur l'invitation et la note du directeur posée à côté.

— Qu'est-ce que c'est ? fit-il en fronçant les sourcils.

Sophie se résolut à être franche. C'était le jour des confessions, semblait-il !

— Un message du directeur du collège. Apparemment, certaines rumeurs lui sont revenues aux oreilles.

— A notre sujet ? fit Cooper, de plus en plus soucieux.

— Au sujet du bébé. Je crois que ça vient de sa propre fille, qui fait partie de mes élèves de seconde. Il faut dire que j'ai été bête. Après le dernier cours, quand tout le monde était parti, j'ai sorti une grenouillère que j'avais achetée pendant la pause de midi, et je l'ai placée devant mon ventre, en souriant. Samantha est revenue chercher un pull qu'elle avait oublié, et elle m'a vue comme ça.

— Elle a fait part de ses soupçons à son père ? demanda Cooper, posant la lettre.

— A ses amies, je crois. Forcément, ça a circulé.

— Et maintenant, le principal veut une explication ?

S'efforçant de dompter son anxiété — ce n'était pas bon pour le bébé —, Sophie dit en considérant la lettre :

— Il ne peut pas me renvoyer, l'époque où on forçait une mère célibataire à démissionner pour « raisons personnelles » est révolue. Mais s'il a des idées rétrogrades, il peut me pourrir la vie.

— Au point de te contraindre à la démission ?

Elle marqua un temps d'arrêt, puis acquiesça.

— Je vais lui parler, dit spontanément Cooper.

— Je préférerais que tu n'en fasses rien, assura-t-elle, car, même si sa réaction lui faisait chaud au cœur, elle redoutait les effets négatifs de l'orgueil excessif de Cooper. D'ailleurs, c'est moi qui imagine le pire des scénarios. Il veut peut-être m'assurer du soutien du collège au cas où j'en aurais besoin.

— De toute façon, tu peux lui faire savoir dès demain que tu n'as nul besoin de ce job.

— Pourquoi le ferais-je ? dit Sophie qui, imitant Cooper, jeta dans la poubelle proche le reste de son cornet.

— Il n'est pas nécessaire que tu travailles, affirma-t-il en se penchant vers elle. J'étais on ne peut plus sérieux, lorsque j'ai dit que je subviendrais à tes besoins et à ceux du bébé.

Le magnétisme animal de Cooper et sa force de conviction étaient tels que Sophie ne pouvait rester insensible. Mais elle n'allait pas pour autant accepter son offre.

— Je t'ai déjà dit que j'aime mon métier, lui rappela-t-elle. J'aime ce collège.

— Tu aimerais tout autant mener une vie oisive.

Décidément, il ne l'écoutait pas !

— J'ai bossé dur pour obtenir ce poste. J'aime enseigner et aider les élèves. J'ai beaucoup d'amis parmi mes collègues. C'est une part importante de ma vie et de ma personnalité, continua-t-elle. Je n'y renoncerai pas.

— A moins que le directeur ne t'y force, souligna Cooper.

Sophie sentit son pouls s'accélérer. Elle refusait d'être acculée, que ce fût par le directeur ou par Cooper. Elle avait des solutions à sa disposition.

— Dans ce cas, je trouverai un poste ailleurs, déclara-t-elle.

— Nous verrons, fit Cooper.

Cette fois, elle eut un accès d'irritation. Il n'y avait pas de « nous verrons » qui tienne ! Elle *voulait* travailler. Elle ne tenait nullement à être redevable envers lui, ni à dépendre de sa charité. Et si elle démissionnait, c'était ce qui arriverait.

Sans travail et dépendante de lui, elle savait très bien qu'elle se sentirait constamment rabaissée. Sans compter que, dans une telle situation, elle serait sûrement obligée de se conformer à ses desiderata…

Comment Paige avait-elle défini le fonctionnement de son frère, déjà ?

« J'édicte les règles, tu les suis. »

Paige était encore une adolescente, bien sûr, et Cooper voulait la protéger. Mais faisait-il réellement une différence entre elles ? Quelques semaines plus tôt, Sophie avait décidé de suivre sa propre route et ses propres règles. Elle n'avait pas changé d'avis ! Et Cooper n'y pouvait *rien*.

Il lui caressa la main avec un regard qui exprimait une résolution implacable.

— Sois sûre que si tu as besoin que j'intervienne et parle en notre nom, je le ferai avec le plus grand plaisir.

Oh ! elle en était sûre ! Et c'était bien ce qui la préoccupait.

7.

— Tu es prête ? lança Cooper.

Il s'écarta de la porte close de la chambre de Sophie et aperçut son reflet dans le grand miroir encadré de teck qui se trouvait au bout de la mezzanine. Il fronça les sourcils. Torse nu, perruque de cheveux longs, jambes poilues dénudées… Heureusement, son pagne couvrait l'essentiel !

— Tu as bien choisi d'autres déguisements au cas où ceux-ci ne conviendraient pas pour la fête de ce soir ? lança la voix rieuse de Sophie, de l'autre côté de la porte.

Elle l'entrouvrit et passa la tête.

— Il me faut un manteau long. Il fait froid dehors et mon costume n'est pas tellement adapté !

Au son de sa voix, Sophie semblait nerveuse, presque inquiète.

Il s'apprêta, pour rire, à bomber le torse et à rouler des mécaniques comme le faisait habituellement Tarzan, seigneur de la jungle, mais y renonça. Sur le moment, lorsque la propriétaire de la boutique l'avait suggérée, l'idée avait paru excellente. Cooper n'était plus très motivé, maintenant, pour s'exhiber en public dans un tel accoutrement. Il était quand même curieux de voir comment sa compagne incarnait le rôle de Jane.

Comme il se rapprochait d'elle, la fragrance vanillée qu'elle portait lui vint aux narines, et il fut soudain projeté dans le temps lors de leur fameuse nuit. Un seul mot la résumait : *sensationnelle.* Il voulait tant que les semaines suivantes soient tout aussi délectables… Et il était bien décidé à tout mettre en œuvre pour que cela commence dès ce soir.

— Ton amie mettra le chauffage, je suppose, dit-il en s'approchant.

Mais si tel n'était pas le cas, il était tout à fait volontaire pour réchauffer sa Jane.

Sophie n'avait pas entendu. Une main sur le chambranle, elle laissait errer son regard sur son corps viril. Voulant l'impressionner, il fit jouer ses muscles et elle poussa un petit sifflement admiratif.

— Je ne suis pas sûre que mes amis soient prêts *à ça*, lâcha-t-elle.

Il lui prit la main et l'attira contre son corps. « L'appel de la jungle » lui semblait favorable, après tout.

Sertis dans une cascade de longues boucles châtaines, ses grands yeux verts et lumineux étaient posés sur lui. Un bandeau oblique en fausse fourrure habillait ses seins opulents ; un autre ceignait ses hanches aux courbes voluptueuses. Sa taille toujours fine, son ventre à peine arrondi et ses jambes fuselées étaient dénudés. Pour un peu, il l'aurait renversée sur son épaule pour l'entraîner dans sa cabane dans les arbres.

Elle remua ses pieds nus et renvoya en arrière une boucle qui avait glissé sur ses yeux. L'invite, involontaire, était claire, et il allongea un bras pour manier sa superbe crinière.

— Jane très douce et soyeuse, fit-il, lui effleurant la joue du bout du doigt. Jane vouloir envoyer valser quelques feuilles ?

— Seulement si elles viennent se coller sur nos costumes, dit-elle. Si je me montre dans cette tenue, tout le monde aura une attaque.

Remué par un violent désir, il la prit par les hanches et fit tourner doucement le bandeau de tissu inférieur, les yeux rivés sur le spectacle aguichant qui s'offrait à lui.

— Sais-tu que tu es irrésistible comme ça ?

Cessant de se tortiller entre ses bras, elle leva les yeux, lâchant d'un air pas vraiment convaincu :

— Ah ?

— Penny Newly a intérêt à se déguiser en Kermit la grenouille, sinon sa jalousie crèvera les yeux. D'ailleurs, j'ai une meilleure idée : faisons notre propre fête.

Sophie examina le regard expressif de Cooper et la pose suggestive de leurs corps rapprochés. Ses seins effleurèrent Cooper alors qu'elle se contorsionnait pour lui échapper. Il la relâcha mais continua d'afficher un large sourire. Elle avait choisi la chambre la plus éloignée de la sienne… Comme si cette risible barrière allait empêcher quoi que ce soit !

Il allait l'y rejoindre lorsqu'il marqua un arrêt. Il n'y avait pas pris garde jusqu'à présent, mais il fallait franchir de nombreuses marches pour parvenir à cet étage en mezzanine, dans un escalier en spirale ouvert, sans rambarde. Des bandes antidérapantes judicieusement placées donnaient une bonne accroche, qu'on soit nu-pieds ou chaussé, mais il fallait rester prudent pour monter et descendre.

Il était habitué à cet escalier, et Paige aussi. Par contre, Joan, la femme de ménage, qui venait une fois par semaine, y avait récemment fait une chute. Sans aucune gravité, Dieu merci. Mais elle n'était pas enceinte. Songeant aux dangers possibles, il décida qu'il déménagerait les affaires de Sophie, le lendemain, dans la suite des invités à l'étage inférieur. Il s'installerait dans la suite adjacente. D'ici la fin de la semaine, ils partageraient l'une ou l'autre…

Il entra dans la chambre. Devant une coiffeuse laquée de blanc, Sophie, un flacon ambré à la main, vaporisait ses cheveux. En voyant apparaître le reflet de Cooper dans la glace, elle pivota vers lui. Elle tentait d'avoir l'air maîtresse d'elle-même, mais sa lèvre inférieure frémissante et ses yeux dilatés révélaient son agitation. Elle voulait qu'il s'en aille. Pourtant, elle désirait plus encore qu'il reste.

Elle leva le menton, défiante malgré tout.

— Je ne t'ai pas invité.

Il embrassa du regard son corps à la peau crémeuse, si généreusement doté par la nature, puis avança en lâchant :

— Trop tard.

Elle recula, heurtant le bord de la table, et lui lança en plissant les yeux :

— Tu ne vas pas te lancer dans un numéro de primate, j'espère ?

— Oh ! je me sens plutôt sauvage, en ce moment, dit-il en lui prenant la main pour la passer sur les poils de son torse.

Il vit se soulever sa poitrine, et imagina les pointes raidies de ses seins qu'il aimait tant lécher. Il allait la prendre entre ses bras quand elle lui échappa et le contourna. Elle s'arrêta sur le tapis couleur pastel, le dos tourné, les poings serrés.

— J'ai été surprise que tu ne tentes rien hier, pour ma première nuit ici. Mais tu te rattrapes vite, on dirait.

Il croisa les bras, ravi de la voir mal à l'aise et angoissée, car cela le rapprochait de son but.

— Je voulais te donner le temps de prendre tes aises.

— Vingt-quatre heures ? Quelle magnanimité ! répliqua-t-elle avec une ironie acerbe.

— Je t'aurais bien accordé encore une journée, mais ton costume m'a perturbé l'esprit. Seul mon cerveau de sauvage fonctionne encore, et je n'ai que deux idées en tête, dit-il en la rejoignant et en se pressant contre elle pour lui signifier concrètement de quoi il parlait.

Domination. Désir.

Le menton posé sur la tête de Sophie, lui effleurant les bras, il la prit contre son corps. Toutes ces semaines sans l'avoir dans son lit lui avaient paru une éternité !

Il allait goûter à la peau satinée de son épaule lorsqu'elle lui échappa puis se tourna pour le fixer. Face au regard de Sophie empli d'une passion qui ne pouvait tromper personne, Cooper était persuadé qu'il allait pouvoir rapidement parvenir à ses fins…

— Cooper, dit-elle d'une voix implorante, presque comme si elle souffrait, je n'arrive pas à réfléchir quand tu fais ça.

— Laisse-moi donc penser à ta place.

Elle leva les mains — lui intimant de se tenir à distance.

— Je ne te permettrai pas de recourir à ce genre de méthodes pour me convaincre de t'épouser. Ce n'est pas loyal.

Peut-être, mais il n'en éprouvait aucune honte ! Elle savait pourtant que ses tentatives de dissuasion étaient peine perdue. Elle tenta de se sortir de cette situation maladroitement :

— On sera en retard à la soirée !

— Quelle soirée ? fit-il, souriant jusqu'aux oreilles.

Il le lui avait bien dit : c'était le destin qui parlait. Elle n'était peut-être pas la femme qu'il avait prévu de choisir, il n'était sans doute pas l'homme de ses rêves. Mais bon sang, ils pouvaient compenser dans d'autres domaines ! Et s'il parvenait à l'embrasser comme il savait si bien le faire, elle n'aurait plus rien à répliquer.

Rivant sur lui un regard circonspect, elle recula vers la porte ouverte.

— C'est insensé, dit-elle en trouvant la poignée à tâtons. J'ai pris ma décision : il faut retirer ces costumes.

— Il n'y a qu'à demander, commenta-t-il en portant une main vers son pagne.

— Non ! s'écria-t-elle en tressaillant. Je voulais dire que ça ne se passera pas comme ça. Nous irons à cette soirée, mais il est hors de question que je parade à moitié nue devant qui que ce soit — y compris toi. Je refuse.

Voyant qu'elle était en train de s'énerver, Cooper se calma. Ce n'était pas possible d'être aussi têtue ! Il savoura une dernière fois le tableau sulfureux qu'elle lui offrait puis retira sa perruque, passant une main dans ses cheveux. De toute façon, c'était mieux comme ça. Instinct sauvage mis à part, Tarzan, ce n'était pas son genre.

Passant devant Sophie, il déclara :

— Reste ici, je vais chercher les autres déguisements. On

va se changer, aller à la soirée et rentrer à la maison pour aller au lit à une heure décente.

— Nous ? Au lit ? Oh ! non, Cooper. Cette porte a une serrure et je peux t'assurer qu'elle servira.

Il sourit. Comme si cela pouvait l'arrêter !

Mais au fond d'elle, il ne cessait d'alimenter ses fantasmes. Contrairement à ce que Cooper avait fait jusqu'à présent, faire du rentre-dedans en permanence à Sophie n'était pas forcément la meilleure des stratégies. Il devait créer un manque en elle et lui faire ressentir à quel point elle avait envie de reproduire la nuit d'amour qu'ils avaient passée ensemble. Il allait désormais s'en tenir à ce plan.

Cooper reformula ses propos :

— Je veux dire que nous devons rentrer à une heure raisonnable pour que tu puisses te reposer. Nous pourrions nous lever tôt pour piquer une tête dans la piscine ?

Elle avait paru intéressée par la piscine couverte et chauffée, la veille, lorsqu'il lui avait fait visiter les lieux.

— Tôt ? C'est-à-dire ? demanda-t-elle. J'ai un emploi du temps rigoureux pendant toute la semaine, le dimanche, c'est mon seul jour de repos.

Ah, enfin un terrain d'entente !

— 8 heures, ça t'irait ?

— J'envisageais plutôt la fin de la matinée. J'aime bien veiller un peu pour regarder des séries policières, le samedi soir, expliqua-t-elle en défaisant l'agrafe du lourd collier de perles qu'elle avait au cou.

Le collier glissa et se nicha au creux de ses seins, où elle le repêcha tandis que Cooper s'efforçait d'ignorer la réaction de la partie la plus virile de son anatomie. Il sourit délicatement, l'air de rien. Il avait déterminé une stratégie gagnante, et il s'y tiendrait.

Soudain, il prit conscience de ce qu'elle venait de dire. Des séries policières ? Ce n'était pas du tout sa tasse de thé ! Il y avait bien des programmes qui l'intéressaient davantage.

— Je préfère le rugby.

— Tu aimes le rugby ?

— Comme la plupart des hommes, non ?

— Je ne suis pas un homme, répliqua-t-elle.

Première nouvelle, faillit-il dire ironiquement.

— Donc, tu veux regarder Agatha Christi ; et moi, les Wallabies. Pas de problème, il y a plusieurs télévisions, ici. Deux à l'étage, trois en bas.

— Tu regardes beaucoup la télé ?

S'il répondait par l'affirmative, elle prétendrait que ce n'était pas son cas. Et la télévision était bien la dernière chose qu'il avait à l'esprit.

— Houla, le temps passe, dit-il en consultant sa montre.

Sophie se redressa.

— Tu peux suspendre le nouveau déguisement à la poignée, je te rejoins en bas dans cinq minutes, dit-elle tout en refermant la porte. J'ai horreur d'être en retard.

8.

Sophie regarda en fronçant les sourcils l'horloge analogique du tableau de bord de Cooper qui conduisait à travers les rues des faubourgs ouest. 20 h 45. L'invitation de Penny était pour 19 heures.

— Tu es du genre retardataire, n'est-ce pas ? lança-t-elle à Cooper en le fixant avec admiration.

— Ça m'arrive…

Sophie réprima un soupir excédé. Les gens toujours en retard avaient le don de la rendre folle.

— Tu dois pourtant donner des rendez-vous à des clients et te présenter au tribunal à une heure précise, non ? Tu ne peux sûrement pas te permettre d'être en retard à tes rendez-vous ?

— Je compense.

— Comment ? En présentant tes excuses ? En faisant des cadeaux ?

— Je programme mon téléphone portable pour qu'il sonne une demi-heure avant, et j'avance ma montre de plusieurs minutes.

— Et tu ne t'emmêles pas les pinceaux ?

— Jamais, affirma Cooper.

Elle faillit lui dire que tout cela ne tenait pas debout. Mais puisqu'elle avait le droit d'être elle-même, Cooper l'avait donc aussi. Cet essai de vie commune n'avait pas pour but de déterminer qui avait tort ou raison. Il était fait pour explorer la zone intermédiaire, celle du compromis possible entre deux êtres — qu'il s'agisse d'un couple ou d'individus distincts. Cela dit, elle ne voyait vraiment pas comment deux personnes aussi différentes qu'elle et Cooper pouvaient trouver un terrain d'entente suffisant pour tenter un mariage.

Etant donné qu'ils avaient du mal à s'accorder en ce moment, ce n'était certainement pas en tenue dévêtue qu'ils parviendraient à un accord. Même si elle n'avait pas trouvé désagréable ce contact étroit avec Cooper quelques minutes auparavant, lorsqu'il s'était frotté contre elle à moitié nu… En fait, cela avait été délicieusement bon. Si bon qu'elle avait failli céder à la tentation…

Mais s'ils renouaient des relations intimes, elle ne serait plus capable de trier le bon grain de l'ivraie. Il userait de son charme pour qu'elle consente à l'épouser, et une fois la chose faite, elle serait prise au piège. Le divorce restait une issue possible, bien sûr. Mais comment tirerait-elle son épingle du jeu, une fois au tribunal ? Cooper était un expert renommé en matière de divorce et garde d'enfants. Mieux valait ne pas jouer à ce petit jeu avec lui.

S'ils se mariaient, il continuerait à mener sa vie comme il l'entendait. Rien ne pouvait arrêter Cooper. Mais elle voulait faire ses propres choix, elle aussi. Pouvait-elle espérer y parvenir avec un homme tel que lui ? Elle était forte et intelligente, elle n'avait certainement pas besoin de se marier. Et sûrement pas par convenance !

Grandir dans une famille monoparentale, ce n'était pas l'idéal. Cependant, leur bébé se porterait mieux dans un tel cas de figure que s'il avait des parents incapables de s'entendre. L'enfance qu'elle avait eue elle-même en était la preuve. Combien de fois n'avait-elle pas espéré que ses parents comprendraient enfin que tout le monde se porterait mieux s'ils menaient leur vie séparément ? Ils s'obstinaient encore aujourd'hui à respecter « les convenances », alors que tatie Louise et les amis de son père au club de bowling auraient cent fois préféré qu'ils se séparent et soient heureux chacun de leur côté.

Si, lundi matin, M. Myers, le directeur du collège, lui suggérait qu'un mariage épargnerait à son établissement l'opprobre général, eh bien, comme elle l'avait déjà dit à Cooper, elle ne se battrait pas inutilement pour rester, elle trouverait une autre place ailleurs. Dieu merci, la plupart des lycées vivaient avec leur temps et ne se formalisaient pas d'une telle situation.

Ils trouvèrent une place pour se garer non loin de la maison de Penny. Cooper éteignit la musique et Sophie poussa un soupir de soulagement. Ce CD de blues était insupportable !

Cooper mit la dernière touche à son costume, descendit de voiture et contourna le véhicule pour lui ouvrir la portière. Devant elle se dressait Erik, le fantôme de l'Opéra, et certainement le spectre le plus sexy qu'on ait jamais vu depuis bien longtemps !

Après avoir ajusté son masque blanc qui lui couvrait seulement une moitié du visage, il virevolta dans sa longue cape noire et demanda avec des intonations à la Dracula :

— De quoi ai-je l'air ?

Elle sourit jusqu'aux oreilles. Elle aimait ce côté plus léger, fantaisiste, de la personnalité de Cooper. Acceptant la main gantée de noir qu'il lui tendait, et mettant pied à terre dans l'air frais du soir, elle commenta :

— Tu te trompes de film d'horreur. Tu imites Dracula.

— Je pensais plutôt à Mr Hyde, dit Cooper, passant la main sur sa chevelure brune lissée en arrière.

— Désolée. Mais tu n'avais ni la voix du fantôme de l'Opéra ni celle de Mr Hyde. C'était Dracula.

Elle poussa un cri de surprise alors qu'il l'attirait à lui à l'improviste et la renversait, amenant son visage tout près de son cou comme pour un baiser fatal en déclarant :

— Cela va très bien avec mes nouveaux penchants pour les suçons.

Troublée par tant de proximité, elle réussit quand même à calmer le jeu :

— Rentre tes crocs, vampire !

Il la redressa galamment.

— Tu n'es pas drôle, ce soir. Ton costume est bien trompeur.

Sophie lissa le négligé du XIXe siècle qu'elle avait revêtu par-dessus un corset et des bas blancs. Sa coiffure n'avait pas changé : elle portait lâchés sur les épaules ses longs cheveux bouclés.

Cooper glissa un bras sous le sien et, sous la lueur argentée de la lune, l'entraîna le long du trottoir.

— Deux heures de présence suffiront largement, dit-il.

— On n'a même pas encore dit bonsoir !

— Les soirées, ce n'est pas trop mon truc.

Peut-être était-ce un plan pour la ramener à la maison ? se demanda Sophie.

Elle admettait cependant qu'elle n'aimait pas plus que lui les bavardages futiles qui étaient courants dans ce genre de soirées, sans parler des moments de gêne en compagnie d'inconnus qui parlaient sans cesse d'eux-mêmes sans jamais s'intéresser à leur interlocuteur. Mais, ce soir, elle était en lieu sûr puisque tous les invités faisaient partie de ses amis.

— Ce sont mes amis, dit-elle à Cooper.

— J'espère qu'ils ne sont pas tous aussi transparents que cette chère Penny.

Sophie accusa le coup. Cooper aimerait-il les gens qu'il rencontrerait ce soir ? Elle les fréquentait moins souvent que ses amis enseignants, désormais. Mais quoi qu'il en soit, était-il du genre à encourager les « soirées entre filles » ? Ou bien à vanter la femme au foyer qui élevait ses enfants ?

Au fait, combien en voulait-il ? Il en désirait peut-être une ribambelle… Mais à quoi bon se poser cette question ? De toute façon, ils ne se marieraient pas, c'était impossible. N'est-ce pas ?

Pocahontas, alias Penny, ouvrit la porte et son visage s'illumina à la vue du fantôme de l'Opéra.

— Mon John Smith n'a pas pu venir, dit-elle en n'accordant à Sophie qu'un bref regard. Puis-je emprunter le tien ?

— Mon nom est *Cooper* Smith, rappela-t-il poliment.

— Mais oui, bien sûr. Cooper.

Penny les précéda parmi les invités, jouant de ses longues jambes bronzées chaussées de mocassins blancs. On entendit le claquement sec d'un bouchon de champagne, puis des hourras.

— Un verre de mon punch, ça vous tente, Cooper ?

Il réussit le tour de force de décocher à leur hôtesse un sourire à la fois éblouissant et plutôt sévère.

— Je suis sûr que Sophie en voudra un aussi.

Sophie réagit au quart de tour. Pour le seul plaisir de dépiter Penny, elle adressa un sourire entendu à Cooper.

— Nous sommes plutôt restés sur notre faim cet après-midi… n'est-ce pas chéri ? lui murmura-t-elle.

Passé le premier moment de surprise, il s'empressa de jouer le jeu, laissant courir son doigt sur le col en dentelle de son négligé et murmura :

— Mon cœur, tu avais juré de ne pas y faire allusion une fois qu'on serait ici.

Puis, jouant l'homme embarrassé, il remercia Penny :

— Un punch sera parfait. J'ai la gorge sèche.

Il avança avec leur hôtesse qui s'était lancée dans un discours sur la rénovation de sa maison, tout en se tournant à demi pour tendre la main à sa compagne.

— Tu viens ?

Le moment était bien choisi, pensa Sophie, pour lui faire payer sa tentative de séduction.

— Tu étais si impatient de revoir Penny, lui lança-t-elle en lui envoyant un baiser. Je vous retrouve tout à l'heure.

Il lui décocha un regard noir, se laissant entraîner.

Une fois seule, Sophie huma l'odeur alléchante des amuse-gueules qui emplissaient les plateaux disposés à plusieurs endroits et promena un regard approbateur sur les nombreux invités déguisés — Terminator, Dorothy du *Magicien d'Oz* ou encore Edward aux mains d'argent. Il y avait même une Pamela Anderson dans un maillot une pièce rouge qui recouvrait à peine ses seins.

Elle sourit en rajustant sa toilette. Cooper était un de ces hommes dont les femmes rêvent. Viril au plus haut point et sûr de lui à en être arrogant. Mais elle ne craignait nullement qu'il cesse de s'intéresser à elle, ce soir. Ce n'était pas parce qu'elle se jugeait plus séduisante que les autres femmes, ni parce qu'ils étaient pratiquement amoureux l'un de l'autre. Elle était la mère du bébé de Cooper, et cela lui conférait un avantage que personne ne pouvait surpasser. Elle savait que Cooper ne pensait qu'à ça en ce moment.

Deux mains vinrent, par-derrière, se placer sur ses yeux et elle tressaillit. Elle les écarta de ses paupières et, faisant volte-face, se retrouva devant Kate, dont les cheveux roux et courts étaient dissimulés par une perruque blonde dans le style années trente.

— Mon Dieu, Sophie, mais regarde-toi ! s'exclama-t-elle.

Kate elle-même, en robe lacérée, des bouts de corde liés aux poignets, était apparemment déguisée en Fay Wray, l'actrice héroïne du premier et légendaire *King Kong*.

— Tu as maigri, non ? continua Kate.

— J'ai pris quelques kilos, au contraire, répondit fièrement Sophie.

— Que s'est-il passé après le mariage de Wendy ? Tu n'as jamais répondu à mes messages. Sors-tu avec le type qui était avec toi tout à l'heure ?

— En fait…

— J'étais toute retournée, tu sais, quand il t'a emmenée comme ça.

— J'étais plutôt émue moi aussi, reconnut Sophie.

Cette nuit-là avait été vraiment à part. *Magique*, en fait.

Toutes les femmes méritaient d'avoir un jour une expérience avec un amant aussi merveilleux que Cooper. Dès qu'elle se remémorait leurs ébats, son corps s'enflammait.

Eprouverait-elle de nouveau des sensations aussi intenses et exquises ? Elle n'en dirait jamais rien à Cooper, bien sûr, mais elle n'arrivait pas à s'imaginer dans les bras d'un autre…

— Je ne comprends pas pourquoi Evangeline l'a plaqué, reprit Kate. J'ai tenté de la cuisiner, mais je n'en ai rien tiré.

Sophie dressa l'oreille.

— Tu connais l'ex de Cooper ?

La femme qui avait tenté vainement, quand ils étaient ensemble, d'avoir un enfant de lui ?

— Evangeline est une amie du mari de Wendy. Elle n'était pas au mariage parce que ça aurait été trop gênant pour elle. Tant mieux pour toi, en tout cas, continua Kate, désignant la cuisine d'un geste du menton. Je l'ai aperçue par là-bas, tout à l'heure. Elle ne doit pas savoir que son ex fait partie des invités.

Quelqu'un donna un petit coup de « museau » contre la nuque de Sophie, qui tressaillit et se retourna. Cooper, sans son masque, agita sous son nez un amuse-gueule.

— Fromage et piment, dit-il. Je peux aller en chercher un autre.

— Je t'en prie, ne te prive pas, dit Sophie, qui n'aimait pas la nourriture épicée et l'appréciait encore moins depuis qu'elle était enceinte.

Il croqua le petit-four salé mais s'arrêta brusquement de mâcher en portant son regard par-dessus l'épaule de sa compagne. Ses yeux bleus s'écarquillèrent, et ce fut d'une voix étranglée qu'il lâcha :

— Evangeline ?

Prise de nausées, Sophie suivit la direction de son regard tandis que Kate, pensant apparemment que ça « sentait le roussi », s'empressait de s'éclipser.

Une petite femme fit un signe de la main, regarda autour

d'elle et, ne voyant aucune échappatoire, se décida à les aborder. Lorsqu'elle fut plus près, Sophie vit qu'elle avait des yeux en amande, de couleur noisette. Un subtil parfum de roses l'enveloppait, et elle avait, dans sa robe rouge, l'allure d'une princesse orientale — à moins que ce ne fût une geisha. Madame Butterfly, peut-être ? Elle parla d'une voix douce, comme on pouvait s'y attendre.

— Salut, Cooper. Ça faisait longtemps.

— Content de te voir, dit Cooper, achevant d'avaler son petit-four.

— Je ne m'attendais pas à te voir ici, reprit Evangeline avec un sourire qui sonnait un peu faux.

— Le monde est petit, fit Cooper, mal à l'aise.

Il prit Sophie par la taille et ajouta :

— Je te présente Sophie.

Sophie, qui lui aurait volontiers sauté au cou parce qu'il avait omis de préciser son patronyme, serra la main que lui tendait la nouvelle venue.

Celle-ci avait un visage d'ange, serein et plein de grâce. Malgré ce qu'elle savait, Sophie, se fiant à sa première impression, avait du mal à croire que cette femme avait été déloyale envers Cooper et tenté de lui faire un enfant dans le dos.

Voyant qu'il baissait les yeux puis se figeait, Sophie lança à son tour un regard dans la même direction. Evangeline avait le ventre arrondi d'une femme enceinte de six mois !

Seigneur ! Depuis combien de temps elle et Cooper étaient-ils séparés, déjà ? Cet enfant n'était tout de même pas de lui ? Sûrement, Evangeline l'en aurait averti depuis longtemps… N'est-ce pas ?

Cooper la fixa en regardant le ventre de son ancienne compagne. Il eut une sorte de rire étranglé.

— Qu'est-ce que tu as, là-dessous ? Un oreiller ?

— Non, je suis enceinte, dit Evangeline, sourire aux

lèvres, en posant une main sur son ventre. En fait, j'attends des jumeaux.

Cooper encaissa le choc. A moins qu'il ne fût lui aussi en train de calculer la date approximative du début de sa grossesse…

— C'est arrivé vite, commenta-t-il.

— J'ai rencontré Robert une semaine après notre rupture, précisa Evangeline, presque désolée. Effectivement, c'est allé très vite.

Ce n'est pas moi qui suis stérile, Cooper. C'est toi.

Après un silence embarrassé, Cooper vida son verre de punch tandis que Sophie tentait de dissimuler sa gêne et qu'Evangeline, regardant autour d'elle, disait avec un faible sourire :

— Mon fiancé est quelque part par là. Il faut que je vous le présente.

— Ce sera pour une autre fois, dit Cooper, dont le sourire masquait tant bien que mal le choc que la nouvelle lui avait provoqué. Nous devons partir, l'état de Sophie aussi exige du repos.

Sophie faillit avoir un haut-le-cœur. Avait-elle bien compris l'allusion de Cooper ? Venait-il de laisser entendre devant son ex qu'elle était elle aussi enceinte ? Pour sa part, elle ne l'avait même pas encore annoncé à ses parents !

Evangeline haussa les sourcils, surprise, puis ravie. Elle semblait se demander si elle pouvait sourire librement.

— Ai-je bien compris ? Tu vas aussi devenir parent ? Quelle coïncidence !

Redressant les épaules, Cooper lança :

— Les triplés, c'est assez courant dans la famille de Sophie.

Sophie s'en étrangla presque. Pour un peu, elle l'aurait giflé. De quel droit se servait-il d'elle de cette manière ? De quel droit divulguait-il une nouvelle aussi intime et aussi importante pour le seul plaisir de panser son orgueil masculin et d'impressionner son ex-petite amie ?

Furieuse, elle dit à Evangeline :

— Nous n'avons pas ébruité la nouvelle pour le moment.

Evangeline acquiesça, compréhensive, et étreignit Sophie pour la féliciter. Elle posa même un baiser sur la joue de Cooper, disant d'un air chaleureux :

— Je n'étais pas celle qu'il te fallait, c'est évident.

Quelques minutes plus tard, Sophie et Cooper s'en allèrent après avoir fait leurs adieux. Il se montra inhabituellement silencieux pendant le trajet du retour. Il faisait bien car s'il avait ouvert la bouche, Sophie lui aurait assené ses quatre vérités. Comment avait-il osé ne tenir aucun compte de ce qu'elle ressentait ? Il prétendait vouloir que ça marche entre eux, mais c'était impossible, puisqu'il se fichait royalement de son point de vue et mettait toujours le sien en avant ! Elle était si bouleversée qu'elle avait envie de pleurer.

Quand ils rentrèrent chez lui, elle se dirigea vers sa chambre sans lui souhaiter bonne nuit. Cooper la retint *in extremis*, posant sa main encore gantée sur son bras.

— Demain, lui annonça-t-il en dénouant sa cravate, je déménagerai tes affaires dans la chambre d'amis qui est à cet étage.

Elle le dévisagea. Pourquoi ? Et de quel droit ?

— Je resterai où je suis, déclara-t-elle.

— Ce n'est pas négociable ! s'écria-t-il en levant les yeux vers l'escalier et la mezzanine. Cet escalier est dangereux. Je ne prendrai aucun risque.

— Et mon avis, il ne compte pas ? Je n'ai pas mon mot à dire sur ce qui est dangereux ou ne l'est pas ? s'insurgea-t-elle, se libérant de son emprise. Et d'abord, qui t'a permis d'annoncer à ton ex que je suis enceinte ?

Il lui lança un regard noir.

— Tu ne peux pas cacher indéfiniment la situation et te défiler. J'ai autant que toi le droit de divulguer la nouvelle.

— Sans me consulter d'abord ? Je crois que tu as surtout voulu l'impressionner à mes dépens, rétorqua-t-elle.

— Je refuse de parler de ça, dit Cooper en ôtant ses gants.

— Et tu prétends que c'est moi qui me défile !

Il la fusilla du regard.

— Nous parlions de l'endroit où tu dormiras à partir de maintenant.

— Et si je te répondais : chez moi et dans mon lit ? fit-elle, frustrée, les larmes aux yeux. Depuis que je t'ai annoncé ma grossesse, tu n'as pas arrêté de vouloir me contrôler ! Mais là, tu vas trop loin !

Il vint tout près d'elle et la toisa.

— J'irai aussi loin que bon me semble. Certaines choses sont trop importantes pour donner lieu à un compromis. La sécurité de mon enfant en fait partie. Tu vas rester ici et t'installer à l'étage du dessous.

Quel tyran !

— Non. Je n'en ferai rien.

— Ecoute, Sophie, je n'ai pas envie de discuter. Après une nuit de sommeil, tu comprendras que j'ai raison. Sur tous les points.

Il se dirigea vers l'arcade qui menait à la salle de home cinéma, mais revint sur ses pas et déposa un baiser sur son front avant de s'éclipser.

A la fois outrée et contente de son baiser, Sophie poussa un lourd soupir. Elle savait qu'il pouvait se montrer trop protecteur, dominateur. Sa rencontre avec Evangeline avait démultiplié ces traits de caractère, et elle savait pourquoi.

Comme ils avaient conçu facilement un enfant, il avait pensé que les difficultés d'Evangeline d'enfanter n'étaient dues qu'à elle. Mais comme cette dernière était tombée enceinte aussi vite que Sophie, la question de la fertilité — et de *l'infertilité* — s'était posée de nouveau.

Lentement, Sophie entreprit l'ascension de l'escalier avec précaution, en soulevant les pans de sa longue robe.

Cooper n'avait pas caché qu'il désirait plus que tout une

famille, et il n'était pas besoin d'être un génie pour deviner les interrogations qui le travaillaient…

Etait-il responsable des problèmes d'Evangeline ? Le bébé conçu avec Sophie n'était-il qu'un heureux hasard qui ne se renouvellerait pas ? Il consulterait un spécialiste un jour ou l'autre, mais sans doute pas dans les prochains jours.

Cooper avait un côté fantaisiste, mais il était aussi très déterminé et résolu à veiller de près sur cet enfant, à s'assurer qu'il naîtrait dans de bonnes conditions et qu'il serait bien portant.

Parvenue au sommet des marches, Sophie regarda la lumière bleutée de la télévision qui venait jouer sur les lames du parquet en contrebas.

D'un côté, elle ne voulait pas trop enfoncer Cooper car il avait reçu un choc, ce soir. Mais de l'autre, même s'il avait raison au sujet de l'escalier, cela ne l'autorisait pas à lui donner des ordres et à attendre qu'elle lui obéisse au doigt et à l'œil.

Pour ce soir, elle le laissait décompresser. Mais demain, elle devrait prendre une décision sur leur tentative de vie commune. Il était peut-être temps de mettre fin à cette mascarade.

Sophie n'était pas très en forme quand elle se leva le lendemain. Elle avait à peine dormi, et ruminé pendant la majeure partie de la nuit les conversations de la veille — en particulier les derniers instants avec Cooper.

Elle se prépara et s'habilla, enfilant un jean et un pull ample, tout en se demandant comment affronter la scène qui, sans nul doute, l'attendait. Elle ne voulait pas s'incliner devant Cooper. Elle n'aurait jamais dû accepter sa proposition. Elle refusait d'être à nouveau traitée comme une moins que rien. Son opinion comptait tout autant que la sienne, après tout.

Elle sortit de sa chambre avec une boule au ventre. *Il faut rester forte*, se lança-t-elle comme un leitmotiv. Plus question de continuer comme ça ! Bon sang, c'était voué à être un échec avant même d'avoir commencé ! Même si Cooper voulait tout contrôler, il ne pourrait pas la contraindre à rester. Il y avait moins de vingt-quatre heures qu'elle vivait ici, et déjà, tout s'écroulait. Si elle prolongeait son séjour, ils finiraient par se haïr. Et son enfant, que deviendrait-il dans tout ça ? Elle avait besoin d'une grossesse saine et tranquille. La santé du bébé passait avant tout.

Une alléchante odeur de pancakes vint lui titiller les narines, la menant droit à la cuisine. Cooper était devant l'îlot de cuisson, vêtu d'un jean et d'une chemise blanche déboutonnée, les cheveux décoiffés — ce qui était encore plus sexy que sa coiffure impeccable habituelle. Alors qu'il retournait une crêpe, il sentit sans doute sa présence car il se tourna vers elle et leurs regards se croisèrent.

— Salut, fit-il.

Elle déglutit avec difficulté. Comment réussissait-il à lui jouer un tour pareil ? Comment pouvait-il avoir l'air si vulnérable, et en même temps plus viril que jamais ?

— Chocolat, précisa-t-il en désignant d'un mouvement de menton le flacon sur le plan de travail.

— Si c'est ta manière de t'excuser, ça ne prend pas, lui dit-elle.

Il laissa la galette de pâte sur le feu et s'approcha d'elle avec assurance en roulant les épaules. Elle sentit une onde de chaleur sur sa peau, et son cœur se serra lorsqu'il s'arrêta près d'elle pour prendre son visage à deux mains. Mmm, qu'il sentait bon ! Bien plus que les pancakes ! Difficile de choisir qui croquer en premier…

Pas question de succomber ! se ressaisit-elle. Elle devait partir avant d'être asservie par la folle attirance qu'elle ressentait pour lui !

— J'ai quelque chose à te dire, déclara-t-il.

— Nous avons déjà tout dit hier soir, soutint-elle, luttant

contre son émotion. Je ne suis pas une gamine et je refuse d'être traitée comme telle. Pour quelque raison que ce soit.

Elle mourait d'envie que Cooper l'embrasse, la soulève de terre, et même la supplie de rester. Mais la nouvelle Sophie refusait de plier : cela lui était impossible.

— Je ne ferai pas d'excuses, dit-il de sa voix virile et profonde. Pas au sujet de ton déménagement. Si tu glissais, tombais et perdais le bébé, tu ne te le pardonnerais jamais, et je m'en voudrais éternellement de ne pas avoir su vous protéger, toi et le petit.

Sophie réalisa qu'elle avait déjà, presque malgré elle, cessé de vouloir s'opposer à lui sur ce sujet. Il avait raison, inutile de le nier.

Des larmes lui picotèrent les paupières, et elle eut envie de s'enfuir loin, très loin.

— Tu m'as blessée, Cooper, souffla-t-elle.

Il lui caressa les cheveux et elle sentit battre très fort son cœur tandis qu'il la tenait contre lui.

— Pardonne-moi, lui dit-il.

— Demain, tu me le redemanderas, fit-elle valoir, le cœur remué par l'expression de son regard.

— Je ne suis pas parfait.

Elle hésita puis, sans trop savoir comment, elle esquissa un faible sourire.

— Tu peux coucher ça par écrit ?

Il parut retrouver une certaine sérénité et demanda en reculant d'un pas et en sondant son expression :

— Cela veut-il dire que tu restes ?

Il était vraiment insupportable… et pourtant si irrésistible !

Elle s'efforça de prendre un air sévère.

— Ça veut dire que tu es à l'essai. Et que tu ne pourras pas sortir d'autre joker.

Il émit un soupir de soulagement, l'attira à lui et lui donna un baiser sur le front. Elle ignorait si Cooper en avait réellement conscience, mais elle savait au fond de son cœur qu'elle était résolue. Pour son bébé, elle devait accorder une deuxième chance à Cooper. Et pour son bébé, elle devait aussi s'en tenir à cette décision et ne pas lui céder de nouveau.

9.

Un mois après la soirée costumée, Sophie, dans le zoo de Sydney, contemplait l'habitat des suricates — une reproduction de leurs terriers dans le désert. Ces adorables cousins des mangoustes vivaient en rez-de-chaussée. Comme Sophie elle-même.

Elle ne regrettait pas d'avoir cédé à la requête de Cooper, il avait eu raison. Depuis leur explication, il avait un comportement parfait. Elle se demandait même si elle n'était pas en train de vivre une sorte de miracle et si, comme il l'avait prétendu, le destin n'était pas en train de leur sourire.

Mais un mois, cela ne voulait rien dire. « Chassez le naturel, il revient au galop », disait le proverbe. Un homme aussi intraitable que Cooper ne pouvait pas changer radicalement en si peu de temps. Chaque soir, quand elle allait se blottir dans son lit, elle pensait : *Attends un peu et tu verras, le duel va recommencer.* Chaque jour, elle guettait la réapparition de l'ancien Cooper. Comme il ne se manifestait pas, elle se surprenait à avoir de plus en plus foi en leur avenir, et à tenir à lui davantage.

Cooper la rejoignit en sifflotant. Il rapportait une bouteille d'eau. S'accoudant à la grille, amusé par l'air attentif et alerte d'un suricate dressé sur ses pattes arrière, il dévissa la bouteille et la tendit à Sophie.

Tout en avalant une gorgée, elle s'interrogea sur la retenue dont Cooper faisait preuve sur le terrain de la séduction.

Etait-ce un calcul pour qu'elle finisse par céder à son incessant désir pour lui et le supplie de la prendre dans ses bras ?

Si c'était délibéré de sa part, eh bien, elle devait avouer que cela fonctionnait plutôt bien. Quand il lui adressait l'un des sourires sexy dont il avait le secret ou qu'il passait devant elle à moitié nu, juste enveloppé dans une serviette, elle avait toutes les peines du monde à réprimer ses élans.

Le ciel hivernal était aujourd'hui d'un bleu intense et il faisait délicieusement bon — même si la température commençait à chuter en cette fin d'après-midi. Ayant étanché sa soif, Sophie referma la bouteille et Cooper se retourna pour qu'elle la glisse dans son sac à dos.

— On devrait aller voir les kangourous, maintenant, lui dit-elle.

C'était la dernière halte prévue dans leur visite. Sophie adorait le Taronga Park, le zoo de Sydney, avec son vaste terrain dégagé. Il abritait des espèces en danger, tels l'éléphant d'Asie et le panda roux du Népal, et cela lui tenait à cœur.

— Alors il faut faire vite, observa Cooper en consultant sa montre. L'heure de la fermeture approche.

Il la précéda dans la pente douce — sans doute par crainte qu'elle ne vienne à glisser ou à tomber. Il prit au passage une photo d'un énorme crocodile ouvrant les mâchoires et la lui montra en demandant avec humour :

— As-tu des nouvelles de l'infâme M. Myers ?

Il s'était avéré que le directeur du collège ne voulait pas aborder avec elle un sujet personnel, mais lui parler d'une élève dont les parents s'étaient plaints à cause d'une mauvaise note. Cooper était au courant. Mais Sophie n'avait pas pu s'empêcher de trouver que M. Myers l'observait d'un air curieux par-dessus ses lunettes à l'ancienne, quand ils avaient eu cet entretien un mois plus tôt.

— J'ai dû me tromper, dit-elle, il n'a pas l'air de savoir que je suis enceinte.

— Mais il faudra bien qu'il soit informé un jour ou l'autre.

Malgré leur bonne entente, cette remarque de Cooper la hérissa. Ils avaient déjà abordé ce sujet !

— Je ne cherche pas à le cacher. Je n'éprouve pas le besoin de le crier haut et fort, c'est tout.

C'était son corps, son intimité. Cela la regardait, point final. Et puis, elle avait d'autres raisons pour ne pas avertir le directeur et ses collègues. Il y avait un risque de fausse couche dans les trois premiers mois de grossesse. Heureusement, elle avait entamé le deuxième trimestre…

— Qu'est-ce que tu regardais sur le Net, hier soir ? demanda Cooper. Tu as fermé la page lorsque je suis entré dans la bibliothèque.

Embarrassée, elle marmonna :

— Ah ? Je ne sais pas, je ne m'en souviens plus.

Il éclata d'un grand rire.

— Tu as l'air aussi coupable qu'hier soir. Tu ne regardais pas des sites cochons, par hasard ? plaisanta-t-il.

— Pas du tout.

Ils prirent un sac de croquettes et pénétrèrent dans la réserve des kangourous et des wallabys, où il n'y avait personne à cette heure-ci.

— Tu piques ma curiosité, dit Cooper en ouvrant le sachet.

Il la suivit alors qu'elle s'approchait d'un wallaby en train de brouter. Au grand plaisir de Sophie, l'animal vint fourrer son museau entre ses mains pour attraper la croquette qu'elle offrait. Sa fourrure était si douce !

— Alors, tu ne veux vraiment rien me dire ? Je suis vraiment intrigué, continua Cooper.

— Juste des informations sur la grossesse.

Elle déversa des croquettes sur le sol, et d'autres animaux approchèrent en sautillant.

— Est-ce que je dois m'inquiéter ? demanda Cooper en changeant de ton.

Il était tenace ! Bon, puisqu'il insistait, elle allait parler.

Elle aurait mieux fait de se taire, mais c'était plus fort qu'elle. Prenant une profonde inspiration, elle lâcha :

— Je lisais un article sur les variations hormonales. Il semble que l'appétit sexuel de certaines femmes s'accroisse au cours du deuxième trimestre de grossesse. Les maris se plaignent parfois de ne pas pouvoir suivre.

Là-dessus, elle risqua un regard vers Cooper, dont le sourire en coin proclamait clairement : *Moi je peux !*

Elle détourna les yeux, puis marcha jusqu'à un grand gommier, une variété d'eucalyptus.

— Ce serait lié à un besoin d'être rassurée.

Tais-toi, Sophie, s'intima-t-elle. *Tu n'en as que trop dit !*

S'essuyant les mains sur sa chemise en chambray, Cooper la rejoignit. Adossée au tronc, elle ne put se résoudre à le regarder dans les yeux, même s'il était tout près et qu'elle sentait jaillir en elle le feu du désir qui embrasait la partie la plus secrète d'elle-même.

En réalité, que cela fût sensé ou pas, elle avait envie de sentir autour d'elle les bras rassurants de Cooper. Elle avait tant besoin de leur chaleur qu'il lui arrivait, la nuit, d'être tirée de son sommeil par des rêves particulièrement torrides…

— Si tu n'en es pas capable, c'est moi qui parlerai, lui dit-il d'une voix grave et apaisante.

Elle ferma les yeux, sentant le souffle de Cooper sur sa peau et ses doigts dans ses cheveux. Il la prit par les hanches et la rapprocha de lui en douceur.

— Nous éprouvons du désir l'un pour l'autre, continua-t-il. Nous ne sommes plus des gamins. Il n'y a rien de mal à ressentir une attirance très forte pour une personne à laquelle on tient.

Sophie ne sut pas comment répondre puis sourit. Il *tenait* à elle ? Autant qu'elle en était venue à s'attacher à lui ?

— Il y a autre chose à prendre en considération, enchaîna-t-il. Et si, après avoir fait l'amour deux ou trois fois, nous prenions conscience que la magie a cessé d'opérer ? Ne devrions-nous pas tester notre attirance pour savoir si elle est durable ou si ce n'est qu'un feu de paille ?

Elle eut un large sourire. Cooper était malin, il n'y avait pas à dire ! Elle était sûre, pour sa part, que sa passion pour lui n'était pas près de s'éteindre…

Cela pouvait sembler romantique, mais ce n'était pas forcément une bonne chose. Elle craignait que Cooper ne veuille se marier uniquement à cause du bébé et qu'il n'ait aucun véritable sentiment pour elle. Ce serait une terrible défaite qu'elle aurait du mal à accepter.

Quand il déposa un baiser sur son front, le désir la bouleversa de plus belle. Oubliant la prudence, elle laissa courir ses mains vers le haut de son torse.

L'argument de Cooper ne manquait pas de pertinence… Ils avaient peut-être intérêt à s'assurer que leur compatibilité sensuelle n'était pas déjà qu'un lointain souvenir, qu'elle pouvait perdurer au-delà d'une nuit… une semaine… un mois…

— Nous devons explorer à fond ces eaux-là…, murmura-t-il en lui massant la tempe, avant d'y déposer un baiser.

Il la serra étroitement tandis qu'elle lui offrait sa bouche.

— Cooper ?

— Oui, ma chérie ?

« Ma chérie. »

Elle sourit.

— Je n'ai pas besoin d'un dessin.

Il sourit en retour puis goûta à ses lèvres entrouvertes. Elle enroula ses bras autour du cou de Cooper et il l'étreignit, l'entraînant dans un baiser ardent et passionné. Elle se cramponna à lui, chavirée par des sensations brûlantes et s'abandonnant au vertige sensuel qui la laissait éperdue de désir.

Lorsque leur baiser prit fin, Cooper murmura d'une voix calme :

— Il faut qu'on rentre, sinon les kangourous ne vont pas tarder à nous prendre en photo !

Elle émergea de son état second et découvrit autour d'eux un cercle de kangourous aux regards brillants, apparemment curieux de connaître la suite.

— Je ne crois peut-être pas aux histoires sur les chats noirs et autres superstitions, mais je crois en revanche que notre nuit d'amour n'était pas une erreur. Je te veux, Sophie, dit Cooper, la regardant dans les yeux.

Ces mots furent suivis d'un deuxième baiser, aussi ardent que le premier.

— Rentrons, lui dit-il en lui lançant un léger sourire.

Alors que les ombres du soir commençaient à s'allonger et qu'ils quittaient le parc zoologique en marchant main dans la main, Sophie aurait éperdument voulu partager les certitudes de Cooper. Mais cette contrariante part d'elle-même qui faisait de la résistance au charme de Cooper et ne cessait de tout remettre en cause fit entendre sa voix discordante pendant tout le trajet du retour.

Pourtant, Cooper était parvenu à ses fins. Ce soir, ils partageraient le même lit.

10.

— Laisse tomber ce peignoir… mais seulement si tu es nue dessous !

Sophie, qui sortait de la douche après leur grande journée au zoo, fut parcourue d'un frisson délicieux en entendant la voix si virile de Cooper.

Elle marqua un arrêt sur le seuil de la salle de bains adjacente à la chambre, laissant s'accoutumer ses yeux à la lumière chaude et vive de la lampe de chevet. La silhouette imposante dressée devant elle se précisa graduellement. Elle distingua d'abord les yeux de Cooper puis son sourire ravageur.

Il poussa un soupir faussement excédé.

— C'est toujours à moi de faire tous les efforts !

Il avança avec la grâce athlétique d'un prédateur qui savoure par avance un repas délectable, faisant jouer dans ce mouvement les muscles bien dessinés de son torse et de son abdomen, lisses et durs comme l'acier. Il portait le jean qu'elle préférait, usé et d'un bleu doux, taille basse, dont il avait négligé de remonter la braguette. A chaque pas, il attirait son regard vers cette partie de son corps…

Elle sentait monter de plus en plus l'excitation alors que la distance qui les séparait se réduisait et que son parfum viril venait lui effleurer les narines. S'arrêtant enfin à quelques centimètres d'elle, Cooper glissa ses doigts sous l'encolure du peignoir de bain de Sophie, et elle se hissa machinalement sur la pointe des pieds alors qu'il effleurait sa bouche avec la sienne.

Elle s'abandonna avec joie à la magie envoûtante de son baiser. Elle était emportée par un courant plus fort que tout, happée par l'exaltation de leur échange, libérée par la violence de la passion. Elle avait eu une bonne raison de ne pas céder à son irrésistible désir, au cours des semaines écoulées. Mais face à une telle intensité de plaisir, impossible de se rappeler laquelle…

Elle voulut l'étreindre mais le peignoir avait glissé bien au-delà de ses épaules et lui immobilisait les bras. Les grandes mains de Cooper continuèrent à rabattre le tissu, dénudant les seins opulents de Sophie qui frottèrent contre son torse. Bouleversée par ce contact, les jambes en coton, elle se cramponna à lui, aspirant à une nuit sans fin entre ses bras…

Cependant, lorsque la main brûlante de Cooper se glissa sous le peignoir, elle se rappela les questions importantes qu'elle avait envisagé de lui poser quand elle était sous la douche.

— Cooper, murmura-t-elle, il faut qu'on fasse une pause…

Il la fit pivoter sur elle-même afin de l'asseoir sur le lit, puis il la renversa dessus et, son regard s'attardant sur ses seins nus, il dénoua la ceinture du peignoir.

— C'est bien ce que je voulais, tu es nue là-dessous, dit-il d'un air sournois.

D'un mouvement du genou, il lui écarta légèrement les jambes et faufila ses doigts vers le cœur de sa féminité, lui offrant une caresse sensuelle. Elle se cambra, accueillant cette offrande divine.

— Tu m'as manqué, lui dit-il, effleurant sa cuisse et se penchant sur elle.

D'un coup, elle se roula sur elle-même pour lui échapper.

— Hé, la fête, c'est par ici, lui dit-il avec un léger rire.

Elle déglutit, rassemblant ses idées.

— J'ai quelque chose à te demander. Je sais que tu répondras « oui » : tout homme le ferait, et toute femme attendrait une telle réponse. Mais je t'avertis : je verrai dans tes yeux si tu mens ou pas.

Il se figea, puis finit par s'allonger sur le côté, calé sur un coude.

— Cela semble bien compliqué, fit-il. Mais vas-y, je t'écoute.

— C'est très simple, dit Sophie, refoulant tant bien que mal le trouble qu'il avait éveillé. Es-tu partisan d'une relation monogame ?

— Aurais-tu établi toi aussi une liste, par hasard ? lui demanda-t-il d'un air soudain curieux.

— Eh bien… je crois que oui.

Il se détendit visiblement et répondit, tout en lui caressant les seins :

— Dans ce cas… la réponse est oui. Je ne suis pas pour la multiplication des partenaires.

Elle refréna son émoi sensuel, mais fut réconfortée par l'expression sincère de Cooper. Il paraissait totalement honnête.

Il eut un large sourire puis lui demanda :

— Ai-je réussi le test ?

— Pas encore.

Là-dessus, elle referma son peignoir pour ne plus se laisser distraire.

— Mais je ne l'ai pas raté non plus, fit Cooper en écartant de nouveau les pans du vêtement. Alors, je ne dois pas être puni. Pas encore.

Se sentant à nu, mais secrètement flattée, Sophie s'efforça d'ignorer son sourire enjôleur.

— Moi, je ne tricherais jamais à un examen, et je ne volerais que si c'était absolument nécessaire pour la santé d'une personne que j'aime et que je n'avais pas d'autre solution, lança Sophie.

— J'approuve hautement, dit-il en inclinant la tête pour caresser de sa langue les seins de Sophie.

Aux prises avec un plaisir délicieux, elle se contint et écarta la tête de son partenaire. Elle était en feu.

— Encore un dernier point : si quelqu'un était en train de se noyer, je plongerais pour aller à son secours, même si je risquais de me noyer aussi.

— Le fameux dilemme entre « courage » et « témérité suicidaire » ? fit Cooper, la regardant soudain dans les yeux. Nous sommes sur la même longueur d'onde. J'agirais comme toi ! Suis-je libre de sortir, maintenant, monsieur le juge ? acheva-t-il avec humour.

Avec un sourire, elle lui prit le visage à deux mains et dit d'une voix entrecoupée, tandis qu'il déposait au coin de ses lèvres de petits baisers :

— Il est hors de question... que tu t'en ailles. Tu dois... tout ranger d'abord. Et ensuite... seulement ensuite... tu pourras me faire l'amour jusqu'à l'aube.

Cooper se leva et, debout au pied du lit, enveloppé par le halo de lumière provenant de la salle de bains, il acheva de se dévêtir. Il rejoignit enfin l'objet de tous ses désirs.

Une pulsion incontrôlable l'animait alors qu'il l'enlaçait et la caressait. Sophie s'abandonnait à cette douce communion comme si elle relâchait enfin toute cette tension qu'elle avait ressentie jusque-là vis-à-vis de Cooper...

A partir du moment où Sophie avait accepté un essai de vie commune, Cooper n'avait cessé ses tentatives de séduction un peu maladroites. Mais en cet instant, elle ne ressentait plus ce malaise qui s'installait entre eux lorsqu'il la draguait ouvertement. Elle avait l'impression que tout se faisait très naturellement et qu'ils étaient parfaitement à leur place, dans ce lit ensemble...

Elle avait accepté sa décision sur le changement de chambre. Elle avait admis ce soir que leur passion était incoercible. Tôt ou tard, elle comprendrait aussi que sa résolution de l'épouser n'était pas négociable.

Il respectait Sophie, son désir d'être elle-même, sa

volonté de garder la tête haute. Il en était venu à éprouver tant d'affection pour elle que c'était parfois douloureux, et qu'il ne savait comment canaliser une émotion aussi forte.

Ils n'avaient pas eu un seul désaccord depuis un mois et étaient sur la même longueur d'onde pour ce qui était des questions primordiales — leurs convictions morales, leur attirance sexuelle réciproque, leur bébé. Que pouvait-il y avoir de plus important ?

— Tu n'as pas oublié les dérèglements hormonaux, n'est-ce pas ? lui lança-t-elle d'une voix sensuelle. Je serais bien capable de t'épuiser, tu sais.

— Oh ! tu ne sais pas à qui tu t'adresses, lança-t-il en riant.

— Assez parlé, des faits, répliqua-t-elle.

Il lâcha un rire grave et amusé.

— J'adore ta façon de penser.

Il adorait aussi la toucher, sentir sous ses doigts sa peau douce comme le satin, ses boucles épaisses, souples et soyeuses… Et il aima plus encore la façon dont elle s'agrippa à lui quand il la pénétra enfin, tendrement, se retenant un peu pour ne pas la brusquer. Ils se cramponnèrent l'un à l'autre, ondoyant sur un même rythme avec une intensité croissante, de plus en plus sauvage…

Il sentit les spasmes de Sophie au moment où il jouissait lui-même, envahi d'une joie viscérale à cette libération. Il la serra contre lui, gagné par la conviction qu'ils ne faisaient qu'un, comme s'ils venaient de fusionner. Jamais il ne s'était senti aussi complet. De nouveau, elle était sienne et, à dater de cette nuit, elle le resterait pour toujours. Il tenait son trésor le plus précieux et il ne le laisserait jamais s'échapper.

Quand le paroxysme du plaisir se fut enfin dissipé, il caressa le dos de sa compagne en songeant au bonheur délicieux d'avoir de nouveau fait l'amour avec elle. Déjà, il avait envie de recommencer…

Dans un froissement de draps, elle vint loger sa joue contre son torse et émit un long soupir comblé.

— Mmm… c'était si bon…

Il sourit face à tant de satisfaction et huma le parfum de sa chevelure bouclée.

— Si c'était simplement « bon », j'ai hâte de passer à l'exceptionnel…

L'estomac de Sophie gargouilla, et il plissa le front. Il n'avait pas envie d'interrompre la fête, mais ils devaient vraiment reprendre des forces ; elle n'avait rien mangé depuis le déjeuner, ce n'était pas bon pour le bébé. Il remua et allait suggérer des sandwichs avec tranches de rôti et pommes de terre, mais elle lui effleura la joue en une caresse qui semblait dire : « Reste donc et parlons un peu. »

— Qu'est-ce qu'il y a ? demanda-t-il en l'enlaçant.

Ayant pris une profonde inspiration, elle demanda :

— Quelle est la chose que tu désires le plus au monde ?

Puis elle l'embrassa au creux de son cou et leva les yeux vers lui. D'une voix posée, il lui dit ce qu'il pensait réellement :

— Je veux garder cet enfant, notre enfant, sous ma protection constante.

— Cela signifie quoi, exactement ? fit-elle. Que tu veux laisser tomber ton travail pour être « protecteur » à plein temps ?

Cooper rit. Il adorait son sens de l'humour.

— Pas exactement, non.

— Alors, ça veut dire que tu as envie de rentrer quotidiennement chez toi en sachant que ton épouse s'est occupée de ton enfant et de ta maison ?

Il marqua un arrêt. Il connaissait cette voix-là ! C'était une des questions pièges de Sophie. En son for intérieur, il voulait répondre par l'affirmative. Mais son instinct lui souffla qu'elle voulait entendre un « non » ferme.

Il n'allait pas gâcher un mois de bonne entente et se disputer avec elle. Il n'avait qu'à laisser passer…

Mais elle insista :

— Que penses-tu de la garde d'enfants ? Une nounou

ou la crèche, par exemple ? Ou alors, tu es peut-être prêt à travailler vingt heures par semaine au lieu de cinquante ou soixante afin de pouvoir être plus souvent à la maison avec le bébé ? Deux ou trois jours par semaine, en alternance ?

Il était en train d'halluciner. Parlait-elle sérieusement ?

— Toute autre considération mise à part, à ce stade de ma carrière, c'est irréalisable.

— Mais en revanche, tu serais content que je renonce à *ma* carrière ?

Pris au dépourvu, Cooper lâcha la main de Sophie et fixa le plafond. Il était clair qu'il aurait du mal à la faire changer d'avis. Mais il n'avait pas envie de discuter maintenant. Ils auraient tout le temps, au cours des prochaines semaines, d'évaluer ce qui serait le mieux pour tout le monde.

— Nous venons de faire l'amour, dit-il, lui reprenant la main. Je ne veux pas de dispute.

— Je ne cherche pas le conflit. Je voudrais seulement examiner les problèmes qui se posent et qu'il faudra bien régler, qu'on se marie ou non.

Il serra les mâchoires. Avec les dividendes de ses investissements, ils pouvaient mener la belle vie pendant tout le reste de leur existence. Il comprenait que Sophie veuille préserver son indépendance. Mais après l'accouchement, elle voudrait sûrement passer le plus clair de son temps avec le bébé, non ?

— Je voudrais te montrer quelque chose, dit-elle, l'arrachant à ses pensées.

Elle dégagea sa main et serra le poing.

— Tu vois cette ligne entre ma main et mon petit doigt replié ? Elle indique le nombre d'enfants que j'aurai. Il n'y en a qu'une, ce qui signifie : un enfant.

Oh ! voyons. Elle n'en était tout de même pas à croire à de telles choses !

Il écarta sa main et se redressa.

— Je ne crois pas aux fables, et toi non plus d'ailleurs,

dit-il, sûr qu'elle cherchait uniquement un angle d'approche pour aborder une autre question.

— Et si je n'en voulais qu'un ? fit-elle en se redressant à son tour et en s'enveloppant dans le peignoir. Peut-être que moi aussi j'espère mener une brillante carrière, tu ne crois pas ? Et toi, Cooper, combien d'enfants veux-tu ? Et ne me réponds pas « des triplés » !

Il pensa à Evangeline et à sa grossesse. Etait-il responsable de la stérilité de leur liaison, ou bien était-ce elle ? Peut-être ne l'étaient-ils ni l'un ni l'autre. Pour certains couples, il était facile de concevoir. Pour d'autres, cela prenait plus de temps. Récemment, un de ses collègues du barreau et sa femme, qui avaient tenté en vain de concevoir un bébé pendant cinq ans, venaient enfin de voir se réaliser leur plus vif désir...

Puisque Sophie voulait une réponse honnête, il la lui donnerait.

— J'aimerais en avoir deux. Mais je me concentre sur celui-ci. S'il naît en bonne santé, je serai déjà heureux.

— Mais Cooper...

Ah, cette fois, c'en était assez ! Il la fit taire d'un baiser, ils basculèrent ensemble sur le lit, et en un rien de temps, Sophie s'offrit à lui... Alors que leurs caresses prenaient fin et que Cooper s'approchait à nouveau de ses lèvres, il éprouva l'envie folle et puissante de lui dire... quelque chose.

Je t'aime ?

Non, c'était beaucoup trop tôt. S'il n'en était pas convaincu lui-même, elle n'y croirait pas non plus. Mais, en regardant les grands yeux verts de Sophie, ses yeux de chat, il sentit se ranimer en lui cette folle envie de lui exprimer ses sentiments...

Etait-il en train de tomber amoureux pour la première fois de sa vie ? Plus important encore, Sophie était-elle en train de s'éprendre de lui ?

De nouveau, il prit sa bouche. Ces moments d'échange et de partage étaient essentiels pour consolider ces sentiments qui étaient en train d'éclore. Quand il aurait conquis son cœur sans réserve — quand elle l'aimerait et ne pourrait renoncer à ce qu'ils partageaient —, alors il aurait obtenu l'essentiel. Une famille — leur famille, bien portante et à l'abri sous le même toit.

11.

Un mois plus tard, Paige était rentrée de France, Cooper avait toujours un comportement parfait, et Sophie commençait pour de bon à rêver de bague en diamants et de robe blanche… Oh ! Cooper ne s'en doutait pas, et elle n'avait pas l'intention de le lui dire. Pas encore. Elle n'était pas entièrement sûre, mais…

Peut-être le ferait-elle bientôt.

Elle s'imaginait qu'il la prenait dans ses bras et murmurait les trois petits mots qu'elle brûlait d'entendre lorsqu'elle entendit claquer la porte d'entrée. Le cœur battant, elle leva les yeux vers l'horloge de la cuisine. 17 h 5. Cooper rentrait tôt, et à en juger par le claquement brutal de la porte, il n'avait pas passé une bonne journée.

S'essuyant les mains avec un torchon, elle posa un regard contrarié sur les légumes qu'elle avait pelés pour faire une poêlée. Deux mois plus tôt, en emménageant chez Cooper, elle n'aurait jamais cru se retrouver plantée devant l'évier, en train de jouer les épouses modèles…

Ils n'avaient toujours pas réglé la question du dîner. Il aimait les petits plats mitonnés à la maison, elle aimait manger au restaurant. Joan, la gouvernante de Cooper, préparait en général plusieurs plats qu'il n'y avait plus ensuite qu'à sortir du congélateur lorsque c'était nécessaire. Mais Joan était en Irlande, en visite chez une cousine. Alors, Sophie s'était lancée dans la cuisine. La préparation lui plaisait assez, mais elle détestait perdre son temps ensuite à tout nettoyer et ranger. Paige était maintenant de retour, elle pouvait lui donner un coup de main.

Sophie se fit violence et prit son couteau à émincer. Au fond, ce n'était pas bien compliqué de faire la cuisine. Et Cooper riait toujours quand il la voyait dans son vieux tablier démodé.

Il entra dans la pièce, le visage sombre, l'air presque menaçant. Il lui arrivait d'être ultra-concentré, préoccupé, et il ne se débarrassait pratiquement jamais de son côté « je suis quand même le mieux placé pour juger, les gens feraient mieux d'écouter ». Mais elle ne l'avait jamais vu comme ça ! On aurait dit qu'il était complètement furax.

Il laissa lourdement tomber sa mallette sur la table, enleva son veston et le flanqua sur une chaise, puis contourna le plan de travail pour venir près d'elle et lui donner un long baiser profond qui éveilla son désir, même si elle était mal à l'aise de le voir d'une humeur aussi massacrante. Finalement, il la relâcha et elle observa avec appréhension sa mine et son regard assombris. Qu'est-ce qui le préoccupait donc tant ?

Elle en eut une crampe à l'estomac. D'autant plus que la nouvelle qu'elle avait à lui annoncer n'allait pas améliorer son humeur…

— Tu m'as manqué aujourd'hui, murmura-t-il.

Elle était sur le point de lui demander ce qui n'allait pas quand il fit brusquement volte-face, attrapa une pomme dans la corbeille à fruits et demanda en regardant autour de lui :

— Au fait, où est Paige ?

Puis il croqua dans le fruit, regarda son vieux tablier élimé et commenta avec un sourire :

— Très sexy.

Ce compliment ne la laissa pas indifférente. Elle reprit son couteau pour émincer une carotte, puis répondit à sa question :

— Paige est à l'étage, elle fait ses devoirs.

— Un vendredi soir ? s'étonna-t-il en posant la pomme

entamée et en se rapprochant à nouveau de Sophie pour lui donner un petit baiser délicat au creux du cou. Les enseignants de ton collège ne font guère de cadeaux ! Il y a tout juste deux jours que tout le monde est rentré.

Ils étaient allés chercher Paige à l'aéroport mercredi. Elle était épuisée mais rayonnante et avait des tas d'histoires à raconter, sans parler de son projet de repartir en France bientôt. Pendant le trajet du retour à la maison, Cooper avait expliqué à sa jeune sœur que Sophie et lui passaient pas mal de temps ensemble, désormais, et qu'elle restait dormir la nuit.

Sans paraître étonnée le moins du monde, Paige avait juste commenté : « Super ! »

Alors que le souffle de Cooper lui chatouillait l'oreille, Sophie éprouva une délicieuse sensation de chaleur et de réconfort. Cet essai de vie commune n'était pas si mal, au bout du compte.

— Si tu laissais tomber la cuisine, pour une fois ? suggéra Cooper. On peut passer commande au traiteur. J'ai envie d'un hot-dog à la viande sauce chili et de frites.

Sophie faillit avoir un haut-le-cœur. A ce stade de sa grossesse, elle ne souffrait plus de nausées matinales. Mais à la seule idée de sauce au piment, elle avait l'estomac retourné.

— On pourrait se blottir ensemble sur le canapé, avec une bonne couverture. Il y a un match important, ce soir.

Il dut voir à sa mine que la proposition ne l'enchantait pas, car il ajouta :

— Mais il y a sûrement aussi une comédie romantique sympa que je serais ravi de voir avec toi !

Il était si attentionné ! Que faire ? Il détestait les sitcoms, elle avait le foot en horreur. Mais elle ne voulait pas laisser passer l'occasion d'une soirée câline avec l'homme de ses rêves. Car elle en était désormais convaincue, Cooper était l'homme de ses rêves. Il l'était devenu dès l'instant où il l'avait invitée à danser, elle s'en rendait compte aujourd'hui. Elle était amoureuse, tout simplement.

Avisant la pile de courrier qui traînait sur la table, Cooper la prit et examina les diverses enveloppes.

— Des nouvelles de Myers ? fit-il.

Tout en émincant une échalote, Sophie révéla :

— Il m'a convoquée à son bureau. Il ne m'a pas demandé de démissionner, mais il a bel et bien dit qu'il avait été mis au courant de ma… situation par une collègue, et qu'il avait hâte qu'on lui annonce un mariage — tout comme les filles d'Unity College et leurs parents-clients.

— Il a joué cartes sur table, si je comprends bien, dit Cooper. Que lui as-tu répondu ?

C'est le moment de trancher, Sophie. Que vas-tu faire ?

Oui, qu'allait-elle faire ? Elle aimait enseigner à Unity, elle aimait ses élèves. Mais elle s'était éprise de Cooper. En lui, tout lui plaisait. Elle l'aimait éperdument, en réalité. Et à mesure que les semaines passaient, elle trouvait qu'elle avait une sacrée chance qu'il ait aussi des sentiments pour elle.

Mais pourquoi ne le lui disait-il pas ?

— Hé, salut ! fit soudain Paige, entrant dans la pièce vêtue de son pyjama orange. Hein ? Il t'a encore mise aux fourneaux ? A ta place, je ferais grève !

Sophie vit que le regard de Cooper allait de l'une à l'autre des femmes de sa vie. Elle réalisa soudain qu'il allait prendre la parole. Allait-il parler à Paige du bébé ? La veille, ils avaient convenu qu'il était temps de le faire. Mais elle ne se sentait pas prête à faire une telle révélation *en ce moment.*

— Paige, dit-il, il faut que nous parlions de Sophie et moi… et de toi.

Seigneur, il allait annoncer à sa sœur qu'elle aurait bientôt une nièce ou un neveu ! Voudrait-il aussi une réponse au sujet du poste d'enseignement à Unity ? Le moment était vraiment mal choisi. Ils auraient dû aborder la question après le repas, dans un moment de détente, et non lorsque Cooper était d'humeur si massacrante…

— Cooper, puis-je te parler ? demanda Sophie en ôtant son tablier.

Il ne parut pas l'entendre et se rapprocha de Paige, qui s'était perchée sur un tabouret.

— Ma chérie, tu sais que Sophie et moi sortons ensemble ?

— Oui, fit Paige, croquant un bout de carotte. Et alors ?

Cooper s'assit près de sa sœur. Il semblait chercher les mots justes.

— On s'aime beaucoup, dit-il.

Le joli visage de Paige s'éclaira.

— Ah oui ? Je n'avais pas remarqué.

— On s'aime tellement, en fait, que… Eh bien, on va avoir un bébé.

L'estomac noué, Sophie ferma les yeux. Elle entendit l'exclamation étouffée de Paige, puis :

— Non ?! Tu te fiches de moi ?!

Sophie se risqua à rouvrir les paupières. C'était parti ! Dès la semaine suivante, tout le collège serait au courant, et M. Myers viendrait exiger une réponse. Elle savait ce qu'il pensait : *Trouve-toi un mari ou quitte mon collège.*

— Il arrivera au début de l'année prochaine, révéla Cooper.

Paige renversa la tête et poussa un cri de joie.

— C'est super génial ! Waouh ! Je vais être tata et j'entrerai à la fac la même année !

Se levant d'un bond, elle étreignit son frère puis réserva le même sort à Sophie qui souriait malgré les larmes d'émotion qui coulaient sur ses joues. Au moins, Paige acceptait avec plaisir la situation. Cela ne valait-il pas tous les métiers du monde ?

La jeune fille examina le ventre de Sophie.

— On dirait que tu commences à t'arrondir. Dis, est-ce que je pourrai garder le bébé ? Oh ! s'il te plaît ! Laisse-moi faire du baby-sitting ! Je m'arrangerai pour être libre tout le temps !

Cooper se redressa en riant.

— Tu pourras le garder tant que tu voudras. N'est-ce pas, ma chérie ? demanda-t-il, regardant Sophie d'un air soulagé !

Sophie avait des grands-parents formidables. Mais elle ne s'était jamais sentie aussi proche qu'elle l'aurait aimé de ses propres parents. Avec Cooper et Paige, elle avait apparemment trouvé ce qui lui manquait. C'était étrange et merveilleux que cela soit arrivé si vite !

Ici, elle se sentait chez elle. Que pouvait-il y avoir de plus important ?

Prenant une mine faussement sévère, Cooper s'approcha de sa sœur.

— Ne te mets pas d'idées en tête, Paige. C'est une situation particulière, pas un exemple à suivre. Je sais que tu adores les bébés, continua-t-il en chatouillant sa sœur pour la faire rire. Il va falloir que je te surveille de près, maintenant.

— En fait, je… j'ai à te parler, moi aussi. Je voudrais inviter quelqu'un ici, lâcha Paige comme si elle se décidait d'un coup.

C'était décidément le jour du grand déballage, pensa Sophie. La veille, elle avait discuté avec la jeune fille de la manière dont elles pourraient s'y prendre pour inviter Hallam à la maison. Mais, étant donné l'avertissement que venait de délivrer, sans grande subtilité, Cooper, et la mine sombre et préoccupée qu'il avait eue tout à l'heure, le moment n'était guère bien choisi pour introduire le petit ami de Paige…

Pour sa part, Sophie n'avait pas encore trouvé l'occasion de mentionner le faire-part qu'elle avait reçu aujourd'hui : une amie de longue date l'invitait à son mariage à Perth. Cooper était si soucieux de la santé du bébé… Que penserait-il d'un voyage sur la côte Ouest de l'Australie à une époque où sa grossesse serait encore plus avancée ?

— Tu veux inviter une copine ? Une fille que tu as connue pendant ton séjour linguistique ? demanda en souriant Cooper.

Paige marqua une hésitation, puis lâcha d'une petite voix :

— Mon petit ami. Il s'appelle Hallam Gregson, et il a envie de te connaître.

L'air aimable de Cooper s'effaça.

— Depuis combien de temps le connais-tu ? l'interrogea-t-il, figé.

— Six mois.

Il eut un petit rire nerveux puis, agitant les mains, s'écarta de plusieurs pas.

— Oh ! pas question. La réponse est non.

— Mais enfin, pourquoi, Cooper ? laissa échapper Sophie.

Avait-elle tort d'intervenir ? Etait-ce une affaire entre lui et sa sœur et devait-elle s'abstenir de tout commentaire ?

Tout bien réfléchi, il lui semblait qu'elle devait le faire. Même si Paige était plus jeune, elles étaient amies. Elle comprenait les instincts protecteurs de Cooper, mais il allait trop loin et il fallait bien que quelqu'un le lui dise.

— Pourquoi non ? C'est simple : parce que ça vaut mieux comme ça, Sophie. Elle est trop jeune pour songer sérieusement aux garçons. *Beaucoup* trop jeune.

Ses parents, en mourant, lui avaient laissé la responsabilité de veiller sur Paige, dont il était l'unique parent et gardien, et il avait pris très au sérieux son rôle, pensa Sophie, qui s'efforça de tenir compte de cet élément lorsqu'elle reprit la parole :

— Paige a presque dix-sept ans, dit-elle avec un léger sourire destiné à détendre l'atmosphère. Si elle n'avait pas de petit ami, à son âge, je pourrais presque penser que quelque chose ne va pas.

— Il n'est pas si simple d'élever une ado, observa-t-il, toujours aussi nerveux.

— Tu prêches une convertie !

Il demeura inflexible :

— Tu es la professeur de Paige, pas sa mère.

Sophie accusa le coup. La gorge nouée par l'émotion,

elle n'aurait pas pu proférer la moindre réponse. Mais elle ne trouvait, de toute façon, rien d'intelligent à dire.

Une expression proche de la culpabilité passa dans le regard de Cooper, puis il se tourna de nouveau vers sa sœur.

— Est-ce la situation dont Sophie m'a parlé ?

Seigneur ! pensa Sophie, qui secoua la tête d'un air de dénégation et affirma à Paige :

— Je ne lui ai rien dit.

Mais Paige avait la mine défaite. Elle marqua un recul.

— Tu lui as tout raconté ?

— Non. Enfin, oui… mais pas comme tu le crois.

L'allusion qu'elle avait faite le soir de sa rencontre avec Cooper était visiblement restée gravée dans la mémoire de ce dernier qui, depuis, avait fait le rapprochement. Mais Paige n'attendit même pas une explication.

— Dire que je t'ai fait confiance ! s'écria-t-elle.

Puis elle se réfugia dans sa chambre en courant, perdant un de ses chaussons dans sa hâte. Le premier mouvement de Sophie fut de la suivre, mais elle se retint. Paige avait besoin de temps pour se calmer. Et pour sa part, elle avait besoin de réfléchir au moyen d'arranger les choses. Pourrait-elle convaincre la jeune fille qu'elle n'avait pas trahi sa confiance ?

La voix de Cooper, résonnant derrière elle, ne lui apporta guère de réconfort. Elle n'avait pas oublié son commentaire sur le fait qu'elle n'était pas la mère de Paige. Dire qu'elle s'était sentie « en famille » un moment plus tôt !

Lâchant un juron comme s'il se maudissait lui-même, Cooper remarqua :

— Je ne m'y suis pas très bien pris, hein ?

— Tu as été nul, dit-elle carrément.

Il vint lui soulever le menton.

— Je vais monter m'excuser.

Sophie eut un élan d'espoir. Mais elle voulait être sûre de bien comprendre.

— Tu veux dire que tu acceptes de rencontrer le petit ami de Paige ?

Cooper ne pouvait plus nier l'évidence qui se présentait à lui.

— Elle grandit, je n'y peux rien.

Elle avait envie de revenir sur son commentaire à propos de son rôle auprès de Paige. Mais, comme il se montrait plus souple, elle préféra y renoncer. Elle désirait cependant savoir ce qui l'avait tourmenté tout à l'heure, et lui parler de l'invitation de son amie. Perspective peu réjouissante !

Elle n'eut pas le temps de placer un mot. Cooper déposa un baiser sur sa joue et s'en alla en disant :

— Je vais chercher les hot-dogs. Va parler à Paige. Dis-lui que je suis un salaud, mais un salaud qui l'aime et ne veut que son bien.

Sophie fut tentée de jeter l'éponge, de dire : « Je n'y arrive pas, c'est trop dur. » Mais elle ne pouvait pas se dérober. Elle attendait un enfant de Cooper. Et de plus, elle l'aimait.

Elle aimait aussi Paige, peut-être l'aimerait-elle bientôt comme une jeune sœur.

Bref, selon toute apparence… elle était prête pour le mariage.

12.

Sophie était installée à une table au frais, devant un délicieux repas, sur une terrasse de Darling Harbour, le quartier touristique proche du cœur de Sydney. L'homme le plus sexy du monde était bien sûr auprès d'elle. Les lumières nocturnes de la ville dessinaient sur les eaux calmes du port des flaques dansantes bleues et or. Des familles, des couples, des célibataires arpentaient le célèbre site, profitant de l'air vespéral. Un cadre idyllique.

Tout serait parfait lorsque Sophie se serait délestée de la nouvelle qu'elle gardait pour elle depuis deux semaines. Après la scène avec Paige, elle avait préféré s'abstenir. Mais maintenant, le temps pressait.

— Je ne t'ai pas encore dit, je crois, que j'ai été invitée au mariage d'une amie ? Une amie d'enfance. Nous nous étions un peu perdues de vue.

— Génial, commenta Cooper, sourire aux lèvres. Tu peux amener un partenaire ?

Elle acquiesça.

— Quand et où ? demanda-t-il en se tamponnant la bouche avec sa serviette.

— Dans un mois. A Perth.

— Tu veux prendre le volant ? s'étonna-t-il.

— Sûrement pas ! dit-elle en riant. Perth est à plus de trois cents kilomètres !

Il l'examina et elle fut gagnée par l'appréhension. S'attaquant à son steak, il observa :

— Dans ton état, tu ne devrais pas voyager en avion.

— Etant donné que je n'ai aucun problème de santé, le médecin ne me l'interdit pas, fit-elle remarquer, se crispant légèrement.

— C'est une suggestion de ma part, souligna Cooper.

Au cours de ces dernières semaines, elle avait senti croître sa conviction d'être amoureuse de lui. Parfois, la profondeur de ses sentiments lui faisait presque peur. Après avoir hésité à accepter cet essai de vie commune, elle avait maintenant très envie qu'il aboutisse à quelque chose de plus grand, de plus fort. Elle avait essayé de se faire au caractère hyperprotecteur de Cooper. Mais là, il exagérait !

Elle avait été si contente qu'il accepte de rencontrer le petit ami de Paige ! Même s'il n'avait toujours pas fixé de date pour le recevoir… Heureusement, Paige avait écouté Sophie quand elle lui avait expliqué qu'elle ne l'avait pas trahie. Elles étaient redevenues amies. Cependant, Paige ne se confiait plus aussi souvent qu'autrefois…

Comme Cooper attendait une réponse, Sophie se résolut à lui dire :

— Désolée, ça ne suffit pas. Si tu refuses que je prenne l'avion, tu dois me donner une raison valable.

Ce qui revenait à lui signifier : « J'irai à ce mariage, que ça te plaise ou non. »

Elle n'avait pas envie d'une dispute, mais elle n'allait sûrement pas s'aplatir comme une carpette, même si Cooper prenait cet air mécontent.

— J'ai mes raisons, finit-il par lâcher en serrant les dents.

— Eh bien, dis-les, fit-elle malgré la tension ambiante.

— Quand j'avais huit ans, commença-t-il à voix basse, ma mère est tombée enceinte. Elle attendait un autre garçon. Elle a accompagné mon père à une conférence internationale. Pendant le voyage du retour, elle a eu des douleurs. Elle a perdu le bébé, et a failli perdre elle aussi la vie, quelques heures après leur atterrissage en Australie.

Sophie pâlit et crut qu'elle allait se sentir mal. Elle se cramponna au bord de la table. Elle s'imaginait elle-même dans cette situation, avec son bébé. Dans quatre semaines, quand elle irait à Perth, elle serait enceinte de cinq mois…

Cooper lui prit la main.

— Après, ma mère a passé plusieurs mois prostrée dans sa chambre, continua-t-il. Je n'ai pas envie qu'il t'arrive la même chose. Je refuse de tenter le diable.

Au risque de souffrir lui aussi. Elle comprenait cela. Elle observa cependant :

— Mais ce n'est sûrement pas à cause du voyage en avion que ça s'est produit.

Sauf si la mère de Cooper avait eu une maladie non détectée.

— L'hypothèse n'a pas été rejetée, dit Cooper, dont le regard se porta distraitement vers la gauche.

Soudain, il plissa les paupières puis repoussa sa chaise et se mit debout en disant :

— Paige n'était pas censée passer la nuit chez sa copine Marlo ?

Sophie acquiesça. Elle se retourna alors que Cooper s'éloignait soudain à grandes enjambées.

Paige, devant la fontaine en spirale de Darling Harbour, embrassait Hallam Gregson.

Seigneur ! Paniquée, Sophie saisit son sac et rattrapa Cooper à l'instant où il rejoignait les deux jeunes gens.

Il n'eut pas à les séparer. Hallam dut sentir la présence de son aîné car le jeune homme, en jean foncé et chemise, tourna la tête, vit Cooper et mit fin au baiser, sans pour autant cesser d'enlacer sa partenaire.

Paige, vêtue d'une jolie jupe jaune, les paupières closes, était toujours sur un petit nuage.

Hallam lui murmura à l'oreille :

— Je crois que je suis sur le point de faire connaissance avec ton frère.

Elle ouvrit les yeux et cria :

— Cooper !

Les poings sur les hanches, il lança sèchement :

— Tu es privée de sortie pendant deux mois.

Le visage décomposé, Paige leva les mains.

— Je peux t'expliquer.

— Tu le feras demain. Pour le moment, tu rentres avec nous.

Cooper voulut saisir sa sœur par le bras, mais elle lui échappa.

— Je reste avec Hallam, déclara-t-elle d'un air tendu.

Hallam éleva la voix :

— Monsieur Smith, si nous pouvions nous asseoir quelque part, je crois que…

— Je ne t'ai pas adressé la parole, mon garçon, le coupa Cooper, qui continua à l'adresse de Paige : Il fait nuit, ces rues peuvent être dangereuses. Je te croyais chez Marlo. Et si tu te faisais agresser ? Ou pire ?

— Mais je suis avec Hallam, fit valoir Paige, à présent presque sereine, en glissant un bras sous celui de son petit ami, qui lui adressa un sourire. Il ne permettrait jamais qu'il m'arrive quelque chose.

— Je ne t'ai donc rien appris ? maugréa Cooper. Tu dois réfléchir, bon sang. Réfléchir à ton avenir et à ce que tu fais. *En public*, par-dessus le marché !

— J'aime votre sœur, monsieur Smith, glissa Hallam en se dressant de toute sa hauteur.

Cooper lui décocha un regard noir.

— J'ai eu moi aussi votre âge. Je ne doute pas de vos sentiments.

Entourant la jeune fille d'un bras protecteur, Sophie intervint :

— En voilà assez, Cooper.

— Et comment ! enchérit Paige, les larmes aux yeux. On peut s'enfuir si on veut ! On peut même se marier ! Rien ne nous force à suivre tes règles ridicules, Cooper ! Je ne peux plus les supporter !

Des gens s'étaient arrêtés pour les écouter et suivre la scène. Cooper n'y prit pas garde.

— Les règles sont une chose nécessaire, assena-t-il à sa sœur. Les règles garantissent l'ordre et la sécurité !

— Ce sont *tes* règles, pas les miennes. Et j'en ai marre d'être ta prisonnière.

Fondant en larmes, Paige courut vers le port, aussitôt suivie par son jeune Roméo.

Cooper se frappa le front, complètement désarçonné par la colère qui l'animait.

— Elle va s'enfuir, se marier et faire un bébé ou deux. Je serai grand-père avant d'avoir trente-cinq ans ! pesta-t-il.

Sophie ne put s'empêcher de sourire jusqu'aux oreilles. « Grand-père » ? Il confondait avec « oncle »…

S'approchant de lui, elle plaida :

— Je ne pense pas qu'ils aillent jusque-là. Mais ils ont besoin qu'on les écoute et qu'on tienne compte de leurs sentiments. Nous devrions faire confiance à Paige et espérer qu'elle prendra de sages décisions.

Il l'examina longuement.

— Tu suggères qu'ils prennent la tangente et se marient ?

— *Quoi ?* Non, bien sûr que non.

Cooper demeura un instant silencieux, puis reprit en fourrant les mains dans ses poches :

— En tout cas, je ne veux pas que tu discutes encore de ça avec elle. Elle en a assez vu et entendu. Si ça continue, elle trouvera totalement normal de tomber enceinte.

Désespérée, Sophie leva les yeux et eut l'impression de voir Mr Hyde.

Etait-ce le fond de la pensée de Cooper ? Croyait-il qu'elle avait pour sa part *cherché* à tomber enceinte ? Qu'elle lui avait joué le même tour qu'Evangeline pour le « garder » ?

Malgré deux ans de liaison suivie, il n'était pas tombé

amoureux d'Evangeline. Si c'était elle qu'il aimait, tout comme elle l'aimait à présent, pourquoi ne le lui disait-il pas ?

De plus, elle avait pris conscience, ce soir, qu'elle était manipulée, spoliée de son droit à prendre ses propres décisions. Il ne s'agissait pas de savoir si elle conserverait son travail, ni si elle irait au mariage de son amie. Le problème, c'était l'attitude de Cooper : sa conviction qu'il *devait* et *pouvait* faire des choix à sa place.

A l'instar de Paige, elle n'avait pas envie de dépendre de lui et de vivre sous sa coupe. Elle voulait qu'on tienne compte de son avis. Elle voulait compter pour quelque chose, bon sang ! Compter pour un homme qui ressentait *de l'amour* pour elle.

Envahie par l'émotion, elle lutta pour refouler ses larmes. Il n'était pas question qu'elle se montre servilement docile, ni qu'elle passe son temps à se justifier. Et il était inconcevable que son enfant grandisse auprès de deux parents qui ne cessaient d'avoir des prises de bec.

Rassemblant son courage, elle tourna les talons et se dirigea vers la rue principale pour héler un taxi. Cooper la rejoignit et lui barra le passage. *Mauvais choix*, pensa-t-elle. Si c'était une confrontation qu'il voulait, il allait l'avoir !

La gorge serrée, elle dit en levant les mains :

— Nous nous sommes raconté des histoires, Cooper. Depuis le début. Nous nous entendons bien au lit, mais ça ne va pas au-delà.

Furieux, il l'entraîna à l'écart, loin de la foule curieuse.

— Nous discuterons à la maison, dit-il.

Pas question ! pensa-t-elle.

— Je suis contente qu'on ait essayé. C'était une bonne chose. Mais je ne cherche pas à m'imposer à toi, et je ne te permettrai certainement pas de me dicter tes règles, dit-elle en pleurant. Il vaut mieux que le bébé ait des parents qui vivent séparément qu'un père et une mère mariés qui ne sont jamais d'accord sur rien. Et je ne te parle pas du programme télé ou de qui fera la cuisine. Je te parle des choses essentielles.

— Nous avons le même code moral, la même éthique. Nous avons déterminé ça il y a déjà plusieurs semaines, fit Cooper, passant une main dans ses cheveux.

— Tu ne veux qu'une partenaire, tu ne consentirais jamais à tricher ou à mentir, tu essaierais de sauver quelqu'un qui est en danger de mort. C'est très bien, Cooper, mais ce n'est pas de ce genre d'hypothèses qu'il est question en ce moment.

Elle ne parvenait plus à s'arrêter de pleurer.

— Tu essaies de garder Paige, mais tu ne réussis qu'à la faire fuir. Et je ne pourrais pas rester passive si tu tentais de faire la même chose avec notre bébé. Je finirais par te haïr, lâcha-t-elle, submergée par l'émotion.

— Il est impossible qu'il y ait un jour de la haine entre nous, affirma Cooper, l'attirant à lui fermement. Nous sommes faits l'un pour l'autre. Nous formons une famille.

Au lieu de céder à sa sensation de réconfort, Sophie tenta désespérément de trouver un calme intérieur. Elle avait tant envie d'embrasser Cooper, de ne le laisser jamais partir !

— Je désire faire partie d'une famille. De notre famille. Mais pas au point d'être prête à renier mes principes et ma fierté.

Elle vit au loin Paige qui pleurait. Elle aurait voulu courir la réconforter, mais Hallam était avec elle. Même si cela lui faisait mal au cœur, elle n'avait pas à s'en mêler, désormais.

— Ta sœur a besoin de toi, dit-elle à Cooper. De ton soutien et de ton affection. Pas de ta colère.

Elle se délivra de son étreinte, et il la retint par une main.

— Nous n'en avons pas fini, Sophie.

— Inutile d'insister, dit-elle en s'éloignant, le cœur brisé. Il n'y a pas d'arc-en-ciel au bout du chemin, Cooper. Je t'en prie, laisse-moi m'en aller.

13.

Il n'avait pas été capable de la retenir, cette nuit-là. Une erreur de plus à son actif…

Un mois plus tard, dans l'endroit qui avait été autrefois son refuge favori, Cooper lançait et relançait encore une balle de tennis élimée contre le sol d'ardoise, à l'opposé de la mare aux poissons rouges. Elle rebondissait contre le mur en ciment, et il la rattrapait. Il avait effectué ce geste tant et tellement de fois depuis le début de la soirée…

Il avait commis tant d'erreurs avec Sophie.

Un, il l'avait séduite après lui avoir juré de ne pas le faire.

Deux, il l'avait poussée à vivre avec lui alors qu'elle n'avait cessé de répéter qu'elle ne voulait pas se marier.

Trois, il ne l'avait pas vraiment écoutée, et n'avait donc pas respecté ses décisions concernant le bébé : il y avait eu l'affaire de l'escalier de la mezzanine, le voyage en avion, son désir de garder son travail…

Il avait réservé à Sophie pratiquement le même traitement qu'il avait réservé à Paige. Mais Sophie n'était plus une gamine ! Bon sang, Paige aussi avait cessé de l'être.

C'était là sa quatrième erreur : il n'avait pas admis que sa jeune sœur était devenue une jeune femme.

Il s'affala sur son transat, jambes écartées, arborant une barbe de trois jours.

S'il devait résumer son problème en un mot, c'était facile : peur. Peur de ce qui s'était produit, peur de ce qui *pouvait* se produire. Il aurait mieux fait de saisir le bonheur à deux mains en se disant que si Sophie et lui échouaient à le garder, ils auraient au moins eu un peu de joie et de plaisir.

Quand son ami avocat lui avait confié, la semaine passée, que sa femme avait fait une fausse couche, il en avait été malade. Au lieu d'en parler avec Sophie, il avait tout gardé pour lui, et cela n'avait fait que renforcer, maladivement, son désir de la protéger et de protéger le bébé.

Non sans mal, il avait « réparé la casse » avec Paige et son petit ami… Hallam Gregson. Un jeune homme bien. Car à dix-huit ans, on était déjà un homme… Et, que cela lui plaise ou non, il devait permettre à sa sœur de voir le garçon et de passer du temps en sa compagnie, s'il voulait qu'elle revienne vers lui, le grand frère, en cas de besoin.

Quant à Sophie… Il lui avait demandé de ne pas arpenter les rues de Sydney en quête d'un taxi, cette nuit-là. Il avait tenu à ce qu'elle rentre avec lui. Ils avaient déposé Hallam chez lui tandis que sa sœur, butée et triste à l'arrière, n'avait pas prononcé un mot. Une fois à la maison, Paige, le visage sillonné de larmes, s'était barricadée dans sa chambre. Sophie lui avait souhaité une bonne nuit. Au matin, elle n'était plus là.

Elle était partie sans laisser un mot.

Il lui avait envoyé des fleurs et s'était présenté chez elle. Il avait même envisagé de jeter des cailloux à sa fenêtre et de lui donner une sérénade au clair de lune. Mais cela n'aurait pas plus marché que le reste.

Il allait la reconquérir, il n'y avait pas d'autre solution. Même s'il n'avait pour le moment pas la moindre idée sur le moyen d'y parvenir, il savait que la situation ne resterait pas ainsi.

Il s'apprêtait à rentrer à l'intérieur lorsqu'il capta un mouvement dans les buissons. Un instant plus tard, un chat au regard presque phosphorescent surgit parmi les feuilles. Un chat noir aux yeux verts.

Le pouls de Cooper s'accéléra. Il caressa l'animal sur la tête, puis sur le dos. Le chat trottina un peu, s'assit et se lécha une patte. Il revint enfin vers lui en se frottant contre ses jambes.

— Gentil minou… On dirait qu'on est aussi seuls l'un que l'autre.

Je l'ai peut-être plus mérité que toi…

Le chat, aussi prestement qu'il avait décidé de s'approcher, s'écarta de nouveau et repartit en vadrouille.

Cooper eut un accès de panique tout à fait irrationnel. Que fallait-il faire ? Qu'avait dit Sophie ? Qu'il fallait toucher trois fois la tête d'un chat noir pour conjurer le sort ?

C'était ridicule. Vraiment absurde. Mais ce fut plus fort que lui. Il se redressa pour aller à sa poursuite.

Comme s'il avait deviné son intention, le chat se retourna, revint vers lui et s'enroula autour de sa jambe.

En lâchant un petit rire, Cooper le souleva et le prit dans ses bras. Comme l'animal se mit à ronronner et à jouer des griffes, Cooper eut soudain une illumination.

Il caressa la tête du chat, une, deux, trois fois.

Il savait comment reconquérir Sophie. Mais pour réussir, la chance ne lui suffirait pas.

La joue calée au creux de sa paume, Sophie regardait en souriant les couples qui dansaient et riaient sur la piste de danse de la réception du mariage.

Elle retint une larme. Elle n'avait jamais eu autant envie de pleurer !

Oh ! la journée avait été magnifique. La mariée était superbe, le marié fier comme un coq, les fleurs ravissantes et la nourriture délicieuse — même si Sophie, pour sa part, n'avait pas avalé grand-chose.

Elle avait pris son billet d'avion et embarqué directement pour Perth. Elle était venue ici pour son seul plaisir.

Allons donc ! Quelle blague ! Elle massa son ventre

arrondi, et s'avoua que sa seule joie, aujourd'hui, c'était de sentir remuer son bébé.

Cet enfant, elle l'aimait déjà. Tout comme elle aimait son père — si profondément, si désespérément qu'elle avait parfois toutes les peines du monde à se tirer de son lit, le matin, après avoir fait des rêves un peu trop explicites…

Mais il fallait bien qu'elle aille au travail. Et, après le mystérieux renvoi, pour des raisons demeurées secrètes, du vieux directeur bougon, chassé par le conseil d'administration dont le président avait des idées bien précises en matière de gestion du personnel, elle ne risquait plus de perdre son poste.

C'était une victoire, mais elle n'en tirait aucune satisfaction.

Au moins, elle verrait Paige cinq fois par semaine jusqu'à la fin de l'année scolaire. La jeune fille et Cooper avaient surmonté leur différend, apparemment. Paige voyait Hallam au grand jour depuis un mois et ne parlait plus de fuguer pour l'épouser — heureusement ! Cooper avait sans doute compris qu'il risquait de perdre sa sœur s'il s'obstinait à la maintenir sous sa coupe. Sophie se réjouissait pour Paige.

L'air de rock qui retentissait à travers les haut-parleurs s'arrêta, et le DJ annonça :

— Il est presque l'heure de mettre fin à cette fantastique soirée, les amis. Mais avant le dernier numéro de danse, voici, sur requête spéciale, de quoi faire plaisir à tous les passionnés de films d'espionnage. Nous partons pour un voyage en 1977. Cela va vous rappeler des souvenirs !

Sophie prit son sac à main et se leva de la table ronde où elle était restée seule. Elle avait réservé une suite dans l'un des étages supérieurs, avec vue sur la Swan River. C'était une petite folie. Mais puisqu'elle ne pouvait plus être avec Cooper, elle voulait au moins pouvoir se remémorer leur rencontre…

Alors qu'elle était prête à se diriger vers la sortie, elle reconnut l'air de *L'espion qui m'aimait*, un des anciens James Bond. Malgré l'élan de nostalgie éperdu qui la traversait, elle sourit. C'était la musique idéale pour laisser jaillir dans sa mémoire la vision de « son » 007… Mais, à mesure que la musique prenait de l'ampleur, elle fut submergée par l'émotion et dut lutter pour retenir ses larmes…

Jamais elle n'aimerait quelqu'un comme elle aimait Cooper. Mais au moins, elle le reverrait régulièrement. Elle allait mettre au monde son bébé. Leur bébé. Ce petit être, pensa-t-elle en posant une main sur son ventre, ne douterait jamais d'avoir été désiré.

Au moment où elle se tournait pour gagner le seuil, son bracelet porte-bonheur s'accrocha au ruban argenté qui décorait un fauteuil. La fermeture céda pour la première fois et le bracelet tomba.

Sophie n'eut pas le temps d'arriver au bout de sa pensée : *Mauvais signe, ça signifie que tout est vraiment fini* — une haute silhouette avait surgi dans son champ de vision et, se penchant prestement, le nouveau venu cueillit le bracelet au creux de sa main avant qu'il touche le sol.

Le souffle court, les joues soudain en feu, elle attendit que ce superbe spécimen masculin au parfum si familier, vêtu d'un magnifique smoking, se redresse. Il lui décocha un sourire ravageur puis s'inclina pour lui murmurer à l'oreille :

— C'est indubitablement notre danse.

Elle crut qu'elle allait s'effondrer. Mais il n'en était pas question. D'autant qu'elle n'avait pas changé d'avis sur Cooper. Ni sur leur mariage. Absolument pas.

Sans lui demander sa permission, il la prit par la main et l'emmena sur la piste, la plaquant en douceur contre lui. Elle fut parcourue d'un frisson de plaisir. Après être restée un instant songeuse, elle se laissa aller contre son épaule. Ils étaient à un mariage, quoi de plus normal que de se livrer à une danse ? Elle n'allait pas se montrer impolie, il avait effectué un si long chemin pour la rejoindre…

— Je suis venu te dire que j'avais tort et que tu avais raison, lui dit-il dans le creux de l'oreille. Je suis arrogant, autoritaire, et nous n'avons pratiquement rien en commun. Oui, nous faisons des étincelles au lit, et sur ce plan aussi, tu as dit vrai.

Elle ne put s'empêcher de sourire. Il n'avait pas raté l'occasion de souligner ça, bien sûr !

— Mais la question est, continua-t-il, cela suffit-il pour qu'un couple puisse bâtir sa vie là-dessus ? J'ai voulu croire que oui. Et j'avais tort, je l'ai déjà dit.

Il avait *tort* ?

Elle était étourdie par de tels propos, curieuse de savoir quelle serait la suite. Mais son corps, lui, ne se souciait guère de ces mots déroutants : elle sentait une vague de chaleur se diffuser doucement en elle. Quant à son cœur, il ne comprenait qu'une chose : il avait cessé d'être solitaire.

Conclusion : elle devait échapper sans tarder au charme létal de Cooper avant qu'il soit trop tard. Trouvant en elle, sans trop savoir comment, la force de s'arracher à ses bras, elle affirma en redressant fièrement le menton :

— Ça ne prendra pas, Cooper. Pas cette fois.

Il eut un sourire en coin.

— Tu es ravissante dans cette robe longue et satinée. Je croyais qu'une femme ne pouvait pas porter du blanc à une noce. A moins d'être la mariée.

— Les temps ont changé. Nous avons le choix, maintenant.

Cooper baissa la voix, à peine audible par-dessus la musique :

— Un chat noir m'a rendu visite, hier soir. C'était un signe.

Il lui prit les mains et les tint étroitement serrées entre les siennes.

— Tu crois à la chance. Je crois au destin. Hier soir, j'ai compris que rien de tout ça n'a d'importance. Parce que tout ce dont nous avons besoin, c'est d'avoir foi l'un dans l'autre.

De nouveau, Sophie secoua la tête et des larmes perlèrent au coin de ses yeux.

— Non, Cooper, non. Tu voudrais toujours décider de

tout, je passerais mon temps à me justifier, et tu finirais quand même par obtenir ce que tu veux.

Il était ainsi fait, voilà tout.

Pourtant, il avait trouvé un terrain d'entente avec Paige, réalisa-t-elle.

— Je suis désolé, dit Cooper. Pour tout. Il ne suffit pas de dire que j'ai agi ainsi parce que je tiens à toi, je le sais. Mais ne pourrions-nous pas au moins nous accorder une autre chance ?

Un véritable dilemme opposait l'esprit de Sophie à son cœur. Elle avait envie de répondre « oui », envie de croire en son arc-en-ciel. Mais ce n'était pas facile. Elle s'était promis de ne pas revenir sur sa parole.

— Tu as beau t'excuser, rien n'a changé, fit-elle valoir.

— Si, les choses ont changé, soutint-il.

Un élan d'espoir s'infiltra en Sophie, et elle détourna les yeux. Tout cela lui faisait trop mal. Rien ne la forçait à revivre cette souffrance.

— Je t'ai dit de me laisser partir, l'autre nuit, et j'étais sérieuse. Ne peux-tu respecter ma décision, s'il te plaît ? Ne peux-tu *me respecter* ?

L'air de *L'espion qui m'aimait* s'acheva, et un autre morceau commença. Des points lumineux colorés dansèrent sur l'assistance. Lui relevant le menton, Cooper s'exprima en la regardant dans les yeux, comme s'il tenait à ce qu'elle s'imprègne totalement de ses paroles.

— Tout sera différent, je le sais, soutint-il. Parce que… je t'aime, Sophie. Je t'aime, et je sais que tu m'aimes aussi.

Elle se sentait totalement déstabilisée. Cooper tentait encore de la manipuler ! Etait-il sincère ? Ou cherchait-il seulement à la récupérer ainsi que le bébé ? Pouvait-il réellement être aussi sournois ? Aussi cruel ?

— Nous avons une chance folle de nous être trouvés, continua-t-il en la prenant par les épaules et en l'envoûtant de son aura si sensuelle. Nous n'allons tout de même pas perdre ça parce que nous n'avons pas le courage de nous accorder une deuxième chance !

Sophie secoua la tête. Elle n'aurait pas dû l'écouter !

Mais il reprit la parole, livrant ce qu'il avait sur le cœur.

— Considère-moi comme un homme qui se noie, lui dit-il. Je ne t'entraînerai pas par le fond, mais j'ai besoin de ton aide. J'ai besoin de toi, Sophie. Et tu as besoin de moi. Parce que nous formons une famille. Maintenant, et pour toujours.

Qu'elle eût tort ou raison, tout son être lui criait de se jeter dans ses bras virils et de ne plus jamais le laisser partir, quoi qu'il advienne. Mais elle ne pouvait pas craquer ainsi. Elle devait au moins tenter de lutter.

— Tu n'as rien d'autre en rayon ? fit-elle en s'efforçant de prendre un air désinvolte et de lâcher un rire.

— Si, répliqua-t-il. J'ai ça aussi.

Il tira de sa poche un petit écrin écarlate et l'ouvrit. Sidérée, elle regarda le bijou qui scintillait sous ses yeux, et il lui sembla que Cooper venait de cueillir un bouquet d'étoiles tout exprès pour elle et de le lui offrir. L'écrin contenait une bague en diamants absolument magnifique.

Et quel motif !

— Il y a trois *papillons* sur l'anneau ? lâcha-t-elle, le souffle coupé.

Il sortit la bague et fit disparaître le boîtier dans sa poche.

— Ce n'est pas une bague de fiançailles, dit-il.

— Oh ! fit-elle, ne trouvant plus ses mots.

Lui prenant la main, il passa la bague à son doigt avant qu'elle ait le temps de réagir. En toute franchise, elle était si surprise et si ravie qu'elle ne songeait guère à protester ! Tout à coup, son tourment se dissipa comme par magie, ne laissant plus en elle que de l'espoir. Un *véritable* espoir. Et tant d'amour qu'il lui semblait que son cœur allait éclater.

Cooper l'aimait ? Pour de bon ? Ce n'était ni une supercherie ni une illusion ?

Elle regarda mieux sa main. Il avait glissé la bague à son annulaire.

— Si ce n'est pas une bague de fiançailles…, commença-t-elle.

— C'est une bague d'éternité. Les trois papillons, c'est pour la chance, comme tu l'as dit. Les diamants sont du blanc le plus pur et l'anneau est en or blanc. Mais le joaillier a précisé que si tu n'étais pas contente…

— Cooper ?

— Oui, ma chérie ?

— Je n'ai pas besoin que tu me fasses un dessin, dit-elle avec un sourire tout droit venu du cœur.

Cooper laissa éclore un de ses grands sourires ravageurs et, de ses bras puissants, la souleva au-dessus de lui. Il la ramenait vers lui pour lui donner un long baiser lorsqu'il marqua une hésitation.

— Juste pour être sûr… Est-ce que ça veut dire « oui » ?

Sophie, les yeux humides, hocha la tête.

— Et ça veut dire que je t'aime aussi.

— Pour le restant de nos vies ?

— Beaucoup plus longtemps encore.

Cooper l'embrassa avec fougue, en se donnant de tout son être. Quand ils se séparèrent, elle s'attendit presque à ce que la foule des invités éclate en applaudissements. Mais les couples qui étaient autour semblaient eux aussi perdus dans leur bulle intime.

La faisant ondoyer doucement au rythme de la musique, Cooper ne la quitta pas des yeux.

— On s'organisera dès notre retour, dit-il. Tu voulais un mariage sur la plage, non ?

Il n'avait pas oublié ? Et il était *d'accord* ?

— Je croyais que tu voulais un mariage traditionnel à l'église, dit-elle.

— C'est toi que je veux, répondit-il en la faisant tournoyer. Sais-tu que nous serons follement heureux, Sophie Smith ?

Une joie infinie envahit Sophie. *Sophie Smith.* Ce nom sonnait si juste. Il était parfait !

Lui adressant un magnifique sourire, elle tira sur le nœud papillon de son James Bond si sexy et, avant qu'il s'empare à nouveau de sa bouche, elle murmura :

— Quelque chose me dit que le bonheur nous tend enfin les bras !

KIM LAWRENCE

Un refuge en Toscane

Traduction française de
FABRICE CANEPA

AZUR

HARLEQUIN

Titre original :
SURRENDERING TO THE ITALIAN'S COMMAND

Ce roman a déjà été publié en 2017.

1.

Tess pressa son front brûlant contre la surface métallique du réfrigérateur.

— Je vais très bien, affirma-t-elle d'une voix qui lui parut relativement convaincante.

— Tu es la menteuse la plus pathétique que je connaisse, commenta son amie Fiona en riant.

— Je suis une excellente menteuse, au contraire, protesta Tess, feignant d'être scandalisée. Hier, j'ai dit à la secrétaire de ma mère que je regrettais sincèrement de ne pas pouvoir assister à cette inauguration. Et elle m'a crue.

— C'est seulement parce que tu étais malade, objecta Fiona, moqueuse. D'ailleurs, je suis sûre que, si tu n'avais pas eu cette mauvaise grippe, tu y serais allée !

— Peut-être, concéda Tess.

Elle essaya de se réconforter en se disant que rares étaient les gens qui osaient s'opposer à sa mère. Et elle ne faisait pas exception.

— Je suis désolée de ne pas pouvoir passer ce soir, reprit Fiona. Mais tu n'es pas la seule à être tombée malade : la moitié de mes collègues sont absents, ces jours-ci, et c'est un peu la panique au bureau. Mais je passerai demain matin, après avoir déposé Sally et les filles à la gare. Est-ce que tu as besoin de quelque chose de particulier ?

— Non, répondit Tess. Ne t'embête pas à venir jusqu'ici…

— À quoi servent les amies ? répliqua Fiona.

— Ne viens pas te plaindre ensuite parce que tu es tombée malade à cause de moi !

— Bah, je n'attrape jamais la grippe, de toute façon, répondit Fiona.

— Ce n'est pas une raison pour tenter le diable.

— Ne t'en fais pas pour moi et tâche plutôt de prendre soin de toi ! Tâche de boire beaucoup.

— C'est justement ce que j'étais en train de faire lorsque tu as appelé…

Elle s'abstint de préciser que le trajet du salon à la cuisine lui avait fait l'effet d'une véritable randonnée. Elle se sentait aussi épuisée que si elle avait parcouru dix kilomètres à pied.

— Au fait, Tess, est-ce que tu as bien pensé à faire changer les serrures, comme tu l'avais prévu ?

— Bien sûr. J'ai fait tout ce que m'avait recommandé la police.

Curieusement, loin de la rassurer, l'installation d'une caméra de sécurité et d'une serrure renforcée lui donnait l'impression d'être prisonnière dans son propre appartement.

— Ils auraient mieux fait de l'arrêter…

— J'aurais pu obtenir une injonction, répondit Tess. Mais il aurait fallu pour cela que je porte plainte.

— Je me demande bien pourquoi tu ne l'as pas fait ! s'exclama Fiona.

Elle s'interrompit aussitôt.

— C'est à cause de ta mère, n'est-ce pas ? s'enquit-elle.

Tess n'eut pas même besoin de répondre. Fiona était probablement la personne qui la connaissait et la comprenait le mieux. Elles étaient déjà amies lorsque la mère de Tess avait fait d'elle le symbole de la croisade qu'elle menait contre le harcèlement dans les écoles.

Et quelques années plus tard, lors de sa campagne municipale, elle n'avait pas hésité à se servir d'un film qui la montrait en larmes à l'enterrement de son père.

— Tu avais peur qu'elle ne s'en serve pour sa nouvelle campagne électorale ? lui demanda Fiona.

— Disons que je ne tenais pas à courir un tel risque, concéda Tess. Je sais que ma mère n'est pas animée de mauvaises intentions mais elle n'hésite pas à faire feu de tout bois lorsqu'il s'agit de faire triompher ses convictions.

— Tu as toujours été trop indulgente avec elle. À ta place, cela fait longtemps que je l'aurais renvoyée dans ses buts !

— Je sais bien, soupira Tess. Mais même si j'avais porté plainte, rien ne dit que la cour aurait émis une injonction. Il n'a rien d'un fou et rien ne laisse deviner qu'il peut se comporter de façon aussi inappropriée. De plus, je n'ai aucune preuve qu'il soit entré chez moi. Et il n'a rien volé.

— Il a recouvert le lit de pétales de rose et laissé une bouteille de champagne et deux flûtes sur la table de nuit, lui rappela son amie.

— D'après la police, cela ne constitue pas à proprement parler une menace.

— C'est quand même l'acte d'un maniaque, objecta vivement Fiona. Est-ce que tu as parlé à la police des e-mails qu'il t'a envoyés ?

— Oui. Et, là encore, il n'y a pas vraiment matière à porter plainte. Ils ne contiennent aucune menace explicite. Ce type est simplement persuadé que nous avons une relation riche et intense alors que nous nous croisions seulement tous les matins à l'arrêt de bus. Il pense que nous sommes voués l'un à l'autre. C'est triste et un peu sordide mais cela ne fait pas de lui un dangereux criminel…

— Qui dit que la prochaine fois il ne rentrera pas chez toi alors que tu seras là ?

Un frisson parcourut la colonne vertébrale de Tess. Combien de fois s'était-elle fait cette réflexion ? Elle avait même fait plusieurs cauchemars dans lesquels elle voyait Ben Morgan s'introduire chez elle en pleine nuit. Elle se réveillait alors en proie à la panique, le cœur battant à tout rompre et le corps recouvert de sueur glacée.

— Je suis désolée, s'excusa Fiona. Je n'aurais pas dû dire ça…

— Ça ne fait rien…

— Les enfants ! Ça suffit ! s'exclama alors Fiona. Si vous n'arrêtez pas de vous disputer la télécommande, j'éteins la télévision et j'envoie chacun dans sa chambre ! Excuse-moi, Tess, mais les jumeaux ne sont pas sortis de la journée et ils sont insupportables.

— Leur mère n'est pas là ?

— Ma chère sœur prend son bain. Pour une fois qu'elle a trouvé quelqu'un pour s'occuper de ses diablotins !

— Tu sais comme moi que tu adores ça, s'exclama Tess en souriant. Mais tu ferais peut-être mieux de raccrocher avant qu'ils ne détruisent l'appartement.

— Tu es sûre que ça ira ?

— Certaine ! Ne t'en fais pas pour moi. De toute façon, je crois que je vais aller directement me coucher.

— Excellente idée. Repose-toi bien. On se voit demain.

— À demain, Fiona.

Après avoir raccroché, Tess mit de l'eau à bouillir et sortit un sachet de thé avant de se diriger vers le réfrigérateur. Malheureusement, la bouteille de lait qui s'y trouvait était vide. Un gémissement de frustration lui échappa.

Évidemment, l'absence de lait ne faisait que renforcer l'envie qu'elle en avait. Fort heureusement, l'épicerie la plus proche se trouvait à moins de deux cents mètres de chez elle.

Comme elle n'avait pas le courage de s'habiller, elle se contenta d'enfiler le manteau que le petit ami de Fiona avait oublié chez elle, lorsqu'ils étaient venus dîner, la dernière fois. Bien qu'il ne soit pas particulièrement athlétique, le vêtement était beaucoup trop large pour elle.

Après avoir passé une paire de baskets, elle sortit de chez elle et contourna le bâtiment pour s'engouffrer dans la petite ruelle qui longeait son immeuble. À cette heure, elle était plongée dans les ténèbres et Tess ne put réprimer un frisson d'angoisse.

Elle se rappela la mise en garde de la police :

« Il ne s'agit pas de verser dans la paranoïa mais vous devriez prendre quelques précautions élémentaires pendant quelque temps. Si vous sortez, faites-le avec des amis. Et si vous êtes seule, tâchez de fréquenter des endroits publics de façon à ne pas vous retrouver isolée. Les désaxés dans son genre finissent généralement par choisir une autre cible… »

Le cœur battant, Tess s'immobilisa au beau milieu de la venelle. N'était-elle pas précisément en train de faire ce qu'on lui avait demandé d'éviter ? L'angoisse qu'elle éprouvait menaçait de se changer en accès de panique.

— Tout ira bien, se murmura-t-elle. Je n'ai rien à craindre. Je suis presque arrivée…

Au retour, elle se promit de contourner le pâté de maisons. Cela lui prendrait peut-être un peu plus de temps mais, au moins, elle serait à l'abri de ce genre de frayeurs. Rassérénée par cette décision, Tess se remit en marche, pressant le pas.

C'est alors qu'elle vit se découper une silhouette au bout de la ruelle. L'homme s'avança vers elle, et elle se figea de nouveau, tétanisée par un nouvel accès d'angoisse.

— Tess, fit une voix terriblement familière. J'avais si peur de ne plus te revoir… Mais nous allons être enfin réunis. Pour toujours.

— Étant donné ce que vous venez de me dire, je suis convaincu que votre sœur pourrait effectivement bénéficier d'un tel traitement. Mais, avant d'engager la moindre démarche en ce sens, il me faudrait en discuter avec elle personnellement. Ce n'est pas uniquement une question de possibilité mais de volonté. La procédure est longue, coûteuse et relativement douloureuse…

Danilo prit une profonde inspiration, s'efforçant de dominer la frustration qu'il sentait monter en lui.

— L'argent n'est pas un problème, répondit-il sobrement. Est-ce que vous accepteriez de la recevoir ? demanda-t-il au médecin.

Ce dernier joignit les doigts et l'observa longuement avant de lui répondre.

— Je pense que vous devriez commencer par lui en parler, déclara-t-il. Si j'ai bien compris, elle a déjà suivi plusieurs traitements qui se sont révélés inopérants. Peut-être ne tient-elle pas à réitérer l'expérience…

Danilo ne put s'empêcher de penser au plaidoyer du garçon qui courtisait sa sœur lorsqu'il avait essayé de le dissuader de revenir à la charge.

« Vous ne pouvez pas nous séparer. J'aime votre sœur et elle m'aime. De quel droit vous interposez-vous entre nous ? Nat est assez grande pour savoir comment et avec qui elle veut vivre… »

Il ne pouvait nier le fait qu'il prenait souvent des décisions à la place de sa sœur. Mais, ce faisant, il cherchait uniquement à défendre ses intérêts.

C'était la raison pour laquelle il l'avait poussée à consulter tous les plus grands spécialistes de la moelle épinière. Il tenait à ce qu'elle retrouve la vie qu'elle avait avant.

— Je suis certain que ma sœur espère remarcher un jour, déclara-t-il. Mais je lui en parlerai et elle vous recontactera elle-même.

— C'est d'accord, acquiesça le médecin en se levant pour le raccompagner jusqu'à la porte de son bureau.

En quittant la clinique, Danilo indiqua à son chauffeur qu'il avait besoin de marcher un peu. Plongé dans ses pensées, il s'éloigna sans prêter attention à la bruine typiquement britannique qui tombait ce soir-là.

Il faisait à peu près le même temps à Londres, la nuit où

s'était produit l'accident qui avait causé la mort de ses parents et avait privé Nat de l'usage de ses jambes.

Danilo ne s'était jamais vraiment pardonné de ne pas s'être trouvé avec eux en Italie, ce soir-là. Qui sait ? S'il avait pris le volant, peut-être auraient-ils évité cette terrible tragédie…

Ces remords étaient sans doute irrationnels mais il ne parvenait pas à s'en défaire. Et le fait de savoir que cette culpabilité du survivant était un mécanisme psychologique des plus classiques n'y changeait strictement rien.

Le fait est que, pendant qu'il folâtrait avec une jolie Anglaise, sa sœur luttait pour sa survie dans un hôpital de Rome. Pendant sept heures, elle s'était trouvée entre la vie et la mort, sans personne pour la soutenir.

C'était la raison pour laquelle Danilo s'était juré de faire tout ce qui serait en son pouvoir pour trouver un remède. Jamais, cependant, il n'avait imaginé qu'elle puisse ne pas vouloir guérir, qu'à force de déceptions elle puisse se résigner à passer le restant de son existence dans un fauteuil roulant.

Les mots du médecin le poursuivaient impitoyablement tandis qu'il se dirigeait vers son quartier.

« Peut-être ne tient-elle pas à réitérer l'expérience… »

Il ne pouvait nier le fait qu'après l'échec de la dernière opération, la déception de Nat avait rapidement été remplacée par une forme de fatalisme qui l'avait mis plus mal à l'aise encore que les larmes qu'elle versait autrefois.

L'idée qu'elle puisse se résigner à l'inéluctabilité de la situation actuelle lui était insupportable. Il devait être fort pour eux deux et l'aider à surmonter ses doutes. À force de persévérance, ils finiraient par trouver une solution. C'était la seule issue acceptable.

Alors même qu'il formulait cette conclusion sans appel, il entendit retentir un cri de femme. Brutalement tiré de ses pensées, il se tourna vers la ruelle qui s'ouvrait sur sa droite. Il y faisait assez sombre mais il parvint néanmoins à distinguer deux silhouettes : un homme agrippait par le bras une femme qui tentait vainement de se dégager.

Danilo n'hésita pas un seul instant. Il avait toujours détesté les brutes qui entendaient s'imposer par la force. Lui-même en avait suffisamment souffert dans la cour de son école, avant qu'une brusque poussée de croissance ne lui fasse rattraper en quelques mois la taille et la carrure de ceux qui le martyrisaient.

— Laisse-moi tranquille ! s'exclama la jeune femme tandis que Danilo s'approchait.

Il agrippa l'agresseur par le col de son blouson et le tira sans ménagement en arrière. Sous l'effet de la surprise, l'homme lâcha la jeune femme et manqua de basculer en arrière. Danilo en profita pour s'interposer entre les deux.

— Qu'est-ce qui vous prend ? s'exclama l'homme en serrant les poings.

Au lieu de reculer, Danilo s'avança vers lui.

— La dame n'a pas l'air consentante, articula-t-il d'une voix glacée.

Quelque chose dans son regard ou dans le ton de sa voix dut faire comprendre à l'inconnu que Danilo ne plaisantait pas. Instantanément, il se radoucit, allant jusqu'à se fendre d'un sourire peu convaincant.

— C'est un malentendu, déclara-t-il.

— Ce n'est pas l'impression que cela donne. Voulez-vous que j'appelle la police, mademoiselle ?

— Non, murmura la jeune femme d'une voix tremblante. Je veux juste rentrer chez moi…

Touché par la détresse qu'il percevait en elle, Danilo résista à la tentation de se tourner vers elle. Il ne pouvait se permettre de perdre son adversaire des yeux.

— La police ? répéta ce dernier avec un petit reniflement de mépris. Mais c'est ridicule. Je ne lui ai rien fait de mal. Vous ne comprenez pas, l'ami…

— Je ne suis pas votre ami, répliqua froidement Danilo.

— Ce n'est qu'une petite dispute de couple, plaida l'homme. Vous savez ce que c'est…

— Non, répondit Danilo. Je n'ai pas pour habitude de brutaliser les femmes de cette façon.

— Mais Tess est avec *moi*, objecta l'homme avec une étrange intensité.

À ces mots, Tess ne put réprimer un frisson d'horreur. Le souvenir de ce qui lui était arrivé lorsqu'elle avait seize ans lui revint brusquement. L'homme avec lequel sortait sa mère à cette époque était entré dans sa chambre, un jour, et lui avait proposé de s'amuser un peu avec elle.

Lorsqu'elle avait refusé, il l'avait prise dans ses bras et l'avait embrassée de force, laissant ses mains courir sur son corps. Elle avait cependant trouvé la force de le repousser, lui lacérant au passage le visage de ses ongles. Comprenant qu'il était sur le point de contre-attaquer, elle l'avait menacé de hurler et de prévenir toute la maison.

Il l'avait alors accusée d'être une allumeuse qui aimait aguicher les hommes pour mieux les repousser. Elle aurait probablement dû traiter ces critiques par le mépris mais, curieusement, elles avaient fait naître en elle un doute insidieux.

Elle avait presque fini par se sentir coupable de ce qui s'était produit ce jour-là. Et pendant plusieurs années elle avait souffert de complexes dans ses relations avec les hommes et, aujourd'hui encore, elle se sentait souvent mal à l'aise vis-à-vis d'eux.

— De toute évidence, mademoiselle n'a pas envie de se trouver en votre compagnie, pour le moment, déclara celui qui venait de voler à son secours. À moins que vous ne préfériez poursuivre cette discussion au poste de police le plus proche, vous devriez donc rentrer chez vous.

Ben demeura longuement silencieux. Puis, sans un mot, il tourna les talons et s'éloigna. L'inconnu attendit qu'il ait tourné au coin de la ruelle avant de se tourner vers elle. Et, en avisant son visage, elle sentit les battements de son cœur s'accélérer dans sa poitrine.

Non seulement il venait de la tirer d'un très mauvais pas, mais, de plus, il s'agissait de l'un des hommes les plus séduisants qu'il lui eût jamais été donné de croiser. Très brun, il avait de magnifiques yeux d'obsidienne et des cheveux couleur de jais.

Ses traits réguliers possédaient une élégance naturelle, une forme de noblesse innée. Le menton était volontaire, le nez très légèrement aquilin, la bouche merveilleusement dessinée. Il émanait de son regard une impression de volonté et de parfaite maîtrise de soi.

— Merci, parvint-elle à articuler. Je vous suis très reconnaissante…

— Il n'y a pas de quoi, répondit-il de cette voix légèrement rauque qui trahissait l'ombre d'un accent étranger. Mais si je puis me permettre, vous devriez faire un peu plus attention en choisissant vos petits amis…

— Ce n'est pas mon petit ami ! s'exclama-t-elle, horrifiée qu'il puisse penser une telle chose.

Elle s'interrompit, prise d'un brusque vertige. L'angoisse qu'elle venait d'éprouver lui avait presque fait oublier sa maladie mais, tandis que l'adrénaline refluait, elle sentait un brusque accès de faiblesse s'emparer d'elle.

— Est-ce que ça va ? lui demanda son sauveur d'un ton inquiet.

Il tendit la main vers elle pour la soutenir et, à ce simple contact, elle fut prise d'un léger frisson.

— C'est juste cette maudite grippe, expliqua-t-elle. Je ne me sens vraiment pas très bien.

De fait, le sol paraissait tanguer légèrement sous ses pieds.

— Respirez profondément, lui conseilla-t-il.

Elle s'exécuta, s'efforçant de dominer son vertige.

— Là, c'est mieux, l'encouragea son sauveur en tirant

un téléphone portable de sa poche. Je vais demander à mon chauffeur de passer nous chercher, ajouta-t-il.

— Ce n'est pas la peine, lui assura-t-elle. J'habite juste au coin de la rue.

L'idée de rentrer seule jusque chez elle ne la rassurait cependant pas. Qui sait si Ben n'avait pas simplement contourné le pâté de maisons pour l'attendre devant son immeuble ? Il était suffisamment obsédé pour cela.

— Je vais vous raccompagner, déclara son sauveur qui semblait avoir perçu son angoisse.

— Je ne veux pas vous faire faire un détour inutile, répondit-elle d'un ton qui manquait singulièrement de conviction.

— Ne vous en faites pas pour cela, lui dit-il. Je ne tiens pas à ce qu'il vous arrive quoi que ce soit.

— Merci, répéta-t-elle d'une voix étranglée par l'émotion.

Elle écrasa une larme qui coulait le long de son visage.

— Je suis désolée. Je ne suis pas aussi émotive, d'habitude. Mais je ne m'attendais pas du tout à le voir surgir de cette façon… Ben n'est pas mon petit ami. Malheureusement, il est persuadé du contraire…

Danilo ne tenait pas particulièrement à s'impliquer dans cette affaire. Mais la détresse qu'il percevait dans la voix de Tess éveilla en lui un élan de compassion irrésistible. Les grands yeux qui mangeaient le visage de la jeune femme étaient emplis d'angoisse.

— Ne vous en faites pas, lui dit-il. Il n'osera pas revenir de sitôt.

— Vous pensez ? lui demanda-t-elle d'une toute petite voix.

— Pas tant que je serai avec vous, en tout cas, soyez-en sûre. Mais je vous conseille tout de même d'aller déposer une main courante au commissariat dès demain matin.

— Vous avez peut-être raison, concéda-t-elle. Je ne sais vraiment pas comment vous remercier…

— Il n'y a pas de quoi. J'ai une petite sœur et, s'il lui arrivait quelque chose de ce genre, j'espère vraiment que quelqu'un se porterait à son secours.

Il tendit son bras à Tess, qui le prit après une infime hésitation. Côte à côte, ils se mirent en route vers chez elle.

2.

— Au fait, déclara le sauveur de Tess tandis que tous deux parvenaient au bout de la ruelle. Je ne me suis pas présenté. Je m'appelle Raphaël, Danilo Raphaël.

Tess se prit à songer que c'était un nom parfaitement approprié : ne s'était-il pas conduit comme son ange gardien, ce soir-là ?

— Droite ou gauche ? lui demanda-t-il alors.

Tess ne répondit pas immédiatement. Elle était bien trop occupée à admirer le visage de Danilo dont la lueur des réverbères soulignait la beauté saisissante. Jamais elle n'avait rencontré quelqu'un d'aussi séduisant que lui.

Mais en le voyant en pleine lumière, elle ne put s'empêcher de songer que, paradoxalement, il paraissait bien plus dangereux que l'homme qui venait de l'agresser. Il émanait de lui une impression de force contenue. La façon dont il avait repoussé Ben semblait indiquer que ce n'était pas la première fois qu'il était amené à se battre.

— Tess ?

— Euh… C'est à droite, répondit-elle, embarrassée. C'est la quatrième maison, celle avec la porte rouge.

Parvenus devant son immeuble, Tess hésita quelques instants. Laisser repartir son sauveur sans même lui offrir un verre lui paraissait assez ingrat. Mais elle ignorait tout de lui, et plus particulièrement si elle pouvait lui faire confiance. En l'invitant chez elle, ne risquait-elle pas de tomber de Charybde en Scylla ?

— Je vais vous laisser, lui dit-il. Prenez bien soin de vous...

Le sourire de l'inconnu et sa sollicitude eurent raison des hésitations de Tess.

— Est-ce que je peux vous offrir quelque chose à boire ? proposa-t-elle.

Danilo hésita, jetant un coup d'œil en direction de la limousine qui venait d'apparaître au coin de la rue.

— D'accord, répondit-il enfin. Attendez-moi juste un instant.

Il se dirigea vers l'imposant véhicule et se pencha à la portière pour s'entretenir brièvement avec le chauffeur. De toute évidence, Danilo était un homme fortuné et elle se demanda quel genre de métier il pouvait bien exercer.

Il rejoignit Tess tandis que la limousine démarrait et s'éloignait. Elle fouilla alors la poche de son manteau à la recherche de ses clés et ouvrit la porte du petit immeuble.

S'il fallait en croire la voiture qu'il possédait, Danilo ne devait guère avoir l'habitude de fréquenter ce genre d'endroit. Le bâtiment avait connu des jours meilleurs. La peinture des murs s'écaillait sous l'effet de l'humidité. Les marches de bois étaient patinées par l'usage.

La faible épaisseur des murs et des portes n'offrait qu'une protection très relative contre le bruit qui résonnait dans la cage de l'escalier. Cela n'avait jamais vraiment dérangé Tess mais elle se sentait un peu embarrassée par la modestie de son immeuble.

— J'habite au dernier étage, précisa-t-elle.

— Vous avez l'air épuisée, fit remarquer Danilo. Vous devriez peut-être prendre l'ascenseur.

— Il n'y en a pas, répondit-elle avec un petit sourire gêné.

Sans attendre sa réponse, elle commença à gravir péniblement l'escalier en prenant appui sur la rampe. Danilo ne s'était pas trompé : ses jambes la soutenaient à peine et elle mit une éternité à atteindre le palier du premier étage.

Comme elle s'apprêtait à se remettre en marche, Danilo s'approcha d'elle.

— J'ai une meilleure idée, déclara-t-il.

Avant même qu'elle ait compris ce qu'il s'apprêtait à faire, il la souleva de terre.

— Ce n'est pas la peine, s'exclama-t-elle vivement.

— Je ne tiens pas à ce que vous vous évanouissiez à mi-chemin, répondit Danilo, qui se remit en route d'un bon pas, comme si elle ne pesait pas beaucoup plus lourd qu'un fétu de paille.

Tess était trop fatiguée pour protester et elle se laissa faire. Elle n'avait pas l'habitude de jouer les damoiselles en détresse mais, pour une fois, c'était loin d'être désagréable, peut-être parce que Danilo était l'un des hommes les plus séduisants qu'il lui ait été donné de rencontrer.

À travers le tissu de sa chemise, elle pouvait sentir la fermeté de sa poitrine et la chaleur de sa peau. Et c'était une sensation délicieusement troublante. Lorsqu'ils parvinrent au dernier étage, Danilo la reposa précautionneusement sur ses pieds.

— Merci, lui dit-elle.

— Il n'y a pas de quoi, répondit-il en lui jetant un coup d'œil qu'elle ne parvint pas à interpréter.

Elle ouvrit sa porte et pénétra dans l'appartement.

— Je ferais peut-être mieux de vous laisser vous reposer, déclara-t-il alors.

— Après tout ce que vous avez fait pour moi, je vous dois bien quelque chose à boire. Un thé ? Un café ? Une bière ? Un verre de jus d'orange ?

— Un café, ce sera parfait, répondit-il en la suivant jusque dans la cuisine. Vous vivez seule ?

— Oui, répondit-elle en sortant deux tasses du placard.

— Vous devriez peut-être appeler une amie, dans ce cas, déclara-t-il.

— Après une bonne nuit de sommeil, je me sentirai beaucoup mieux, lui assura Tess.

— Je ne pensais pas tant à votre grippe, objecta Danilo. Je ne voudrais pas que votre petit ami vous cause de nouveaux ennuis…

Tess secoua vigoureusement la tête.

— Ce n'est pas mon petit ami, répondit-elle.

Danilo accepta la tasse de café que lui tendit Tess. Il avala une gorgée de liquide brûlant sans cesser d'observer la jeune femme à la dérobée. Lui disait-elle la vérité ? Ou bien se sentait-elle embarrassée à l'idée qu'un étranger ait vu son petit ami lever la main sur elle ?

Il savait que nombre de femmes battues avaient beaucoup de mal à regarder en face la situation dans laquelle elles se trouvaient. Elles ne cessaient de chercher des excuses aux hommes qui les maltraitaient. Même celles qui parvenaient à leur échapper avaient tendance à retomber sous leur emprise.

Évidemment, tout cela ne le concernait pas. Assumer la responsabilité de sa sœur cadette était déjà suffisamment difficile comme cela et il n'avait aucune raison de s'impliquer dans cette histoire.

Pourtant, quelque chose en Tess l'intriguait. Il émanait d'elle une impression de fragilité, de vulnérabilité qui le touchait plus qu'il ne l'aurait voulu. Et l'idée de voir cet homme l'agresser de nouveau lui donnait la nausée.

— Est-ce que vous éprouvez toujours des sentiments pour cet homme ? s'enquit Danilo.

— Je n'en ai jamais éprouvé, protesta-t-elle vigoureusement.

— Ce n'est pas ce que lui semble penser.

Tess poussa un soupir à fendre l'âme.

— C'est vrai, reconnut-elle. Il est convaincu que nous sommes faits l'un pour l'autre. Je crois même qu'il se prend vraiment pour mon petit ami. Mais en réalité nous nous connaissons à peine.

— Où vous êtes-vous rencontrés ?

— Dans le bus, répondit-elle. Nous prenons le même tous les matins et, apparemment, il a développé une véritable obsession à mon sujet. Cela a commencé de façon assez innocente. Je ne sais pas comment il est parvenu à mettre la main sur mon adresse de messagerie mais il m'a envoyé quelques e-mails dans lesquels il me déclarait ses sentiments. J'ai répondu que je n'étais pas intéressée mais, au lieu de se décourager, il s'est montré plus insistant. Puis je l'ai vu devant l'établissement où je donne des cours.

— C'est à ce moment-là que vous avez appelé la police ?

— Non. Mais, le mois dernier, quelqu'un s'est introduit chez moi par effraction. On a laissé des roses et du champagne dans ma chambre à coucher. Et, là, j'ai vraiment commencé à m'inquiéter...

— Il y a de quoi ! s'exclama Danilo, horrifié. Comment se fait-il que la police ne l'ait pas arrêté ?

— Je n'avais aucune preuve qu'il s'agissait bien de lui. Et jusqu'alors Ben ne s'était jamais montré menaçant à mon encontre.

— Eh bien, il a franchi un cap, ce soir. Et je persiste à penser que vous devriez le signaler à la police.

— Vous avez sans doute raison, dit-elle en soupirant. Mais pas ce soir.

— Promettez-moi de le faire dès demain matin, dans ce cas, insista Danilo.

— D'accord, répondit-elle d'une voix légèrement tremblante.

Elle essuya une larme qui perlait au coin de ses yeux.

— Je suis désolée, reprit-elle. C'est ridicule... Je ne suis pas aussi émotive, d'ordinaire.

— Vous avez eu une soirée difficile, éluda Danilo en haussant les épaules.

Mais le désarroi qui la submergeait ne faisait qu'accentuer la sympathie qu'elle lui inspirait.

— Au fait, que faisiez-vous dehors dans cette tenue ? reprit-il en désignant le manteau trop ample qu'elle portait par-dessus ce qui semblait être un simple pyjama.

— J'étais allée chercher du lait à l'épicerie, expliqua-t-elle en rougissant de plus belle, ce qui ne la rendait que plus adorable.

À cet instant précis, Danilo prit brusquement conscience du charme qui émanait de la jeune femme. Jusqu'alors, il n'y avait pas réellement prêté attention, peut-être à cause des circonstances étranges dans lesquelles ils s'étaient rencontrés, ou bien encore à cause de la façon dont elle était attifée.

Elle était plutôt petite, et très mince, avec un côté femme-enfant que renforçaient encore son manteau trop grand et ses cheveux en bataille. Ses grands yeux bruns, sa bouche, petite mais sensuelle, son menton en pointe et ses pommettes hautes et marquées lui conféraient un pouvoir de séduction auquel il était loin d'être insensible.

— Je n'arrive pas à le croire, déclara-t-il en secouant doucement la tête. Vous êtes harcelée par un maniaque et, au lieu de rester prudemment chez vous, vous sortez faire des courses en pleine nuit en pyjama !

— Nous ne sommes pas en pleine nuit, fit-elle objecter. Et j'avais vraiment très envie de lait.

— Vous êtes inconsciente.

— Et vous, vous exagérez, répliqua-t-elle sans se démonter.

— Vraiment ? Pourtant vous m'avez laissé entrer chez vous alors que vous ne savez même pas si je suis digne de confiance !

— Quelque chose me dit que vous n'êtes pas le genre d'homme à développer ce genre d'obsessions malsaines, déclara Tess en haussant les épaules.

— Et qu'est-ce qui vous fait dire cela ?

— Vous êtes bien trop séduisant pour cela, répondit-elle.

J'imagine que ce sont plutôt les femmes qui vous courent après, en général…

Surpris par son franc-parler, Danilo la considéra avec une pointe d'amusement.

— Je suis flatté, lui dit-il en se demandant si elle cherchait à flirter avec lui.

Mais rien dans son expression ne le laissait présager. Elle s'était exprimée sur un ton indifférent, comme s'il s'agissait d'un simple état de fait qui n'avait absolument aucun rapport avec elle.

Il se demanda alors si elle avait un petit ami. Cette idée éveilla en lui une pointe de jalousie aussi absurde que puérile. Tess était peut-être charmante mais il ne la connaissait ni d'Ève ni d'Adam. Tout ce qu'il savait, c'est qu'elle était enseignante.

— Vous êtes institutrice ? lui demanda-t-il, curieux.

Elle secoua la tête.

— Je suis professeur de lycée. Ou plutôt, je l'étais jusque très récemment…

— Que s'est-il passé ?

— Rien. Je remplaçais une collègue qui était partie en congé maternité. Elle a repris sa place et j'attends qu'une autre se libère. En attendant, je fais des remplacements à droite et à gauche. Je donne aussi des cours particuliers…

Danilo considéra ce qu'elle venait de lui dire. Une idée venait de naître dans son esprit et plus il la considérait, plus elle lui paraissait excellente.

— J'ai une suggestion à vous faire, dit-il.

— Changer les serrures ? C'est déjà fait.

— Je pensais à quelque chose de plus radical.

— Aller m'installer dans un cottage aux Nouvelles-Hébrides ?

— Il pleut beaucoup trop, là-bas. À vrai dire, je pensais plutôt à l'Italie.

Elle le considéra avec stupeur.

— Mais que voulez-vous que j'aille faire là-bas ? s'exclama-t-elle.

— Je cherche un précepteur pour ma sœur.

— Votre sœur ?

— Elle s'appelle Natalia, elle a dix-neuf ans mais vient tout juste de passer son bac. Il y a quelques années de cela, elle a été victime d'un grave accident de voiture qui a retardé sa scolarité.

— Je suis désolée, murmura Tess.

— Depuis lors, elle est clouée dans un fauteuil roulant. Mais c'est quelqu'un de très intelligent. Je suis convaincu qu'avec un peu d'aide, elle aurait les moyens de rattraper son retard et d'accéder aux meilleures universités. Alors ? Qu'en dites-vous ?

Tess le considéra avec stupeur.

— Mais qui vous dit que je serai à la hauteur ? Nous nous connaissons à peine !

— En général, j'ai plutôt un bon instinct. Mais nous pourrions convenir d'une période d'essai. Si au bout d'une semaine nous nous apercevons que cela ne fonctionne pas, vous pourrez toujours rentrer à Londres. D'ici là, cet homme vous aura peut-être oubliée ?

Tess ne répondit pas immédiatement.

— Voici ma carte, ajouta-t-il. Si vous décidez de tenter l'aventure, mettez-vous en contact avec mon assistante. Vous discuterez de votre contrat et elle se chargera de réserver un vol pour vous.

Elle prit la carte qu'il lui tendait.

— Soignez-vous bien, conclut-il. Et réfléchissez à ma proposition. Qui sait ? Notre rencontre de ce soir n'était peut-être pas le fruit du hasard…

3.

— Mais c'est de la folie furieuse ! s'exclama Fiona lorsque Tess lui fit part de sa décision, le lendemain soir. Tu ne peux partir à l'autre bout du monde pour travailler pour un homme dont tu ne sais rien !

— L'Italie n'est pas à l'autre bout du monde, protesta Tess. Et j'ai fait ma petite enquête sur Internet, évidemment ! Il se trouve que Danilo Raphaël est un homme d'affaires aussi riche que respecté.

— Au cas où tu l'ignorerais, il y a une sacrée différence entre ce que l'on peut lire sur Internet et la réalité, objecta son amie. Les gens inventent toutes sortes de choses pour se faire mousser…

— Regarde par toi-même, rétorqua Tess en lui tendant sa tablette.

En découvrant la photographie qui ornait la page Wikipédia de Danilo, Fiona ne put s'empêcher d'ouvrir des grands yeux.

— C'est lui qui t'a sauvée ? s'exclama-t-elle.

— Oui.

— Et il ressemble vraiment à ça ? L'image n'est pas trafiquée ?

— Elle a dû être prise il y a quelques années, répondit Tess. Mais il n'a pas beaucoup changé… Peut-être quelques petites rides aux coins des yeux et de la bouche. Il porte aussi les cheveux un peu plus court. Sinon, c'est exactement lui.

— C'est un vrai canon, déclara Fiona.

— Tu trouves ?

Son amie lui lança un regard dubitatif.

— Ne me dis pas que tu ne t'en es pas rendu compte !

— Eh bien… Je reconnais qu'il n'est pas désagréable à regarder…

— J'espère que ce n'est pas pour cela que tu as accepté sa proposition !

— Bien sûr que non, répondit Tess avec plus d'assurance que de franchise.

Fiona la considéra attentivement, comme si elle cherchait à lire dans ses pensées. Tess espéra qu'elle en était incapable.

— Et que fait ce bel inconnu lorsqu'il n'est pas en train de secourir les demoiselles en détresse ?

— Il gagne de l'argent. Beaucoup d'argent. Apparemment, sa spécialité, c'était de racheter des compagnies en difficulté, de les redresser et de les revendre. Mais lorsque ses parents sont décédés, il s'est retrouvé brusquement à la tête de l'entreprise familiale. C'est une énorme multinationale qui possède des intérêts dans toutes sortes de domaines particulièrement lucratifs.

— Est-ce qu'il est marié ?

— Non.

— Une petite amie ?

— Je ne sais pas, répondit Tess. Il menait une vie assez dissolue avant la mort de ses parents. Mais il semble s'être rangé depuis. J'ignore si c'est parce qu'il sort avec quelqu'un.

Curieusement, cette idée la déprimait un peu. Elle essaya de se convaincre que cela ne changeait rien : qu'il soit en couple ou célibataire, il y avait peu de chance que quelqu'un comme lui s'intéresse à elle.

— De toute façon, cela ne change rien, reprit-elle sans savoir qui elle cherchait vraiment à convaincre. C'est de sa sœur et non de lui que je suis censée m'occuper. Si cela se trouve, je ne le croiserai quasiment jamais…

En regardant défiler les passagers qui venaient de débarquer de l'avion en provenance de Londres, Franco se prit à regretter de ne pas s'être muni d'une affichette. Mais il était parti en catastrophe de chez lui, ce matin-là, et n'avait pas eu le temps d'y penser.

Il essaya de se rappeler ce que son cousin lui avait dit au sujet de la nouvelle préceptrice de Natalia mais la description que Danilo avait faite d'elle aurait pu convenir à une bonne dizaine de passagères : petite, brune, avec les cheveux longs…

Franco ne put réprimer un soupir. À l'heure actuelle, il aurait dû se trouver chez l'un de ses meilleurs amis qui avait organisé un délicieux dîner censé se prolonger en une soirée mémorable. Mais, au lieu de cela, il se retrouvait à jouer les chauffeurs pour le compte de son cousin…

— Excusez-moi ?

Brusquement rappelé à la réalité du moment, Franco constata que la plupart des voyageurs s'étaient éloignés. Se tournant vers la jeune femme qui venait de l'interpeller, il ne put réprimer un sourire appréciatif.

Quoique de petite taille, l'inconnue était parfaitement charmante avec de grands yeux couleur d'ambre, des cheveux bruns et soyeux et l'une des plus jolies paires de jambes qu'il lui eût été donné de contempler.

— Est-ce que vous parlez anglais ? lui demanda-t-elle.

— Bien sûr.

— Je me demandais si par hasard vous n'étiez pas en train de m'attendre.

— Je vous ai attendue toute ma vie, répliqua-t-il en lui décochant une œillade enflammée.

Elle se fendit d'un large sourire.

— Vous, au moins, vous êtes à la hauteur de la réputation des Italiens, rétorqua-t-elle avec une pointe de malice.

— Merci, répondit-il en riant. Mais, dites-moi, que puis-je faire pour vous ?

— Eh bien… Vous sembliez attendre quelqu'un et je

me disais que vous étiez peut-être la personne envoyée par M. Raphaël, expliqua-t-elle.

Franco la considéra avec stupéfaction.

— C'est vous, la préceptrice ? s'exclama-t-il.

— Tess Jones, acquiesça-t-elle. Vous avez l'air surpris.

— C'est que je ne m'attendais pas…

Il s'interrompit et haussa les épaules.

— Je ne m'attendais pas à quelqu'un d'aussi charmant, reprit-il.

— C'est gentil, lui dit-elle. Vous êtes ?

— Franco, le cousin de Danilo.

— Enchantée, s'exclama-t-elle en lui tendant la main.

Franco la serra en se demandant pourquoi Danilo lui avait caché le fait que la future préceptrice de sa sœur était aussi séduisante. Il se demanda alors si c'était l'une des raisons pour lesquelles il l'avait engagée. Mais cela n'expliquait pas pourquoi il avait envoyé Franco la chercher au lieu de venir en personne.

— Comment avez-vous rencontré Danilo ? ne put-il s'empêcher de demander.

— Par hasard, répondit-elle. En fait, il a volé à mon secours alors que j'étais en difficulté. Et ensuite il m'a offert un poste en Italie. Votre cousin est un peu mon ange gardien, ajouta-t-elle avec un nouveau sourire aussi irrésistible que contagieux.

En son for intérieur, Franco ne manqua pourtant pas de s'étonner. Ce que Tess venait de lui dire ne correspondait pas du tout à l'idée qu'il se faisait de Danilo.

Depuis l'accident qui avait emporté ses parents, son cousin s'était replié sur lui-même, faisant preuve d'une certaine amertume et d'une intransigeance qui s'exerçait aussi bien à l'encontre des gens qui l'entouraient que de lui-même. Seule Natalia semblait trouver grâce à ses yeux.

De toute évidence, Tess était parvenue à passer l'armure dont il semblait ne jamais se départir. Voilà qui promettait d'être intéressant, songea Franco en s'emparant de la valise de Tess.

Il était un peu plus de minuit lorsque la voiture de Danilo franchit enfin les grilles de la propriété familiale. Le lourd portail se referma doucement derrière lui tandis qu'il remontait l'allée bordée de cyprès qui conduisait au Palazzo Fiorentina.

Cette demeure avait été construite par l'une des branches cadettes de la famille Médicis à qui elle avait servi de palais d'été. Lorsque, au XIXe siècle, les Raphaël avaient racheté l'endroit, les bâtiments étaient en ruine et le parc n'était plus qu'une jungle de bosquets et d'herbes folles.

Depuis lors, chaque génération avait restauré et entretenu ce magnifique patrimoine architectural et rendu aux jardins leur lustre d'antan. Les parents de Danilo, par exemple, avaient entièrement reconstruit les écuries. Sa mère, une cavalière accomplie, avait fait l'acquisition d'un véritable haras dont Danilo n'avait jamais eu le cœur de se défaire.

En réalité, après la mort de leurs parents, sa sœur et lui avaient brièvement envisagé de vendre la maison et d'emménager dans un endroit plus modeste, situé plus près de Florence. Mais tous deux étaient trop attachés à cet endroit qui les avait vus grandir.

Pour s'y sentir moins seuls, ils avaient invité deux autres membres de la famille à venir vivre avec eux : une cousine éloignée, Angelica, qui avait récemment perdu son époux, et leur cousin Franco, que Danilo considérait comme son protégé.

Les fenêtres de ce dernier n'étaient pas éclairées, ce qui indiquait qu'il avait dû se rendre à la soirée organisée par son meilleur ami. À une époque, Danilo l'aurait probablement rejoint, malgré l'heure tardive. Mais il avait renoncé depuis qu'il avait décidé de se consacrer entièrement à son travail et à sa sœur cadette.

C'était pour lui une forme d'expiation, une façon de réparer les erreurs qu'il avait commises autrefois vis-à-vis de ses parents et de Natalia. Il avait été trop égoïste, trop imbu de sa personne pour comprendre qu'il avait envers eux certains devoirs.

Bien sûr, il lui arrivait de regretter son existence insouciante d'autrefois. Parfois, il aurait aimé pouvoir retrouver l'inconscience et la légèreté qui avaient été siennes. Mais il savait que tant que Natalia serait clouée dans ce fauteuil roulant, il ne pourrait espérer retrouver la paix.

Réprimant un soupir, il sortit de sa voiture et se dirigea vers la maison. Une odeur familière vint lui chatouiller les narines, une odeur de cyprès et de lavande, de vigne et de romarin. En temps normal, elle l'aidait à recouvrer sa sérénité.

Mais ce soir elle ne suffit pas à chasser la tension qui l'habitait. Lorsqu'il était revenu de Londres et avait annoncé à Natalia l'arrivée prochaine d'une préceptrice, la réaction de sa sœur l'avait pris de court.

— Tu t'es adjoint les services d'une espionne ? s'était-elle exclamée d'un ton plein d'amertume.

— Pas du tout ! avait-il protesté. Qu'est-ce qui te fait croire une chose pareille ?

— Je t'ai promis que je ne reverrai plus Marco. Ne peux-tu pas me faire confiance ?

À ces mots, Danilo avait senti monter en lui une pointe de culpabilité. Il ne pouvait nier qu'en embauchant Tess il espérait aussi garder discrètement un œil sur sa sœur.

— Ce n'est pas cela, avait-il néanmoins objecté. Je pense seulement qu'il sera plus facile pour toi de travailler avec quelqu'un que par correspondance. Et puis, Tess n'a que neuf ans de plus que toi. Vous pourriez devenir amies, toutes les deux…

— Je n'ai pas besoin que tu m'achètes des amis ! s'était alors emportée sa sœur.

Il avait fini par la convaincre de laisser à Tess le temps de faire ses preuves.

— Si vraiment cette situation ne te convient pas, elle pourra toujours repartir au bout de sa période d'essai…

Il ne lui restait plus qu'à espérer que les deux jeunes femmes s'apprécieraient mutuellement…

Lorsque Danilo poussa la porte de la maison, il constata avec un brin d'étonnement que la lumière du couloir était toujours allumée. En rentrant à cette heure, il avait pourtant cru que tout le monde serait déjà au lit.

Une rafale de mitraillette se fit alors entendre, suivie d'une explosion en provenance de la cave. Quelqu'un avait apparemment décidé de profiter de la salle de cinéma qui se trouvait au sous-sol.

Ignorant l'ascenseur qu'il avait fait installer pour sa sœur, Danilo emprunta l'escalier. Lorsqu'il arriva en bas, il entendit retentir une version remixée de *Ô Fortuna* de Orff accompagnée d'un déferlement de basses et de beats tonitruants. Apparemment, il arrivait juste au moment du générique.

Il s'arrêta un instant devant la porte entrouverte qui donnait sur la salle de cinéma. Par l'embrasure, il pouvait distinguer Franco qui était avachi sur l'un des sièges. Natalia était là, elle aussi, et, en l'apercevant, Danilo sentit son cœur se serrer dans sa poitrine.

Cela faisait longtemps qu'il ne l'avait pas vue aussi détendue. Le sourire qui illuminait son visage en cet instant contrastait douloureusement avec l'expression morose qu'elle arborait le plus souvent lorsqu'ils discutaient ensemble, ces temps-ci.

— J'avais raison, déclara alors Franco en anglais. Il aurait mieux fait de coucher avec elle…

— Tu es vraiment insupportable ! s'exclama Natalia en souriant.

Elle jeta une poignée de pop-corn au visage de leur cousin. Ce geste provoqua un éclat de rire féminin, quelque part dans la pièce. Apparemment, Natalia et Franco avaient de la compagnie.

— Je suis d'accord avec lui, opina une voix qui parut étrangement familière à Danilo. Cela leur aurait épargné bien des problèmes…

Danilo ne put réprimer un léger frisson. Il y avait dans cette voix une pointe de raucité délicieusement sensuelle.

— Tess ! protesta vivement Natalia. Tu ne vas pas t'y mettre aussi !

Elle lança une autre poignée de pop-corn en direction de la jeune femme qui éclata de nouveau d'un rire communicatif. Curieux, Danilo franchit la porte et s'avança dans la pièce. Là, il tomba en arrêt devant la vision qui s'offrait à lui.

Tess Jones était confortablement nichée dans l'un des fauteuils. Elle portait un T-shirt barré d'un slogan écologiste et un short qui révélait de longues jambes qu'elle avait repliées sous elle. Les cheveux bruns qui encadraient son visage étaient soyeux et brillants, ajoutant encore à la sensualité du tableau.

Danilo demeura quelques instants figé par la surprise. Il avait gardé le souvenir d'une jeune femme charmante, certes, mais que la grippe dont elle souffrait ne mettait pas vraiment à son avantage. Jamais il n'aurait cru qu'elle puisse être aussi séduisante.

4.

— Ne me dis pas que tu as travaillé jusqu'à cette heure-ci ! s'exclama alors Natalia, arrachant Danilo à la contemplation de Tess.

— J'avais un dîner d'affaires, rappela-t-il à sa sœur.

Du coin de l'œil, il vit Tess se redresser. Elle s'avança alors vers lui.

— Bonsoir, monsieur Raphaël, lui dit-elle.

Par réflexe, Danilo serra la main qu'elle lui tendait. Lorsque leurs paumes se touchèrent, il sentit distinctement un frisson courir le long de son bras. Cela faisait très longtemps que personne ne lui avait fait un tel effet. Mais il y avait en elle quelque chose qui le troublait sans qu'il puisse vraiment s'expliquer ce dont il s'agissait.

En tout cas, il comprenait mieux pourquoi son cousin avait brusquement décidé de renoncer à la soirée qu'il avait pourtant attendue avec tant d'impatience. Cette idée lui inspira une pointe d'agacement qu'il s'efforça vainement de réprimer.

— Bonsoir, mademoiselle Jones, répondit-il d'un ton qu'il trouva exagérément compassé. Avez-vous fait bon voyage ?

— Oui, merci…

Danilo remarqua qu'elle paraissait presque aussi embarrassée que lui. L'éclat de rire que laissa alors échapper Natalia l'aida à se détendre un peu.

— À vous entendre, on pourrait croire que vous sortez

d'un roman de Jane Austen, tous les deux, fit-elle remarquer malicieusement.

Danilo ne put réprimer un sourire. Le fait que sa sœur ait recouvré sa belle humeur semblait indiquer qu'elle avait accepté Tess. Et il ne pouvait que se féliciter d'un tel revirement.

— Tu veux te joindre à nous ? suggéra alors Natalia. Nous pourrions regarder un autre film…

— Il est tard, fit-elle objecter.

— Et alors ? Je ne suis plus une enfant !

— Je ne disais pas cela pour toi, mais pour moi, précisa Danilo qui ne tenait pas à se disputer avec elle, surtout pour un motif aussi futile. J'ai eu une longue journée et je travaille tôt, demain matin.

— Je crois que je vais aller me coucher, moi aussi, déclara alors Tess en étouffant un bâillement.

— Est-ce que vous vous rappellerez comment retourner à votre chambre ? s'enquit Franco. Je peux vous accompagner, si vous voulez.

Cette proposition et le sourire entendu de Natalia prouvèrent s'il en était besoin à Danilo qu'il ne s'était pas trompé au sujet de son cousin.

— Je suis sûr que Mlle Jones sera parfaitement capable de retrouver son chemin, Franco, objecta-t-il. Mais j'aimerais vous parler quelques instants, si cela ne vous ennuie pas, ajouta-t-il à l'intention de la jeune femme.

Elle hocha la tête et le considéra avec une évidente curiosité.

— Tu ne vas tout de même pas continuer à l'appeler Mlle Jones, intervint alors Natalia. Nous ne sommes plus au XIXe siècle, Dany !

Tess jeta un coup d'œil étonné en direction de Natalia. Lorsqu'elle était arrivée à la propriété, quelques heures auparavant, la sœur de Danilo n'avait pas fait preuve de beaucoup d'enthousiasme. Au contraire, même, elle avait laissé entendre que Tess avait été embauchée contre sa volonté.

Pourtant, au cours du dîner, elle s'était progressivement détendue, passant de la défiance à la curiosité puis à la sympathie. Le repas s'était révélé assez joyeux, d'autant que Franco s'était lui aussi montré parfaitement charmant à son égard.

Or l'arrivée inopinée de Danilo avait brusquement transformé cette ambiance chaleureuse, faisant naître en elle un trouble qui ne lui ressemblait pas. Mais c'était plus fort qu'elle. Face à lui, elle se sentait aussi gauche et embarrassée qu'une adolescente.

— M. Raphaël est mon employeur, déclara-t-elle à Natalia.

Mieux valait qu'elle ne l'oublie pas si elle voulait conserver ce qui commençait fort à ressembler à un emploi de rêve. Non seulement son élève était intelligente et sympathique, mais la propriété était indéniablement l'un des endroits les plus merveilleux qu'il lui ait jamais été donné de voir.

Elle avait souvent entendu vanter les charmes de la Toscane mais ils dépassaient ce qu'elle avait pu imaginer jusqu'alors. Quant à la propriété des Raphaël, elle était tout simplement sublime. Et sa propre chambre était presque aussi grande que l'appartement qu'elle habitait à Londres !

Elle ne pouvait donc se permettre de s'amouracher de Danilo. Céder à l'attirance qu'il exerçait sur elle serait une erreur. Car, même si par miracle Danilo daignait répondre à ses avances, cette liaison ne durerait pas.

Tous deux appartenaient à des mondes bien trop différents. Il était beau, riche, brillant, ambitieux. Et Tess était suffisamment réaliste pour savoir qu'elle n'était pas à la hauteur…

Ce qui l'étonnait, en revanche, c'était l'intensité de sa réaction face à lui. Bien sûr, elle avait été sensible à son charme, lorsqu'ils s'étaient rencontrés à Londres. Mais la maladie, la fatigue et la tension nerveuse avaient probablement contribué à anesthésier son désir.

— Danilo se contente de signer les chèques, précisa Natalia, la tirant de ses réflexions. Mais en réalité, c'est pour moi que vous travaillez, Tess.

Tess vit Danilo se rembrunir et comprit qu'elle risquait de se retrouver prise au beau milieu d'une dispute fraternelle.

— C'est peut-être vrai, répondit-elle malicieusement. Mais il est souvent plus judicieux de laisser les hommes croire qu'ils sont à la manœuvre…

Natalia éclata de rire et Danilo parut se détendre légèrement.

— Ta préceptrice est pleine de sagesse, Nat, déclara-t-il. Si vous voulez, madem… Tess, cette conversation peut parfaitement attendre demain.

— Je ne suis pas si fatiguée que cela, lui assura-t-elle. Bonne nuit à tous les deux, ajouta-t-elle à l'intention de Natalia et Franco. Et merci pour ce film. C'était une excellente idée. À demain.

— À demain, répondirent les deux cousins à l'unisson.

— *Buona notte, bellissima*, ajouta Franco. J'ai été ravi de faire votre connaissance.

Tess lui décocha un petit sourire et emboîta le pas à Danilo. Tous deux gravirent l'escalier qui conduisait au rez-de-chaussée et il la guida jusqu'à un petit salon.

— Est-ce que vous voulez boire quelque chose ? lui demanda-t-il en se dirigeant vers le bar en acajou qui se dressait dans un coin de la pièce.

— Non, merci.

Danilo se servit un whisky et contempla longuement le liquide ambré avant d'en avaler une petite gorgée.

— Vous avez l'air de bien vous entendre avec ma sœur, fit-il remarquer. Cela faisait longtemps que je ne l'avais pas vue d'aussi bonne humeur.

— Ce doit être l'attrait de la nouveauté, répondit modestement Tess. En tout cas, je la trouve vraiment adorable.

— Elle l'est, acquiesça-t-il.

— Et brillante, si j'en crois les conversations que nous avons pu avoir. Je suis convaincue que si elle s'en donne la peine, elle devrait pouvoir intégrer n'importe quelle université.

— Toute la question est de savoir si elle s'en donnera la peine, justement.

— Je suis là pour cela, déclara Tess avec l'un de ses sourires irrésistibles dont elle paraissait avoir le secret.

— Que vous a dit Helena, exactement ? lui demanda-t-il.

— Que si cela fonctionnait entre nous tous, je pourrai rester ici jusqu'aux examens de Natalia, peut-être même jusqu'à la fin des vacances estivales.

Danilo hocha la tête.

— Vous a-t-elle parlé de l'accident ? s'enquit-il.

— Un peu, acquiesça Tess. En revanche, elle ne m'a pas dit si vous vous trouviez aussi dans la voiture, ce soir-là.

— Non, répondit sobrement Danilo.

— Je suis désolée, s'excusa-t-elle. Je ne veux pas me montrer indiscrète… Mais c'est une information qui peut avoir son importance.

— Je comprends, acquiesça-t-il. En fait, il se trouve que j'étais à l'étranger au moment où c'est arrivé.

— Je suis désolée, murmura Tess qui avait dû percevoir la souffrance qui l'habitait en cet instant.

Comme chaque fois qu'il repensait à ce qui s'était passé alors, il sentit monter en lui un flot de culpabilité qu'il s'efforça vainement d'endiguer.

— Nat a traversé une période très difficile, reprit-il. Il lui a fallu faire face à son handicap, bien sûr, mais aussi à la mort de nos parents. Il lui a fallu aussi renoncer à beaucoup de choses. C'était une grande sportive, vous savez. Elle adorait monter à cheval, notamment. Elle aimait aussi voyager…

Craignant que sa voix ne trahisse son désarroi, il avala une nouvelle gorgée de whisky et se détourna pour observer les pelouses du parc savamment illuminées.

— À cause des diverses opérations et de la rééducation, elle a également pris un an de retard, ce qui l'a éloignée de certains de ses amis. Ils sont pour la plupart déjà à l'université.

— Cela la motivera d'autant plus à réussir.

Danilo n'avait jamais considéré les choses sous cet angle.

— Vous avez sans doute raison, concéda-t-il.

Il hésita quelques instants, cherchant la meilleure manière d'aborder le sujet qui le préoccupait.

— Récemment, ma sœur…

Il laissa sa phrase en suspens. Tess le considérait avec curiosité, attendant qu'il poursuive.

— Eh bien, disons qu'elle a rompu avec son petit ami…

Danilo ne trouvait pas le terme particulièrement adéquat mais il ne tenait pas particulièrement à entrer dans les détails de cette relation.

— Est-ce que la décision venait d'elle ? s'enquit Tess.

— Non, avoua-t-il. Elle venait de moi.

La jeune femme le considéra avec un mélange d'étonnement et de réprobation.

— Ce garçon essayait de profiter d'elle, expliqua-t-il. Je pense qu'il voyait surtout ma sœur comme un marchepied social… Comme elle était attachée à lui, je lui ai laissé une chance. Mais il a abusé de ma confiance et je n'ai eu d'autre choix que d'intervenir.

— Comment s'étaient-ils rencontrés ? lui demanda Tess.

— Il travaillait ici.

— Et vous l'avez renvoyé ?

Danilo hocha la tête.

— Comment Natalia a-t-elle pris la chose ?

— Pas très bien, reconnut-il. Pas bien du tout, même. J'ai essayé de lui faire comprendre que je n'avais cherché qu'à défendre ses intérêts mais je ne suis pas parvenu à la convaincre. J'imagine qu'avec le temps elle finira par l'accepter. Mais, en attendant, je vous serais reconnaissant de m'informer au cas où ce garçon — ou un autre, d'ailleurs — chercherait à reprendre contact avec elle.

Tess fronça les sourcils.

— Vous voulez que j'espionne votre sœur ? protesta-t-elle vivement.

— Ce n'est pas de l'espionnage. Je veux juste que vous m'aidiez à veiller sur elle.

— En l'occurrence, cela revient au même. Très franchement, je ne pense pas que ce soit une bonne idée.

Danilo l'observa avec étonnement. Curieusement, il n'avait pas envisagé qu'elle puisse refuser de faire ce qu'il lui demandait.

— Puis-je savoir pourquoi ? lui demanda-t-il.

— Vous dites que ce garçon a abusé de votre confiance…

— En effet.

— En agissant comme vous me le demandez, je trahirais celle de votre sœur. Non seulement je ne pourrais pas me regarder en face mais ce serait également totalement contre-productif sur le plan éducatif.

Danilo ne pouvait nier la validité de cet argument.

— Vous savez, reprit Tess, à votre place, je n'insisterais pas…

— Que voulez-vous dire ?

— Que Tess s'est pliée à votre décision. Peut-être pas de bon cœur mais elle l'a acceptée. C'est l'essentiel, non ? Dites-vous que vous avez déjà beaucoup de chance. La plupart des filles de son âge n'accepteraient pas que leur frère se mêle de leur vie amoureuse…

— Était-ce votre cas ?

— Je n'ai jamais eu de frère — ni de sœur, d'ailleurs. Mais si tel avait été le cas, vous pouvez être certain que je n'aurais pas toléré qu'ils me dictent le choix de mes petits amis !

— Cela vous aurait peut-être évité de devoir compter sur un inconnu pour voler à votre secours, déclara Danilo d'un ton ironique.

— Je vous rappelle que Ben n'a jamais été mon petit ami, protesta-t-elle.

Le ton de sa voix et l'expression de son regard lui indiquèrent clairement qu'il l'avait blessée.

— Je suis désolé. Je n'aurais pas dû dire cela.

À vrai dire, lui qui n'avait pourtant pas l'habitude de mâcher ses mots se sentait un peu penaud de l'avoir fait.

— Je vous présente mes excuses, ajouta-t-il. C'était déplacé de ma part.

La surprise qui se peignit sur le visage de Tess indiquait clairement qu'elle ne s'attendait pas à un tel mea culpa de sa part.

— Vous êtes excusé, répondit-elle. Je sais que vous songez seulement à défendre les intérêts de votre sœur. C'est tout à votre honneur mais sachez que, parfois, le meilleur service à rendre à quelqu'un, c'est de le laisser commettre ses propres erreurs.

— Vous avez sans doute raison, concéda-t-il. J'ai peut-être tendance à trop la protéger…

— Étant donné ce qui lui est arrivé, c'est parfaitement compréhensible.

Ce fut au tour de Danilo de la considérer avec étonnement.

— Vous devez vraiment être un bon professeur, fit-il remarquer.

Tess ne put s'empêcher de rougir, ce qui la lui rendit plus attirante encore. Il y avait en elle un mélange d'assurance et de modestie, d'expérience et de vulnérabilité qu'il trouvait parfaitement irrésistible.

— Je suis content que vous soyez là, déclara-t-il en la regardant droit dans les yeux. Quelque chose me dit que votre présence ici fera beaucoup de bien à Natalia.

Alors même qu'il prononçait ces mots, il se demanda avec curiosité quel effet elle pourrait bien avoir sur lui-même…

5.

— Franco va nous emmener prendre un verre, déclara Natalia en refermant le livre de mathématiques sur lequel elles venaient de plancher pendant plus de deux heures.

Au bout d'une semaine, Tess commençait à connaître suffisamment sa jeune élève pour savoir qu'elle lui cachait quelque chose.

— Est-ce que Franco est au courant, au moins ? demanda-t-elle.

— Pas encore, répondit Natalia en riant. Mais je suis sûre qu'il sera ravi de nous emmener. D'ailleurs, il est grand temps que tu découvres la folle vie nocturne de Castelnuovo di Val di Cecina.

— Je n'aurais pas imaginé qu'elle puisse être si trépidante que cela, dit Tess en riant.

Elle avait eu l'occasion de visiter la charmante ville médiévale bâtie à flanc de coteau et surmontée de la tour crénelée de sa petite église.

— C'est vrai, concéda Natalia. Ce n'est pas Rome ou Florence. Mais nous avons un café très sympathique.

— Je serais ravie de le découvrir si Franco n'a pas d'autres projets pour la soirée, bien sûr.

— Lorsqu'il apprendra que tu comptes venir aussi, je suis sûre qu'il se libérera en moins de temps qu'il n'en faut pour le dire, déclara Natalia avec assurance. Je ne sais pas si tu as remarqué mais il a un léger faible pour toi.

Tess s'abstint prudemment de répondre que ce n'était pas

Franco auquel elle s'intéressait. Pour le moment, personne ne semblait s'être aperçu du trouble que lui inspirait Danilo — à commencer par le principal intéressé.

Quant au béguin que Franco paraissait éprouver à son égard, elle n'y accordait que peu d'importance. D'un autre côté, elle ne tenait pas à ce qu'il se fasse des idées. Elle ne voulait pas non plus que Danilo pense qu'elle cherchait à séduire son cousin.

Tess se morigéna intérieurement. Que lui importait ce que Danilo pouvait bien penser d'elle ou de ses relations amoureuses réelles ou supposées ? Elle ne pouvait se laisser aller à de telles pensées.

D'ailleurs, au cours de la semaine, elle ne l'avait quasiment pas vu. Il travaillait énormément, partait à l'aube et rentrait généralement très tard. Tess en était même venue se demander s'il ne cherchait pas sciemment à l'éviter.

Au fond, cela valait peut-être mieux : moins elle le verrait et moins elle courrait le risque de succomber à son charme. Il avait déjà une fâcheuse tendance à se glisser dans ses rêves. C'était d'ailleurs quelque chose de totalement nouveau pour elle. Jamais encore elle ne s'était sentie à ce point obsédée par un homme.

Alexandra était indubitablement l'une des plus belles femmes qu'il lui ait été donné de rencontrer. L'ex-mannequin devenue décoratrice était mince, élancée, avec des jambes immenses au galbe parfait, de longs cheveux blonds légèrement ondulés et des yeux bleus qui semblaient transpercer de part en part ceux sur qui ils se posaient.

Lorsqu'elle se pencha pour se saisir de son verre, elle lui offrit une vue imprenable sur son décolleté pigeonnant. Avec une pointe de cynisme, Danilo songea que ce n'était probablement pas fortuit.

Tout ce que faisait Alex était soigneusement étudié,

pensé, calculé. Elle ne laissait strictement rien au hasard. Il commençait d'ailleurs à regretter amèrement d'avoir accepté son invitation à dîner.

Mais Alexandra devait s'occuper de la décoration intérieure des nouveaux navires de la compagnie de croisières Raphaël Cruise. Il devait d'ailleurs bien reconnaître qu'elle avait fait un excellent travail. Les croquis qu'elle lui avait montrés étaient excellents.

Cependant, il était évident qu'elle n'entendait pas se contenter de rapports exclusivement professionnels. Depuis le début de la soirée, elle lui avait clairement fait comprendre qu'elle était intéressée. Jusqu'alors, il s'était gardé de répondre à ses ouvertures, ramenant invariablement la discussion sur le terrain professionnel.

C'était très étrange, d'ailleurs. Il y a encore deux semaines de cela, il se serait réjoui de ces avances et y aurait certainement répondu avec enthousiasme. Mais ce soir-là, il ne cessait de penser à quelqu'un d'autre.

C'était parfaitement absurde, bien sûr. Car Tess ne lui avait jamais laissé entendre qu'elle puisse être intéressée. Et de toute façon, il avait pleinement conscience que, contrairement à Alexandra, elle appartenait à un monde très différent du sien.

Ce n'était pas uniquement parce qu'elle habitait un autre pays, ni même parce qu'ils étaient issus de milieux très différents. Mais il pressentait chez elle une forme de fraîcheur et de pureté qui le faisait se sentir terriblement blasé et cynique par comparaison.

— Qu'en dis-tu ?

Rappelé à la réalité par la question d'Alexandra, Danilo prit conscience du fait qu'il n'avait pas écouté un mot de ce qu'elle venait de lui dire.

— Pardon ?

Alexandra se renfrogna légèrement.

— On dirait que tu es ailleurs, fit-elle remarquer.

— Je plaide coupable, admit Danilo.

Que lui arrivait-il donc ? La femme qui lui faisait face était magnifique, désirable et consentante. Quant à lui, cela faisait des mois qu'il était célibataire. Alors pourquoi ne profitait-il pas de l'instant présent ?

— J'ai beaucoup de travail, ces temps-ci, s'entendit-il lui répondre. Et j'avoue que j'ai un peu de mal à décrocher…

— Je comprends, acquiesça-t-elle. Mais je ne demande pas mieux que de t'y aider, tu sais…

Avant même qu'il ait pu lui répondre, elle posa doucement une main sur son visage et se pencha vers lui pour l'embrasser. Ses lèvres étaient brûlantes et plus douces que la soie. Elle était également très douée et il fallut quelques instants à Danilo pour s'apercevoir qu'il était en train de répondre à ce baiser.

Recouvrant le contrôle, il s'écarta légèrement d'elle. Et c'est à cet instant précis qu'il avisa la jeune femme qui était assise au bar et le regardait avec un mélange d'étonnement et de réprobation.

Que faisait-elle là ? se demanda-t-il, le cœur battant à tout rompre. Puis il avisa sa sœur et Franco qui se trouvaient juste à côté d'elle mais ne paraissaient pas l'avoir remarqué. Tess se détourna alors et, sans trop savoir pourquoi, Danilo se sentit terriblement coupable.

— Je suis désolé, murmura-t-il.

Cette fois, Alexandra ne parvint pas réellement à masquer le dépit que lui inspirait son rejet. Il ne pouvait lui en vouloir, d'ailleurs. Sans doute aurait-il dû se montrer plus explicite à son égard. Mais, au lieu de cela, il l'avait laissée prendre l'initiative.

— C'est juste que… Ma sœur et mon cousin sont ici, improvisa-t-il assez piteusement.

Cela parut néanmoins apaiser la colère d'Alexandra.

— J'ai bien cru un instant que c'était ta femme, que tu avais vue, plaisanta-t-elle.

Elle jeta un coup d'œil en direction du bar.

— C'est vrai, murmura-t-elle en avisant la chaise roulante de Natalia. J'avais oublié que ta sœur avait eu un accident... Quant à Franco, je l'ai rencontré il n'y a pas si longtemps chez un ami commun. Je ne savais pas qu'il avait une nouvelle petite amie, en revanche. Il ne me semble pas l'avoir vue auparavant. Tu la connais ?

— Ce n'est pas sa petite amie, répondit Danilo en s'efforçant d'étouffer la note possessive qui perçait dans sa voix.

Mais l'idée que Franco puisse avoir des vues sur Tess suffisait à éveiller en lui un sentiment de malaise qu'il avait beaucoup de mal à réprimer.

— Nous devrions peut-être aller les saluer, proposa Alexandra avec un manque d'enthousiasme évident.

— Ce n'est pas la peine, lui assura-t-il.

Elle hocha la tête, visiblement soulagée.

— Alors ? reprit-elle. Qui est-ce ?

— Qui donc ?

— La jolie fille qui est avec eux.

— C'est la nouvelle préceptrice de Natalia, répondit Danilo en prenant soin d'adopter un ton parfaitement indifférent.

Alexandra le considéra avec curiosité.

— Alors, elle habite chez vous ?

— Momentanément, éluda-t-il.

Alexandra se renfrogna légèrement et son expression se fit songeuse.

Après avoir commandé une nouvelle tournée pour eux trois, Franco jeta un regard de conspirateur à sa cousine.

— Ne te retourne surtout pas.

— Pourquoi ? lui demanda-t-elle, curieuse.

— Ton frère est assis au fond de la salle.

Tess vit passer dans les yeux de la jeune femme une lueur inquiète.

— Je croyais qu'il avait une réunion de travail, murmura-t-elle. Tu crois qu'il nous a vus ?

— Oui, répondit Tess d'une voix atone.

Elle aussi avait du mal à se remettre de la surprise qu'elle avait éprouvée en apercevant Danilo — et plus encore en le voyant embrasser cette blonde qui semblait tout droit sortie d'un magazine de mode.

Elle essaya de se réconforter en songeant que cela avait au moins le mérite de clarifier la situation et qu'elle ne perdrait plus son temps à se poser des questions au sujet de Danilo.

— Tu crois qu'il sait ? demanda Natalia à son cousin.

Ce dernier haussa les épaules.

— Danilo sait tout, répondit-il d'un ton fataliste.

À ces mots, Natalia pâlit brusquement.

— Nous ne faisons rien d'illégal, affirma Tess d'un ton qui se voulait rassurant. Nous avons tout de même le droit de sortir nous amuser un peu. N'est-ce pas ce qu'il est en train de faire ?

— C'est une façon de présenter les choses, acquiesça Franco en riant.

— Est-ce que c'est sa petite amie ? s'enquit-elle d'un ton faussement indifférent.

Franco secoua la tête.

— Danilo n'a pas de petite amie régulière, répondit-il. Il travaille beaucoup trop pour cela. Lorsqu'il lui arrive de sortir avec quelqu'un, cela ne dure généralement pas très longtemps…

— Je vais aller faire un tour aux toilettes, déclara alors Natalia en reculant son fauteuil.

— Je t'accompagne, déclara Tess soulagée par cette diversion.

Si elle ne cessait pas de penser au baiser auquel elle venait d'assister, elle finirait par devenir folle.

— Ce n'est pas la peine, lui assura Natalia. Ce bar est équipé pour les personnes handicapées.

Sur ce, elle s'éloigna en direction du fond de la salle.

— Tu ne trouves pas étrange qu'elle ait réagi de cette façon ? demanda Tess à Franco.

— Pas vraiment, répondit-il. Depuis la mort de leurs parents, Dany a tendance à se montrer très protecteur envers elle. Parfois, je crois qu'elle se sent un peu étouffée…

— Cela peut se comprendre.

— Je ne sais pas si elle te l'a dit, mais récemment il l'a plus ou moins forcée à rompre avec son petit ami.

— C'est ce que j'ai cru comprendre, acquiesça-t-elle. Et, entre nous soit dit, je trouve qu'il ne manque pas d'air. Ce n'est pas comme si lui-même avait mené une vie de moine !

Un sourire entendu se dessina sur les lèvres de Franco.

— C'est le moins que l'on puisse dire, renchérit-il. À une époque, c'était un sacré fêtard !

— Ce n'est plus le cas ? s'enquit-elle.

— Plus depuis la mort de ses parents… Il a changé après l'accident. Il est devenu beaucoup plus sérieux, plus responsable. Je pense qu'il a pris conscience qu'il allait devoir jouer les chefs de famille.

— C'est à ce moment-là qu'il t'a demandé de venir t'installer avec eux ?

Franco hocha la tête.

Ils continuèrent à deviser pendant quelques minutes.

— J'espère que Natalia ne s'est pas enfuie, lança-t-elle enfin en souriant. Je ferais peut-être mieux d'aller voir ce qu'elle devient…

Tess se fraya un chemin jusqu'aux toilettes et jeta un coup d'œil à l'intérieur. Mais il n'y avait là que deux jeunes femmes en train de se maquiller.

— Excusez-moi, leur demanda-t-elle, auriez-vous vu mon amie ? Elle est en fauteuil roulant.

Dans un anglais très approximatif, elles lui firent comprendre qu'elles n'avaient vu personne correspondant à cette description. Elles lui suggérèrent de jeter un coup d'œil au-dehors, au cas où son amie serait sortie prendre l'air.

Par acquit de conscience, Tess se dirigea vers la porte qui donnait sur une petite cour intérieure. Quelques tables étaient disposées là, éclairées par des guirlandes lumineuses multicolores qui conféraient à l'endroit un certain romantisme.

C'était probablement ce que pensaient Natalia et l'homme qui était penché sur elle et l'embrassait avec fougue. Tess demeura un instant immobile, ne sachant trop comment réagir face à cette scène inattendue. Mais alors qu'elle était sur le point de battre en retraite, Natalia l'aperçut du coin de l'œil et repoussa son compagnon.

— Tess ! s'exclama-t-elle d'une voix blanche.

— Je te cherchais, expliqua Tess.

— Tu ne dois surtout pas lui dire ! s'exclama sa protégée d'une voix paniquée. Il le tuerait…

— Je ne pense pas que les choses en arriveraient jusque-là, objecta Tess.

— Je n'ai pas peur de ton frère, déclara le jeune homme avec assurance.

Tess se prit à songer que si tel était réellement le cas, c'est qu'il était très naïf. Danilo n'était pas le genre de personne qu'elle aurait voulu avoir comme ennemi. Or, en devenant la confidente involontaire des secrets du jeune couple, elle risquait fort d'encourir sa colère.

— Je suis Marco, déclara le petit ami de Natalia en lui tendant la main.

— C'est ce que j'avais cru comprendre, acquiesça-t-elle en la lui serrant. Je suis Tess.

— C'est une amie, crut bon de préciser Natalia. Elle est de notre côté. N'est-ce pas, Tess ?

Celle-ci comprit qu'en répondant à cette question, elle se retrouverait prise au piège.

— J'imagine que votre rencontre ici n'était pas accidentelle, répondit-elle. C'est pour cela que tu as paniqué lorsque tu as vu ton frère, n'est-ce pas ?

— Ne t'en fais pas, déclara Marco avec emphase. Il ne te fera pas de mal. Je te protégerai.

— Très franchement, je doute qu'il s'en prenne à elle, affirma Tess. Danilo aime beaucoup trop sa sœur pour cela.

— Comment pouvez-vous prendre sa défense ? protesta vivement Marco.

— Elle a raison, tu sais, intervint Natalia. Dany n'est pas un monstre. Simplement, il pense que je suis encore une enfant. Il s'est aussi convaincu qu'il était en partie responsable de mon accident. C'est absurde, bien sûr. Mais c'est plus fort que lui…

Natalia se tourna vers Tess.

— J'espère que tu ne lui raconteras pas, lui dit-elle. Mais je comprendrais que tu le fasses…

Tess regretta que Danilo ne soit pas témoin de la maturité dont sa sœur faisait preuve, en de telles circonstances. Elle regrettait plus encore de ne pas être restée au bar. Mais il était trop tard pour cela et elle allait effectivement devoir prendre une décision.

Le plus étrange, c'était qu'elle sympathisait aussi bien avec le frère qu'avec la sœur. Elle comprenait que Danilo cherche à protéger Natalia, fût-ce contre elle-même. Mais elle savait aussi que, ce faisant, il n'avait probablement fait que renforcer l'attachement des deux amants.

Rien n'attisait plus un amour adolescent qu'un tel interdit. Qui sait ? S'il avait laissé les événements suivre leur cours naturel, Natalia et Marco se seraient peut-être lassés l'un de l'autre. Désormais, au contraire, il serait très difficile de les séparer…

— Je ne lui dirai rien, déclara enfin Tess. Mais je pense que toi, tu devrais le faire. Je suis d'accord avec ce qu'a dit Franco : Danilo est très perspicace et, tôt ou tard, il comprendra ce qui se passe. À ce moment-là, tu ne pourras plus compter sur la moindre compréhension de sa part. Pourquoi ne lui expliquerais-tu pas exactement ce que tu viens de dire ?

— Parce qu'il refusera de l'entendre, répondit Natalia. J'ai déjà essayé de plaider notre cause et cela n'a servi strictement à rien. Une fois qu'il s'est mis une idée en tête, rien ni personne ne peut le faire changer d'avis !

— Alors, que comptes-tu faire ?

Natalia laissa échapper un soupir à fendre l'âme.

— Je ne sais pas, avoua-t-elle. J'aime Danilo mais j'aime aussi Marco.

Tess sentit croître la compassion que lui inspirait Natalia. Elle savait à quel point il était difficile de ne pas pouvoir contenter quelqu'un que l'on aimait. Durant de longues années, elle s'était efforcée d'être la fille parfaite dont sa mère pourrait être fière.

Mais elle avait fini par comprendre que leurs priorités dans la vie étaient bien trop différentes. Cela ne changeait rien à l'affection qu'elles se vouaient l'une à l'autre, bien sûr. Mais elles avaient accepté le fait que leurs chemins divergeraient indéfiniment.

Comme elle se faisait cette réflexion, les deux femmes que Tess avait croisées dans les toilettes sortirent en riant et en parlant fort.

— Je pense que vous devriez y aller, Marco, déclara Tess. Provoquer inutilement Danilo ne servirait à rien.

— Elle a raison, admit Natalia. C'est ce que j'étais venue te dire, d'ailleurs. File, je t'appellerai demain.

Marco hésita quelques instants avant de hocher la tête. Se penchant vers Natalia, il effleura ses lèvres d'un baiser avant de se diriger vers la porte de service.

6.

Il était 11 heures passées lorsqu'ils revinrent au Palazzo Fiorentina. Ce qui s'était produit dans la cour du bar avait douché l'enthousiasme de Natalia et de Tess, et Franco avait rapidement dû renoncer à détendre l'atmosphère.

Il prit congé d'elles pour regagner sa chambre, et Tess en profita pour renouveler le conseil qu'elle avait déjà donné à sa protégée.

— Tu devrais vraiment parler à ton frère.

— C'est à moi de prendre la décision, répondit Natalia en fronçant les sourcils. Je ne peux pas t'empêcher de lui dire la vérité si telle est ton intention. Mais je ne suis pas forcée de suivre tes conseils. D'autant que c'est lui qui te paie pour me les donner…

Elle dut comprendre que cette remarque avait blessé Tess car elle s'excusa aussitôt.

— Je suis désolée, lui dit-elle. Je comprends que cette histoire te mette dans une position très difficile. Mais je ne peux pas renoncer à Marco comme cela…

Sur ce, Natalia s'éloigna en direction de sa chambre. Quelques instants plus tard, Tess entendit claquer sa porte. Songeuse, elle se demanda comment il se faisait qu'elle-même n'eût jamais rencontré quelqu'un pour qui elle fût prête à se battre, quelqu'un qu'elle eût été prête à défendre envers et contre tous.

Une petite voix lui souffla que c'était peut-être parce qu'elle avait toujours joué la sécurité, parce qu'elle n'avait jamais pris de risques. Force était de reconnaître qu'elle s'était toujours tenue à l'écart de ceux qui étaient susceptibles de faire vaciller ses certitudes.

En amour comme en amitié, elle avait tendance à privilégier les hommes raisonnables, affectueux et rassurants au détriment de ceux qui se montraient plus fougueux et passionnés.

Était-ce une façon pour elle de conjurer le souvenir de cet homme qui avait voulu abuser d'elle, autrefois ? Sa mère et lui avaient rompu peu de temps après, ce qui lui avait épargné la nécessité de raconter ce qui s'était passé.

Mais l'avait-elle pour autant digéré ? Ne l'avait-elle pas enfoui au plus profond d'elle-même sans se rendre compte que cet incident conditionnait aujourd'hui encore ses choix les plus intimes ?

Qui sait ? Peut-être était-ce justement parce qu'elle avait pris enfin conscience de cela qu'elle se trouvait ici. En acceptant l'offre d'emploi de Danilo, en s'installant chez lui pour plusieurs semaines, elle avait pris un risque. Et il ne lui restait plus qu'à espérer qu'elle n'allait pas le regretter amèrement…

Un claquement de porte avait tiré brusquement Danilo de la lecture d'un rapport concernant les techniques de pointe en matière de chirurgie reconstructrice. C'était une lecture particulièrement aride mais elle avait au moins le mérite de monopoliser totalement son attention.

De cette façon, il n'avait pas à réfléchir aux raisons qui l'avaient conduit à repousser les avances d'Alexandra et à rentrer s'enfermer chez lui au lieu de profiter de la nuit torride qu'elle lui offrait.

Reposant le rapport, il se leva pour aller jeter un coup d'œil dans le couloir. Là, il tomba en arrêt devant Tess qui se trouvait dans le couloir. Elle était placée de trois quarts dos par rapport à lui et il ne pouvait discerner l'expression de son visage.

Sachant qu'elle ne pouvait le voir, il en profita pour observer tout à loisir cette femme qui monopolisait toujours plus ses pensées. Et il fut frappé une fois de plus par le mélange désarmant de simplicité et de charme qui émanait d'elle.

Par comparaison avec Alexandra, ce trait de sa personnalité ne lui apparaissait que plus clairement : elle était dénuée de tout artifice.

C'était une qualité dont la plupart des femmes de son milieu social étaient dépourvues. Elles s'imaginaient souvent que l'élégance et le naturel s'excluaient mutuellement. À leurs yeux, la sophistication était une vertu cardinale.

Tess laissa alors échapper un soupir à fendre l'âme.

— La soirée a été difficile, on dirait, fit remarquer Danilo.

Elle sursauta violemment et se tourna vers lui. L'angoisse qui se lisait sur son visage évoquait celle d'un faon pris dans les phares d'une voiture.

— Qu'est-ce que vous faites là ? s'exclama-t-elle d'une voix légèrement stridente.

— Eh bien, j'habite ici, lui rappela-t-il en souriant.

— Oui, bien sûr, murmura-t-elle en s'empourprant. Mais je croyais…

Elle s'interrompit et rougit de plus belle.

— Je…, balbutia-t-elle. Vous m'avez surprise.

— Apparemment, répondit-il en riant.

Tess pesta intérieurement. Elle se sentait complètement ridicule, en cet instant. Mais l'apparition de Danilo l'avait totalement prise de court. Étant donné le baiser qu'elle avait surpris entre cette superbe blonde et lui, elle s'était convaincue que tous deux devaient passer la nuit ensemble. Mais apparemment, il n'en était rien.

Ce constat fit naître en elle un soulagement aussi intense

que ridicule et elle se tança de plus belle. Que lui importait où et avec qui Danilo pouvait bien passer la nuit ? Il était son *employeur* — rien de plus.

Elle ne put s'empêcher de repenser au texto que Fiona lui avait envoyé quelques jours plus tôt.

Alors ? Maintenant que tu l'as revu de près, sur une échelle de un à dix, tu le places à combien ?

Quinze, avait-elle répondu.

Est-ce que tu crois qu'il va se passer quelque chose ?

Même pas en rêve !

Sur le moment, elle avait été parfaitement convaincue par sa propre réponse. Mais cela n'expliquait pas la façon dont elle réagissait chaque fois que Danilo s'adressait à elle.

C'était plus fort qu'elle. Rationnellement, elle savait qu'un homme comme lui ne pouvait s'intéresser à quelqu'un comme elle et que, même si tel avait été le cas, il aurait été très imprudent de répondre à ses avances.

Mais ses hormones ne voulaient rien entendre. Et le désir qu'il lui inspirait ne cessait de croître chaque fois qu'elle posait les yeux sur lui…

Pour conjurer cette réaction, elle se força à repenser à la blonde et à leur baiser dans le bar.

— Je suis désolée, articula-t-elle enfin. J'étais perdue dans mes pensées et vous m'avez surprise… Je ne voulais pas vous déranger.

— Ce n'est pas le cas, lui assura-t-il. Est-ce que cela vous dirait de boire un dernier verre ?

Une fois de plus, elle se demanda ce qu'il avait fait de la jeune femme blonde. Était-elle avec lui dans son bureau ? L'idée de se retrouver face au couple lui semblait terriblement déprimante.

— Je ne veux pas m'imposer, lui dit-elle. Surtout si vous avez de la compagnie…

Danilo se fendit d'un sourire malicieux.

— Ne vous en faites pas, je vous proposais juste un verre, la rassura-t-il. Pas de participer à une orgie…

Malgré elle, Tess se sentit rougir jusqu'à la racine des cheveux.

— Je suis seul, ajouta-t-il pour faire bonne mesure.

Après un instant d'hésitation, elle décida d'accepter son invitation. Alors même qu'elle s'avançait dans le bureau de Danilo, elle s'efforça de se convaincre que ce n'était là qu'une marque de politesse de sa part.

— Que voulez-vous boire ? lui demanda-t-il.

— Vous avez du porto ?

Il acquiesça et lui servit un verre avant de se verser un fond de cognac.

— Je ne m'attendais pas à vous voir au bar, ce soir, fit-il remarquer.

— Nous non plus, reconnut-elle d'un ton faussement décontracté. À vrai dire, Natalia pensait que vous seriez à Florence…

— Quand le chat n'est pas là, les souris dansent.

— Notre soirée était beaucoup moins palpitante que la vôtre, apparemment, ne put-elle s'empêcher de rétorquer.

— Jalouse ? s'enquit-il.

Ce n'était qu'une plaisanterie de sa part, bien sûr. Mais Tess ne put s'empêcher de se demander comment il aurait réagi si elle lui avait répondu tout de go que tel était effectivement le cas.

— En tout cas, me voilà rassuré, reprit-il en souriant. J'en étais venu à me demander si vous ne m'aviez pas suivi…

— Je fais partie des gens que l'on traque. Pas de ceux qui traquent les autres…

Cette remarque fit instantanément disparaître le sourire qu'arborait Danilo.

— Je suis désolé, s'excusa-t-il. C'était une très mauvaise plaisanterie.

Tess haussa les épaules.

— Ne vous en faites pas, lui dit-elle. Depuis que je suis ici, je n'ai quasiment pas repensé à ce cinglé.

— Tant mieux, déclara Danilo. Je suis convaincu que d'ici à ce que vous rentriez à Londres, dans quelques semaines, il sera passé à autre chose.

— Je l'espère, soupira-t-elle. Bien que je plaigne sa prochaine victime… Je ferais peut-être bien d'en parler à ma mère, lorsque je serai de retour là-bas.

— Votre mère ? s'étonna Danilo. Pourquoi donc ?

— Parce qu'elle a des relations.

— Elle travaille pour la mafia ? ironisa-t-il.

— Presque, répondit Tess avec un pâle sourire. Elle fait de la politique.

— Pourquoi ne lui avez-vous pas demandé d'intervenir plus tôt, dans ce cas ?

— Parce que ce genre de service a un prix.

Danilo lui jeta un regard interrogateur. Mais elle n'avait aucune envie de s'étendre sur le sujet et il dut rapidement le comprendre car ce fut lui qui décida d'en changer.

— Je voulais vous dire que j'avais remarqué à quel point Natalia avait évolué depuis votre arrivée ici.

Tess sentit monter en elle une tension de nature très différente. Le trouble que lui inspirait Danilo lui avait presque fait oublier le dilemme auquel elle était confrontée.

Devait-elle lui parler de la scène qu'elle avait surprise au bar ou se taire comme elle avait plus ou moins promis de le faire ? Aucune de ces solutions ne l'enthousiasmait outre mesure.

— Cela faisait longtemps qu'elle n'était pas sortie, reprit Danilo. Je crois que c'est bon signe.

Tess aurait aimé partager son optimisme. Mais la présence de Marco, ce soir-là, donnait un sens très différent à l'initiative qu'avait prise Natalia.

— Mais j'avoue que j'aurais préféré que vous m'en parliez avant, ajouta alors Danilo.

Cette remarque eut au moins le mérite de balayer momentanément la culpabilité qu'elle éprouvait en cet instant.

— C'est absurde, protesta-t-elle.

— Pardon ?

— Je ne vais tout de même pas en référer à vous chaque fois que Nat décide d'aller se promener ! s'exclama-t-elle vivement.

— Ce n'est pas ce que je voulais dire, objecta Danilo.

— Vraiment ? Parce qu'en vous entendant, je me demande parfois pourquoi vous ne l'avez pas carrément envoyée au couvent. Là, au moins, vous seriez sûr qu'elle ne court aucun risque !

— Ce n'est pas drôle, protesta-t-il.

— Mais je ne plaisante pas du tout, répliqua Tess. Je suis la préceptrice de votre sœur, pas sa geôlière. Et il me semblait vous avoir clairement fait comprendre que je ne comptais pas non plus jouer les espionnes pour votre compte !

— Vous exagérez. Je ne vous demande pas d'espionner Nat, mais juste de me tenir au courant des choses qui la concernent.

— Si vous tenez tant à en savoir plus à son sujet, interrogez-la vous-même !

— Je l'ai fait, figurez-vous, répliqua Danilo, vexé. Mais elle ne veut rien me dire.

— Peut-être serait-elle plus prompte aux confidences si vous ne lui donniez pas l'impression qu'elle est prisonnière. Elle a tellement peur de vous qu'elle n'ose plus vous parler librement.

— Contrairement à vous, j'imagine ? s'exclama-t-il.

Il y avait dans sa voix bien plus d'amertume que de rancune.

— Je sais que ma sœur s'est éloignée de moi, ces deniers temps, reprit-il. Ce n'est pas uniquement à cause de ce garçon, d'ailleurs… Quoi qu'il en soit, pour en revenir à ce que je vous disais, si vous m'aviez prévenu au sujet de ce soir, j'aurais pu vous conseiller de ne pas rentrer trop tard. Nous devons partir pour Londres, demain, et le voyage risque d'être assez fatigant pour Nat.

Tess le considéra avec étonnement.

— Je n'étais pas au courant. Votre sœur ne m'en a pas parlé.

— C'est normal, acquiesça Danilo. Elle ne le sait pas encore.

— Je ne comprends pas…

— Je veux l'emmener voir un spécialiste pour discuter d'une nouvelle opération.

— C'est un créneau de dernière minute ? s'enquit Tess.

— Non. J'ai pris ce rendez-vous lorsque j'étais à Londres. Le jour où je vous ai rencontrée, en fait.

— Mais pourquoi n'en avez-vous rien dit à Natalia ?

— Parce que je ne voulais pas qu'elle s'angoisse inutilement. Ou qu'elle se fasse de faux espoirs. Ce n'est pas la première fois que nous rencontrons un médecin susceptible de l'aider et, jusqu'à présent, ces tentatives n'ont pas été couronnées de succès.

Tess considéra ce qu'il venait de lui dire. Elle parvenait à comprendre les raisons pour laquelle Danilo avait agi de la sorte. Mais elle n'était pas certaine que ce fût une très bonne idée sur le plan thérapeutique.

Une fois de plus, il avait cherché à la protéger sans lui demander son avis et c'était une façon de la déresponsabiliser, de la traiter comme une enfant.

— Quand est prévu ce rendez-vous ? demanda-t-elle.

— Demain après-midi.

— Est-ce que vous resterez longtemps en Angleterre ?

— Juste une nuit. Nous serons de retour après-demain. Prenez juste de quoi dormir et vous changer.

— Vous voulez que je vienne avec vous ? s'étonna-t-elle.

— Pourquoi pas ?

— Eh bien… Je doute que nous ayons le temps de travailler beaucoup, répondit-elle.

Danilo la considéra d'un air songeur.

— C'est juste, reconnut-il. Mais j'ai l'impression que Nat ne vous considère pas uniquement comme son professeur. Et il se peut qu'elle ait besoin d'une confidente, de quelqu'un à qui elle puisse parler librement. Or, comme vous n'avez pas manqué de me le faire remarquer, je ne suis pas cette personne.

— Je suis désolée, s'excusa Tess. Je ne voulais pas…

Elle s'interrompit, comprenant que de telles excuses seraient de mauvaise foi. Elle pensait vraiment ce qu'elle lui avait dit. Et le fait qu'elle ressente de la compassion à son égard n'y changeait rien.

— Je suis heureuse que vous me fassiez confiance, déclara-t-elle enfin.

Il hocha sobrement la tête.

— Tout ce qui m'importe, c'est de défendre les intérêts de ma sœur, déclara-t-il.

Tess ne put s'empêcher de tiquer. Voulait-il dire par-là que s'il n'avait tenu qu'à lui, elle ne serait pas ici, à l'heure actuelle ? L'idée l'attristait profondément. Mais à quoi d'autre aurait-elle donc pu s'attendre ?

Si Danilo avait besoin d'elle, c'était uniquement grâce à son expérience d'enseignante. Elle n'était que de passage dans sa vie et, lorsqu'elle serait repartie, il l'oublierait sans doute très rapidement.

La mort dans l'âme, elle reposa son verre et prit congé de Danilo, prétextant un mal de tête imaginaire.

C'était la première fois que Tess montait à bord d'un jet privé. Et celui de la famille Raphaël était particulièrement luxueux. Malheureusement, en dépit de ces conditions de vol idéales, le voyage ne fut pas particulièrement plaisant.

Natalia était d'une humeur lugubre et décourageait toutes les tentatives que faisait Tess pour engager la conversation. Lorsque Danilo se rendit dans le cockpit pour s'entretenir avec le pilote, elle se décida enfin à poser la question qui lui brûlait les lèvres depuis qu'ils avaient quitté l'aéroport de Florence.

— Tu n'es pas excitée à l'idée de ce rendez-vous ?

Le regard que lui retourna Natalia constituait une réponse des plus éloquentes.

— Pourquoi le serais-je ? rétorqua-t-elle pourtant. Sais-tu à combien de consultations de ce genre j'ai déjà eu droit ? À combien d'opérations et de procédures médicales je me suis soumise ? Et tout cela pour quoi ?

Natalia haussa les épaules.

— Ce n'est pas pour moi que nous allons à Londres, reprit-elle. C'est pour Danilo. Il n'est pas encore prêt à admettre la réalité. Je ne remarcherai jamais, Tess.

La résignation qui filtrait dans sa voix était presque plus dure à supporter que ne l'auraient été ses larmes. Et ce n'est qu'à ce moment que Tess comprit le désarroi dont Danilo avait fait preuve à plusieurs reprises. Car il avait dû comprendre depuis longtemps déjà que sa sœur avait renoncé à se battre.

Parvenus à l'aéroport de Heathrow, ils empruntèrent une limousine qui les conduisit directement dans le centre de Londres. Tess se prit à songer qu'il lui aurait été facile de s'habituer à un tel luxe. Fort heureusement, elle n'en aurait pas le temps. D'ici quelques semaines, elle retrouverait une vie normale.

Cette idée lui semblait un peu étrange. Car, en l'espace de très peu de temps, elle s'était beaucoup attachée à Natalia, qu'elle considérait un peu comme une jeune sœur. Fort heureusement, si elle décrochait une place dans l'une des prestigieuses universités anglaises qu'elle espérait intégrer, toutes deux se reverraient peut-être régulièrement.

Évidemment, il faudrait pour cela que Natalia parvienne à convaincre son frère de la laisser partir aussi loin…

Lui jetant un regard en coin, Tess se demanda s'il en serait réellement capable. Parviendrait-il à surmonter son instinct protecteur pour la laisser voler de ses propres ailes ? S'il voulait réellement la rendre heureuse, c'était certainement la meilleure chose à faire.

Mais Tess pensait le connaître assez à présent pour comprendre que ce n'était pas uniquement le bonheur de Natalia qui était en cause. À travers ce qu'il faisait pour elle, Danilo cherchait aussi à se faire pardonner quelque chose, à conjurer une forme de culpabilité.

— J'ai pensé que nous pourrions nous arrêter au Claridge's, déclara-t-il soudain. C'est l'un des salons de thé préférés de Nat, précisa-t-il à l'intention de Tess.

— Excellente idée, s'exclama sa sœur avec un enthousiasme qui paraissait quelque peu forcé.

Une fois de plus, Tess sentit sa gorge se serrer. La tension qui habitait sa jeune amie était perceptible et elle comprenait mieux à présent pourquoi Danilo avait préféré retarder le plus possible l'annonce du rendez-vous qu'il avait pris pour elle.

Malheureusement, cette étape au Claridge's ne contribua en rien à apaiser les choses. Tous trois prirent le thé dans un silence aussi tendu qu'éprouvant, ne s'exprimant que par monosyllabes. Tess essaya bien de détendre l'atmosphère mais ne tarda pas à jeter l'éponge.

N'y tenant plus, elle se décida enfin à aller faire un tour aux toilettes uniquement pour se changer les idées. Après s'être lavé les mains, s'être remaquillée et avoir parcouru les gros titres d'un journal que quelqu'un avait oublié près du lavabo, elle se résigna enfin à aller retrouver ses compagnons de voyage.

Mais au moment où elle sortait des toilettes, elle avisa

une meute de journalistes qui avait envahi le grand hall de l'hôtel. Ils entouraient la silhouette familière d'une femme vêtue de façon très élégante.

Tess sentit les battements de son cœur s'emballer dans sa poitrine. Il ne lui restait probablement que peu de temps avant que l'on ne s'avise de sa présence…

Étonné de ne pas la voir revenir plus tôt, Danilo s'était porté à sa rencontre. Mais en arrivant dans le hall, il la vit qui se faufilait discrètement, longeant les murs pour contourner un groupe de journalistes. Il remarqua qu'elle tournait résolument la tête de côté, comme si elle craignait d'être reconnue.

Toute la question était de savoir pourquoi des journalistes auraient pu s'intéresser à une enseignante anonyme. En attendant que Tess le rejoigne, Danilo observa alors la femme qui semblait être la cause de cette affluence médiatique.

— Est-ce que Natalia et vous avez fini votre thé ? lui demanda alors Tess.

— Oui, répondit-il. Ma sœur est déjà dans la voiture…

— Tant mieux, s'exclama Natalia en se dirigeant à grands pas vers la porte la plus proche.

De plus en plus étonné, Danilo lui emboîta le pas. Tous deux montèrent dans la limousine, qui les attendait au bas du perron.

— Puis-je savoir quelle mouche vous a piquée ? lui demanda-t-il, curieux.

— Vous avez vu la femme qui se trouvait dans le hall ?

— Beth Tracey ?

— En personne.

— Qui est Beth Tracey ? s'enquit Natalia, curieuse.

— Elle est candidate au poste de maire de Londres, expliqua-t-il.

— Ce n'est pas encore officiellement confirmé, objecta Tess.

— Effectivement, concéda-t-il. Mais c'est un secret de polichinelle. Est-ce que vous la connaissez ?

— Assez bien, acquiesça Tess. C'est ma mère.

Danilo la considéra avec une pointe de stupeur. Jamais il n'aurait pu imaginer une chose pareille.

— Vous n'avez pas le même nom.

— Excellente déduction, Sherlock, railla-t-elle. Depuis qu'elle s'est lancée en politique, ma mère a toujours utilisé son nom de jeune fille.

— Qu'en pense ton père ? s'enquit Natalia.

— Il est mort lorsque j'étais toute petite, répondit Tess. Ma mère m'a élevée seule.

— On dirait que tu ne t'entends pas beaucoup avec elle, lança Natalia.

C'était la première fois depuis qu'ils avaient quitté l'Italie qu'elle paraissait s'intéresser réellement à un sujet de conversation. Et, bien que Tess n'ait pas vraiment l'intention de s'appesantir sur la question, elle n'eut pas le cœur de lui opposer une fin de non-recevoir.

— Ce n'est pas tant cela, répondit-elle en s'efforçant de faire preuve d'objectivité à l'égard de sa mère. Mais nous sommes vraiment très différentes l'une de l'autre. Nos vies n'ont rien à voir. Pourtant, je suis très fière de ce qu'elle a réussi.

— Je ne savais pas que vous aviez de la famille sur Londres, fit Danilo. Vous voulez peut-être passer un peu de temps avec votre mère avant de rentrer en Italie.

— C'est très gentil, répondit-elle. Mais je doute que ma mère puisse se libérer pour le soir même.

— Même pas pour sa fille ? s'étonna Danilo.

— Elle est vraiment très occupée. Surtout en ce moment, avec la précampagne.

— Ne voudra-t-elle pas vous avoir à ses côtés, à un moment ou à un autre ?

— Elle s'est résignée depuis longtemps au fait que je n'étais pas vraiment un atout en politique, répondit-elle.

Il y avait dans la voix de Tess une certaine amertume. Danilo se fit la réflexion que c'était là la première fois qu'il l'entendait parler de sa famille. Il aurait voulu l'interroger plus avant à ce sujet mais il était évident que la question était douloureuse.

L'ambiance qui régnait depuis qu'ils avaient quitté Florence était déjà suffisamment tendue comme cela. Et Danilo jugea plus sage de reporter cette conversation à un moment plus propice.

Dans la salle d'attente du cabinet médical, Tess faisait nerveusement les cent pas. Cela faisait près d'un quart d'heure que le médecin avait fait entrer Natalia et Danilo et elle se demandait avec angoisse quel serait le résultat de cet entretien.

Elle vit alors la porte s'ouvrir, laissant passer Danilo qui arborait une mine déconfite.

— Que se passe-t-il ? s'enquit Tess, inquiète.

— Le médecin nous a exposé la procédure en détail, expliqua-t-il. Lorsqu'il a demandé si nous avions des questions, Nat a voulu s'entretenir seule avec lui.

Tess lui décocha un sourire qui se voulait réconfortant. De toute évidence, c'était la première fois qu'une telle chose se produisait. Une fois de plus, Natalia tenait à affirmer son indépendance.

Tess était convaincue que c'était une excellente chose, et qu'à terme cela faciliterait les rapports entre le frère et la sœur. Mais il faudrait certainement du temps à Danilo pour admettre que la petite sœur qu'il avait toujours protégée était capable de voler de ses propres ailes.

— Est-ce que l'entrevue s'est bien passée ? s'enquit Tess.

— Assez bien, répondit Danilo. Mais ce n'est que la

première et il y en aura d'autres avant que la procédure médicale ne s'enclenche réellement.

Il hésita un instant avant de poursuivre.

— Je sais que vous n'étiez pas censée travailler, demain, mais je vous serais vraiment très reconnaissant si vous pouviez décaler ce jour de congé. Nat aura peut-être besoin de quelqu'un demain. Ce genre de rendez-vous peut être très éprouvant…

— J'imagine, acquiesça Tess. En tout cas vous pouvez compter sur moi.

Elle ne put s'empêcher de se demander vers qui Danilo se tournait lorsque lui-même devait faire face à ce genre d'épreuves. Sans doute les affrontait-il seul, décida-t-elle. Il était probablement trop fier pour se confier à qui que ce fût. Elle n'était cependant pas dupe : qu'il le reconnaisse ou non, cette situation le minait intérieurement.

— Merci, Tess, lui dit-il gravement. Je vous suis vraiment très reconnaissant de tout ce que vous faites pour nous.

— Il n'y a pas de quoi, répondit-elle, touchée par la gratitude qu'elle percevait dans sa voix et dans son regard. Et si vous-même avez besoin de parler à quelqu'un, n'hésitez pas…

Danilo ne répondit pas, se contentant de la regarder fixement. Dans son regard, elle devinait un flot de sentiments contradictoires : la fatigue qui l'accablait en cet instant, l'espoir qui le disputait à la résignation, la solitude qui pesait sur lui, le doute qui le rongeait…

Mais il y avait aussi une forme de tendresse à laquelle elle ne s'attendait pas. Jamais elle ne s'était sentie aussi proche de lui. Jamais il ne lui avait semblé le comprendre à ce point.

Il aurait été si simple, en cet instant, de couvrir la distance qui les séparait et de le prendre dans ses bras. Mais elle n'osa pas le faire. Au lieu de cela, elle demeura parfaitement immobile, tandis que le temps lui-même paraissait retenir son souffle.

Finalement, ce fut Danilo qui fit un pas dans sa direction.

Dans ses yeux, elle crut discerner un désir qui reflétait le sien. Le cœur battant à tout rompre, elle comprit qu'il était sur le point de l'embrasser.

Mais à ce moment précis la porte du cabinet s'ouvrit, laissant apparaître Natalia.

— Danilo, murmura-t-elle. S'il te plaît, je veux rentrer à la maison.

7.

Au cours de la semaine qui suivit leur voyage éclair à Londres, Danilo ne cessa de repenser à ce qui s'était produit dans la salle d'attente de la clinique — et plus encore à ce qui avait failli se produire.

Il aurait été incapable d'expliquer ce qu'il avait éprouvé alors. Il savait seulement qu'une myriade de sentiments contradictoires l'avait envahi avant de se fondre en un besoin aussi viscéral que mystérieux.

Jamais encore il n'avait réagi de cette façon. Danilo s'était toujours targué de contrôler ses émotions en toutes circonstances. C'était ce qui lui avait permis de devenir un homme d'affaires redoutable mais aussi de résister aux doutes et à la culpabilité qui le rongeaient intérieurement.

Mais face à Tess, il se sentait souvent désarmé. Contrairement à la majeure partie des gens qu'il fréquentait, elle n'était impressionnée ni par sa fortune, ni par son statut social, ni par sa réussite professionnelle.

Au contraire, elle ne cessait de remettre en cause son autorité et contester ses jugements. Elle refusait d'obéir à ses ordres et avait le don d'ébranler ses certitudes les plus enracinées.

Sans même qu'il s'en rende compte, elle avait transformé ses rapports avec sa sœur, retissant entre Nat et lui de nouveaux liens qui passaient moins par l'autorité et la responsabilité et plus par la tendresse et la complicité.

Il était aussi agacé par son audace que fasciné par son

intelligence, sa vivacité d'esprit et la joie de vivre qu'elle paraissait répandre autour d'elle.

Personne dans la maison n'y était insensible : Franco s'en était amouraché, Angelica s'était instantanément liée d'amitié avec elle, Nat la considérait quasiment comme une grande sœur. Quant à leur tante, qui n'était pourtant pas quelqu'un de commode, elle avait déclaré récemment que la présence de Tess était une bouffée d'air frais dans la maison.

Danilo ne pouvait prétendre le contraire. Et il se demandait parfois avec une pointe d'appréhension ce qui se passerait lorsque la jeune femme rentrerait en Angleterre.

L'idée de la voir partir le peinait plus qu'il n'aurait pu l'imaginer. Lui aussi s'était attaché à elle. Mais cette affection se doublait de quelque chose de bien plus grisant, une fascination mêlée de désir dont l'intensité ne cessait de le surprendre.

Loin de s'estomper avec le temps et la familiarité, l'envie qu'il avait d'elle n'avait fait que croître. Il devenait même de plus en plus sensible aux détails les plus infimes : l'odeur de sa peau qui lui faisait l'effet d'un véritable aphrodisiaque, la fossette qui se creusait au coin de sa bouche chaque fois qu'elle souriait, la façon totalement irrésistible qu'elle avait de se mordiller la lèvre lorsqu'elle était plongée dans ses réflexions…

La vision de Tess hantait aussi bien ses songeries diurnes que ses rêves nocturnes. Cela menaçait de devenir une véritable obsession.

Mais plus il se sentait attiré par elle et plus il résistait à cette tentation. Car il pressentait confusément que sortir avec Tess l'entraînerait peut-être beaucoup plus loin qu'il n'était prêt à aller.

Depuis l'accident qui avait coûté la vie à ses parents, Danilo avait voué sa vie à sa sœur. S'il travaillait si dur, c'était avant tout pour lui offrir la vie la plus confortable possible et pour s'assurer qu'elle ne manquerait jamais de rien.

Tant qu'elle ne remarcherait pas, il continuerait à retourner ciel et terre pour tenter de découvrir un remède. Fort heureusement, en dépit des doutes qui l'assaillaient, Natalia n'avait pas encore renoncé. En sortant de chez le médecin, elle leur avait annoncé qu'elle avait l'intention de tenter sa chance.

Mais elle avait également aussi laissé entendre que ce serait la dernière fois. Danilo avait alors pris conscience du fait que sa sœur ne tarderait pas à s'émanciper complètement. Lorsqu'elle entrerait à l'université, elle serait libre de choisir son mode de vie, ses fréquentations et ses petits amis.

Cette conviction avait fait naître en lui un sentiment d'urgence. Il lui semblait qu'il ne lui restait plus que quelques mois pour voir se concrétiser le miracle qu'il avait appelé de ses vœux depuis le jour de l'accident.

Il n'osait penser à ce qui arriverait si ce rêve ne se réalisait pas. Car il se retrouverait alors seul face à la culpabilité et à l'échec.

Il devait donc impérativement demeurer concentré sur son objectif. Il ne pouvait se permettre de se disperser, même si c'était au prix de sa relation avec Tess…

Ce jour-là, Danilo rentra assez tôt du travail. Il avait groupé ses réunions durant la matinée et comptait travailler de chez lui durant l'après-midi. Mais en arrivant à la villa, il ne trouva trace ni de Natalia ni de sa préceptrice. Interrogée, la gouvernante lui indiqua que les deux jeunes femmes s'étaient rendues au manège.

La nouvelle ne manqua pas de l'étonner : jusqu'alors, Tess ne lui avait jamais laissé entendre qu'elle montait à cheval. Le simple fait de l'imaginer en tenue d'équitation suffit à éveiller un brusque accès de désir. Il gémit intérieurement, se demandant combien de temps encore il parviendrait à résister à ce véritable supplice de Tantale.

Quittant la maison, il se dirigea vers le manège qui se

trouvait derrière les écuries. Comme il venait de contourner le bâtiment, il aperçut Tess qui était appuyée contre la barrière métallique qui délimitait le manège. Elle était vêtue d'un jean assez ajusté qui mettait parfaitement en valeur ses jambes élancées et d'un T-shirt arborant le célèbre panda de la WWF.

Ses cheveux étaient tirés en arrière et attachés en queue-de-cheval, révélant son visage magnifique. Cette coiffure et l'absence de tout maquillage la faisaient paraître plus juvénile encore que d'ordinaire et le désir qu'éprouvait Danilo se teinta d'un irrépressible élan de tendresse.

Il se figea, la buvant du regard. Jamais il n'aurait pensé qu'une femme puisse un jour lui faire un tel effet. L'envie qu'il avait d'elle dépassait de très loin la simple attirance physique…

Mais, alors même qu'il formulait ce constat, il avisa le fauteuil roulant qui se trouvait derrière elle. Vide.

Fronçant les sourcils, il se décala légèrement de façon à apercevoir l'ensemble du manège. Et son sang se glaça brusquement dans ses veines tandis que la panique déferlait en lui, incoercible.

Car sur le cheval que faisait évoluer le palefrenier était juchée Natalia.

— Ce n'est pas possible, fit-il.

En entendant sa voix, Tess se tourna vers lui, le visage illuminé par un radieux sourire. Il se dissipa cependant rapidement lorsqu'elle avisa l'horreur qui se lisait dans les yeux de Danilo.

— C'est de la folie, s'exclama-t-il.

Tess s'avança vers lui.

— Il faut qu'elle descende de là tout de suite, ajouta-t-il.

— Surtout pas ! protesta la jeune femme. Elle s'amuse comme une folle.

— Folle ? répéta-t-il d'une voix blanche. C'est le mot qui convient. Ma sœur est paralysée ! Que fait-elle sur un cheval ?

Jamais il ne s'était senti aussi terrifié depuis le jour où

les médecins lui avaient annoncé que Natalia avait perdu l'usage de ses jambes.

— Elle n'a pas besoin de ses jambes pour monter, lui dit Tess d'un ton conciliant. C'est Geraldo qui guide le cheval…

— C'est vous qui avez eu cette idée, n'est-ce pas ? s'exclama-t-il en la fusillant du regard. Sans votre influence, Natalia n'aurait jamais eu une idée aussi dangereuse !

— Calmez-vous, lui conseilla-t-elle. Tout se passe bien.

— Comment voulez-vous que je me calme ? Ma sœur risque de se casser le cou… Comment avez-vous pu faire une chose pareille ? Sans même m'en parler, en plus !

— C'est pour votre bien à tous les deux, répondit-elle sans se démonter le moins du monde. Vous me remercirez plus tard.

L'angoisse de Danilo fit brusquement place à une colère noire.

— Cette fois-ci, vous êtes allée trop loin ! protesta-t-il. Jusqu'à présent, j'ai toléré les libertés que vous avez prises parce que je pensais que c'était pour le bien de ma sœur. Mais là, vous l'avez mise sciemment en danger ! Allez faire vos bagages, mademoiselle Jones. Je n'ai plus besoin de vos services.

Elle ouvrit de grands yeux, comme si elle avait du mal à croire à ce qui était en train de se passer.

— Vous me renvoyez ? s'exclama-t-elle.

Danilo ne put réprimer un juron bien senti.

— Évidemment ! répliqua-t-il. Vous imaginez-vous vraiment que je vais vous laisser mettre ma sœur en danger sans rien faire ? Que je vais rester les bras croisés alors que vous jouez avec sa santé et peut-être avec sa vie ?

— Vous vous trompez, objecta-t-elle. Je ne ferais jamais courir le moindre risque à Natalia. J'ai vu des tas de personnes handicapées monter à cheval. Et Geraldo en a déjà accompagné plusieurs. Votre sœur ne risque strictement rien !

— Si c'était le cas, pourquoi ne m'en avez-vous rien dit ?

— Parce que Natalia voulait vous faire une surprise, expliqua Tess.

— Ne me dites pas que c'est elle qui a eu cette idée absurde !

— Lorsqu'elle m'a dit qu'elle adorait faire de l'équitation, autrefois, j'ai mentionné le fait que j'avais vu des gens hémiplégiques monter à cheval. C'est elle qui a décidé d'essayer. Jamais je ne l'aurais poussée à faire une chose pareille si elle ne s'y était pas sentie prête.

— Ne rejetez pas la faute sur elle, protesta Danilo, furieux.

— Ce n'est pas une faute, rétorqua Tess. C'est une chance que votre sœur a su saisir. C'est quelque chose qui la motive et qui la rend heureuse. Chaque jour, elle gagne en autonomie…

— Chaque jour ? répéta-t-il d'une voix blanche. Depuis combien de temps cela dure-t-il, exactement ?

— C'est sa dixième leçon, répondit Tess d'un air de défi. Et regardez-la, Danilo ! Regardez son visage ! Depuis quand ne l'avez-vous pas vue aussi heureuse ?

Presque à contrecœur, il fit ce qu'elle lui demandait et se tourna vers sa sœur. Elle s'accrochait à sa selle tandis que Geraldo guidait la jument préférée de leur mère à l'aide d'une longe. Natalia était si concentrée qu'elle n'avait pas encore remarqué sa présence.

Mais Tess avait raison : elle paraissait rayonner de bonheur.

— C'est l'animal le plus docile de votre écurie, reprit Tess d'un ton rassurant. Et Geraldo est le plus doux et le plus patient des hommes. Votre sœur ne risque absolument rien. Vous ne pouvez pas la priver de ce plaisir, Danilo. C'est beaucoup trop important pour elle…

Danilo comprit que Tess avait raison : s'il lui interdisait de monter après lui avoir interdit de fréquenter Marco, sa sœur ne le lui pardonnerait jamais. Elle couperait les ponts avec lui et refuserait peut-être même de suivre le traitement qu'il lui avait proposé.

— Vous m'avez piégé, murmura-t-il, défait.

— Je voulais vous en parler. Je le voulais vraiment, je vous assure. Mais je savais que si je le faisais, vous vous opposeriez à cette activité. Et c'est trop important, Danilo. Je sais que vous ne voulez pas l'entendre mais si le traitement devait échouer…

— Ce ne sera pas le cas, protesta-t-il avec moins de conviction qu'il ne l'aurait voulu.

— Si le traitement devait échouer, reprit Tess, et si votre sœur devait rester handicapée, cela ne doit pas signifier la fin de son existence.

Danilo ne put réprimer un frisson glacé. Pourquoi fallait-il qu'elle le place face à sa plus grande crainte ?

— Votre sœur a accepté cette éventualité, reprit-elle. Mais elle ne se résout pas pour autant à être malheureuse toute sa vie. Pouvez-vous l'en blâmer ?

— Bien sûr que non ! s'exclama-t-il.

— Bien. Dans ce cas, soutenez-la au lieu de la brider. Aidez-la à s'épanouir comme elle est en train de le faire en cet instant même. Elle a besoin de savoir que vous êtes fier d'elle, vous savez.

— Je le suis, protesta-t-il vivement. J'ai toujours été fier de Natalia.

— Alors, souriez et encouragez-la.

— Vous êtes vraiment la personne la plus impudente et la plus effrontée que je connaisse, déclara Danilo qui ne savait plus trop s'il devait la maudire ou la remercier.

— C'est parce que je n'ai plus rien à perdre, répondit-elle en haussant les épaules.

— Que voulez-vous dire ?

— Eh bien, vous m'avez déjà renvoyée…

— Je ne le pensais pas vraiment.

— Bien sûr que si, répondit-elle posément.

— Très bien, reconnut-il à contrecœur. Je le pensais. Mais vous m'avez convaincu que j'avais tort.

Un sourire narquois se dessina sur les lèvres de Tess.

— Danilo Raphaël reconnaissant qu'il a eu tort ? ironisa-t-elle. Ce doit être une première mondiale !

Danilo ne put s'empêcher de rire.

— Je crois que vous allez me rendre fou, déclara-t-il.

— C'est un prêté pour un rendu, murmura-t-elle.

Il se figea, la contemplant très attentivement.

— Que suis-je censé comprendre par-là ?

Incapable de soutenir son regard, elle détourna les yeux.

— Rien..., éluda-t-elle en rougissant légèrement.

— Deviendriez-vous timide, tout à coup ?

— Peut-être...

Danilo fit un pas vers elle et leurs yeux se trouvèrent de nouveau. Ceux de Tess trahissaient à présent un trouble qui ne fit que décupler le désir qu'il avait d'elle.

— Tess..., balbutia-t-il.

— Je sais, murmura-t-elle d'une voix légèrement tremblante.

— Danilo ! s'exclama Natalia derrière eux. Tu as vu ce que je peux faire ?

Danilo se tourna vers sa sœur dont la monture s'était immobilisée au beau milieu du manège.

— C'est génial ! lui cria-t-il. Je suis très fier de toi, Nat !

Tandis que Danilo applaudissait sa sœur, Tess ne le quittait pas des yeux. Ce qui venait de se passer entre eux l'avait totalement prise de court.

Au cours des dernières semaines, elle s'était convaincue que les sentiments qu'elle éprouvait envers Danilo étaient à sens unique. Or il venait de lui démontrer qu'il n'en était rien. Cette révélation inattendue l'emplissait d'un mélange détonnant d'exaltation, de curiosité et de terreur.

Ce fut rapidement cette dernière émotion qui prit l'ascendant sur les autres. Car elle avait parfaitement conscience qu'en laissant libre cours à ce qu'elle ressentait, elle risquait de se laisser très rapidement dépasser par la situation.

Danilo ne ressemblait en rien aux hommes avec lesquels elle avait pu sortir jusqu'alors. Il n'était ni rassurant ni inoffensif. Au contraire, il était doté d'une volonté farouche et d'une fierté parfois ombrageuse. Il exerçait sur elle un ascendant contre lequel elle devait continuellement lutter.

Et surtout, il existait entre eux une puissante alchimie sur le plan physique. C'était la première fois de toute sa vie qu'elle désirait quelqu'un à ce point. Elle ne cessait de penser à Danilo et, dès qu'ils se trouvaient dans la même pièce, elle sentait renaître ce trouble lancinant qui paraissait ne jamais la quitter complètement.

Mais elle n'était pas sûre de vouloir y céder. Car ce faisant, elle risquait fort de se perdre. Depuis qu'elle avait renoncé à devenir la fille parfaite dont aurait pu rêver sa mère, Tess s'était toujours félicitée d'être maîtresse de sa propre vie. Elle ne laissait personne lui dicter ses choix et agissait toujours selon ses convictions.

En serait-elle encore capable si elle sortait avec Danilo ? Parviendrait-elle à lui tenir tête, à s'affirmer face à lui ? Il lui était facile de le faire pour le moment, parce qu'il n'y avait pas de véritable enjeu. Mais serait-ce aussi facile lorsque leur couple serait en jeu ?

Tess se morigéna intérieurement. À quoi servait-il de s'adonner à de telles spéculations alors que Danilo et elle ne s'étaient même pas embrassés ? Ne pouvait-elle pour une fois se laisser porter par les événements ? Se laisser aller à ses propres envies sans chercher forcément à maîtriser l'avenir ?

Peut-être était-il temps pour elle comme pour Danilo d'affronter ses propres fantômes…

Pendant qu'elle réfléchissait à ces questions, Natalia avait effectué un nouveau tour de piste sous le regard attentif de son frère.

— Je suppose que je vous dois des excuses, dit-il enfin à Tess. Vous aviez raison et j'avais tort.

— Je ne crois pas que ce soit la question, fit-elle objecter. Nous voulons tous deux le bonheur de Natalia. C'est cela l'essentiel…

— Sans doute, concéda Danilo en s'appuyant contre la rambarde du manège pour suivre des yeux les évolutions de sa sœur.

Tess le rejoignit, prenant soin de ménager un léger espace entre eux.

— Je venais souvent ici pour regarder ma mère s'entraîner, reprit-il. C'était une cavalière extraordinaire.

— C'est ce que m'a dit Natalia, acquiesça Tess.

— Elle pratiquait la compétition à très haut niveau, lorsqu'elle était jeune. Elle a même renoncé à partir pour les Jeux olympiques, lorsqu'elle s'est mariée.

— Pourquoi ? s'étonna Tess.

Danilo haussa les épaules.

— Elle devait penser que la famille était plus importante que ses ambitions personnelles, déclara-t-il.

— Un homme ne dirait jamais une chose pareille, fit remarquer Tess.

— Sans doute, reconnut Danilo. Mais c'était une autre époque… Ne croyez pas pour autant que ma mère manquait de caractère. Je me rappelle l'avoir vue tomber de cheval, un jour, alors que j'étais encore petit. Elle paraissait souffrir le martyre et on a dû l'emmener à l'hôpital par hélicoptère. J'ai bien cru qu'elle allait mourir ! Mais quelques semaines plus tard, la jambe dans le plâtre, elle remontait en selle.

— Natalia a de qui tenir, on dirait.

— Nous avons la tête dure, dans la famille, concéda Danilo en souriant.

— J'avais cru remarquer, en effet…

— Et vous ? Est-ce que vous aimez l'équitation ?

— Je n'ai jamais essayé. Mais j'avoue que les chevaux ne me rassurent pas.

— Vous devriez profiter de votre séjour ici pour essayer. Comme vous avez pu le constater, Geraldo est un excellent professeur. C'est lui qui nous a appris à monter.

— Alors, je suis pardonnée ? lui demanda-t-elle en souriant. Vous êtes d'accord pour que Natalia continue les leçons ?

— J'imagine que l'éducation s'apparente à l'équitation, plaisanta Danilo. Parfois, il faut savoir laisser la bride sur le cou…

Tess se fendit d'un large sourire. Elle avait parfaitement conscience du fait qu'elle venait de remporter une victoire majeure. Et il était temps pour elle de pousser son avantage…

8.

— Je n'arrive toujours pas à croire que je puisse remonter à cheval ! s'exclama Natalia qui venait de descendre de sa monture avec l'aide de Geraldo.

Elle rayonnait littéralement de fierté et de bonheur.

— Lorsque Tess m'a dit que c'était possible, je ne la croyais pas, ajouta-t-elle.

— Tu étais fabuleuse, déclara Danilo avec un sourire affectueux.

— C'est gentil. En fait, je ne suis pas encore tout à fait au point. Nous pensions attendre encore un peu avant de te faire une démonstration…

— C'était déjà très impressionnant, protesta son frère. Je suis vraiment heureux que tu aies pu reprendre l'équitation.

Tess se garda bien de sourire en songeant à la façon dont il avait réagi, quelques instants seulement auparavant. Il ne lui restait plus qu'à espérer qu'il prendrait aussi bien la nouvelle suivante.

— Natalia, je te rappelle que tu as rendez-vous avec le kiné dans un quart d'heure.

— C'est vrai, répondit la jeune femme. Et ensuite, nous allons chez le coiffeur.

— Le coiffeur ? s'étonna Danilo. Je croyais que tu ne voulais plus y aller, après ce qui s'est passé la dernière fois ? Elle vous a raconté ? ajouta-t-il à l'intention de Tess.

— Qu'ils n'étaient pas équipés pour les handicapés et

qu'elle avait dû repartir ? Oui. Mais cette fois, j'ai pris soin de m'assurer que le salon était bien aux normes.

— Tu es sûre que tu ne préfères pas le faire venir, comme d'habitude ? s'enquit Danilo, visiblement préoccupé.

— Elle manquerait la moitié du plaisir qu'il y a à se rendre chez le coiffeur, objecta Tess. Les potins à lire dans les tabloïds, les ragots colportés par les autres clientes et les discussions sans intérêt sur les sujets les plus triviaux… C'est un moment de sociabilité et de convivialité.

— Si vous le dites…, répondit Danilo sans conviction.

— Bon, je file, déclara Natalia. À tout à l'heure, Tess !

Celle-ci la regarda s'éloigner à vie allure sur son fauteuil roulant avant de se tourner de nouveau vers Danilo. Elle constata alors qu'il l'observait avec attention et ne put réprimer un frisson en avisant l'intensité de son regard.

— Il fallait que je vous parle, dit-elle d'une voix mal assurée.

— Moi aussi.

— C'est au sujet de Natalia…

Une lueur d'étonnement passa dans ses yeux.

— Je vous écoute.

— Nous avons commencé à rédiger les dossiers de candidatures pour les différentes universités qu'elle serait susceptible d'intégrer.

Danilo la considéra avec surprise.

— Je pensais qu'elle irait étudier à Florence, déclara-t-il. C'est l'université la plus proche. Et nous pourrons prendre un appartement en ville. Ce sera plus pratique pour moi aussi…

Tess comprit que la partie qu'elle s'apprêtait à mener allait être plus serrée encore qu'elle ne l'avait imaginé.

— Je pense que Natalia préférera habiter sur le campus, affirma-t-elle.

Danilo la considéra comme si elle venait de perdre la raison.

— Mais pourquoi ferait-elle une chose pareille ? s'exclama-t-il.

— Pour être comme les autres, répondit Tess sans se démonter. Pour profiter du campus, des associations étudiantes, des soirées…

— Elle pourra en profiter tout autant si nous vivons à Florence même, fit objecter Danilo.

— Peut-être, concéda Tess, mais elle arrive à un âge où elle a besoin de liberté…

— Je ne compte pas la retenir prisonnière.

— Et d'intimité, ajouta Tess d'un ton entendu.

Danilo la considéra avec effarement.

— Natalia va bientôt fêter ses vingt ans, crut-elle bon de lui rappeler.

Danilo passa nerveusement la main dans ses cheveux.

— Très bien, soupira-t-il. Je vais réfléchir à cette éventualité…

— Elle compte aussi postuler pour entrer aux universités de Rome et de Milan, lui indiqua alors Tess.

— Il n'en est pas question ! s'exclama Danilo d'un ton sans appel.

— Lorsque vous m'avez demandé de l'aider à préparer ses examens, vous m'avez dit qu'elle avait les moyens d'intégrer les meilleures universités…

— Je parlais au sens figuré, protesta-t-il.

— Vous ne vous trompiez pas, poursuivit-elle sans se laisser détourner de son objectif. En dehors de certaines lacunes qui s'expliquent par sa formation à domicile, Natalia est une élève brillante. Elle mérite ce qui se fait de mieux.

— Je ne peux pas dire le contraire, concéda Danilo. Mais elle n'est pas obligée pour cela d'aller vivre à Rome ou à Milan !

— Ces deux universités sont mieux placées que celle de Florence, objecta Tess. Mais je reconnais qu'elles ne sont pas ses premiers choix.

— Vous voyez ? s'exclama-t-il d'une voix triomphante.

Tess se força à conserver une expression parfaitement

neutre. Danilo fronça alors les sourcils et la considéra d'un air méfiant.

— Quels sont ses premiers choix ?

— Oxford et Cambridge, lui assena Tess.

Le silence qui s'ensuivit lui parut durer une éternité.

— Qu'est-ce que vous essayez de faire, exactement ? lui demanda enfin Danilo d'une voix glaciale.

— J'essaie de lui donner les moyens d'aller aussi loin qu'elle le voudra dans ses études, répondit posément Tess. De lui permettre de devenir l'une des meilleures dans sa profession. Et je suis persuadée qu'elle en est capable.

— C'est de la folie ! s'exclama-t-il, visiblement hors de lui. Natalia n'a jamais quitté l'Italie…

— Ce sera l'occasion idéale de le faire, rétorqua Tess.

— Elle n'a jamais vécu seule.

— C'est le cas de la plupart des étudiants. C'est ce qui fait de l'université une prodigieuse école de vie.

— Mais elle est handicapée ! s'exclama Danilo.

— Elle n'est pas la seule dans ce cas.

— C'est de la folie !

Tess croisa les bras sur sa poitrine et le regarda droit dans les yeux.

— Ce qui serait fou, ce serait de brider le potentiel de cette jeune femme qui a tout pour réussir, déclara-t-elle. Elle est belle, intelligente, cultivée, pleine d'esprit… Vous ne pouvez pas la maintenir prisonnière de cette cage dorée que vous avez construite autour d'elle !

— Je ne cherche qu'à la protéger, répliqua Danilo en la fusillant du regard.

— Eh bien, il est temps d'arrêter de le faire, décréta Tess avec une assurance tranquille. Il est temps de lui laisser la bride sur le cou, comme vous le disiez voici quelques minutes. Quitte à ce qu'elle commette des erreurs, quitte à ce qu'elle souffre. C'est ainsi que l'on apprend à devenir adulte. Et vous n'avez pas le droit de l'en priver.

— Vous ne trouvez pas que c'est un peu mélodramatique, rétorqua-t-il.

— Non, répondit-elle en haussant les épaules.

— Vous rendez-vous seulement compte de la présomption dont vous faites preuve ? Vous ne nous connaissez que depuis quelques semaines et vous êtes déjà convaincue que vous comprenez mieux que nous ce qui est bon pour nous.

— Ce n'est pas moi qui le dis, objecta Tess. Je ne fais que défendre le point de vue de votre sœur.

— Nous savons tous deux que si vous n'étiez pas là, elle ne se serait jamais mis une telle idée en tête !

— Peut-être, reconnut Tess. Mais c'est avant tout parce qu'elle n'aurait jamais osé vous en parler.

À ces mots, elle le vit tiquer.

— Êtes-vous en train de me dire que Nat a peur de moi ? lui demanda-t-il en fronçant les sourcils.

— Tout le monde a peur de vous, répliqua-t-elle en le regardant droit dans les yeux.

— C'est absurde !

— Bien sûr que non. Vous êtes un homme riche et influent. Vous êtes intelligent, brillant même, mais parfaitement dénué de scrupules ou de compassion. N'êtes-vous pas spécialisé dans le rachat et le démantèlement d'entreprises en faillite ?

— Je les remets à flot, protesta-t-il. Et je sauve des milliers d'emplois.

— En en sacrifiant des milliers d'autres.

— Parce que j'ai le courage d'assumer des décisions que d'autres auraient dû prendre. Et je peux vous assurer que je crée bien plus de valeur que je n'en détruis.

Il laissa échapper un juron particulièrement éloquent.

— Qui êtes-vous pour me donner des leçons ? s'exclama-t-il. Quelle est votre contribution à l'économie ?

— J'aide des gens comme votre sœur à réaliser tout leur potentiel, rétorqua-t-elle sans se laisser décontenancer.

— Vous ne doutez jamais de vous, n'est-ce pas ?

— Pas lorsque je suis convaincue de défendre une cause qui en vaut la peine, répliqua-t-elle. Et c'est le cas de votre sœur.

— Je ne suis pas son ennemi, contrairement à ce que vous paraissez croire.

— Oh ! non, répondit-elle d'un ton vibrant d'ironie. Vous ne pensez qu'à la protéger, au contraire. S'il ne tenait qu'à vous, vous l'enfermeriez dans une jolie boîte capitonnée, bien à l'abri du monde extérieur.

— Est-ce si monstrueux ?

— Oui, ça l'est, répliqua-t-elle. Votre sœur a le droit d'être libre. Elle a le droit de faire ses propres choix, d'avoir ses propres idées, ses propres expériences, ses propres amis, de commettre ses propres erreurs…

— Pour finir un jour poursuivie dans une ruelle par un malade mental ? contre-attaqua-t-il. Vous n'étiez pas aussi sûre de vous, lorsque nous nous sommes rencontrés pour la première fois.

— Touché, répondit-elle en grimaçant. Mais c'est cela, la vie. Pour le meilleur et parfois pour le pire, nous affrontons le monde qui nous entoure. Il nous arrive effectivement de nous faire mal. Et il nous arrive de trouver le bonheur…

Danilo ne répondit pas immédiatement, se contentant de l'observer avec attention.

— Et vous, Tess ? lui demanda-t-il enfin d'une voix qui trahissait toujours une certaine tension. Êtes-vous heureuse ?

Emportée par le flot de leur dispute, elle ne s'était vraiment pas attendue à une telle question. Elle demeura quelques instants sans voix.

— Je ne sais pas, avoua-t-elle enfin. Cela dépend des jours, j'imagine…

— Et ces jours-ci ?

Un léger sourire se dessina sur ses lèvres.

— Ces jours-ci, je me sens assez heureuse, répondit-elle. Même si je dois composer avec un homme autoritaire à l'ego surdimensionné… Mais peut-être est-ce à cause de cela, justement, ajouta-t-elle avec une pointe de malice.

Le regard de Danilo était à présent rivé au sien.

— Vous ne regrettez pas d'avoir accepté le poste que je vous ai proposé ?

— Comment le pourrais-je ?

Il fit un pas vers elle et elle retint son souffle. Dans sa poitrine, son cœur battait la chamade. Danilo tendit alors la main vers son visage et effleura sa joue du bout de ses doigts, lui arrachant un violent frisson qui la parcourut de part en part.

— Moi aussi, je suis content que vous ayez accepté, lui dit-il gravement.

— On ne le dirait pourtant pas, ironisa-t-elle.

— Détrompez-vous. Depuis que vous êtes arrivée, il me semble que l'existence ici est devenue beaucoup plus… intéressante.

— C'est une façon polie de me dire que je suis insupportable, n'est-ce pas ? ironisa-t-elle d'une voix légèrement haletante.

— Insupportable, c'est vrai, concéda-t-il. Mais irrésistible, vous l'êtes tout autant.

Les battements de son cœur étaient si rapides à présent qu'elle se demanda si elle résisterait très longtemps à la tension qui l'habitait. Un fourmillement délicieux s'était répandu sur sa peau, la faisant frissonner de façon incontrôlable.

Jamais encore elle n'avait éprouvé un désir aussi impérieux, aussi insoutenable. Il montait en elle comme une lame de fond que rien ne pouvait endiguer. Il se répandait dans ses veines, changeant son sang en lave.

Elle avait l'impression que le temps était suspendu, comme si quelque chose de terrible était sur le point de se produire. La nature même autour d'eux paraissait retenir son souffle.

La main de Danilo effleurait toujours son visage. Il la

laissa glisser le long de sa joue et plonger dans ses cheveux pour se poser sur sa nuque.

— Cela fait des jours que j'ai envie de faire cela, lui avoua-t-il.

— Qu'est-ce qui t'en empêchait ? demanda-t-elle, légèrement haletante.

Le rire de gorge qu'il laissa échapper était aussi chaud et doux que ses caresses.

— J'avais peut-être peur que tu ne m'arraches un œil, répondit-il.

— Très drôle…

Elle se figea brusquement.

— Qu'y a-t-il ?

— Je pensais à cette fille…

Il lui jeta un regard interrogateur.

— Celle du bar, l'autre soir.

— Alexandra ? J'ai bien peur qu'elle n'ait pas apprécié mon manque d'intérêt.

— Mais tu l'as embrassée, fit objecter Tess en fronçant les sourcils.

— C'est vrai, concéda-t-il. Et je crois que c'est à ce moment que je me suis rendu compte que celle que j'avais vraiment envie d'embrasser se trouvait au bar…

— D'accord, dit-elle. Alors fais-le !

Il se pencha vers elle en riant. Mais son rire fut de courte durée. Car bientôt leurs lèvres se joignirent. À ce contact, Tess fut traversée d'un violent frisson de plaisir. Un petit gémissement rauque lui échappa, encourageant Danilo à se montrer plus audacieux.

Il ne se fit pas prier et ses lèvres se firent plus inquisitrices. Sa langue effleura la bouche de Tess qui frémit de plus belle. L'intensité de l'envie qu'elle avait de lui dépassait tout ce qu'elle avait pu imaginer jusqu'alors. Elle faisait rage en elle, tourbillonnant dans son corps comme une tempête.

Elle entoura la taille de Danilo de ses bras, se lovant

contre lui. Percevant le désir impérieux qu'il avait d'elle, elle manqua perdre tout contrôle.

Elle aurait voulu le sentir pénétrer en elle, plonger au plus profond d'elle jusqu'à ce que tous deux ne fassent qu'un, jusqu'à ce que ce besoin presque insoutenable se dissolve en un maelström de pure extase.

Incapable de se maîtriser, elle tremblait convulsivement entre ses bras.

— Danilo…, chuchota-t-elle contre ses lèvres.

Il s'écarta légèrement pour la contempler, et dans les prunelles brûlantes de son compagnon elle perçut un besoin qui reflétait le sien.

— Tu as raison, dit-il tout bas d'une voix que le désir rendait presque méconnaissable. Pas ici. Pas maintenant.

À regret, il s'arracha à elle. Les jambes de Tess tremblaient tellement qu'elle craignit un instant de défaillir. Haletante, elle s'efforça vainement de maîtriser le rythme affolé de sa respiration et les battements précipités de son cœur.

— Bientôt, murmura alors Danilo. Bientôt.

Et, sur cette promesse, il se détourna et s'éloigna à grands pas en direction de la maison.

9.

Il fallut plusieurs minutes à Tess pour s'apercevoir que Natalia la considérait d'un air goguenard par-dessus son verre de piña colada.

— Qu'y a-t-il ?

— On dirait que tu as pris des euphorisants, répondit Natalia en riant. Tu n'arrêtes pas de sourire, depuis tout à l'heure !

— Je ne m'en étais même pas rendu compte.

— C'est à cause du type qui est venu te parler lorsque tu étais au bar ? Il est plutôt mignon…

— C'est vrai, acquiesça-t-elle.

Elle ne pouvait tout de même pas avouer à Natalia qu'elle était en train de se remémorer le baiser passionné qu'elle avait échangé avec son frère.

« Bientôt. »

Comme chaque fois qu'elle repensait au dernier mot qu'il avait prononcé, elle sentit monter en elle une pointe de désir. Pour masquer son trouble, elle porta son verre de bloody mary à ses lèvres.

« Bientôt. »

Elle n'avait cessé de se répéter cette promesse comme un mantra tandis qu'elle se faisait couper les cheveux, cet après-midi-là. Avait-il voulu dire qu'ils passeraient cette nuit ensemble ?

Cette seule idée l'emplissait d'une exaltation presque

insoutenable. Et son imagination enfiévrée lui offrait une vision précise de l'étreinte qui l'attendait peut-être.

« Bientôt. »

Il fallait qu'elle cesse d'y penser si elle ne voulait pas devenir folle. Elle s'efforça donc de se concentrer sur ce que lui racontait Natalia. Puis Tess entreprit de retranscrire la conversation qu'elle avait eue avec Danilo au sujet de son entrée à l'université.

— Je n'aurais jamais cru que tu parviendrais à le convaincre ! s'exclama Natalia, folle de joie.

— Ne t'emballe pas trop. J'ai essayé de faire valoir nos arguments et je crois qu'il les a entendus. Mais il peut toujours changer d'avis. L'idée de te voir partir au loin ne l'enthousiasme pas vraiment.

Natalia arbora une mine pensive.

— Il y aurait peut-être une façon un peu différente de présenter les choses, déclara-t-elle enfin.

— Je t'écoute.

— Si je vais étudier en Angleterre, il me sera nettement plus facile de suivre le traitement de ce médecin.

Tess la considéra avec attention.

— C'est vraiment ce que tu veux ?

Natalia haussa les épaules.

— Bien sûr, j'aimerais pouvoir remarcher un jour, déclara-t-elle. Mais je ne veux pas perdre ma vie à chercher un remède qui n'existe peut-être pas. En revanche, si ce traitement me permet de partir pour l'Angleterre et de commencer une nouvelle vie, le jeu en vaudra la chandelle, qu'il s'avère efficace ou pas.

Une fois de plus, Tess fut frappée par l'intelligence et la maturité qui caractérisaient sa jeune protégée.

— Une chose est sûre, déclara-t-elle enfin, ce serait un argument de poids aux yeux de Danilo.

Elles trinquèrent à ce nouveau plan de bataille avant de reprendre la direction du Palazzo Fiorentina. Là, Tess fut déçue de découvrir que Danilo était sorti. Franco était là, en revanche, et il suggéra que son cousin se trouvait peut-être avec la belle blonde qu'ils avaient vue en sa compagnie au bar du village.

Tess essaya de se convaincre qu'il n'en était rien. Mais dans son imagination enfiévrée, c'était désormais Alexandra qui enlaçait Danilo avec passion. Cette seule idée la plongea dans un profond abattement et elle déclina l'invitation de Natalia et Franco qui comptaient regarder un film au sous-sol.

De retour dans sa chambre, elle se fit couler un bain. Mais avant que la baignoire ne soit entièrement remplie, elle entendit frapper à sa porte. Après avoir coupé l'eau, elle alla ouvrir. À sa grande stupeur, ce ne fut pas Natalia qu'elle découvrit sur le seuil mais Danilo en personne.

« Bientôt. »

Tous deux demeurèrent immobiles, se buvant mutuellement du regard. Plus rien ne comptait que la promesse qu'elle voyait briller dans celui de Danilo. Il n'était besoin ni de mots, ni de gestes. Elle savait déjà ce qui était sur le point de se produire.

C'était absurde, bien sûr. Une telle liaison n'avait strictement aucun avenir. Ils vivaient dans des pays différents, évoluaient dans des milieux distincts et n'avaient ni les mêmes valeurs ni les mêmes objectifs dans l'existence.

Mais tout cela n'avait aucune importance au regard de la passion qu'il lui inspirait. Elle voulait passer cette nuit avec lui, même si ce devait être la seule. Il lui tendit la main et elle s'en saisit. Sans un mot, il l'entraîna à travers les couloirs du *palazzo*.

Quelques instants plus tard, ils atteignirent l'autre aile de la résidence, où se trouvaient les appartements privés de Danilo. Tess n'y était encore jamais entrée et elle découvrit avec étonnement la façon dont était aménagé ce véritable sanctuaire.

Le grand salon sur lequel il s'ouvrait était indéniablement

masculin, avec ses profonds fauteuils de cuir, ses meubles de bois sombre et son imposante chaîne hi-fi qui trônait contre la paroi opposée à la cheminée.

Les murs étaient entièrement recouverts d'étagères qui couraient du sol au plafond. Sur trois côtés, elles étaient emplies à craquer d'ouvrages très divers. Il y avait aussi bien des romans que des essais, de vieux ouvrages reliés de cuir et des livres de poche écornés, des volumes en italien, bien sûr, mais aussi en français et en anglais.

Le dernier mur était réservé à la plus impressionnante collection de vinyles et de CD que Tess ait jamais vue. Ils étaient apparemment classés par genres mais elle n'eut guère l'occasion de découvrir les goûts musicaux de Danilo qui déjà s'engageait dans la pièce suivante.

Sa chambre était tout aussi masculine, avec son grand lit aux montants d'ébène torsadés et ses armoires massives et sombres dans le plus pur style anglais.

Là, il s'arrêta enfin et, lui prenant les deux mains, il la considéra gravement.

— Tu es sûre que c'est bien ce que tu veux ? lui demanda-t-il. Il n'est pas trop tard pour changer d'avis.

— C'est ce que je veux, acquiesça-t-elle d'une voix légèrement étranglée par l'émotion.

Il y avait dans cet échange quelque chose d'étonnamment solennel.

— Je veux être ici, avec toi, ajouta-t-elle.

Alors même qu'elle prononçait ces mots, elle prit soudainement conscience de l'évidence de cet instant. Il lui semblait soudain que tout ce qui s'était passé entre eux depuis qu'elle avait rencontré Danilo convergeait vers ce moment précis de l'espace-temps.

— Bien, lui dit-il.

Il demeura quelques instants parfaitement immobile, les yeux rivés sur elle. Dans les profondeurs d'obsidienne de son regard, elle discernait une flamme dévorante qui, elle le savait déjà, finirait par la consumer.

Mais elle était prête à s'y jeter corps et âme. Jamais de toute sa vie elle n'avait été aussi sûre de son propre désir. Et lorsqu'il commença à déboutonner sa chemise, un violent tressaillement la parcourut de la tête aux pieds.

Captivée, elle regarda ses doigts s'activer, passer d'un bouton à l'autre. Lorsqu'il parvint au dernier, les pans du vêtement s'écartèrent, révélant un torse parfaitement découpé, une poitrine puissante et un ventre plat.

De toute évidence, Danilo ne passait pas l'intégralité de son temps assis derrière un bureau…

Elle attendit qu'il déboucle sa ceinture mais il n'en fit rien, préférant la défier du regard.

— À ton tour, lui dit-il.

En temps normal, jamais Tess ne se serait crue capable de relever le défi qu'il venait de lui lancer. Elle était bien trop timide et pudique pour cela. Mais la puissance de l'envie qu'elle avait de lui était telle qu'elle faisait vaciller ses inhibitions.

Rassemblant son courage, elle s'avança vers lui. Elle ne s'arrêta que lorsqu'elle fut suffisamment proche pour sentir la chaleur qui émanait de son corps. Alors, seulement, elle se retourna, lui présentant son dos. Elle écarta ses cheveux soyeux pour lui permettre d'accéder à la fermeture Éclair de sa robe.

Il tira très doucement dessus, la faisant glisser avec une lenteur délibérée. Tess pouvait sentir son souffle brûlant sur sa nuque comme une caresse.

La tentation était grande de renoncer à ces préliminaires et de lui faire l'amour sans attendre. Mais ce serait peut-être la seule nuit qu'ils passeraient ensemble, et elle comptait bien en savourer chaque instant.

Elle regagna donc la place qu'elle occupait initialement et se retourna de façon à lui faire de nouveau face. Ils se dévoraient toujours du regard, comme incapables de se rassasier l'un de l'autre.

Tess laissa glisser l'une des bretelles, dévoilant son épaule droite. Puis elle fit de même avec l'autre, et le vêtement glissa lentement le long de son corps…

Tétanisé, Danilo contemplait le corps qui se dévoilait progressivement à son regard. À l'image de Tess, il possédait cet extraordinaire mélange de puissance et de vulnérabilité, cette grâce à nulle autre pareille.

Sa peau était très pâle, ce qui accentuait son apparence délicate, presque fragile. Pourtant, en dépit de sa petite taille et de son apparence gracile, il émanait d'elle une étonnante impression de force et de vitalité.

Ses bras et ses jambes possédaient un galbe parfait. Son ventre était plat. La gorge sèche, il admira le doux renflement de son soutien-gorge. Sa poitrine était menue mais ses seins étaient fermes et parfaitement dessinés.

Il se prit à songer qu'elle était semblable à un rêve qui se serait brusquement matérialisé sous ses yeux. Car, pour lui, elle était tout simplement parfaite.

Le désir lancinant qu'il avait d'elle redoubla soudain. Il avait besoin de la toucher, besoin de la tenir dans ses bras, besoin de se gorger de son odeur. Comme pour se convaincre qu'elle était bien réelle.

Il s'avança donc vers elle au moment précis où elle esquissait un pas dans sa direction. Ils se rencontrèrent à mi-chemin et s'enlacèrent. Danilo la souleva littéralement de terre tandis que leurs lèvres se mêlaient en un baiser dont l'ardeur disait mieux que des mots toute l'envie qu'ils avaient l'un de l'autre.

Jamais personne ne lui avait fait un tel effet. Un simple baiser d'elle était mille fois plus exaltant que bien des étreintes. Il semblait se diffuser en lui, attisant le brasier qui le consumait tout entier.

Tess ne paraissait pas être en reste. Les bras noués autour de son cou, elle l'embrassait avec passion, laissant échapper de petits gémissements de bien-être terriblement excitants.

N'y tenant plus, il laissa ses mains courir sur sa peau et la découvrit plus douce que la soie. Elle s'arqua sous ses caresses et il abandonna sa bouche pour plaquer ses lèvres contre son cou. Il sentait son pouls battre la chamade, à l'unisson du sien.

Du bout des dents, il mordilla sa chair brûlante, lui arrachant un nouveau gémissement, plus rauque que les précédents. La sensualité de l'instant faillit le submerger. Sous sa langue, il sentait le goût affolant de sa peau.

Il descendit plus bas encore, jusqu'à sa poitrine qu'il constella de petits baisers. Ses doigts glissèrent le long de son dos jusqu'à son soutien-gorge qu'il dégrafa, libérant enfin ces seins qui se dressaient sous le coup du désir.

Il captura l'un d'eux entre ses lèvres, le caressant de l'extrémité de sa langue. Tess plongea une main dans ses cheveux, le pressant un peu plus encore contre elle. La tête renversée en arrière, elle s'abandonnait totalement à lui.

Encouragé par cette réaction, il la guida lentement jusqu'au lit sans cesser de la caresser. Elle bascula en arrière et il s'allongea auprès d'elle laissant sa paume courir sur sa peau frémissante.

— J'ai envie de toi, murmura-t-elle d'une voix très rauque.

Il y avait presque de la surprise dans sa voix, comme si elle ne s'était pas attendue à l'intensité de sa propre réaction.

— Moi aussi, lui dit-il. Mais nous avons tout notre temps. Laisse-moi faire…

Tess était bien trop excitée en cet instant pour songer à protester. Se laissant aller au désir qu'elle éprouvait pour

Danilo, elle ferma les yeux et se laissa emporter par les sensations délicieuses qu'il lui procurait.

Il commença par lui retirer ses chaussures, prenant soin au passage de caresser ses pieds. Jamais elle n'aurait cru qu'ils puissent être si sensibles.

Il remonta ensuite le long de ses jambes. Partout où se posaient sa bouche ou ses doigts, elle sentait naître un frisson qui se communiquait au plus profond d'elle-même. Jamais elle n'avait imaginé que cela puisse être à la fois aussi doux et aussi intense.

Jusqu'à présent, ses expériences amoureuses ne l'avaient qu'à moitié convaincue. Faire l'amour ne lui avait jamais semblé désagréable mais elle avait du mal à comprendre pourquoi certaines de ses amies s'enthousiasmaient à ce point pour la chose.

Mais ce que Danilo était en train de lui faire la poussait soudain à réviser son jugement. Car il lui révélait des sensations qu'elle n'avait fait qu'entrevoir mais qui lui apparaissaient à présent dans toute leur splendeur.

Comment avait-elle pu ignorer cela ? Comment avait-elle pu passer à côté de tels délices ?

La langue de Danilo effleura alors l'intérieur de sa cuisse et elle se mordit la lèvre pour ne pas crier. Ses hanches ondulaient à présent de leur propre chef, comme mues par une force extérieure à elle-même mais qui la traversait de part en part.

Il lui semblait soudain être l'instrument de quelque puissance cosmique, comme si Danilo et elle rejouaient un rite venu du fond des âges, une forme de communion presque magique.

Lorsqu'il lui ôta sa culotte, elle était en proie à une envie bien trop impérieuse pour concevoir la moindre gêne, le moindre embarras. Et lorsque la bouche de son amant se posa entre ses cuisses ses doigts se refermèrent convulsivement sur les draps froissés.

S'arquant pour mieux s'offrir à son exploration, elle bascula bientôt dans un véritable maelström de plaisir. Happée par ce vortex qui l'entraînait toujours plus loin, elle était à présent incapable de réprimer les cris inarticulés qui montaient à ses lèvres.

En proie à une joie pure, primale, presque animale, elle s'abandonnait totalement. Et lorsque les doigts de Danilo vinrent redoubler la puissance de ses caresses, elle crut qu'elle allait mourir de plaisir.

Elle n'aurait su dire combien de temps il la guida ainsi, de plus en plus haut, de plus en plus loin, jusqu'à ce que disparaisse même la différence entre elle et le monde extérieur.

Ce n'est que lorsque cette extase commença à refluer très progressivement qu'elle comprit que Danilo avait atténué le rythme et l'intensité de ses caresses. Il la laissa recouvrer quelque peu ses esprits. Mais, avant qu'elle soit redevenue complètement maîtresse d'elle-même, il remonta le long de son corps et s'immobilisa juste au-dessus d'elle, en équilibre sur ses avant-bras tendus.

D'un regard troublé par le désir, elle le contempla, admirant son torse magnifique qui se découpait contre le plafond immaculé et son visage qui reflétait une passion sauvage.

Jamais personne ne l'avait regardée de cette façon. Jamais elle ne s'était sentie à ce point convoitée et adorée. Elle n'aurait d'ailleurs jamais imaginé que tel pût être le cas un jour. Elle était si quelconque au regard de femmes comme celle qu'elle avait vue dans le bar à ses côtés.

Mais cela n'avait plus aucune importance. Car ce soir, c'était elle et nulle autre qu'il avait choisie. Et il était évident que l'envie qu'il avait d'elle n'était pas feinte.

D'une main tremblante, elle déboucla sa ceinture et repoussa son pantalon et son caleçon, confirmant ainsi l'intensité de l'envie qu'il avait d'elle. Fascinée, elle laissa ses doigts courir le long de son membre, s'émerveillant de l'impression de puissance qui en émanait.

Puis, s'en saisissant de façon plus résolue, elle le guida entre ses jambes. Lorsqu'il pénétra au creux de sa chair, elle ne put réprimer un cri de plaisir que Danilo étouffa d'un baiser ardent.

Il commença alors à bouger en elle, très lentement, comme si lui aussi voulait profiter de chaque sensation. C'était le plus délicieux des supplices de Tantale, une exquise torture de leurs sens.

Plus le désir qu'ils avaient l'un de l'autre augmentait en intensité et plus Danilo prenait son temps, amplifiant imperceptiblement l'ampleur de ses mouvements pour s'enfoncer toujours plus loin en elle.

Écartelée par un plaisir qui dépassait de très loin tout ce qu'elle aurait cru pouvoir éprouver, Tess demeurait suspendue à mi-chemin entre désir et extase. C'était une impression vertigineuse, enivrante, exaltante.

Puis, d'un seul coup, Danilo se retourna sur le dos, la faisant basculer au-dessus de lui. Elle demeura un instant suspendue, supportée par ses mains qui la tenaient par les hanches. Puis il la relâcha et elle descendit le long de sa hampe, le sentant plonger au plus profond d'elle.

Prenant appui sur son torse puissant, elle prit la relève, s'empalant sur lui avec toujours plus d'ardeur. Ses cheveux formaient entre leurs deux visages un épais rideau noir qui les protégeait du monde extérieur.

Plus rien n'existait à présent que cette union totale, absolue, qui les entraînait inéluctablement vers le point culminant de leur étreinte. Ils jouirent au même instant, de façon violente et imprévue, et Tess retomba sur le corps de son amant qui la serra contre elle avec force, comme s'il avait peur de la perdre.

Mais pour rien au monde elle n'aurait quitté cet embrassement. Car, tandis que la tempête de son extase faisait rage en elle, elle avait paradoxalement l'impression que pour la première fois de sa vie elle venait de trouver son véritable port d'attache.

Durant une éternité, ils restèrent ainsi enlacés, peau contre peau, mêlant leurs souffles et leurs odeurs, haletant. Puis Tess se laissa doucement rouler de côté et demeura immobile, fixant sans le voir le plafond.

— Je n'avais encore jamais fait ça, tu sais…

— Fait l'amour ? dit-elle d'une voix qu'elle eut peine à reconnaître.

Il rit doucement et ce seul son éveilla en elle un frisson incoercible.

— Fait l'amour dans cette chambre, précisa-t-il. C'était celle de mes parents avant…

Elle tendit la main vers lui et noua ses doigts aux siens.

— Je suis content que tu aies fait une exception pour moi, lui dit-elle.

— Tu es quelqu'un d'exceptionnel, répondit-il gravement. À plus d'un titre.

Tess s'efforça de ravaler le mélange d'allégresse et d'espoir qui faisait mine de monter en elle. Elle ne pouvait se permettre de surinterpréter de telles paroles. Il ne s'agissait peut-être que d'un simple compliment qu'il servait à toutes ses conquêtes.

Et, même s'il le pensait vraiment, cela ne présageait en rien de la nature de ses sentiments pour elle. Si elle ne voulait pas risquer de perdre son cœur et son amour-propre dans cette liaison, elle allait devoir conserver une certaine distance vis-à-vis de ses propres sentiments.

— Toi aussi, répondit-elle. Et tu ne peux pas imaginer à quel point.

Il se redressa sur un coude et la regarda en souriant.

— N'hésite pas à entrer dans les détails, lui dit-il malicieusement. J'adore qu'on me fasse des compliments.

— Eh bien, hésita-t-elle. Je n'avais jamais vraiment… éprouvé du plaisir avant aujourd'hui. Pas comme cela, en tout cas…

— Je ne te crois pas, répondit-il, moqueur. Tu es bien trop sensible pour cela.

Comme pour le lui prouver, il effleura sa hanche de l'extrémité de son doigt, lui arrachant un petit frisson de plaisir.

— Tu vois ?

— Je vois. Mais je ne comprends pas. D'habitude, je t'assure que je ne suis pas aussi… réactive.

— Explosive serait plus approprié. Je n'ai jamais vu autant de sensualité sous un si joli minois…

— Cette fois, je sais que tu mens, protesta-t-elle en rougissant.

— Tu te trompes, insista-t-il gravement.

— J'ai bien vu les filles avec lesquelles tu es sorti dans le passé.

— D'une part, c'était il y a longtemps, objecta-t-il. D'autre part, tu ne peux pas juger la qualité d'une partenaire à celle de sa plastique. Tu serais surprise d'apprendre que nombre de femmes qui font fantasmer des milliers de gens par films ou magazines interposés sont en réalité totalement dénuées de la moindre sensualité.

— Toi, au moins, tu sais remonter le moral d'une femme, déclara Tess en souriant.

— Je serai ravi de te rendre le moral chaque fois que tu en auras envie, tu sais, répondit-il d'une voix terriblement suggestive.

Elle le considéra avec étonnement.

— Je croyais que c'était une aventure d'un soir.

Il fronça légèrement les sourcils.

— Veux-tu que ce soit le cas ?

— Non, bien sûr que non ! protesta-t-elle de façon peut-être un peu trop précipitée.

Elle se rappela mentalement à l'ordre. Se montrer trop

empressée était d'ordinaire la meilleure façon de faire fuir un homme, tout particulièrement aux débuts d'une relation.

— Je serais ravie que cela devienne une habitude, lui dit-elle.

— Moi aussi. Mais je pense que nous devrions faire preuve d'une certaine discrétion.

Tess sentit son cœur se serrer dans sa poitrine. Ils ne sortaient même pas encore ensemble, et déjà Danilo lui faisait comprendre qu'il n'était pas prêt à assumer une telle relation.

— Ce n'est pas ce que tu crois, s'empressa-t-il d'ajouter. Je pense juste à Nat. Je ne suis pas sûr qu'il serait très bon qu'elle sache que la préceptrice en qui elle a confiance est également la maîtresse de son frère.

— Tu as peut-être raison, concéda Tess avec bien moins de conviction qu'elle ne l'aurait voulu.

Mais, à cet instant, Danilo se pencha vers elle pour l'embrasser. Et ses réticences ne tardèrent pas à être emportées par son désir renaissant.

10.

Danilo n'avait pas fait les choses à moitié.

Pour les vingt ans de sa sœur, il avait organisé l'une des soirées les plus fabuleuses auxquelles Tess ait jamais assisté. Ne reculant devant aucune dépense, il avait engagé l'un de ses groupes préférés pour donner un concert privé et avait fait tirer un superbe feu d'artifice dans les jardins du *palazzo*.

Tous les amis de Natalia étaient là, bien sûr, de même que la majeure partie des membres de sa famille. Entourée de ses proches, elle semblait beaucoup s'amuser. Pourtant, Tess la connaissait suffisamment à présent pour sentir que quelque chose clochait.

Elle attendit de se retrouver momentanément en tête à tête avec elle pour lui demander ce qui n'allait pas.

— Tout va bien, je t'assure, répondit Natalia d'un ton faussement désinvolte.

— Tu es certaine ? S'il y a quoi que ce soit que je puisse faire, n'hésite surtout pas à me le dire, d'accord ?

Natalia parut hésiter quelques instants avant de secouer la tête.

— Je voulais juste te remercier pour tout ce que tu as fait pour moi, déclara-t-elle.

— Je n'ai rien fait de plus que t'aider à voir ce dont tu étais réellement capable, répondit gravement Tess. Tu feras de grandes choses, Nat. J'en suis convaincue.

— Merci, dit la jeune fille d'une toute petite voix.

Du revers de la main, elle essuya une larme qui perlait au coin de ses yeux.

— J'espère que mon frère et toi serez heureux ensemble, déclara-t-elle alors.

Tess la considéra avec stupeur. Au cours de la semaine qui venait de s'écouler, Danilo et elle avaient pris toutes leurs précautions pour éviter que la nouvelle de leur liaison ne s'ébruite. Pour le moment, tous deux ignoraient jusqu'où cette relation pourrait bien les mener.

C'était la première fois que Tess renonçait à contrôler le fil de son existence. Mais elle était bien trop heureuse pour s'en soucier.

— Qu'est-ce que vous complotez, toutes les deux ? fit la voix de Danilo derrière elle.

— J'étais juste en train de dire à Tess que je me sentais un peu fatiguée, prétendit Natalia.

— Si c'est le cas, tu devrais peut-être aller te coucher, suggéra son frère d'un ton protecteur.

— Je ne peux pas. Il faut que je remercie tout le monde et que je dise au revoir…

— Ne t'en fais pas pour ça. Je le ferai pour toi, lui assura-t-il.

— Tu es sûr ?

— Certain.

Elle hésita un instant.

— Merci pour cette soirée, Danilo. C'était fantastique.

— Il n'y a pas de quoi, sœurette. Ce n'est pas tous les jours que l'on fête ses vingt ans !

Natalia hocha la tête et, après leur avoir adressé un dernier sourire, elle s'éloigna en direction de la maison.

Une heure plus tard, Danilo raccompagna jusqu'à leurs voitures les derniers invités qui s'attardaient encore dans les jardins du *palazzo*. La soirée avait dépassé ses espérances mais il était heureux qu'elle s'achève enfin. Car, depuis déjà un bon moment, il n'avait qu'une envie : se retrouver en tête à tête avec Tess.

Cela faisait une semaine qu'ils sortaient ensemble en toute discrétion. Ils se retrouvaient tous les soirs et passaient chaque nuit ensemble. Mais, loin de l'apaiser, cette liaison ne faisait qu'alimenter l'envie apparemment insatiable qu'il avait d'elle.

En cet instant, il n'aspirait qu'à la serrer contre lui, à se gorger de son parfum, à sentir ses lèvres se poser sur sa peau… Jamais encore il n'avait eu à ce point besoin de quelqu'un. Tess était une drogue dont il n'imaginait plus pouvoir se passer.

Or rien ne l'avait jamais préparé à cela : ni les nombreuses relations terriblement superficielles qu'il avait connues avant l'accident de ses parents, ni la vie quasiment monacale qu'il avait menée depuis.

Était-ce cela que les gens appelaient l'amour ? Ce besoin viscéral et inexplicable ? Ce miracle sans cesse renouvelé, nuit après nuit, jour après jour ?

Et si tel était le cas, avait-il réellement le droit de vivre cela ?

C'était une question qui lui revenait chaque fois qu'il se sentait heureux. Ce n'était pas par masochisme. Mais il avait parfaitement conscience de ne pas mériter un tel bonheur alors que sa sœur était toujours clouée dans un fauteuil roulant, en partie du fait de son égoïsme.

N'aurait-il pas dû se consacrer exclusivement aux devoirs qu'il avait contractés vis-à-vis de Natalia et de sa famille au lieu de filer le parfait amour avec Tess ?

Il essayait généralement de se rassurer en se répétant que tout ceci n'était que temporaire. D'ici quelques semaines, Natalia passerait les examens d'entrée des universités qu'elle avait sélectionnées. Et Tess n'aurait alors aucune raison de s'attarder en Italie.

Certes, l'idée de la voir rentrer en Angleterre le rendait malade. Il avait déjà du mal à imaginer ce que pourrait être sa vie sans elle. Mais sans doute était-ce pour le mieux. Elle trouverait quelqu'un qui serait plus digne de son amour. Quant à lui, il renouerait avec son existence monacale…

Mais, en attendant, il entendait bien profiter au maximum du peu de temps qu'il leur restait. S'il ne devait garder d'elle qu'une poignée de souvenirs, il ferait en sorte qu'ils soient inoubliables.

Lorsque la dernière voiture eut disparu au bout de l'allée, il se détourna pour gravir les marches du perron. Il traversa les salons où s'activaient déjà les employés de l'entreprise de nettoyage qu'il avait embauchée pour la soirée.

Dans le plus grand d'entre eux, il trouva enfin celle qu'il cherchait. Tess était assise seule à une table, un verre de vin blanc à la main. Elle écoutait avec attention le pianiste qui était toujours assis à son instrument et laissait ses doigts voler sur les touches d'ivoire, improvisant sur un air de blues.

Résistant à l'impatience qu'il avait de la rejoindre, Danilo prit le temps d'immortaliser cette scène dans son esprit. Elle était si belle, en cet instant, perdue dans les volutes de cette musique qui évoquait l'amour et la mélancolie.

Mais elle dut sentir sa présence car elle tourna brusquement la tête dans sa direction. Instantanément, un sourire se dessina sur ses lèvres, transfigurant totalement son visage. Malgré lui, Danilo sentit son cœur se serrer dans sa poitrine.

Tess regarda Danilo traverser la pièce d'un pas léger pour la rejoindre. Elle était toujours fascinée par la grâce naturelle qui le caractérisait. Même à cette heure avancée de la nuit, il paraissait parfaitement maître de lui-même et de tout ce qui l'entourait.

Parfois, il lui faisait penser à un prédateur redoutable et magnifique à la fois. Et il lui arrivait alors de se demander si lui la voyait comme une proie.

— Ils sont tous partis ? lui demanda-t-elle.

— Nous voilà enfin seuls, acquiesça-t-il.

La façon dont il prononça ces mots éveilla un frisson le long de son échine. Elle pouvait presque déjà sentir ses mains sur son corps…

— Est-ce que tout va bien ? lui demanda-t-il.

Si l'on excepte le fait que je suis tombée amoureuse d'un homme que je vais perdre incessamment, songea-t-elle.

— Je vais très bien, répondit-elle.

Elle n'aurait su dire quand elle avait pris conscience de la nature de ses propres sentiments à l'égard de Danilo. Peut-être était-elle tombée amoureuse de lui le jour même où elle l'avait rencontré, lorsqu'il l'avait sauvée dans cette ruelle londonienne…

— À vrai dire, reprit-elle, je n'ai jamais été si heureuse.

Le sourire qu'il lui décocha attisa encore la flamme qui brûlait en elle.

— M'accorderas-tu cette danse ? lui demanda-t-il en lui tendant la main.

Elle secoua la tête.

— Je suis la pire danseuse du monde, le mit-elle en garde. Si tu tiens à tes pieds, tu ferais mieux de te trouver une autre partenaire.

Danilo fit mine d'en chercher une des yeux puis écarta les bras d'un air impuissant.

— J'ai bien peur que tu ne sois la seule disponible. Je vais devoir tenter ma chance. D'ailleurs, tant que cela me permet de te serrer contre moi, je veux bien courir le risque de perdre un orteil ou deux !

Elle éclata de rire et se leva pour se jeter dans ses bras. Avant même qu'elle comprenne ce qu'il lui arrivait, Danilo commença à évoluer sur la piste, l'entraînant avec lui avec l'aisance d'un danseur professionnel.

Avisant leur couple, le pianiste improvisa une transition vers un morceau plus propice. Son interprétation était magnifique et plusieurs femmes de ménage se rassemblèrent pour l'écouter jouer.

— Je crois qu'on nous regarde, murmura Tess avec un petit sourire.

— Est-ce que tu aurais honte de moi ?

— Je croyais que nous étions censés faire profil bas, lui rappela-t-elle.

— Tant que nous ne nous embrassons pas, les gens n'y verront que du feu, répondit-il.

Sur ce, il se pencha vers elle et ses lèvres se posèrent sur celles de Tess. Instantanément, elle sentit son corps tout entier s'enflammer sous l'effet du désir. Incapable d'y résister, elle lui rendit son baiser avec une ardeur semblable à la sienne.

Mais à cet instant le téléphone portable de Danilo se mit à vibrer entre eux.

— Je ferais peut-être mieux de regarder qui cherche à me joindre à une heure pareille, lui dit-il surpris. J'espère que ce n'est pas l'un de nos invités qui s'est perdu.

Il s'écarta légèrement d'elle pour décrocher.

— Raphaël, j'écoute…

À mesure que son correspondant lui parlait, Tess vit Danilo se rembrunir.

— Vous êtes sûr ? demanda-t-il.

Quelques secondes s'écoulèrent.

— Très bien, conclut-il. J'arrive tout de suite.

— Que se passe-t-il ? s'enquit Tess, inquiète.

— C'était le responsable de la sécurité, expliqua-t-il. Il prétend que l'une des voitures a disparu du garage. Mais ce doit être une erreur. Monte dans ma chambre, si tu veux. Je te rejoins dès que possible.

— Tâche de faire vite.

— Ne t'en fais pas pour cela, lui dit-il en posant sur elle un regard brûlant. Je serai de retour en moins de temps qu'il ne faut pour le dire. Et n'enlève surtout pas ta robe ! Depuis le début de la soirée, je rêve de te déshabiller…

Sur ce, il effleura ses lèvres d'un baiser et s'éloigna à grands pas en direction de l'entrée.

Après être allée saluer le pianiste et l'avoir remercié pour sa prestation, Tess prit son verre et le seau qui contenait la bouteille de vin blanc et se dirigea vers la chambre de Danilo.

Suivant ses instructions, elle se contenta d'ôter ses chaussures et s'allongea tout habillée sur son lit pour siroter tranquillement son verre. Mais au bout d'une demi-heure, il n'était toujours pas de retour. Inquiète, elle sortit son portable pour l'appeler mais tomba sur sa messagerie.

Elle se releva pour aller ouvrir la porte et tendit l'oreille. Mais il n'y avait plus un seul bruit dans la maison. De plus en plus mal à l'aise, elle alla se rallonger.

La porte s'ouvrit à la volée et Danilo pénétra à grands pas dans la chambre à coucher, tirant brusquement Tess de son sommeil. Désorientée, il lui fallut quelques instants pour se rappeler pourquoi elle était toujours vêtue de sa robe de soirée. Elle constata alors à travers les rideaux entrouverts qu'il faisait jour. Apparemment, elle avait dormi jusqu'au matin.

Se tournant vers Danilo, elle s'aperçut avec étonnement qu'il paraissait hors de lui. Jamais depuis qu'ils se connaissaient, elle ne l'avait vu aussi furieux.

— On a vraiment volé cette voiture ? lui demanda-t-elle, se rappelant ce qu'il lui avait dit la veille.

Il la considéra d'un air étonné, comme s'il se demandait ce dont elle pouvait bien être en train de parler.

— Oui, répondit-il enfin. On a volé la voiture. Mais c'est bien le cadet de mes soucis.

— Je ne comprends pas.

— Vraiment ? répliqua-t-il en lui jetant un regard à la fois accusateur et méprisant.

— Danilo, protesta-t-elle faiblement, vas-tu me dire ce que qui se passe ?

— Ce qui se passe, s'exclama-t-il, rageur, c'est que tes leçons en matière d'émancipation ont fini par porter leurs fruits. Tu peux être fière de toi !

— Mais qu'est-ce que tu racontes ? murmura-t-elle, de plus en plus sidérée par son attitude.

D'un geste dédaigneux, il lui lança un morceau de papier froissé. D'une main légèrement tremblante, elle le déplia et constata qu'il s'agissait d'une lettre manuscrite. Elle n'eut pas besoin de jeter un coup d'œil à la signature pour reconnaître l'écriture de Natalia.

« Danilo,

» Je sais que tu risques d'être déçu et de m'en vouloir énormément. Tu espérais probablement me voir subir cette nouvelle opération et intégrer une université — de préférence celle de Florence, j'imagine. Mais, dans la vie, il faut parfois savoir faire des choix.

» Celui que je fais aujourd'hui, ce n'est pas de gaieté de cœur. J'aurais vraiment préféré que tu puisses accepter ce que, moi, je voulais, au lieu de m'imposer sans cesse ce que, toi, tu désires…

» Je sais que ce n'est pas par méchanceté. Je crois même que c'est ta façon de m'aimer. Mais tu m'étouffes. C'est Tess qui m'a aidée à en prendre conscience : tu ne me laisses pas respirer. Tu veux tout contrôler. Et je n'en peux plus.

» Alors j'ai décidé de partir avec Marco. Quoi que tu puisses en penser, il m'aime. Et, contrairement à toi, il respecte ce que je suis. Nous comptons nous marier.

» J'espère qu'avec le temps tu finiras par comprendre ma décision et peut-être même par me pardonner. D'ici là, je te souhaite d'être heureux.

» Je t'aime,

Nat. »

Tess demeura longuement immobile, bien trop choquée pour trouver quelque chose à dire.

— Elle est partie ? articula-t-elle enfin.

— Oui, répondit Danilo. Oh ! pas bien loin… Il ne nous a fallu que quelques heures pour retrouver leur trace et leur mettre la main dessus. Évidemment, nous sommes arrivés trop tard pour éviter qu'ils ne passent la nuit ensemble. Mais j'imagine que c'est un moindre mal…

— Tu les as retrouvés, murmura-t-elle.

— Déçue ? répliqua-t-il d'une voix cinglante.

— Non, bien sûr que non… Comment peux-tu penser une chose pareille ?

— N'es-tu pas l'inspiratrice de cette fugue ?

— Je n'avais strictement aucune idée de ce qu'ils préparaient ! protesta-t-elle.

— Mais tu savais qu'ils se voyaient toujours, n'est-ce pas ?

Ne pouvant soutenir son regard, Tess détourna les yeux.

— Tu m'as menti ! s'exclama Danilo, furieux.

— Je t'ai prévenu que je ne jouerais pas les espionnes, lui rappela-t-elle.

— Je te faisais confiance, objecta-t-il. Je t'ai confié ma sœur !

— Et j'ai pris soin d'elle ! s'exclama Tess qui ne comptait pas se faire accuser indéfiniment sans réagir. Je me suis occupée d'elle.

— Comment ? En lui apprenant à se défier de moi ? En lui suggérant que j'étais trop possessif ? Que je voulais contrôler sa vie ?

— Je ne lui ai jamais dit des choses pareilles.

— Ce n'est pas ce que raconte sa lettre, rétorqua-t-il. D'ailleurs, tu ne t'es pas gênée pour me le dire à moi !

— Ce n'est pas pareil…

— Natalia n'est pas idiote. Tu me l'as dit toi-même à maintes reprises. Elle a dû comprendre très rapidement ce que tu me reprochais. Et, à cause de toi, elle a décidé de s'enfuir avec ce garçon !

— À cause de moi ? s'exclama-t-elle, furieuse à son

tour. Ce n'est pas moi qu'elle a fui, je te rappelle ! Natalia est effectivement assez intelligente pour comprendre qu'à force de vouloir la protéger, tu vas finir par étouffer en elle toute liberté, toute créativité !

Danilo pâlit brusquement et elle comprit qu'elle avait touché juste. L'espace d'un instant, elle fut tentée de retirer ce qu'elle venait de dire et de s'excuser. Mais elle comprit que, ce faisant, elle ne ferait que reporter le problème.

C'était probablement ce qu'avait compris Natalia, ce qui l'avait poussée à fuir de façon aussi dramatique le jour de ses vingt ans au lieu d'attendre le moment de partir pour l'université.

— Tu peux m'accuser tant que tu voudras, si cela te rassure, reprit-elle d'une voix ferme. Tu peux me rendre responsable de tous les maux. Mais cela ne résoudra strictement rien.

— Ne me dis pas que tu approuves ce qu'elle a fait ! s'emporta Danilo.

— Bien sûr que non. Je te l'ai dit : Natalia est brillante et j'espère la voir intégrer l'une des meilleures universités du monde. Mais c'est toi qui l'as forcée à renoncer à ce rêve. Pas moi !

— Tu es complètement folle !

— Et toi, tu es aveugle, Danilo. Natalia vient de fêter ses vingt ans. Elle est amoureuse, que tu le veuilles ou non. Il est grand temps pour elle de commencer à voler de ses propres ailes. Mais tu as tellement peur de la perdre depuis l'accident que tu as préféré l'enfermer à double tour.

— C'est faux, protesta-t-il. J'ai même accepté l'idée qu'elle puisse partir à l'université…

— Uniquement parce que je t'ai forcé la main, objecta-t-elle.

— Tu ne comprends pas : Nat est fragile.

— Pourquoi ? Parce qu'elle est en fauteuil roulant ? Cela ne l'a pourtant pas empêchée de monter à cheval ou de s'enfuir avec son petit ami. Et lui ne semble pas avoir de problème avec son handicap. Je crois que c'est surtout toi qui en as un, Danilo…

— C'est parce que, contrairement à Marco ou à toi, je ne me suis pas résigné à ce qu'elle reste handicapée toute sa vie, rétorqua-t-il.

— Et si tel doit être le cas ? objecta Tess en lui lançant un regard de défi. Et si vous ne trouvez jamais de procédure médicale qui puisse lui rendre l'usage de ses jambes ? Natalia est prête à faire face à cette éventualité — elle y fait face depuis l'accident, en fait…

— J'avais raison, s'écria Danilo d'une voix vibrante de rage à peine contenue. C'est toi qui lui as insufflé cette attitude défaitiste ! Je comptais sur toi pour l'aider et tu l'as enfoncée !

— Mais comment peux-tu dire une chose pareille ? s'exclama Tess, partagée entre sidération et colère. Natalia n'est pas défaitiste, bien au contraire ! Elle veut vivre et elle se donne les moyens de le faire !

— Alors tu approuves cette fugue ?

— À vingt ans, on ne peut plus parler de fugue, rétorqua-t-elle. Mais j'approuve le fait que Nat ait enfin décidé de renverser la pression, qu'elle ait décidé de se révolter contre ton autoritarisme et de te démontrer qu'elle était capable de prendre sa vie en main. Ce n'était peut-être pas la meilleure façon de le faire mais cela part d'une intention louable.

— Je n'arrive pas à y croire, murmura-t-il d'un air effaré. Et dire que je te faisais confiance… Alors que pendant tout ce temps tu savais pertinemment que Natalia fréquentait Marco…

— Je l'ai découvert par hasard, répondit-elle. Et Natalia m'a demandé de ne rien te dire. Qu'étais-je censée faire ? Trahir sa confiance ?

— Tu étais censée la protéger. Contre elle-même, s'il le

fallait. Comme je le fais depuis qu'elle s'est retrouvée dans cette chaise roulante par ma faute…

Tess le considéra avec stupeur.

— Par ta faute ? répéta-t-elle. En quoi serais-tu responsable cet accident ? Tu n'étais même pas dans la voiture !

— Justement, j'aurais dû y être. Et si tel avait été le cas, c'est certainement moi qui aurais pris le volant. Mes parents seraient encore de ce monde et Nat pourrait encore marcher.

— Cela n'a aucun sens, protesta Tess.

— Oh ! si, répondit-il en tournant vers elle un regard coupable. Je devais assister à cette soirée. C'était l'anniversaire de ma mère et je n'avais strictement aucune excuse pour ne pas y assister. Mais je venais de rencontrer cette fille dont je ne me rappelle même plus le nom. Je n'avais même pas l'excuse d'être amoureux. Simplement, elle était jeune, sexy et complètement désinhibée… Et j'ai préféré passer la nuit avec elle plutôt que rentrer pour une fête de famille.

— Tu ne pouvais pas savoir comment cela finirait, fit objecter faiblement Tess.

Elle commençait tout juste à comprendre pourquoi le play-boy qu'il avait été avait brusquement mis un terme à sa vie mondaine et amoureuse.

— Peu importe, répliqua-t-il. J'ai fait passer le sexe avant ma famille. Ce n'était pas la première fois, d'ailleurs. Mais je me suis juré que cela n'arriverait plus jamais. Je me suis promis de me consacrer corps et âme au bonheur de Natalia.

Il s'interrompit et secoua doucement la tête.

— Quelle ironie, ajouta-t-il d'un ton plein d'amertume. Il a fallu que ce soit une femme qui me fasse perdre de vue le sens des priorités ! Une fois de plus, c'est le sexe qui a failli causer la perte de ma sœur…

La rancœur qui perçait dans sa voix aiguillonna cruellement Tess. Danilo venait de confirmer ce qu'elle redoutait le plus : à ses yeux, leur liaison n'était qu'une simple aventure, la satisfaction d'un désir purement physique.

Elle n'avait rien à attendre de l'avenir à part un rejet à plus ou moins long terme. Et plus elle attendrait, plus ses propres sentiments risqueraient de se renforcer et plus elle souffrirait. Or elle n'était pas assez masochiste pour cela.

Au prix d'un suprême effort de volonté, Tess quitta le lit sur lequel elle était toujours assise et alla ramasser la paire de chaussures qu'elle avait abandonnée avant de se coucher.

— Si c'est vraiment ce que tu penses, je ne peux rien pour toi, déclara-t-elle d'une voix posée. Ta culpabilité n'a aucun sens, Danilo. Je ne sais pas pourquoi tu t'en drapes de cette façon. C'est peut-être une façon pour toi de surmonter ton deuil. Mais la réalité, c'est que si tu t'étais trouvé dans cette voiture, tu te serais probablement retrouvé en chaise roulante, toi aussi, voire pire…

— Rien ne peut être pire ! protesta-t-il.

Tess sentit son cœur se serrer. Se rendait-il seulement compte de ce qu'il disait ?

— Comment peux-tu dire une chose pareille ? fit-elle vivement. Ta sœur n'est pas morte. Elle est bien vivante. Un avenir radieux s'ouvre devant elle, qu'elle puisse un jour remarcher ou pas !

Elle secoua la tête d'un air désespéré.

— Je ne peux pas continuer à te regarder gâcher ta vie et celle de ta sœur de cette façon. Je ne veux pas non plus continuer à te servir de bouc émissaire chaque fois que Natalia ne fera pas exactement ce que tu désires. Tout cela pour quoi ? Pour m'entendre dire que notre relation n'est qu'une vulgaire affaire de sexe ?

Elle se dirigea à grands pas vers la porte.

— Qu'est-ce que tu fais ? lui demanda Danilo, surpris.

— Je rentre en Angleterre.

— Je vois, répliqua-t-il. Là-bas tu pourras te convaincre que tout est de ma faute et jouer les victimes, une fois de plus…

— Qu'est-ce que c'est censé vouloir dire ? lui demanda-t-elle d'une voix blanche.

— Que tu agis toujours de la même façon : au lieu d'admettre ta part de responsabilité dans ce qui t'arrive, tu accuses les autres : ta mère qui n'a pas su être là pour toi, Ben qui n'a pas su comprendre que tu n'étais pas intéressé ou moi parce que je veux protéger ma sœur…

— Tout cela n'a rien à voir, protesta-t-elle d'un ton nettement moins assuré qu'elle ne l'aurait voulu.

— Je crois que si, renchérit impitoyablement Danilo. Tu ne prends jamais tes responsabilités ! Tu aurais pu dire à ta mère que tu avais besoin de plus d'attention. Tu aurais pu porter plainte contre Ben le soir où il t'a agressée. Et lorsque tu as découvert que Natalia sortait toujours avec Marco, tu aurais dû comprendre que c'était à toi de faire quelque chose pour protéger Natalia contre elle-même.

Les paroles de Danilo étaient d'autant plus cruelles qu'elles n'étaient pas dépourvues d'un fond de vérité. Tess avait parfois l'impression d'assister en spectatrice au déroulement de sa propre existence. C'était une façon de se protéger, tout comme le besoin de maîtrise maladif de Danilo.

Était-ce pour cela qu'elle s'était retrouvée impliquée dans cette histoire avec lui ? Parce qu'elle n'avait pas su refuser lorsqu'il lui avait demandé de venir en Italie ? Parce qu'elle ne l'avait pas repoussé lorsqu'il l'avait embrassée près de l'écurie ? Parce qu'elle avait accepté cette liaison secrète qui ne ressemblait en rien à ce qu'elle attendait d'une histoire d'amour ?

— Tu as raison, murmura-t-elle, défaite. Nous avons eu tort tous les deux de penser que nous pouvions collaborer au bonheur de Natalia et a fortiori au nôtre. Nous sommes trop différents. Je l'ai toujours su, mais c'est vrai : je n'ai pas voulu regarder la réalité en face. Il est temps pour moi de revenir sur terre.

Sur ce, elle quitta la chambre de Danilo, ses chaussures

à la main et son amour-propre en lambeaux. Il ne chercha pas même à la retenir et, tandis qu'elle se dirigeait vers sa propre chambre pour aller faire sa valise, elle se demanda combien de temps il faudrait à l'homme dont elle était tombée amoureuse pour oublier d'elle jusqu'à son nom.

11.

En arrivant à Londres cet après-midi-là, Tess prit un taxi pour rentrer directement chez elle. Pour la première fois de sa vie, elle n'avait éprouvé strictement aucune inquiétude, ni au décollage ni à l'atterrissage. En fait, elle avait l'impression d'être totalement anesthésiée émotionnellement.

Le trajet du Palazzo Fiorentina à l'aéroport de Florence, le vol et la route de Heathrow au centre de Londres ne lui laissèrent aucun souvenir. Le tout se perdait dans les limbes d'un brouillard cotonneux et ouaté.

Ce ne fut que lorsqu'elle pénétra enfin dans son appartement que la réalité de ce qui venait de se passer s'imposa brusquement à elle. Ce ne fut qu'alors qu'elle s'effondra sur son canapé et laissa libre cours à ses larmes.

Elle n'aurait su dire combien de temps dura cette crise de sanglots. Mais lorsqu'elle se redressa enfin, les yeux secs et brûlants, vidée corps et âme, elle comprit qu'une page de son existence venait de se tourner. Son séjour en Italie avait eu valeur de séjour initiatique et elle en sortirait à jamais transformée.

Elle avait perdu une certaine innocence, une certaine naïveté aussi. Elle était devenue plus dure et plus réaliste, plus convaincue aussi que l'amour était la plus belle et la plus terrible des choses.

Elle finit par s'endormir. Se réveilla en sursaut dans la nuit, désorientée. Chercha celui auprès duquel elle avait déjà pris l'habitude de s'endormir. Pleura, une fois de plus, avant de se traîner jusqu'à son lit sur lequel elle se laissa tomber sans prendre la peine d'ôter ses vêtements.

Cette alternance de crise de larmes et de profond sommeil constitua l'essentiel de son emploi du temps durant les deux jours qui s'ensuivirent. Ce n'est qu'au soir du deuxième qu'elle se décida enfin à prendre une douche et à se changer. Et lorsqu'elle avisa son visage défait dans le miroir de sa salle de bains, elle décida que cette période d'auto-apitoiement n'avait que trop duré.

Elle ne pouvait continuer indéfiniment à se lamenter de la sorte. Après tout, elle n'avait que vingt-huit ans. Et elle n'allait pas laisser sa première véritable peine de cœur avoir raison d'elle !

La plupart de ses amis avaient déjà connu de telles ruptures. Tous en avaient bavé, c'était certain. Mais tous y avaient survécu. Ils en étaient même souvent sortis plus forts, plus sûrs de ce qu'ils voulaient — et peut-être plus encore de ce qu'ils ne voulaient pas.

Certes, pour le moment, il lui paraissait totalement impossible de retomber amoureuse. Mais la question n'était pas là. Après tout, même si elle ne devait jamais retrouver quelqu'un comme Danilo, elle trouverait d'autres raisons de vivre.

D'ailleurs, si elle ne se ressaisissait pas rapidement, elle donnerait raison à Danilo qui l'avait accusée de manquer de volonté. Or elle était bien décidée à se prouver que c'était lui qui avait tort, à son sujet comme à propos de Natalia.

Forte de cette décision, elle alla se préparer une tasse de thé. Mais au moment de chercher le lait, elle se rappela qu'elle n'était toujours pas allée faire des courses. En fait, elle n'avait rien avalé depuis plus de deux jours et avait une faim de loup.

Prenant une profonde inspiration, elle attrapa son sac à provisions et quitta l'appartement d'un pas décidé. Agir. Renouer avec le réel. C'était la meilleure façon de se remettre en selle.

Contournant son immeuble, elle s'avança dans la ruelle où elle avait rencontré Danilo pour la première fois. Elle s'efforça de ne pas y penser, se concentrant sur la liste de ce qu'elle voulait acheter.

Elle avait déjà parcouru presque les trois quarts de la venelle plongée dans la pénombre lorsqu'elle vit un homme s'y engouffrer juste devant elle. Avant même qu'elle n'ait pu voir son visage, un frisson courut le long de son échine. La scène était désagréablement familière…

Tess s'immobilisa sur place tandis que l'inconnu s'avançait, la tête baissée. Elle esquissa un pas en arrière et il pressa le pas. Elle comprit alors que son instinct ne l'avait pas trompée.

— Tess, mon amour ! s'exclama Ben en couvrant la distance qui les séparait. Je croyais que tu avais disparu. Si tu savais comme tu m'as manqué…

Tétanisée, Tess se morigéna intérieurement. Comment avait-elle pu être assez stupide pour se laisser piéger deux fois de suite de la même façon ? Mais il était trop tard pour faire demi-tour. Ben était déjà sur elle.

Il la saisit par le bras et tourna vers elle un regard un peu trop intense.

— Où étais-tu passée, ma chérie ?

Tess avala difficilement sa salive, luttant contre la panique qui montait en elle, menaçant de la submerger à chaque instant. Mais elle savait que si elle y succombait, elle n'aurait plus aucune chance de reprendre le contrôle de la situation.

— J'étais en Italie, répondit-elle en s'efforçant de maîtriser le rythme de ses battements cardiaques. Avec mon amant.

Ben sursauta aussi violemment que si elle venait de le gifler.

— Tu plaisantes, n'est-ce pas ? balbutia-t-il.

À cet instant, il lui apparut tel qu'il était réellement : comme un cinglé plus pitoyable qu'inquiétant.

— Pas du tout, répliqua-t-elle en le regardant droit dans les yeux. Tu te rappelles l'homme qui a failli te casser la figure, la dernière fois ? J'ai passé ces dernières semaines avec lui…

— Comment as-tu pu me faire ça ? s'exclama-t-il en se renfrognant.

— Ben, je crois vraiment que tu devrais te faire soigner, lui dit-elle. Tu n'es pas bien…

— Je ne suis pas fou ! protesta-t-il en la secouant sans ménagement. Ne me dis pas que je suis fou !

Tess se demanda si elle n'était pas allée trop loin. De toute évidence, Ben était en train de perdre son calme.

— Arrête de me secouer comme ça, lui dit-elle d'un ton aussi ferme que possible. Et arrête de me harceler ! Je ne sortirai jamais avec toi.

— Tu n'es qu'une garce ! s'écria-t-il en lui décochant une gifle retentissante.

La souffrance, loin de la terrifier, éveilla en elle une colère froide. Il n'était pas question qu'elle se laisse traiter de cette façon. Par personne.

— Je vais t'apprendre à me respecter ! cracha-t-il en la giflant de plus belle.

Cette fois-ci, Tess réagit instinctivement. Avant même qu'elle n'ait pris conscience de ce qu'elle s'apprêtait à faire, elle lui décocha un violent coup de genou à l'aine. Ben la relâcha immédiatement et se plia en deux sous l'effet de la douleur.

Tess aurait pu en profiter pour prendre la fuite mais elle savait qu'en agissant de cette façon elle ne ferait que reporter le problème. Prenant une profonde inspiration, elle croisa les bras sur sa poitrine.

— Je te préviens, lui dit-elle. Si jamais tu t'avises de lever de nouveau la main sur moi, de m'insulter ou même de m'aborder, j'appelle la police. Au cas où tu ne le saurais pas, ma mère est une femme politique influente et je ferai en sorte qu'on te jette en prison pour longtemps. C'est compris ?

— Tu sais bien que je ne te ferais jamais de mal, se lamenta piteusement Ben en se tenant l'entrejambe. Je t'aime, Tess…

— C'est gentil mais je ne suis pas intéressée. Alors laisse-moi tranquille.

Sur ce, elle le planta là et s'éloigna lentement en direction du magasin. Lorsqu'elle repassa par la ruelle, quelques minutes plus tard, Ben avait disparu.

Lorsqu'elle eut terminé de dîner, Tess se rendit compte que sa douleur était déjà un peu moins écrasante. La sensation de perte et de solitude était toujours là, bien sûr, mais elle était devenue presque tolérable.

Il était grand temps pour elle de contacter sa meilleure amie et de lui raconter ce qui s'était passé en Italie. Moins d'une demi-heure plus tard, Fiona sonnait chez elle avec une bouteille de vin blanc et un grand pot de glace à la noix de Macadamia.

— C'est le remède absolu contre les peines de cœur, déclara-t-elle.

— Un remède à court et à long terme, commenta Tess d'un ton narquois.

— Que veux-tu dire par-là ?

— Qu'en buvant et en mangeant comme cela régulièrement, nous perdrons très rapidement tout intérêt aux yeux de la gent masculine.

— Raison de plus pour le faire ! s'exclama son amie. S'ils ne sont pas capables de comprendre que la véritable beauté est intérieure, c'est qu'ils ne nous méritent pas.

— Excellente philosophie, approuva Tess.

Elles trinquèrent avant de s'attabler dans la cuisine de chaque côté du pot de glace. En sirotant son vin, Fiona entreprit de lui résumer les dernières nouvelles de l'Angleterre et tous les ragots concernant leurs amis communs.

Elle fit preuve de tant d'humour et de bonne humeur que

Tess se surprit même à sourire une fois ou deux. Et, tandis que la soirée s'écoulait paisiblement, elle finit presque par se convaincre que si elle parvenait à sourire quelques jours seulement après sa rupture, elle retrouverait peut-être un jour le goût de rire…

Le lendemain matin, Tess dut avaler quelques aspirines pour apaiser le mal de tête carabiné que lui avait infligé l'excès de vin blanc de la veille. Elle se décida à appeler sa mère pour lui donner des nouvelles et lui livra une version expurgée de ce qui lui était arrivé au cours des dernières semaines.

Elle s'attendait à subir l'un de ces sermons dont, en bonne politique, sa mère avait l'habitude. Mais, au lieu de cela, sa mère se montra étrangement compréhensive. Elle laissa entendre qu'elle-même s'était déjà retrouvée dans des situations similaires.

— Dans ces cas-là, seul le temps peut apaiser la souffrance, conclut-elle d'une voix compatissante. Et la seule façon de le faire passer un peu moins lentement est de s'occuper sainement.

Lorsque Tess lui indiqua qu'elle ne savait justement pas ce qu'elle allait bien pouvoir faire d'ici le début du prochain semestre, sa mère lui suggéra de faire un peu de porte-à-porte pour sa campagne.

En désespoir de cause, Tess accepta. Et découvrit avec une pointe d'étonnement que cette activité avait effectivement le mérite de lui occuper l'esprit. Et le soir elle rentrait chez elle épuisée, avec juste assez d'énergie pour se préparer à manger et s'endormir devant la télévision.

Les jours se succédèrent ainsi, avec des hauts et des bas. Le souvenir doré du temps qu'elle avait passé en Italie ne disparaissait pas. Mais le contour douloureux s'estompait peu à peu, cédant place à une nostalgie douce-amère. Il lui arrivait encore de fondre en sanglots mais ces crises de larmes s'espaçaient et se faisaient moins intenses.

En revanche, elle était plus que jamais convaincue que ce qu'elle avait vécu était aussi rare que précieux. Poli par le chagrin et les regrets, son amour pour Danilo n'en demeurait pas moins ancré au plus profond d'elle-même.

Lorsque arriva enfin le moment de retravailler, elle eut au moins la consolation de découvrir qu'on lui avait affecté un poste dans un lycée situé non loin de chez elle. Se retrouver de nouveau dans une salle de classe, entourée d'élèves, s'avéra plus thérapeutique encore que la distribution de tracts politiques.

En revanche, l'impression de fatigue qu'elle avait mise sur le compte de la dépression tardait à se dissiper. Au contraire, elle se sentait souvent prise de vertiges et manqua même s'évanouir au beau milieu de l'un de ses cours.

En apprenant l'incident, le directeur du lycée insista pour qu'elle consulte le médecin du travail. Elle accepta sans grand enthousiasme, se demandant avec une pointe d'ironie si ce dernier connaissait un remède efficace contre les peines de cœur.

À sa grande surprise, le directeur lui obtint un rendez-vous dans l'heure.

— D'habitude, cela prend au moins une semaine, fit-elle remarquer.

Un sourire malicieux se dessina sur les lèvres du directeur.

— Il se trouve que le médecin en question n'est autre que mon beau-frère, expliqua-t-il. Saluez-le de ma part.

Le médecin du travail écouta avec attention la description que Tess lui fit de ses récents malaises.

— Ce doit être la fatigue, conclut-elle. Je sors d'une période un peu difficile.

— Avez-vous constaté chez vous des sautes d'humeur inexplicables ? lui demanda-t-il.

— Régulièrement, répondit-elle avec un sourire plein d'autodérision.

— Des nausées ? Surtout le matin ?

Tess se figea, le cœur battant à tout rompre.

— Vous ne pensez pas que je suis enceinte, protesta-t-elle.

— Il n'y a qu'un moyen d'en avoir le cœur net, répondit-il en lui tendant un test de grossesse.

Stupéfaite, Tess s'en saisit et se rendit aux toilettes. Quelques instants plus tard, elle en ressortit en état de choc.

— Alors ? lui demanda le médecin d'une voix très douce.

— C'est bleu, murmura-t-elle, les yeux rivés sur le témoin.

— C'est bien ce que je pensais. Félicitations, mademoiselle Jones.

— Merci, balbutia-t-elle en se laissant tomber sur la chaise qui faisait face au bureau du médecin.

Rien ne l'avait préparée à cela. Mais, en sondant les profondeurs de son âme, elle fut surprise d'y découvrir un bonheur aussi profond qu'inattendu.

— Rentrez chez vous, lui conseilla alors le médecin. Et tâchez de vous reposer un peu. Dès demain, prenez rendez-vous avec un obstétricien. Il vous dira tout ce qu'il y a à savoir sur l'extraordinaire expérience qui vous attend…

Dans un état second, Tess regagna donc son appartement. Mais lorsqu'elle pénétra dans le hall de son immeuble, elle eut la stupeur de découvrir Natalia Raphaël, une valise sur les genoux, qui était en train de lire un ouvrage de Jack Kerouac.

— Nat ! s'exclama-t-elle, sidérée. Mais qu'est-ce que tu fais là ?

— L'une de tes voisines m'a laissée entrer, répondit la jeune femme en lui décochant un large sourire.

Tess secoua la tête d'un air interdit.

— Ce n'est pas ce que je voulais dire. Qu'est-ce que tu fais en Angleterre ?

— Je suis partie de la maison, déclara-t-elle d'un ton farouche. Après ton départ, j'ai dit à Danilo que, s'il ne me laissait pas voir Marco, je m'enfuirai de nouveau et que, cette fois, il ne me retrouverait pas aussi facilement.

Tess haussa les sourcils.

— Il n'a pas dû apprécier, fit-elle remarquer.

— C'est ce que je pensais, acquiesça Natalia. J'étais sûr qu'il allait se mettre à hurler et à jurer, qu'il allait menacer de je ne sais quelle punition. Mais il n'en a rien fait. Il s'est contenté de me regarder d'un drôle d'air et m'a dit que si c'était ce que je voulais vraiment, il ne pouvait m'en empêcher.

— Ça ne lui ressemble pas, dit Tess, étonnée.

— À vrai dire, depuis que tu es partie, il est devenu franchement bizarre…, répondit Natalia.

— J'avoue que je ne comprends pas très bien pourquoi tu es ici. Je suis ravie de te voir, bien sûr, mais j'aurais pensé que tu irais plutôt voir Marco.

— C'est ce que j'ai fait, confirma Natalia. Mais il m'a dit qu'il avait beaucoup réfléchi et qu'il estimait que fuir ensemble comme nous l'avions fait était une erreur. Il a dit aussi qu'il m'aimait trop pour me laisser gâcher ma vie, que je devais penser à mon avenir, à mes études.

— Il a raison, tu sais, approuva Tess.

— C'est ce que je me suis dit. Alors j'ai décidé de venir étudier en Angleterre, comme nous en avions parlé.

— Mais il est trop tard pour passer les examens d'entrée pour les universités…

Natalia lui tendit la feuille pliée en quatre qui lui servait de marque-page. Surprise, Tess la déplia et avisa le logo qui figurait en en-tête.

— Oxford ? s'exclama-t-elle, sidérée. Mais comment… ?

— Après avoir parlé à Marco, j'ai passé tous les examens

dont nous avions parlé. J'ai été prise partout. Mais c'est là que je veux aller.

— Oh ! ma chérie ! s'exclama Tess, les larmes aux yeux. Je suis si heureuse pour toi !

Se penchant vers la jeune femme, elle la serra contre elle.

— Il ne me reste que quelques jours avant la rentrée universitaire, reprit Natalia. Alors je me suis dit que j'allais en profiter pour te rendre visite et découvrir à quoi ressemble Londres.

— Excellente idée ! approuva Tess.

Elle s'interrompit et considéra Natalia avec une pointe de méfiance.

— Est-ce que ton frère est au courant ?

Natalia haussa les épaules d'un air évasif.

— C'est bien ce que je craignais, soupira Tess. Bon, écoute, le seul problème, c'est que mon appartement est situé au quatrième étage et qu'il n'y a pas d'ascenseur.

— Je peux aller à l'hôtel, lui assura Natalia.

— Pas question ! J'ai une bien meilleure idée. Ma mère vit dans un immense appartement situé en rez-de-chaussée. Je suis sûre qu'elle ne verra pas d'inconvénient à ce que tu t'y installes pour quelques jours. D'autant qu'avec sa campagne électorale, elle n'est quasiment jamais chez elle.

— Tu es sûre ?

— Absolument certaine.

12.

Lorsque Tess appela sa mère, celle-ci se déclara enchantée de rencontrer Natalia. Elle leur envoya même un taxi spécialement équipé et, moins d'une demi-heure plus tard, elles se retrouvèrent dans son luxueux appartement situé non loin de Covent Garden.

Tess laissa les deux femmes faire connaissance et s'éclipsa pour aller appeler Danilo. Lui parler la terrifiait mais elle ne pouvait supporter l'idée qu'il était en train de se ronger les sangs au sujet de sa sœur.

Et puis, tôt ou tard, il lui faudrait bien affronter l'angoisse d'une telle conversation pour partager avec lui l'incroyable nouvelle qu'elle venait d'apprendre. Mais il n'était pas question de le faire aujourd'hui. Elle avait d'abord besoin d'y réfléchir par elle-même.

Par chance, elle tomba sur sa messagerie vocale. Le simple fait d'entendre sa voix l'emplit d'un mélange irrépressible de tendresse et de tristesse. Elle s'efforça pourtant d'en bannir toute trace tandis qu'elle expliquait la situation.

— Je sais que cela ne me concerne plus et que tu te moques probablement de ce que je peux bien en penser, conclut-elle. Mais je crois que ta sœur est sur la bonne voie. Elle est sur le point d'entrer dans l'une des meilleures écoles au monde. Elle sait qu'elle peut compter sur un homme qui l'aime et qui attendra qu'elle ait terminé ses études. Tout ce dont elle a besoin, à présent, c'est de savoir que, toi aussi, tu la soutiens.

Elle hésita un instant, ne sachant comment achever son message.

— Je t'aime, murmura-t-elle d'une voix légèrement étranglée. J'espère que tu sauras faire le bon choix.

Sur ce, elle raccrocha et rejoignit Nat et sa mère qui semblaient déjà s'entendre à merveille.

— Tu sais que ta mère connaît Eva Black, la célèbre athlète aveugle ? s'exclama-t-elle.

— Eva vient de m'envoyer des tickets pour le prochain championnat du monde handisport, ajouta sa mère. Elle en a mis deux de plus pour la tombola de ton école, comme tu le lui avais demandé.

— Tu la connais aussi ? s'étonna Natalia.

— Bien sûr, répondit Tess en souriant. C'est ma marraine.

— Waouh ! s'exclama Natalia. J'espère que tu me la présenteras, un de ces jours.

— Avec plaisir. Dites, cela ne vous ennuie pas si je repasse par chez moi. J'ai eu une journée un peu éprouvante et j'avoue que j'ai très envie de prendre une bonne douche et de me changer. Si ça vous dit, on pourrait se retrouver pour dîner ensemble.

Elles convinrent d'un restaurant et Tess reprit un taxi pour rentrer chez elle. Elle espérait avoir le temps de faire une petite sieste avant de rejoindre sa mère et Natalia. Mais elle eut la stupeur de découvrir pour la deuxième fois de la journée un Raphaël qui l'attendait dans le hall de son immeuble.

— L'une de tes voisines m'a laissé entrer, lui dit-il.

Luttant contre une étrange sensation de déjà-vu, Tess lutta pour recouvrer l'usage de la parole. Mais le fait de se retrouver de nouveau face à Danilo lui faisait prendre douloureusement conscience d'à quel point il lui avait manqué.

Prise d'un brusque vertige, elle dut prendre appui contre le mur le plus proche pour éviter que ses jambes ne se dérobent sous elle.

— Est-ce que ça va ? lui demanda-t-il, inquiet.

C'était là la question la plus absurde qu'il puisse lui poser, songea Tess. Et même si elle avait voulu y répondre, elle en aurait été bien incapable.

— Ta sœur va bien, lui dit-elle. Elle est chez ma mère. Avant que tu ne dises quoi que ce soit, je tiens à préciser que sa venue ici est totalement indépendante de ma volonté, même si je m'en réjouis.

— Je sais, répondit-il.

Elle le considéra alors avec un mélange d'étonnement et de méfiance.

— Je croyais qu'elle ne t'avait rien dit, s'étonna-t-elle.

— C'est le cas. Mais lorsque l'université d'Oxford a appelé pour signaler qu'il manquait une pièce dans son dossier d'inscription, j'ai compris qu'elle viendrait probablement te voir.

— Sa rentrée a lieu dans une semaine, confirma Tess. Elle voulait visiter Londres avant de commencer le cours. Je l'ai installée chez ma mère.

— À cause de l'escalier, acquiesça-t-il. Je n'ai pas oublié...

Se rappelant la façon dont il l'avait portée jusque chez elle, le soir où ils s'étaient rencontrés, elle ne put réprimer un petit frisson.

— Tu dois avoir envie de lui parler, reprit-elle. Je vais te donner l'adresse.

— Tu l'as déjà laissée sur mon répondeur, lui rappela-t-il.

— C'est vrai, reconnut-elle.

Elle fronça les sourcils.

— Pourquoi n'es-tu pas allé directement là-bas si tu as eu mon message ? s'enquit-elle.

— Je me suis dit qu'elle devait être parfaitement en sécurité là-bas.

— Elle l'est, confirma Tess. À moins qu'elle n'ait des tendances conservatrices. Ma mère est une travailliste convaincue.

— C'est ce que j'ai cru comprendre.

— J'espère juste que tu ne comptes pas la ramener de

force en Italie, ajouta Tess. Elle a eu tort d'agir derrière ton dos mais tâche de ne pas te mettre en colère contre elle.

— Je ne suis pas en colère, lui assura-t-il. Pas contre elle, en tout cas.

Tess lui jeta un regard chargé de reproches.

— Je te l'ai dit : je n'y suis pour rien.

— Je n'ai pas dit que j'étais en colère contre toi.

— Contre qui, alors ?

— Contre moi-même, à vrai dire. J'ai beaucoup réfléchi à ce que tu m'as dit, le soir de l'anniversaire de Nat. Et j'ai fini par admettre que tu avais raison…

Il dut remarquer l'étonnement qui se lisait dans ses yeux car il lui décocha un pâle sourire.

— Cela a pris un certain temps, reconnut-il. Mais j'ai compris que je n'aurais pas dû traiter ma sœur comme je l'ai fait. Cela fait longtemps qu'elle n'est plus une enfant et je n'avais pas le droit de la traiter comme telle.

— Qu'est-ce qui t'a fait changer d'avis ? lui demanda-t-elle, curieuse.

— Marco.

— Pardon ?

— Je sais, soupira-t-il. À son sujet aussi, j'avais tort. Tu sais qu'il a réussi à décrocher son bac avec mention alors qu'il travaillait tous les soirs pour aider ses parents ?

Tess hocha la tête.

— Lorsque Nat a disparu pour la seconde fois, je suis allé le voir. Il m'a dit qu'elle lui avait proposé de s'enfuir avec elle mais qu'il lui avait conseillé de poursuivre ses études. Lui-même doit rentrer à l'université. Apparemment, il rêve de devenir architecte.

— On dirait que vous avez vraiment fait connaissance, s'étonna Tess.

— Oui. Et j'aurais dû le faire beaucoup plus tôt. Au lieu de cela, je l'ai jugé sans savoir. J'ai fait souffrir ma sœur. Et je l'ai probablement perdue.

— Tu ne comptes donc pas la ramener en Italie ?

Il secoua la tête.

— Si elle a été capable de s'inscrire en secret à l'université, de passer les examens sans l'aide de personne et de s'occuper de son inscription et de son voyage, je pense qu'elle n'aura aucun problème à se débrouiller en Angleterre. Et puis, je sais qu'elle aura à ses côtés quelqu'un qui l'aime.

— C'est vrai, déclara gravement Tess. Tu peux compter sur moi.

— Je sais. Et cela aussi, j'aurais dû m'en apercevoir un peu plus tôt. Je regrette ce que je t'ai dit ce soir-là, Tess. J'étais en colère. Je sais que ce n'est pas une excuse, bien sûr. Mais j'ai dit des choses que je ne pensais pas réellement…

— Certaines étaient pourtant fondées. J'ai effectivement tendance à me laisser porter par les événements. Mais je crois que j'ai commencé à changer.

— Je m'en suis rendu compte lorsque tu es partie en claquant la porte.

Tess laissa échapper un rire sans joie.

— C'est vrai. Et depuis que je suis rentrée à Londres, j'ai commencé à renouer avec ma mère.

— J'en suis heureux pour toi.

— Je crois que j'ai aussi réglé le problème de Ben.

— Tu as prévenu la police ?

— Non, répondit-elle avec un demi-sourire. Je lui ai cassé la figure. Ensuite, je lui ai dit que s'il m'ennuyait encore j'irais porter plainte.

— Tu plaisantes ? s'exclama Danilo, stupéfait.

— Pas du tout.

— Eh bien… Rappelle-moi de ne plus jamais te contrarier, à l'avenir.

— Je doute que ce soit possible, dit-elle tristement.

— Ah oui…, murmura-t-il. La fin de ton message… — La fin de mon message, acquiesça Tess.

— Tu le penses vraiment ?

Elle le considéra d'un air interdit.

— Comment peux-tu en douter ?

Il haussa les épaules d'un air embarrassé.

— Je ne suis pas à proprement parler un spécialiste de la question…, reconnut-il.

— J'avais cru le remarquer.

— Mais depuis que tu es parti, je crois que je commence à comprendre ce dont il s'agit.

À ces mots, Tess sentit les battements de son cœur s'accélérer.

— Qu'est-ce que tu veux dire ? demanda-t-elle.

— Je n'aurais jamais pensé que quelqu'un puisse me manquer à ce point, dit-il en soupirant. C'est horrible. Chaque fois que je me réveille, je te cherche à mes côtés. Chaque fois que j'entends quelque chose de drôle ou d'intéressant, je me dis que j'aimerais le partager avec toi.

Il secoua la tête d'un air passablement frustré.

— Je n'ai jamais ressenti ça auparavant, tu sais. J'ai besoin de toi, Tess.

Elle lutta contre l'émotion qui menaçait de la submerger, refusant de croire que son vœu le plus cher puisse être en train de se réaliser. L'existence était rarement aussi clémente.

— Besoin de moi ? répéta-t-elle.

— Comme de l'air que je respire. Je crois que c'est pour cela que je t'ai repoussée, d'ailleurs.

— C'est la chose la plus absurde que j'aie jamais entendue, déclara-t-elle, ne sachant si elle devait rire ou pleurer de joie.

— Ça l'est, confirma Danilo. Mais cela aussi, il m'a fallu du temps pour le comprendre. Lorsque tu es partie, j'ai pris conscience que j'avais sciemment détruit notre couple. Pas parce que j'étais en colère contre toi. Pas à cause de cette histoire de fugue. Mais parce que c'était un moyen supplémentaire de me punir. À ce sujet aussi, tu avais raison, Tess : depuis la mort de mes parents, je n'ai cessé de le faire. Je me suis persuadé que je le méritais. Et c'est pour cela que j'ai repoussé la meilleure chose qui me soit jamais arrivée. Toi.

Au beau milieu de l'explosion de joie qui menaçait de la submerger, Tess sentit poindre un brusque doute.

— Tu ne dis pas cela à cause du bébé, n'est-ce pas ?

Il la considéra d'un air interdit.

— Quel bébé ?

Elle le regarda très attentivement, cherchant à déceler le moindre signe de mensonge. Mais il paraissait réellement ne pas savoir de quoi elle parlait. Comment l'aurait-il pu, d'ailleurs, alors qu'elle-même venait tout juste de l'apprendre ?

— Je suis enceinte, lui dit-elle.

Sous ses yeux, la stupéfaction de Danilo se mua en l'espace d'un instant en une joie qui illumina son regard.

— Enceinte ? répéta-t-il. Mais c'est merveilleux ! Depuis quand le sais-tu ?

Tess jeta un coup d'œil à sa montre.

— Quatre heures, répondit-elle.

— Je ferais peut-être mieux d'annuler le champagne, dans ce cas, déclara alors Danilo.

— Le champagne ?

— Celui que nous étions censés boire dans le restaurant que j'ai réservé, juste après le dessert, au moment où je t'aurais demandée en mariage…

Cette fois, Tess ne put retenir les larmes qui se mirent à ruisseler le long de son visage.

— Je suis désolé, Tess, lui dit-il gravement. Je suis désolé pour le mal que je t'ai fait. Pour n'avoir pas su comprendre plus tôt à quel point je t'aimais. Mais je suis prêt à changer si tu veux bien m'y aider…

— Il n'en est pas question, répondit-elle sans hésiter. Pour le meilleur et pour le pire, tu es l'homme dont je suis tombée amoureuse, Danilo. Je ne veux pas que tu changes.

— Dans ce cas, il vaudrait peut-être mieux que tu restes à mes côtés pour t'assurer que cela n'arrivera pas, lui dit-il avec un rire ému.

— C'est vrai. Tu peux compter sur moi. Je resterai auprès de toi. En tant qu'amie…

Il lui jeta un regard inquiet.

— En tant que maîtresse, ajouta-t-elle.

Un léger soulagement passa dans son regard.

— Et en tant qu'épouse, conclut-elle avant de l'embrasser avec toute la tendresse et la passion qu'elle avait accumulées au cours de ces interminables semaines passées loin de lui.

Épilogue

Trois ans plus tard

Tous les regards étaient braqués sur la mariée qui remontait d'un pas légèrement chancelant l'allée centrale de l'église au bras de son frère.

Ce dernier, quant à lui, n'avait d'yeux que pour sa propre épouse qui était debout au premier rang, non loin du fiancé de Natalia.

Les yeux de Tess étaient emplis de larmes de joie, tout comme le jour où il l'avait demandée en mariage et celui, quelques mois plus tard, où ils avaient contemplé leur fille Selena pour la première fois.

Elle était toujours aussi belle. Plus belle encore maintenant que le bonheur illuminait son doux visage. Il lui arrivait encore de s'émerveiller qu'une femme aussi extraordinaire qu'elle ait pu s'éprendre de quelqu'un tel que lui. Mais il se gardait bien d'en souffler mot de peur de se porter malheur.

S'arrachant à la contemplation de la femme de sa vie, Danilo se tourna de nouveau vers Natalia. Dans ses yeux à elle, il lisait une détermination sans faille.

C'était celle qui lui avait permis de décrocher une double licence en physique et en mathématique. Celle qui lui avait permis de supporter le douloureux traitement médical grâce auquel elle était aujourd'hui capable de remarcher.

Cette force de caractère, elle la devait en partie au soutien sans faille de Marco, qui l'attendait au pied de l'autel, rayonnant de fierté et de bonheur. Et c'est sans la moindre hésitation que, lorsqu'ils le rejoignirent enfin, Danilo plaça dans sa main celle de sa sœur.

Il regagna alors sa place entre Tess et Selena qui glissa sa petite main dans la sienne. Et, tandis que le prêtre entamait la messe de mariage, Danilo Raphaël se prit à songer qu'il était le plus comblé des hommes.

Retrouvez prochainement, dans votre collection

AZUR

Le cheikh aux deux secrets, de Marcella Bell - N°4565

Que dire à un prince qui vous demande en mariage dès la première rencontre ? Rita a beau être une talentueuse ingénieure, elle n'en a aucune idée. Pourtant, parce qu'il s'agira, entre Jahangir et elle, d'une union de convenance lui garantissant une fabuleuse opportunité professionnelle, elle accepte de le suivre dans son royaume du désert. Et bientôt, dans ce cadre enchanteur, elle découvre entre les bras de Jag la passion – et ses conséquences…

Un bébé royal, de Jadesola James - N°4566

Kemi est une princesse, la fille gâtée de l'Oba de Gbale. Mais cette vie privilégiée a un coût : celui de sa liberté… Alors qu'elle échappe un soir à la vigilance de ses gardes du corps, elle rencontre un homme envoûtant. D'un seul regard, Luke Ibru la séduit. Un baiser brûlant, et il la conduit à partager avec lui une nuit de passion. Une nuit qui se solde par une conséquence royale : bientôt, Kemi se découvre enceinte de son mystérieux amant…

L'enfant d'un ténébreux milliardaire, de Heidi Rice - N°4567

Jack Wolfe incarne tout ce que Katherine déteste : arrogant et impitoyable, le ténébreux milliardaire n'hésite pas à user de son pouvoir. Hélas, bouleversée par les émotions et le désir qu'il fait naître en elle, Katherine succombe à cet homme au lieu de le fuir. Pire encore, sitôt qu'elle révèle à Jack qu'un enfant naîtra bientôt de leur nuit passionnée, celui-ci lui propose un mariage de convenance…

Le retour de Valentin Silvera, de Jackie Ashenden - N°4568

Voilà quinze ans que tout le monde me croit mort. Si j'ai disparu pour échapper à la tyrannie familiale, je suis prêt aujourd'hui à revendiquer mon nom, Valentin Silvera, et l'héritage qui m'est dû. Parmi ce qui m'a été arraché, mon bien le plus précieux n'est autre que la délicate Olivia Wintergreen, mon amour de jeunesse et l'actuelle fiancée de mon détestable frère jumeau. Or j'en fais le serment : cette femme que je n'ai jamais oubliée sera bientôt mon épouse…

La comtesse de Venise, de Kate Hardy - N°4569

Bien qu'elle soit une comtesse vénitienne, Serafina Ardizzone est ruinée. Comment dès lors empêcher le *palazzo* dont elle est l'héritière de tomber en ruine ? Résolue à sauver ce joyau familial, elle demande au célèbre architecte Gianni Leto de le restaurer. Pour le convaincre de prendre en main ce projet d'envergure, elle n'hésite pas à l'inviter à passer chez elle une semaine. Sept jours et sept nuits inoubliables en Italie…

Le prince de la Saint-Valentin, de Cara Colter - N°4570

Erin n'a qu'une envie : se réfugier seule au *Snow Daze*, le chalet montagnard où elle a vécu tant de moments heureux. Là, elle l'espère, elle pourra se remettre de l'abandon de son fiancé. Mais une tempête de neige fait rage dehors, et la voilà contrainte d'offrir l'hospitalité à un skieur imprudent. Un homme d'une beauté renversante avec lequel elle passe la nuit… Quelle n'est pas sa stupeur de découvrir le lendemain que son amant, Valentino de Oscaro, est un prince !

La belle et le millionnaire, de Rachael Stewart - N°4571

Tandis qu'elle débarque sur la plus belle des îles grecques, Catherine retient son souffle. La crique nichée au pied d'une falaise blanche tranche avec le bleu de la mer… et c'est là, dans ce cadre enchanteur, qu'elle va passer un mois ! Quel meilleur endroit pour oublier la pression qu'elle subit à Hollywood ? Seule ombre au tableau : le propriétaire des lieux, Alaric de Vere, loin d'être impressionné par ses allures de star, la considère plutôt comme une intruse…

Libre d'aimer, de Pippa Roscoe - N°4572

SÉRIE : *LE ROYAUME DE SVARDIA* - 2/3

La princesse Marit a toujours été la rebelle de la famille, et elle apprend avec désespoir qu'elle doit maintenant jouer un rôle de premier plan au palais de Svardia. Dans une ultime révolte, elle s'enfuit à Paris. Hélas, Lykos Livas, envoyé par le roi lui-même, l'y retrouve sans tarder ! Avant de la ramener dans le droit chemin, cet homme mystérieux accepte toutefois de l'escorter pendant quelques jours pour une escapade en Europe. Une folle parenthèse où se mêleront bientôt liberté et passion…

Le baiser d'un play-boy,
de Carol Marinelli - N°4573

SÉRIE : *LES BEAUTÉS DE SICILE* - 2/2

En raison de son douloureux passé d'orpheline, Béatrice a érigé une muraille autour de son cœur. Pas question pour elle de souffrir à nouveau : sa vie est désormais centrée sur son travail de conseillère spéciale de Son Altesse Royale Julius de Bellanisia. Une tâche loin d'être facile ! Chargée de redorer l'image du prince avant que celui-ci devienne roi, la voilà contrainte de côtoyer ce play-boy invétéré jour et nuit, tout en résistant au charme qu'il exerce sur elle...

L'honneur d'un Australien, de Kelly Hunter - N°4574

Sept ans plus tôt, Judah Blake s'est accusé d'un crime qu'il n'avait pas commis pour innocenter la douce Bridie. Aujourd'hui qu'il est de retour chez lui, dans l'Outback australien, il est bien décidé à retrouver sa vie – ou ce qu'il en reste. Peu importe qu'il ait été pendant un temps considéré comme un paria, ses milliards ont suffi à redorer son image. Et c'est fort de cette aura de puissance qu'il compte revendiquer ce qui lui revient de droit : ses terres, dont il a été injustement spolié par la femme qui a ruiné sa vie...

L'ivresse d'une nuit, de Kate Hewitt - N°4575

Abigail est stupéfaite. Devant elle se tient l'homme dans les bras duquel elle s'est abandonnée, six mois plus tôt, alors qu'elle se trouvait à Paris pour une série de concerts. Un homme qui l'a quittée au petit matin, sans même avoir la courtoisie de lui donner son nom. Malgré l'émotion qu'elle ressent en revoyant son amant d'une nuit, Abigail se jure aussitôt de résister, cette fois, à son charme ensorcelant. Pas question de le laisser la blesser de nouveau. Mais bientôt un doute s'impose à elle : et si cette deuxième rencontre n'était pas seulement le fruit du hasard ?

VOTRE COLLECTION PRÉFÉRÉE DIRECTEMENT CHEZ VOUS

Vous souhaitez découvrir nos collections ? Une fois votre 1er colis à prix mini reçu, si vous souhaitez continuer à recevoir nos livres, cela se fera automatiquement. Vous n'avez aucune obligation d'achat et cette offre est sans engagement de durée !

Dans votre 1er colis, 2 livres au prix d'un seul
+ en cadeau le 1er tome de la saga *La couronne de Santina*.
8 tomes sont à collectionner !

☛ COCHEZ la collection choisie et renvoyez cette page au
Service Lectrices Harlequin – CS 20008 – 59718 Lille Cedex 9 – France

Collections	Prix 1er colis	Réf.	Prix abonnement (frais de port compris)
❑ **AZUR**	4,75€	AZ1406	6 livres par mois 31,49€
❑ **BLANCHE**	7,30€	BL1603	3 livres par mois 24,85€
❑ **LES HISTORIQUES**	7,30€	LH1202	2 livres par mois 17,49€
❑ **PASSIONS**	7,80€	PS0903	3 livres par mois 26,49€
❑ **BLACK ROSE**	7,90€	BR0013	3 livres par mois 26,79€
❑ **HARMONY***	5,99€	HA0513	3 livres par mois 20,76€
❑ **SAGAS***	7,99€	SG2303	3 livres tous les 2 mois, 29,46€
❑ **VICTORIA**	7,80€	VI2115	5 livres tous les 2 mois 42,09€
❑ **GENTLEMEN***	7,50€	GT2022	2 livres tous les 2 mois 17,95€
❑ **HORS-SÉRIE***	7,70€	HS2812	2 livres tous les 2 mois 18,45€

*livres réédités

F23PDFM

N° d'abonnée Harlequin (si vous en avez un) ________

Mme ❐ Mlle ❐ Nom : ________

Prénom : ________ Adresse : ________

____

Code Postal : ________ Ville : ________

Pays : ________ Tél. : ________

E-mail : ________

Date de naissance : ________

Date limite : 31 décembre 2023. Vous recevrez votre colis environ 20 jours après réception de ce bon. Offre soumise à acceptation et réservée aux personnes majeures, résidant en France métropolitaine, dans la limite des stocks disponibles. Prix susceptibles de modification en cours d'année. Vous pouvez demander à accéder à vos données personnelles, à les rectifier ou à les effacer. Il vous suffit de nous écrire en nous indiquant vos nom, prénom et adresse à : Service Lectrices Harlequin CS 20008 59718 LILLE Cedex 9. Service Lectrices disponible du lundi au vendredi de 9h à 17h : 01 45 82 47 47.